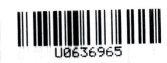

粤剧泥印旧剧本校勘选辑

【第二辑】

广州文学艺术创作研究院◎选编

SPM 南方传媒 | 花城出版社
中国·广州

图书在版编目（CIP）数据

粤剧泥印旧剧本校勘选辑. 第二辑 / 广州文学艺术创作研究院选编. -- 广州 : 花城出版社, 2023.12

ISBN 978-7-5749-0112-4

Ⅰ. ①粤… Ⅱ. ①广… Ⅲ. ①粤剧－剧本－作品集－中国 Ⅳ. ①I236.65

中国国家版本馆CIP数据核字(2023)第228999号

出 版 人：张　懿
责任编辑：钟毓斐
责任校对：梁秋华
技术编辑：林佳莹
封面设计：[illegible]视觉传达

书　　名	粤剧泥印旧剧本校勘选辑．第二辑 YUEJU NIYIN JIUJUBEN JIAOKAN XUANJI DIERJI
出版发行	花城出版社 （广州市环市东路水荫路 11 号）
经　　销	全国新华书店
印　　刷	广州小明数码印刷有限公司 （广州市天河区高普路 83 号 B 栋 C5 号）
开　　本	787 毫米 ×1092 毫米　16 开
印　　张	36.25　1 插页
字　　数	224,000 字
版　　次	2023 年 12 月第 1 版　2023 年 12 月第 1 次印刷
定　　价	78.00 元

如发现印装质量问题，请直接与印刷厂联系调换。
购书热线：020-37604658　37602954
花城出版社网站：http：//www.fcph.com.cn

目 录

CONTENTS

劇中人
當劇者
場次全書

非經編者同意不得翻印

根據西遊記說部編撰神話劇

孫悟空大鬧天宮

南方劇團創作組編撰

劇中人
孫悟空
銀衣仙女
觀音
李靖
楊戩
李長庚
木吒
玉帝
土地

當劇者
蔣無芬
徐人心
曾三多
顏鉄英
小覺天

劇中人
素衣仙女
黃衣仙女
哪吒
張道陵
太上老君
王母
独角鬼王

當劇者
蘇麗蓮
金縷衣
羅响元
白少棠
陳少芬
周劍鋒

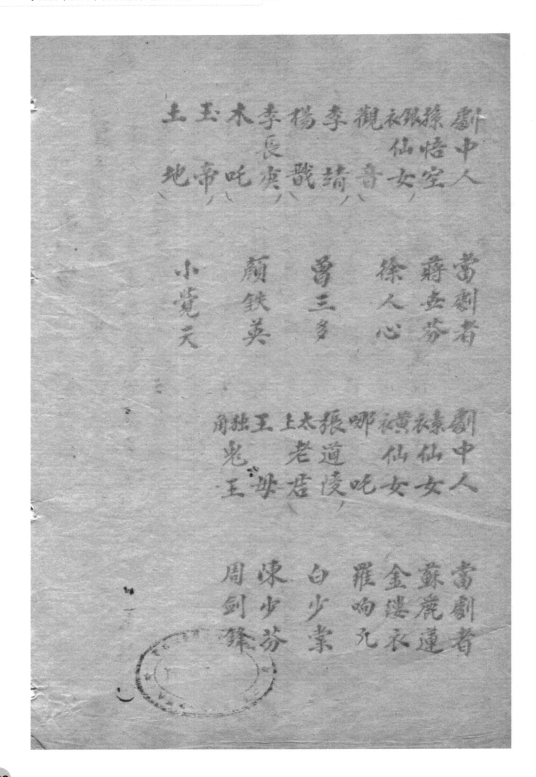

第一場 "靈霄殿"

(碧天排子头一句起幕)

(永底鱼男吉)(李長庚、張道陵、千里眼、順風耳上吹擂)

長庚：(詩白)銀鑾金殿繞雲烟。

道陵：(詩白)仙草奇花香氣傳。

千里眼：(詩白)玉苑朝王坛畔过。

順風耳：(詩白)金烏参聖伏堦前。

長庚：(担綱口白)众位上仙請了、天鼓大鳴、玉帝臨殿、我们一仝参見。

众：(白)有理請。(一仝背立介)

(笛仔粉虫兒)(四仙童四仙女宮灯御扇引玉帝上)

玉帝：(埋位介)(詩白)天姬擎玉扇、玉女伴金鑾。

众：(仝参見介)

玉帝：(白)平身。

众：（白）谢玉帝。

玉帝：（口古）众仙卿（介）今早設朝，仙吏天官雲集，灵霄殿。有何奏本，呈上皇前。

道陵：（口古）現今海晏河清，三界同歸一善。

千里眼：（口古）既有神人魔怪，萬物都同服至尊。

順風耳：（口古）况且孫悟空已任弼馬温，此後唔慌佢在下界擾亂。

長庚：（口古）既以啫，我李長庚主張招安妖猴上仙界，實在已計出万全。

玉帝：（口古）係呢，佢做咗弼馬温，咁佢現在嘅情形究竟又点。

長庚：（口古）佢日夜勤勞安於職守，養得的御馬好肥添。

玉帝：（大喜介打彈燭花）李仙卿真高見，（双）那妖怪

1—2

服了帝前、卓算預諜境卿献。

（内場御馬監丞吽喊声介）

玉帝：：（詫異快板）灵霄殿前、誰个喊声一片。分明斗胆、有犯等發。張天師速去拎此罪臣、到来責譴。

道陵：：（領旨下介）（拉御馬監丞叻叻古上介開边入门揼御馬監丞跪下介）

監丞：：（白）参見萬歲。

玉帝：：（云才開目口古）喚、大胆御馬監丞、竟敢喧擾金殿。众仙卿（介）此人該当何罪？

道陵：：（口古）半句应該重責笞鞭。

玉帝：：（白）人来打。

監丞：：（摘介白）且慢（白欖）微臣知罪譴（叙）因為有急事、故此吽声喧。

玉帝：：（白欖）究竟為何因、快奏明一遍。

監丞：（白杬）弼馬溫作反（一才）

玉帝：（急白）嗄弼馬溫作反（衣才衆同閲目介）（秃头白杬）究竟爲何端。（双）

監丞：（白杬）因爲只妖猴不服天調遣。佢話怕拘束、因此反出重天（双）

（的々撐衆人同閲目介）

玉帝：（怒介花下句）原来妖猴性难拘束不愿爲佛爲仙。又怕佢野性难馴、衆卿有何謀將它制㨿。

長庚：（花下句）石猴天生神勇、而且妖法無边。实在制服甚难、急㓥恐防生变。

道陵：（白）啤、（花下句）區々妖猴何須雇慮。豈容佢罔上欺天。請万歲大震天威、把神兵調遣。

長庚：（攔介、花下句）万歲勿听天師胡言煽動、还須策劃週全。微臣仍力主招安、以免兵士將損。

玉帝：(不悦介)(白)唖、(快上下白)再行招搖失威嚴。宣封弼馬尤猖乱、妖猴潑野罪难原。叫监丞(介)(花)即宣托塔天王来觐見，

监丞：(白)领呀旨(击门向内白)呔、万歲有旨、李天王朝見。(衣边卸下介)

李靖：(内场白)来呀了(買边花持塔上介花下白)披戎装(介)擎宝塔(介)步上金鑾。呼先鋒(介)

巨灵：(開边衣边上介一才仝扎架)

李靖：(续花)唤吾兒(介)

哪吒：(脚踏風火輪什边開边上介一才三人仝扎架)

李靖：(续花)一同上殿。

三人：(開边車身入殿介白)参見万歲。

玉帝：(白)众卿平身。

三人：(白)谢万歲。(開边分边企介)

李靖：（口古）万嵗宣詔微臣有何差遣。

玉帝：（口古）因為弼馬溫反出南天門外、特命你擒佢回天。

李靖：（花下句）可恨妖猴擅離戒守、藐視天尊。請玉帝（介）頒旨微臣保薦擒得妖猴回轉。

玉帝：（白）好呀（撞點起真中板下句）果然忠勇兩双全、晋爵加官听皇封选（介）

李靖：（白）臣（介）

玉帝：（續唱）降魔元帥你承肩。

李靖：（接中板）身沐天恩心歡忭。

玉帝：（接中板）哪吒英勇要當先將你提陞听皇勵勉。

哪吒：（白）臣（介）

玉帝：（接中板）三坛海会大神仙。

哪吒：（接中板）罷免有罪承恩典。

玉帝：（接中板）立即前去莫遲延。

李靖、哪吒、巨灵：（同中板）拜别天廷將兵遣。

（三人回古头車身云门扎架介同下）

長庚：（摇头嘆息介白）玉帝（長花下句）今次動刀兵劳征战李靖虽强恐怕难採勝莽了闹妖猴仙胎玉孕有根源能吸日月精華学成七十二变化神通廣大、李靖未必能与佢週旋。

玉帝：（白）嘆、（五才花）难道天将天王、都不及妖猴手段（白）定的喇咐佢捉只馬騮齿吮叻。

（内場擂战古介）

李靖：（内場喝白）殺敗了、（冲头拖鎗上介跌地介起身五才花下句）殺到我兵宫失盔、背痛腰酸、嗟吔吔、敗陣逃回、羞慚滿面（接士字腔介入殿跪下叩見（白）罪臣李靖殺敗回來丹墀待罪。

玉帝：（大慄介白）也話殺敗回來。（反才介）

衆人：（大慄反才闵目介）

玉帝：（口古）李仙卿。暂且平身。奏明如何敗戰。

李靖：（口古）容臣覥顏奏稟、請罪聖前吩。（起身）（番腔芙蓉下句）進逐妖猴、厮殺、走半云端。难鎖定海神針、殺到筋疲力倦。哪吒幼子已傷及胸肩（花）臣灵官亦惨敗回來請万歲恕臣罪愆。

玉帝：（愕然介、花下句）估不到野猴有此本了、李卿難奏凱旋。剿滅於它衆卿有何良謀貢献。

道陵：（白）万歲（白欖）怕敲奏、我天尊、妖猴作悪擾垂天、再命九曜星二十八宿同齊戰、四大天王助陣復由李靖掌兵權（双）

李靖：（擺手介白）不敢々々（白欖）掌兵权、曾敗戰、臣

1—5

無勇、將不前、繞領各神兵、天師亦へ逃（双）

道陵〻（愕然介、白）哗〻真得呀、我祇曉得除妖捉怪、肅剎打仗我就有符嘅㗎（介）

長庚〻（哈〻笑介木魚）天師不敢作神兵統帥、（介）李靖又不敢挑戰攻堅（介）此猴猖獗、一時無法週旋、此子看來、招安最為上算、對他一个有官無祿、養佢在天边。。（介）

玉帝〻（撫白）哦、即係畀个空銜佢吖嗎（介）

長庚〻（白）係嘍、（㩒唱）佢係下界妖魔、不懂得品從夷職。（乖頭轉二王下句）等佢邪心冬歛、不再多惹了禍。。庶幾海宇清寧、（一才轉乖）三界都一毛不損。

玉帝〻（白）好〻〻（快点下句）金星多智不虛傳。定計招安真卓見、隨机应变、且從權。待我寫詔書（寫介）

你莫辭勞再見妖猴一面（丢語書介）

長庚〻（接語書花下包）謹遵玉諭奔到花果山前（介）

完幕

第二場　水簾洞

佈景：正面洞口兩便刻「花果山福地，水簾洞洞天」
側瀑布，什邊日出水景台及藤樹。
（大笛吹到春來头一句作引子食住起幕）
（慢急急手無限次日輪昇介）
悟空：（食住急急手打從畫什邊上介落打入什邊）
（四古头悟空持金箍棒食住四古头打丰邊月上扎
架介馬騮子羅古插馬騮身形什邊扎架引牛
魔王、猕猴王、蛟魔王、鵬魔王、獨狨王、獅駝王、
吔、古上半完台洞前扎架介）
四猴兵：（逐个打從畫上分邊七王立中四古头扎架）
悟空：（一才詩白）手擎定海寶神針一万三千五百斤
怒展神威施手段天兵天將亂紛紛。
（食住三才羅古扎架介）

2—1

众：（同三套前笑介）

悟空：（五才花）可笑李靖無能，那咗炆陣。一輪棒掃彷若風捲殘雲。小嘍同（介）花果山（介）豈容挑釁。

牛魔：（口古）大王飛騰變化廣無邊。柰到山搖地震。

猕猴：（口古）大王你以一化千千化万。南天神將已豕突狼奔。

蛟魔：（口古）梗系制（对猕猴）大王法廣神通，所以玉帝至將佢高官封贈。

鵬魔：（口古）大王既受仙籙，一定住嘅系瓊樓玉宇，食嘅系海錯山珍。

獨狨：（口古）自從玉帝請大王上天，一定官居極品。

獅駝：（口古）系呢大王你一回山洞，立刻有天兵来犯，究為何因。

悟空：（霜腔花）众兄弟欲明此事，待我细説一句。当

2—2

日在天官封弼馬溫言来可恨。

牛魔：（慢下白）大王既是仙班名列，何以尚有恨于心。究竟弼馬溫是何職何司官居何品。

悟空：（白）你道也、（霜腔笑落下白）休提个官字，祇是監督養馬為真。職份蛮微其实束縛甚。御馬許肥不許瘦，旦夕管理要殷勤。倘若御馬有損傷，就要嚴加罪向。难逃重責禍臨身。（催快中板）哥烈諸般难忍受，憤然棄職離山行。（花）玉帝因此發兵，至令来到天昏地暗。

六王：（的的撑閔目戏妲已尾）嗱吔，如斯虐待难实难堪。（同仆灯燐白杭）禀大王，何須憤，既回洞，实闹心。在福地洞天逍遥快活甚。朝夕同耍樂，相見又相貌。（双）

悟空：（白）相見又相貌（正才什三告前笑介）

悟空：（花上句）众弟兄義厚情懷令倫非常銘感。
小妖：（冲头上介白）啟禀大王，有个独角鬼王要見。
悟空：（白）帶佢到来。
小妖：（白）是命。（下介）
（独角鬼王地錦持猪黃袍小妖引上介白）拜見大王。
悟空：（白）賢王到访有何貴幹。
鬼王：（口古）久聞大王招賢無由見覲。今知尔受了天禄得意为臨。特献上一件猪黃袍与大王慶幸。若不嫌鄙贱，希请收纳小人。（递袍介）
悟空：（接袍介先聲看介白）好个猪黃袍（三叠箭笑介）（花下句）多謝賢王意重，令老孫感激殊深。试着猪黃袍睇吓合唔合衬。（水波浪着袍介）
众人：（内边参見介白）参見大王（齐唱工字锤中板）
同参拜，喜歡騰。着黃袍，威風凛。驚天地，動鬼神，(花)(一字一板)四海千山，皆伏大王德蔭。
鬼王：(花下句)大王上天十數載(一才)
悟空：(插白)有咩，不過十幾日啫。
鬼王：(白)十幾日，哦(恍然讀花)咁就上天一日下界
一載光陰，敢問大王，官封幾等。
悟空：(白)弼，(花下句)玉帝輕賢無禮封做什麼弼
馬溫。東傳難堪，寧可回山泉隱。
鬼王：(口古)啟稟大王，你有此神通，使乜同佢養馬
咁笨，就做個齊天大聖亦有本能。
悟空：(白)齊天大聖，(反才想介)

2—3

眾人：(白)恭賀大王(開边齊上前參見白)參見齊天
大聖。
悟空：(白)好、、(快中板下句)既然兄弟有此心，擁戴
老孫情切感。齊天稱號照施行，(花)就稱大聖

之称、尔地后後各称名份

牛魔王：（口言）我称做平天大聖名堂与天一齊。

蛟魔王：（口言）我称做覆海大聖因為我揸在海裡翻騰。

鵬魔王：（口言）我要混天大聖之称因為我能飛万仞。

獅駝王：（口言）我称移山大聖因為我力大無朋。

猕猴王：（口言）我称通風大聖之銜具有通靈奇能非常灵敏。

獨戲王：（口言）我号驅神大聖天兵天將一見我就飛遁狂奔。

悟空：（口言）孫角鬼王、前部為督先鋒由尔担任。

鬼王：（插白）謝大聖。

悟空：（口言）吩咐昇起齊天大聖旗号操練一日也。

2—4

小妖：（卸入帥旗介復卸出介）

悟空：（起快板罗古悟空领群猴舞蹈四古头扎架介）

悟空：（與士工快板下句）刀与鎗，勇共剑，要苦練辛勤。舞金戈，揮鉄鐗，塵飛沙滚（叻、古舞蹈过位四古头扎架介亮头白榄）想当日，别同群，尋師去，学長生。豈料花果山，兒孫遭不幸，混世魔王真可恶，横蛮無理竟相侵。（双的、快板下句）俺老孫归来後，才得掃蕩妖氛。教兒孫，应当要，毋忘此恨。（叻、古舞蹈过位四古头扎架介快板下句）為保山，勤習武，防範魔神（七字清）況且人王相距近，恐他早晚禍殃臨。（花）為保安寧在对山列陣。

六猴王：（花下句）且看旌旗蔽日剑戟如林。

悟空：（率領衆猴舞蹈衣边下介）（小妖留场看洞介）

〔稳真〕（长庚持云帚上介长二流）离天界、下凡尘、风送彩霞飘飘引，我在水帘洞外驻足停云。（合）果是好名山，高万仞，奇峰峭壁，更有玄鹤灵禽。不少寿底仙猴，也有麒麟卧寝，欢佳奇花瑶草，翠拂松林，下听风弄竹声，仿奏广寒仙韵。（上）（一才诗白）正是一条洞壑藤萝密，四面原堤草色新，百川会处擎天柱，万劫无移大地根。（工花下句）看不尽山光水色，赏不尽缘叶花阴。待我驾祥风（一才闹边舞蹈过位介）降彩云（一才闹边舞蹈过位介）正是水帘洞边。

〔急鼓衣款上前介〕

小妖：（一先锋众上前拦介口古）吠！何方妖仙胆敢到花果山胡混。

长庚：（口古）我乃玉帝天使，名号李长庚，今奉玉旨到来把尔大王封贈。

小妖：（小吉）哦原来尔系天使（望衣边介）大王已經叱緊勒，我替尔代陳。（白）尔企埋一便先、

長庚：（什边下介）

（地錦）（悟空率領众猴王猴兵上介）

小妖：（上前參見介白）啟禀大王，現有天使李長庚要見、

悟空：（白）李長庚要見（反古一）（罵古白）將上次李長庚請我上天，使我老孫署訟天門路經合次再来看他有何將意吩咐众弟兄（介）列隊恭迎（介）

2—5

（小開門）（長庚捧旨上介見禮畢）

悟空：（白）迎接来遲請老星恕罪、

長庚：（白）何須客氣、

悟空：：(白)請向老星到来有何見教、

長庚：：(白)不敢：：(長花下句)且听我有言陳、上回請你上天朝、官封弼馬識非低、官卑職小委屈你才能。現在玉王亦抱歉甚。命我特来陪礼請回茶蒂于心。款再請你上天做官、望求答允。

悟空：：(白)玉帝再請老孫(反才三下打)做官、実唔慣奉負你殷勤。上次上天宮难堪束縛緊。而家逍遥兼自在、朝夕伴同群。(花)怎及得自作自為称做齊天大聖咁名份。(指旗介)

長庚：：(的的撑着旗介白)齊天大聖(反才力场白抗)原来此妖猴自称大聖咁胡混。等我甜言来誘佢、免虛负此行(双)(介、白)大聖(五才花下句)齊天大聖名号、玉帝早已知聞。現在奉旨封贈此銜官居極品。

乙—6

悟空：（四时果）大聖之称玉帝因何知底蕴，

长庚：（白杭）千里眼、顺風耳、早听闻，对玉王、来告禀。（双）（四时果）玉帝恩意临远近，付言来赐赠。

悟空：（四时果）上界有有此官職，休将俺進向。

长庚：（支吾状白杭）系老人、力奏禀。孫大聖、有齐能了当齐天、能勝任。（双）（四时果）允蒙玉眷幸、还求来上任。

悟空：（花下向）尔語玉帝礼賢下士，敬我才能了就相信老金星欣然答允。

牛魔王：（擱介白）大聖（花下向）又怕玉帝反覆無信說詐欺人了，我地欢叙一山何必高群遠引。

眾人：（白）系呀都系唔去爲高，劝大聖、

悟空：（白）尔地唔知既功（七字清中板下句）子闹天宫

仙境、有三十三層，四老三清尤未稔。未識普天星
相與群神，我欲多結仙朋。誤認天河遠近，所以
欲並蒼兄上天行，（花）老金星（一揖介）依你所求
再將玉主朝覲。

長庚：（包才）（快點下包）齊天大聖實心人，就此登途
回天禁。

悟空：（花下包）吩咐兄弟勤操勤練，莫畏艱辛，

众人：（拱手送行介）

（落幕）

(第三场) 桃園

(横竹奏排子头一句起幕)

(竹長才土地持杨杖上锦斟头企定板眼)呢个桃園土地，赏然心机。奉了皇母之命，日夕灌溉施肥。负則锄树修桃。重有一班力士。惟恐点差，督促不敢兒嬉。幸喜適才，接到玉旨。欽点齐天大聖，到此主持。大聖自上天宫，并無桃了。终日交朋结友，性极不靠。遇着(三清呼个老字若逢四帝(转一王)僅以陛下称之。若遇星宿諸神，彼此皆称兄弟。(白杭)今日往遊明日從西去。雲来雲去無拘束，群臣防他惹了非。(双)(工花下句)因此奏请玉帝，派佢把桃園看管，早晚便到此处。待我肃整衣冠，預備恭迎新贵。

(内场白)大聖到．

土地：(白)待我去迎(去洞口古)
(大開门安静司寧神司卒四仙吏持百足雜写「齐天
大聖」引悟空上介)(土地迎入洞内介)
土地：(口古)不知大聖駕到微神有失遠迎望求寬
恕。
悟空：(口古)啱，我老孫素来無拘礼，何必分别尊卑。
土地：(口古)應該咗待我傳集一班看桃力士去呢
向大聖行礼。
悟空：(口古)唔駛咁多礼呦，我今日先来查勘桃樹
有幾多棵。
土地：(白)大聖(龍舟)左边桃樹有一千，二百株。三千
年一熟的確珍奇，食過就了道成仙身輕無比，
悟空：(白)哦原来咁珍貴架(望什边指桃介龍舟)哦
呢便桃開正熟好似草染胭脂。呢一派桃林说共

有幾多棵樹，

土地：（白）又係一千二百（龍舟）此樹六千年一熟葉
大果肥，食咗就霞舉飛昇長生不死。（一才）

悟空：（會任一才喜介白）食咗長生不死。（仿卓竹籌
覺後便攝樹林介龍舟）呢種桃香陣々，撲鼻芳菲究
竟呢種仙桃食過又有何益處，

土地：（龍舟）說來告你（三王下句）此乃九千年一熟
食过寿与天齊，共有一千二百棵（冠）还请点明清
計。

悟空：（喜介四不正）仙桃艷色真佳美，果襯葉青满
樹垂，迎風送香氣不禁令儂笑微。（白）土地（花下
句）果是天官異種，世上称奇土地你向管桃園一
宫飽尝美味，

土地：（白）重藉飽尝美味呀，誠都未诚过吖大聖靈

花下句）我冇福氣（双）土地在于桃園、只系看司管理、幾时輪到我试珍奇，即使四帝三清8与共西天佛子、都要等天后皇母、设宴在瑶池，若非蟠桃会各甪休能尝试，

悟空：（仄才）詫異介（白）哦咁唔甪蟠桃会、四帝三清都冇得会囉嗻。

土地：（白）梗係喇唔甪蟠桃会就个个都冇得会。

悟空：（白）比如蟠桃会唔请佢吋的呢？！

土地：（白）吋的更唔駛只以会喇。

悟空：（白）哦乜原来咁㗎（另场花下句）此神天宫規矩、太不自如8会个桃都咁艰难、直系岂有此理9（对

土地口古）我初吼亦任想遊吓桃園唔駛尔地跟随服侍，以後在我桃園看守、若有人到此要把我通知。

土地：（白）送命（与安静司寧神司四仙吏立洞側衣边下介）

悟空：（水介花下白）此区々果物太过当浮。珍奇休菩蟠桃会（一才）宴瑤池（介）我要将他一试（先丰走埋正面樹举手数摘桃介发现大桃大喜介白）真正噴鼻香咯（起小曲譜另録）夭々灼々花盈樹顆顆株々果压枝、果压枝头垂錦肆花盈樹々簇胭脂（唐（舞蹈摘桃介）（接大桃向台口做小曲）时向时结千年熟暑夏暑冬万歲度带蒂凝烟肌带绿桃红映日显丹姿（三唱翻笑介花下白）蟠桃本備仙人会我先尝美味又何如（会桃介）

（会佳人息灯正面桃果減步介悟空像攀樹梢或亭畔。左暗灯中起由切催快急々丰（探场注意搶洞门）（灯会住急々丰完漸光介）

黃衣
銀衣
素衣 仙女內唱反線追信头一句）碧天彩雲照耀輝

（急々牛三仙女携三色藍ㄙ四古头台口扎架（介）

銀仙女：（詩白）飄々雲霧捲仙衣。

黃仙女：（詩白）先々祥風送玉姿。

素仙女：（詩白）慢々瑤池開勝会。

銀仙女：（詩白）株々桃果正香时呀。

（反線仿板序幫腔內场合唱）

ㄴ六工尺工六生五六工尺上x 五六五生六.上

宴会陳設皆整理姊妹快同

尺工六工.五六工六尺.工尺上 五六五生六x

指東西。且將花籃提

（生工六五生六.上工六五生六） 工尺六.五生伬

玉皇聖

五六工尺上x士上尺工.六五生五六工六尺.工六

3——4

意　那　敢不　依
生五六工尺上、尺工六尺上五生六×—五|工尺
要赶前
六、五生织纪、五六五生工尺、工六生五六工
去。众姊妹呀亦高却宫
六尺×工尺、工尺合士、上尺工上、
幛早经菓园路去。
（起反线仿板序）
（内）场红衣、蓝衣、绿衣、紫衣、仙女齐唱帮腔（介）（曲另录）
三仙女：（合）佳每句帮腔舞蹈扎架（介）
银仙女：（反线紫塔腔仿板）提×乚起了、篮×去、攀折仙×
枝、乚、乚：摺×起摺、起罗裙、和翠袖×乚双双去、乚齐共
去×乚去把桃株摘取（帮腔）（舞蹈介唱）应该要小心
选择果美色朱（帮腔介）使天空、蹈彩霞（帮腔）步履

鴛鴦有若穿雲燕子、姊妹行双双携手、離却宝閣瑶池（合前舞介）趁金烏追玉兔快々前行、且覓採桃伴侶，

黄仙女：（摘介白）醜也咁快呀、紅衣姐（合尺花下句）各姊妹正將彩籃修拾、等埋佢地亦未為遲、我地稍候在雲端約齊至去。

素衣女：（白）対吻（合尺花下句）朝侍娘々雲鬟理妥陪帝主解龍衣（揷白）呢的工夫都做到茶向唎（花下句）不着得偷閒処且偷閒、採摘蟠桃休着意。

銀仙女：（白）咁又唔得噪（中板下句）了聞蟠桃会請仙雲集。乃系盛大礼儀、瑶池中、力士仙童正在忙手怖置。佢地整金杯、并備舖陳盛宴、經已喧擾多时。我地赴桃園、奉有懿旨頒催、豈可偷閒放肆。若果違天命、一定嚴遭詒謫、罪咎難辞（花）快約众妹

同行、切勿掩延为是。

黄仙女：(白)唔怪你银衣妹(上云梯)尔且安心咪咁着意，各须知，满天仙众未到，听诸天百宿、排经宣旨，谁为信，难越礼先参帝，设觞演礼未到时，约乐及时寻安慰，舞且高歌有乐趣。

素仙女：(白)系啰银衣妹(長花下句)咁至有乐趣(双)何必忧心添愁绪，浮欢愉处且欢愉，各且听仙乐飘飘随风至，不若且行且唱舞仙衣，应将歌舞解忧愁，乐了赏心事不易。

银仙女：(白)(指素仙女)你说话够感慨啦，(指青衣女)尔性情活泼天真(花下句)我地歌舞尤小可、惟是有责任防霜大可以且歌且行咁就两全其美。

(内场)四色仙女嗌(白)银衣妹呀等埋我呀(卸上孔架)

(七仙女会住同孔架)(介)

（九重天小曲引子一句）朕辟高袂（过序完台介）（众齐
指（介）金光万道际红霓瑞气千条衬紫晖、四处天
空碧沉沉、琉璃制两边楼阁明幌幌宝玉砌、一宫
宫脊吞金兽立一层层柱列玉麟楼寿星台又有
千千年不卸名花炼药炉边有万岁常青异卉、蟠
桃园已在眼底停歌罢舞採桃为（介）
银仙女：：（白榄）蟠桃园洞门闭请土地快出吠（双）
土地：：（合住朴灯笼罗古由衣边洞侧上介白榄）见
仙娥忙施礼、何要了、请说知（双）
银仙女：：（花下句）因为要开蟠桃大会、设宴在瑶池
我地奉旨而来採桃归去。
土地：：（白）咪住（花下句）桃园已由大圣看守、今日不
比往时。尔地若想採桃要等我入去通知佢。
（开洞门四围寻找不见水介浸出门口古）不见大

聖在園中，只留衣服隊處，想是去園会友交结仙道。

銀仙女：：（白）咁呀（反才介口古）我地採摘仙桃系奉咗娘々懿旨，点敢空手回去。有误勝会之期8

黄仙女：：（口古）系啰恐怕皇母降罪下来非同小可。

素仙女：：（口古）不若我地先行摘果尔至向大聖通知8

土地：：（白）咁呀（反才介）（口古）好，剩尔地先摘蟠桃我一陣向大聖爷々请致。

众仙女：：（口古）我地一齐入内，步履轻援。（小罗双思同入介扎架介）

土地：：（会任双思罗古卸下介）

銀仙女：：（採桃曲）好桃果好桃兒金龙珠弹又何殊。

黄素仙女：：（合唱）叶綠花红真猜美仙桃仿若染胭脂。

众仙女：（齐唱）姊妹同扳仙果樹，左手携篮又折枝。

（过長序摘衣边桃介三篮过位什边介）

銀仙女：（續小曲）六千年長寿樹，齐採摘莫延遲。

众仙女：（齐唱）齐採摘莫遲延（宝）子襯托摘三篮埋正面桃樹發覺桃小及才介众人闵目介诧異（介）

銀仙女：（花下句）何以九千年老樹葉盛果稀，只剩帶蒂青皮，莫非今时花虚遲结子。

萬仙女：（花下句）满園皆茂盛，單独老樹结果遲熟[8]果稀疏，姊呀尔话是何道理。

素仙女：（望衣边亭角發現大桃介白）有呀。（花下句）尔且看南边樹丫，独留一棵半含脂[8]，待我步过亭边扳樹摘取。

（先年受素仙女扳低樹枝銀仙女摘果後放手介）

悟空：（南边左亭角冲手抓住樹枝躍下介）

众人：（惊介）

悟空：（拍卓竹怒视众人推磨角台口介口白）咻何方怪物胆敢偷摘蟠桃惊醒老孙把名报来。

七仙女：（慌忙下礼介）

银仙女：（口白）大圣我地不是妖魔乃是皇母娘娘所仙女。

悟空：（口白）尔地到来何事快甬我知。

黄仙女：（口白）我地到此採桃因为奉了娘娘懿旨。

素仙女：（口白）我地岂敢拈竹偷摘话句误会一时。

悟空：（口白）既是奉命如来何以不先对我甬时来意。

银仙女：（口白）因为土地我寻大圣不见所以无法通知（花下句）因奉娘娘之命不敢再乃拖延瑶池设席宴群仙蟠桃大会期将至。

悟空：（白）嘎甪蟠桃大会（反才介）（高介花下句）乂天蟠桃胜会，老孫久已甪知，未知此詩是谁，还请详明底细。

银仙女：（白）大聖（下礼介）（長句二王下句）乂会盘有成規，宴会遵循例，邀请西天佛老，各聖列齐，又请西海观音，与及東方聖帝，十洲三島，仙众俱齐，还有四帝三清，同拜礼，重有幽冥教主，海嶽龍龜。

黄仙女：（序）一同到会仰天威。

银仙女：（乂句）各路群神，同觐娘娘玉帝。

素仙女：（序）依次来参礼。

悟空：（二王下句）哦，蟠桃缘会，满天神佛一概请齐。

银仙女：（序）音乐满雲霄。

悟空：（乂句）一定热闹非常，合晒老孫，口胃。（齐才收笑介白）呢个会我一定要去吻。

银仙女：（白）尔都去呀（白揺）乜咁容易（双）请宴未曾有尔名字，了阁尔执吠，到照例尔唔知。王母未曾宣随便点可以。（双）

悟空：（白）咪随便唔可以（反才阁目另场花下句）此会请仙云集，遍请大小神社，8单独不请老孙，叫我点能服气。8（想介五才对众花下句）我要查明此了亲赴瑶池8

银仙女：（笑白）尔都去呀

黄仙女：（对众仙女笑白）佢都去喎（众仙女同讪笑介）

悟空：（不会意亦笑介花古笑声）向句众仙姬。因何偷欢喜。一完欢迎我赴会笑微微。

银仙女：（笑介花古笑声）笑尔太天真绝唔知天意。王母并无请尔点可赴瑶池。

悟空：（白）咋佢冇請到我（反才笑介）唔信々々（減字芙蓉下句）既系猛我做齊天大聖。豈能不請我赴瑶池8众仙好仙桃。应言休相戏。

黄仙女：（減字芙蓉下句）我地仙人無誑語。你句妄想与胡思8

素仙女：（減字芙蓉上句）蟠桃大会宴群仙、单独未聞請到尔。

悟空：（白）佢亨真冇請到我、

众仙女：（全白）冇請尔呀

悟空：（戏妲己花下句）唉吔々咁就大偏私。（快中板）不請老孫点能服氣。莫非我不及众神祇8（花）我一定要赴瑶池向王母天尊问明此事。

银仙女：（摘介白）大聖（花下句）可知到瑶池宴会豈任尔来去自如8且问尔有何道根竟敢同参盛举。

3——9

悟空：：(白)尔向我有何道根法力呀(笑介小曲)我本是天地精華灵混气，花菓山中悟太虚，煉就長生不老死。無穷变化任為之，嘉今席尊慈讓，我老孫当合赴瑶池。

银仙女：：(續小曲)尔縱有神通何济了。天宫礼制要遵依。

黄仙女：：(續小曲)来奉娘々懿旨，焉能擅自赴瑶池。

素仙女：：(續小曲)大聖莫違天心意。必須守份与安时。

银仙女：：(反線中板)劝一声，齐天大聖，請纳我言詞，在天宫，不比下界風塵，可以縱横任意。記当年，有位捲簾大將，侍候玉帝在瑶池，蟠桃会中，佢失手無心打碎天宫宝器，竟致受盡刑，貶下流沙河畔，贖罪無期，(花)大聖尔既受籙於天，当要順天行为。

悟空：：(反才開目另场花下句)原来天宫有此森嚴

法例我竟未曾知8唯是老孫不怕天來不怕地。（想介五才对衆花下句）多感仙娥指導待我查明消息赴瑶池8施法力（介）显神通（介）將仙娥完住。

（用边施法指七仙女介）

衆仙女：（例退排列成行作目瞪口呆不動狀）

悟空：（花下句）親身前往蟠桃会騰雲駕霧快如飛8

（四古头扎架介）

（全住山幕）

（山幕）

4-1

第四場 （瑤池）

（瑤池宴小曲引子一句起幕）

（四仙童甲乙仙官各携酒壺杯食住小曲序上扎架介）

（合唱小曲）瑤池陳玉液，宝閣設琼漿，溪洌瑞霭缭绕，花香鳳舞鸞騰形漂渺，鸾翠鱼躍影潛翔。

甲仙官：（白杬）酒又香、花又香、蟠桃勝会共翠觞（双）

乙仙官：（白杬）叫声众仙娥快铺陳佳釀我们齐动手、擦甕又洗缸（双）

（男女仙童分边下介）

（甲乙仙官埋位洗缸介）

悟空：罗边花上四围張望踊馬騮身形介滚花 三十三座天宫、未识瑤池方向。七十二变宝质、不知勝会何方。再穿过曲径迴廊、四围探望。（瓷台发觉瑤池介喜狀白）哦（花）此处铺灯结彩、酒气芬芳。定是瑤池、待我入门细看。(先手衣敲入介叠一才發現仙官鎖了介花)我欲明底蘊無奈有仙吏在旁(反才)待我拔去寒毛、稍施神通救佢。(微手拔毛用口吹碎闸边喷入介)(仙吏作瞌睡狀介白)好眼瞓呀、我地入去瞓吓先咧(下介)

悟空：(入门見酒三番罰笑介起海南曲)馥郁美酒香、當堂心搔癢(起)任意独醉飲(譜奏無限次介食住上前取壺就缸掬酒飲介再掬一壺發見枱上食物食住起減字芙蓉下句)又見枱中陳列着熊胆與龍肝更有好珍饈、猩唇共熊掌。嘉肴和異果、式式要試嘗(花飲一番、食一回、放開豪量。(譜子襯托吃喝介)(花下句)自覺醺然酩酊過口克腸、醉昏昏(介)步傾斜(介)且返齊天府往。(拉士字腔介)

(食住烟灯变幻出宫景、丹炉有火)

(音樂士、士士乙士乙士無限句罗古襯托)

4-2

悟空：（醉步上 操々跌墜介 至台口 坐見兜率宫白）兜率宫（反才覺 浣異 擇眼介白）兜率宫（介）嗐（起爽二流下句）醉朦朧迷失路（走）來到離恨天堂（天人）此乃是老君居（合）早已跋來探訪（上）今日觀此殘步（走）遊覽此地方（走）（白）好、入去搵老君傾吓 至得（醉步入）（四坐多人介 五才 工花上句）何以寂々多人、并無音响。莫非老君甫经说法、去了西方。待我抹角轉灣、四圍欣赏。（走步々娇 完台介 蓦覺丹房介白）煉丹房（双）（笑介）（白杭）好丹房（双）丹房射云彩光芒。久聞天上有仙丹、人间实稀罕。今日有缘来到此、一闹眼界又何妨。（双）食住朴灯 戲罗古 入房介 閉目白杭）丹灶旁、炉火旺、侍炉人不見究竟去何方。（双）（转身 發見壁上掛着五个葫芦介）（喜白）哦（起乙字清下句）原来異宝此中藏。五个葫芦冇安放。但闻陣々宝丹香。（花）待我试揭葫

芦、把奇珍一看。（先锋奏揭葫芦介大喜白）好野，呀等
老孫試吓的好野至得（開邊取葫芦倒丹吃介）宝子
襯托食丹再取葫芦倒酒意已醒回憶以前偷桃酒
丹乃罢古做手介（花下句）一服金丹酒醒泼瑤池社乃
未能忘。8偷仙桃（一才）飲仙酒（一才）食仙丹（一才）已经將
踩天楬阁。（口古）唉吔呢件乃若果玉帝闻知就冇情弊。
会话老孫技得胡天胡帝倒乱綱常。吓陣一定大禁
雷廷將罪降。如何应付免遭殃。（抓耳想介）（花下句）
不若转为山洞，更重快樂洋々8走去兜率宫南天门路
社。（去丹房從原路去兜率宫门口介忽止步白）南天
门多天把守，唔得々々（花下句）不若转道西天门去，免動
刀槍8
（食住四古以变回瑤池景介）
（要孩兒四仙女出台御扇引玉帝王母上介）

4-3

玉帝：(詩白)採摘蟠桃開勝会。

王母：(詩白)百官文武共称觞。

玉帝：(三ア打)仙会樂淘々、姓常皆一樣。滿天神共佛、

三界聚朝皇。

王母：(三ア打)祝賀老天尊、普天同欢暢。衆生齐晋寿、

万物共呈祥。(花)不久諸先雲集瑤池、同把天顏敬仰。

玉帝：(長花下句)心花放、樂洋々、瑤池宝閣極輝煌。仙女

成群排成花月樣。一陣輕歌妙舞奏霓裳。襯住仙

樂飄々音嘹喨。县云天宮景色到处粉賤脂香。此

会垂间多、祇是天庭常有享。(大笑介)

(冲头七仙女携篮上介闹边一齐介边跪下白)参見万歲

娘々、(各人惊状介)

玉帝：(反才閑目右擋花)因何故心惊愴(怒)面带慌張、直

禀端詳。

王母：（唱白）究竟乜野事，快的奏嚟。
黄仙女：（白杬）禀娘娘，奉主上，我地姊妹们奉旨採桃往，
点知採桃採出禍，我有一排慌（双）
王母：（白杬）慌乜乜事幹，採桃係我懿旨，点会惹禍
殃（双）
素仙女：（白杬）娘娘系唔知，採桃既状况遇嗒孫大聖將
此桃園看，話我地偷桃嚇到標冷汗（双）
玉帝：（花下句）你又曉惊慌唔识乃，丕一飯袋酒囊，系可以
話娘娘有命採仙桃，点解咁都唔会奏。
銀仙女：（白）主上（花下句）其中原委，容我奏上天皇。
玉帝：（唱白）起来快快奏嚟。
七仙女：（齐起身介）
銀仙女：（反线中板上句）我地去採桃，曾对大聖言明，
系娘娘懿旨降。誰料他，進问蟠桃勝会，邀請什么佛老

4-4

吳芸仙娘：我把旧例規、一一説明所請諸天星相。他闻道作难参勝会、即时愤怒非常：(花)用定身法定住我们作就不知去向。

玉帝：：(的々撑沉腔下句)那々々妖猴本性潑野顽强(上句)不要理会于他且将仙桃呈上、

銀仙女：：(白)主上(乘二王下句)今次採桃太少、待我請罪尚堂：

黄仙女：：(序)誠恐又誠惶。

銀仙女：：(西)共得小果三藍、中果亦同一樣。

素仙女：：(序)非常之失望。

銀仙女：：(西)未見蟠桃大果熟透朱黄。

黄素仙女：：(序)一定大聖已偷嘗。

銀仙女：：(西)我地商白情形(花)伏乞天颜原諒。

玉帝：：(的々撑大怒花下句)妖猴大胆獸性披猖：偷食蟠桃可謂欺天罔上。

（冲头甲乙仙官上古古）啟禀主上娘々擾乱瑤池不知誰人咁
好胆量。
乙仙官：：（口古）把仙肴仙酒是地食清光。
玉帝：：（的々撑震怒介）
（大冲头太上老君上介快白杬）禀主上（双）兜率宫丹房
發生了異状金丹被偷去未知誰个咁猖狂。（双）
玉帝：：（杬老君快白杬）兜率宫高在上誰人敢乱闖难道
冇人守丹房（双）
老君：：（白杬）我往朱丹台與古佛將经真、师徒一齐去、宫
内冇人看（双）
玉帝：：（的々撑怒介戏妲已尾）哇吔々一笪妖猴作怪、擾
乱天堂（快点上句）罵声妖猴真狂妄。翻天覆地乱陰
陽。君不誅除此孽障。天堂地府也难安。（花）叫仙官（介）
宣上托塔天王、听王旨降。

仙官：（白）天王朝見。

李靖：（内白）來呀了（開边車身上介下礼口古）主上宣召微臣有何幹。是否蟠桃会上、代替主上劝酒舉觴。

玉帝：（口古）李卿家寿酒蟠桃已被妖猴吞享。着尔统领天兵天将（介）去把妖猴监生制。

李靖：（反才閉目花下句）諾從玉旨、惟是再奏君王，还请多派天兵、特臣將花菓山掃蕩。

玉帝：（花下句）戒点二十八宿、與其四大天王，派遣十萬天兵佈下天罗地網。

老君：（花下句）待老道携同法宝隨從助陣帮忙，尔即管奉旨先行。一定可如聖望。

李靖：（的々撑閉目白）好々々（快点下句）君君法宝極高强，誅此妖猴何敢抗。三头大臂亦难当。（花）拜別天帝遣兵調將。（四古头下介）

玉帝：：（花下句）王母瑶池開勝会，竟被妖猴亂一场

（食住冚幕）

（冚幕）

5—1

第五場　水簾洞石岩內景

（什边洞口內設石枱石櫈）

（排子一句起幕）

（大聖、独角鬼王坐幕、牛魔王居中六个分边企立）

牛魔王：（口古）自從孫大聖上天宮、山有百年光景。

猕猴王：（口古）亮覺無訊息、唔知佢点樣情形。

独角鬼王：（口古）相信玉王已封左大哥、做齊天大聖。

獅駝王：（口古）一定逍遙快樂、無乜牽縈。

鵬魔王：（口古）何以日久不回山、同大众高高庆庆。

蛟魔王：（口古）系囉、我地朝思暮想、渴望一叙手足之情。

猸猴王：（口白）大哥（滚花）不如尔上天將大聖請回、因為尔最好本領。

牛魔王：（白）哈哈、賢弟（花下句）我重可騰雲駕霧但系仙籙未有注名，况且未上过天不识天门路徑。

鬼王：（花下句）大哥言之有理，惟是我地情義非輕，想到難見無從，便覺愁懷莫解。

牛魔王：（花下句）你地無須苦向大聖唔会忘記左弟兄。我已吩咐採擇水果番吮，与大家盡興。

（地錦甲乙猴子攜水果什边洞口上介）

甲猴：（口古）我地採摘水果番吮，請各大聖受領。

牛魔王：（口古）大家一齊進食恡恡至談傾（各埋位吃果介）

悟空：（內場白）来吖了（急々丰由恡至快，悟空由什边上級番过衣边下介）

猴子：（冲头扒上白）啓禀各大聖，齊天大聖回来了。

（各王大喜開位介）

5—2

悟空：（食住什边洞〃上介）
众王：（乡边伴悟空至台〃介）（同三吞爾大笑介）
七王：（同白杬）将大圣（双）今日喜相逢、大家同高
庆、相信你在天上快乐又安宁。（双）
悟空：（花下句）我就将上天经过、对大众说分明。
（将减字笑〃吟）我一到天宫、封做齐天大圣。因
见我去了、看管一件了情。有守蟠桃园我初
时亦道命。適逢瑶池会、诸仙饮宴在天庭。
歌想多结仙朋、点知王母不邀请。是我一时性起
心内实不平。（花）因此饮仙酒、（介）食金丹（介）然
后转回山山岭。
牛魔王：（白）大圣（花下句）王母轻贤〃礼、于情于理
太不应。且莫理他、吩咐酒果安排、（介）设筵奉
敬。（白）摆下酒、

（猴子入同取酒設席介）

牛魔王：（拉悟空埋席亦同举杯介）

（師牌飲酒介）

鬼王：（扑灯蛾）我喜不勝，樂不勝（介）（斟酒介）連忙斟酒敬義兄，酒味虽不濃，手足情当永，此乃鄉中水，佢並異淡請盡傾（双）（敬酒介）

悟空：（接酒白杬）情非淺，義非輕，此情当令鬼神惊，难得叙鄉親，團圓齐欢飲，大家同飲勝，珍惜旧时情（双）

（開边同举杯飲介）

（冲头兩猴子上介〃古）大聖不好，门外有好多天神將花果山圍定。

悟空：（怔並不理介〃古）今朝有酒今朝醉，莫管门外小子情。（白）唔使理佢，理咗同飲杯（兩猴埋飲）

（冲头丁猴上口古）门外光神吽骂不休，闹尔不配做齐天大圣。

悟空：（笑介白）吾将理佢，（口古）诗酒且图今日乐，功名休向我时成。（白）向埋洞门埋吼饮杯（介）

（大冲头戊猴仓皇上白）大圣不好，光神已把洞门打破，杀到入吼（介）

悟空：（的、撑大怒姻已尾）嗹吔吔吔，欺到上门，令我怒火难平。（快点上句）大胆玉皇施压令。老孙何惧小神兵。（花）众弟兄（介）显奇能（介）杀到佢逃亡奔命。

七王：（齐花下句）雄心奋发，与敌相迎。（四古头齐扎架）

5—3

（食住四古头熄灯后起排子头一句）

（夜天空雲景天幕南天门天幕脚平台可容人）

（排子头完再起四古头着灯）

悟空、哪吒、（什边車搶冲上罢战杀敗哪吒悟空追下）

李靖：：（内场快首板一句）杀到天愁地惨（罗边花持鎗上介包才大花下句）遂見天兵敗陣潰散奔还[8]（介）敵不住四面猴兵逃不过搶桃刀斬（介）

（冲头牛魔、鹏魔、蛟魔、狝魔王什边冲上介）

李靖：：（与四王打四昇勉强杀敗四王介）

四王：：（什边敗下介）

李靖：：（恸懷花罗古鍤蔽之身形花下句）嘆幽果然利害、杀到我抖氣难蓄[a]又見霧裡雲中、（雜衣边）兵戈耀眼。

（牛魔、猸猻、獅駝、独角兕王、冲头衣边上介）

李靖：：（与四王罢战介）

四王：：（衣边敗下介）

李靖：（怕懷花罗古合前奔踹介花下句）来到伉手
忙脚乱，胆战心寒。（介）彷佛悟空来来，接我不
能怠怕。
（内场喊呵介）
李靖：（惊慌介）
（冲头哪吒仓皇奔上介）
李靖：（假作敌人介一枪直刺哪吒介）
哪吒：（接住介白）父王（口古）何以你调转枪头揾的
咁野玩。
李靖：（反才擦眼闪目口古）我原来王儿呀，因为我
来到眼花撩乱，几乎唔识得亲生。
5—4
哪吒：（口古）父王你神色仓皇，是否遇嘅妖猴吖
枝金箍棒。
李靖：（口古）（摇头介）唔系因为花果山群妖个个利

害非凡。

哪吒：（花下句）妖猴骁勇，确非等闲，还请早定良谋，将花果山平剿。

李靖：（花下句）言之有理，此事要奏上天庭，尔去请旨添兵，速行莫怠。

哪吒：（白）领吓命（四古头冲入衣边下介）

李靖：（花下句）等候援兵赶到，准备再战一番。（冲下）

观音：（内场倒板一句）灵台飘幻。

木吒：（急急丰四古头虎度门持棒扎架介，引观音上介）

观音：（食住四古头持花瓶出虎度门同扎架介）

观音：（舞蹁扎架唱坛词第七段）

尺一 尺 工 尺 上 工 尺 上 上 士 合 士 上 尺 工

彩ㄟ色满ㄟ山、片片ㄟ霞ㄟ泛、宝ㄟ

尺上工尺六六工尺上工尺上上士
光燦燦、金風吹遍山向。滿眼是
六工上尺合合上合士上合士合
青朱翠紫黃紅赤素銀綠帶藍。
六工六尺工尺工工尺士上
撲鼻有花、香芬芳不散

(木吒接唱)上上士六工上尺上尺上尺上尺上
遠見鶴高飛列班。叫声滿天隻隻
尺上尺上尺工上尺工尺乙尺士
对对茶敬观音参礼不慢

5—5(小罗桐鬼舞蹈札架)

(观音令佳小罗扛鬼舞蹈札架續唱)
上上上六工上尺六工尺乙尺士
接到了天尊聖旨宣頌不怠慢。

上 上 上 上 上 上 上 尺 六 ——仩 乙 工 工 六 五 乙

看过了際素觀聖那衫。借現佛態千萬。

上 尺 上 尺 上 尺 上 尺 上 尺 工 尺 上 工 尺 仩

变化法相以一丹化千丹。

生 工 六 乙 仩 六 五 六 上 尺 上 尺 上 尺 工 尺 乙

朝霧送落了山。呀眼見雨烟飄飄化

尺 士

千幻。

（禾罗双鬼現音木吒舞蹈双扎架介）

（現音木吒合唱）乂一 上 士 尺 士 尺 士 尺 士 尺 士 尺

駕端起瑞光越空、瑞光越空

五 生 五 六 尺 工 五 六 工 尺

種種穿过雲霧飄繞環

觀音
木吒　二（食住小曲亭台口齊扎架介）

5—6

観音：：（诗白）五色朦朧宝叠山，红黄紫皂绿和
藍、紫竹林中道聖名、驚闹南海落伽山（舞蹈）
木吒：：（白杭）光旋曳绕云间（食住扑灯蛾罗古抽
象行云驾雾扎架白杭）満天瑞霭衬云生，云
霞织作金蓮盏，雨露凝成紫玉阑（食住扑灯
蛾罗古舞蹈走位扎架介）
観音：：（白杭）白鹤声鸣震九皋、紫芝色秀開千瓣、
宝光罩出莊家相，金風撩绕素衣衫（双）（收）
木吒：：（白）師父（花下句）何故催云踏雾迅速而行，是
否欲赴西天、一听如来將経讃。
観音：：（白）非也（七字清中板）因為蟠桃才接到玉旨
頒。王母瑶池陳佳饌。諸仙云集拜天颜，壽
酒仙桃恩赐奕。正是天恩如海又如山，（花）此去
叩見天寫、尔要遵守礼仪毋怠慢。

木咤：：（白）哦，原来咁吮（三下打）蒙師号訓示宽啓哦
愚頑。此次赴瑤池，可与父兄同把盞。
觀音：：（三下打）尔地閤家蒙帝惠，当念把恩還。（花）
快快佢起祥雲、襯住彩霞飄送。（叻々古半完台介）
哪咤：：（食住叻々古什边冲上两人拜下观音介口古）
哦原来与观音菩薩相逢，呢次要尔救苦救难
（下礼介）
觀音：：（口古）哪咤尔因何匆忙来此，有乜野事咁艰难。
木咤：：（口古）系罗、三弟、尔叫苦声声，究竟有何变幻。
哪咤：：（口古）祇為石猴作反，闹到地震天翻（花下句）玉帝调遣十万天兵都
佢偷桃盗酒窃取金丹。
被佢杀到五零星散。
觀音：：（白）哦（滚花罢古閙目做手介長花下句）猴性
太佷横（过）上中行，蛮怪意横行。曾记佢插入

龍宮奪取金箍棒。閻王簿上勾除死籍个一個。現在居然亂到天宮肆無忌憚。天神地鬼都被他接到兩霎雲翻。估不到天產石猴有此神通力檯。

木吒：（花下句）師父休長他人志氣怕他潑野強蠻。待我協助三弟交鋒。保管將石猴拎返。

哪吒：（白）二哥（花下句）若得二哥助陣。我願再戰一番。還請菩薩代奏玉王讀遣天兵救挽。

觀音：（白）好呀（快中板下句）此情待我達天顏。你且小心除妖孽。莫教大意丟師返。（花）你謹慎交鋒我啟請玉王玩覽。（埋正面平台下衣邊介）

5—7

（什邊內場喎呵介）

木吒：（承介花下句）又見妖猴追到我地接戰在

雲间（与哪吒半完台介）

悟空：（持棒什边冲上与木哪二吒打二回开）

哪吒：（救下什边介）

（悟空与木哪打野任度介）

（玉帝持令、观音持瓶、老君持金刚琢衣边卸上平台观战介）

（木吒不致悟空追入衣边介）

（玉帝观音老君同下平台大水介）

玉帝：（情色快白杬）嗟、撈重天、震重天、妖猴法力难无边、十万众天兵、不能採勝算、木吒今又败、谁敢每冲前（双）

老君：（白杬）重有四大天王、与及二十八宿来助战因何全不見、究竟為何端（双）

5—8

觀音：（白）你唔知咩（花上句）各路天將星神已在陣前潰亂。好比狂風掃落葉零落無存，還望早定良謀莫使天威有損。

（衣內場為何介）

三人：（齊望衣邊介）

木吒：（冲头敗上參見、言）啟稟天尊、妖猴法力高强、能、够七十二度。我等、敗北、难与週旋。

玉帝：（的、撑闊目沉花下句）妖也、、失晒威嚴。（怒介花上句）誓要將佢剷除快的同我把良谋諗掂。

（續下頁）

5-9

觀音：（反才想介口古）陛下寬心貪僭將一神保荐。就系三眼楊戩，住在灌江口享受下界香烟。又有梅山天圣帮，一千二百草头神助战。佢系陛下外甥，惟是听调不听宣。嘅啫

玉帝：（白）我个外甥（反才介）好之之（快上下句）当堂惊醒賴張韶天宫既然遭魔乱。王亲効力理当然。（花）木吒代朕一行，将二郎神调遣。（搬令介）

木吒：（接旨介白）领吖旨（四古头冲下什边介）

玉帝：（花下句）我地在南天门观战企在云端。（雨丕面平台齐下介）

楊戩：（雨场首板一句）威风八面（罗边花持戟天丈上介）

（康、張、姚、李四太尉，郭申、直建二将军跟上舞蹈任度扎架）

楊戩：（花下句）我也曾诛大怪，威震声传。今奉旨，捉妖魔施吾手段。（介）看我槍名两耳大号哮天。吩咐搭架将弓、

2—2

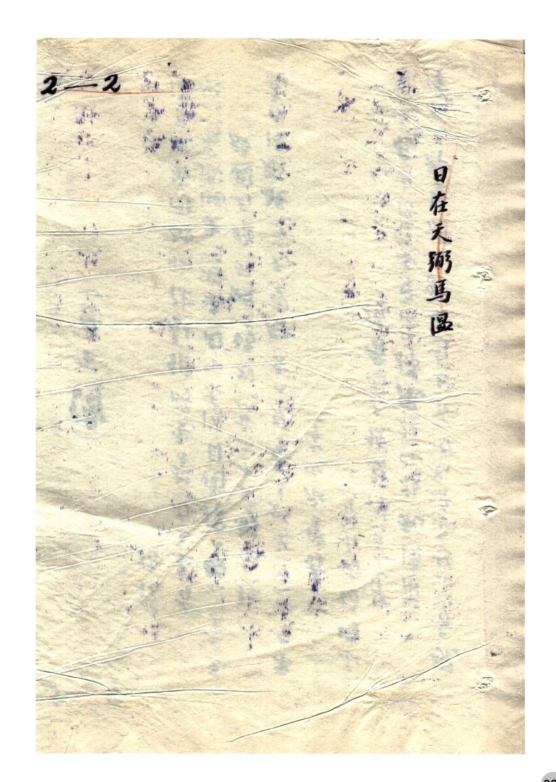

日在天鄉馬區

'5-9

蕩平妖亂。
悟空：(内场唱白)好胆(開边上介 搭住楊戩口古)尔是何方
小神胆敢到此挑战。
楊戩：(口古)呀、我是三眼楊戩奉旨捉拿尔呢只小猢猻。
悟空：(白)捉我(三層笑介口古)可笑尔个小小毛神、出言
口贱。你唔系老孫嘅敌手(一才)快叫李靖出吒打过先。
楊戩：(唱白)可怒吔(快点下句)居然胆大出狂言。(花)众弟兄
(介)拎此妖猴把神威施展。(介)
(六圣逐个與悟空比武败下落介)
(玉帝、观音、老君、衣边卸上平台観战介)
楊戩：(與悟空大战介)
观音：(見楊戩不支时欲擲花瓶老君急搁介)
六圣：(今边卸下介)
(老君乘悟空不備时抛下刚球打悟空呆介)

夕-10

(悟空乘金刚琢跌了一交介)

(哮天犬食住扑去咬悟空脚介)

(大圣食住上前仝拎悟空介)

(全场三拳箭介)

玉帝：：(笑介口古)孙悟空(介)怕乜尔广大神通尔都敌不
过呢只哮天犬。

悟空：：(口古)坚、一时不察上尔狗当(介)尔估真系打赢老孙。

(玉帝、观音、老君、食住下平台 闹台口介)

杨戬：：(口古)众兄弟(介)尔地未食天禄不得朝王、先企埋
一便。

大圣：：(肴白)领吖命(闹边押悟空企埋什边介)

老君：：(上前拾回金刚琢奸笑介口古)主上好彩我喑畀观
音将花瓶掷下、而家全凭我冚个金刚圈。

观音：：(口古)估唔到呢只小小石猴、去到满天神佛至将佢

5—10

拨搭。

玉帝：：（口古）吩咐楊戩押佢去斬妖台上、斬咗佢先。

楊戩：：（白）領吖旨（與大圣雁兒落押悟空下、衣边介）

觀音：：（白）陛下（花下句）那怕妖猴天生了孕、法力無边、且看斬妖台前、將佢劈分兩段。

楊戩：：（乎叉上快白欖）那妖猴、多法变、刀劍不能入、銃箭不能穿（双）

玉帝：：（的々撑沉花下句）哇吔々旁门左道、竟敢欺天（花）傳旨雷神、速來先見。

雷神：：（大閘边什边上跪下介白）参見玉王。

玉帝：：（口古）命尔誅滅妖猴、施行雷電。

雷神：：（口古）微神領旨、不敢拖延（下衣边）

（内场雷声大作、前台電光閃々介）

（玉帝等作察睇狀面有得意之色）

（冲头雷神上介白）启禀玉王，雷不能劈，电火不能烧，请王定夺。

玉帝：（惊白）也话，雷不能劈，电火又不能烧（反才闭目作彷徨无措状介）

老君：（三卷须 冷笑介）

玉帝：（怒介花）正在伏魔无法，不免喜笑无端。捉妖驱邪，尔都无法打算。

老君：（作得意状白）主上（长花下句）有计献（叹）不怕妖猴千万变，上（反线）上乘正法道行有根源，推佢入八卦炉中来熔炼，七七四十九日包管佢骨成灰烬肉化烟，还请主上安心，微神将他处断。

玉帝：（白）好呀（五才花下句）八卦丹炉天上宝，能除妖祸自安然。

5-11

〃出首布〃

6—1

第六場　兜率宮煉丹炉景

(開边起幕)

太上老君(正面蒲团打坐侍炉童子在炉旁煽火宝子襯托)

(地錦捧桑童子上介白)啟稟師爷、觀音菩薩到。

老君ニ(白)吩咐整衣出迎(介)

(横簫奏升春来)

老君ニ(安南状揮塵弗率領二童子出迎介)

觀音ニ(徐々上与老君行礼入门介)

老君ニ(口古)觀音菩薩、你不在南海落伽山修真、何事急忙駕到。

觀音ニ(口古)貧僧因見七七四十九天期滿、来一看丹炉：

老君ニ(口古)啥々我呢个丹炉、有乾坎艮震巽离坤晃八仔之多、乃係兜率宮至寶。

觀音：(口古)雖然係嗜、但係妖猴學齊五遁能避避
水火、恐怕佢唸借火而逃。

老君：(口古)唔唸〻〻(白欖)我可担保(双)我法力若
不強、焉能稱道祖。三清至〻教、我老子至為高、
區〻一妖猴、豈能逃出我圈套、一定化為灰燼、
係何用咁心粗(双)

觀音：(白)道祖、(長句二王上句)你道法雖高、未必能
操勝數、妖猴天生石產、恐怕不易誅屠、佢係九
竅通靈、修得長生不老。(句)你道高一尺、防佢一
丈魔高。正係各有乾坤(花)佢亦有諸多八寶。

老君：(白)你放心喇(花下句)任他三頭六臂、我都不
懼分毫。決知我道法根源、乃學自鴻鈞老祖。

觀音：(三腳村下句)你雖係鴻鈞老祖、得意門徒。

6—2

但係孫悟空、非是卑微不足道。佢玄机经悟透、妖術亦称豪。佢生在花果山、師拜菩提祖。学得金刚不坏体、捱得住煎熬。（花）若被佢逃出丹炉。就噲闹得天翻地覆。

老君：：（白）走得咁容易咩。

（内场白）玉皇到

老君：：（白）玉皇驾到、一仝出迎（介）

（小開门）

長庚、李靖、玉帝上（介）

老君、观音迎入（介）

（二童卸下介）

老君：：（口古）不知陛下驾临、請恕迎接来遅有失礼数。

玉帝：：（口古）哪、不知者不怪、朕因為燒猴搁滞、所以

吪㜷吓佢是否一命嗚呼

老君：（白）主上（花下句）三昧真火強烈熖、龔拉罡風剃似刀，燒咗佢四十九天而家馬騮毛都冇。

玉帝：（旨介長句花下句）樂陶々（双）此後再無妖怪擾天宮、可以安枕無憂拋煩惱、樂享万年帝業逍寡祿孫（句）他日安天大会庆功成、共卿共看霓裳仙舞。

長庚：（花下句）此次得平妖患、全賴我主洪福滔々
[illegible]伏邪魔、真係天威共賭。

李靖：（花下句）自愧我天兵鈍腳、無力降妖立功勞
令次托賴平安、浩蕩天恩當思報。

觀音：（白杭）蒙德巍峩極、万物受賠甦、还請發慈悲、
將妖猴骨灰掃（双）

玉帝：（白杭）連忙傳玉旨、揭開那丹爐（双）

6—3

老君：（作浮意状白）微臣领吖旨（大摇大摆雁儿落舞蹈作揭炉介）

（食住揭炉时白烟冲上介）

悟空：（食住揭炉没唱白）好胆好呀胆（介）

老君：（食住一惊掷炉盖介）

悟空：（开边跳出丹炉怒视衣人叻卓竹推磨过位介）

（衣人食住过位作惊愕状旋作镇静介）

悟空：（先拿交执玉帝连环西皮）真胆粗（双）咏特丹炉、烧我皮毛、横施逆例（先拿交执玉帝捺猪身攀拳欲打介）

李靖：（食住上前搁介）

悟空：（一掌推开李靖介）

李靖：（沉花下句）嗟吔々 你有惊龙驾、罪大难逃。

长庚：（白）大圣（花上句）玉帝待你恩深、岂可恩将仇

根。官封齊天大聖、位与天高。屢次招安可見天
恩極浩。
悟空：：（白）嗄，天恩極浩（大才）哑、（花下句）重提往了、我
要鬧过你個老糊塗。（犯霸腔芙蓉上句）你兩次
招安实係佈成圈套。將老孫来束縛、替佢養馬
看桃。我豈願為役為奴、故返林泉終老。為什庅
天兵神將、挑釁到我家芦。（花）我罪在何来、係要
恃強征討。
觀音：：（花下句）仙桃御酒乃係神仙物、豈容你非份
謀圖。此罪实非輕、何况重把仙丹偷盜。
悟空：：（花下句）丹桃既是神仙物、我已位列仙曹。食
亦無妨、何故起兵動武。
玉帝：：（白）孽畜（花下句）你隻馬騮点食得長生菓、还
不知水浸眼眉毛。我將再你擒拿、你就難逃劫

6—4

数。

悟空：（白）可恶吔（快点下包）迷来极孚强称豪。休恃天宫神兵暴。半分怯惧也全无（花）嗲唎々（一才）恃我挚起定海神针（开边持身背弃闭脚曲地趋挑起金箍棒介）（唱）将天宫乱扫。（亮拳交上前欲打介）

李靖：（食住拔剑上前挡住三吞前罗古推前退後三次四古头扎架介）

（食住拋灯变衣边远景通明殿、金台天空云景）

（悟空与李靖搭住介）

（玉帝、观音、哪吒、长庚、老君、四天兵企幕）

玉帝：（发火口古）孙悟空、係咪滥野得咁多闲、两家四面天兵已摆列。

观音：（口古）你係神通广大、都难比天高。

悟空：（口古）你咪恃住人多，等我拔出猴毛变出猴兵兵数。（闹边拔毛吹入什边介）

（食住闹边六猴兵什边上舞蹈乔扎架介）

悟空：（对六猴口古）就在天宫之内、杀到日暗天乌。

（悟空领群猴与李靖、哪吒、君战任度介）

（玉帝、观音、长庚、老君、破冲散逃下介）

（李靖、哪吒、天兵分边败下介）

悟空：（白）好呀（花下句）杀到天兵无踪无影、玉帝尘风而逃。（三叠箭齐笑介）

「尾」

「煞科」

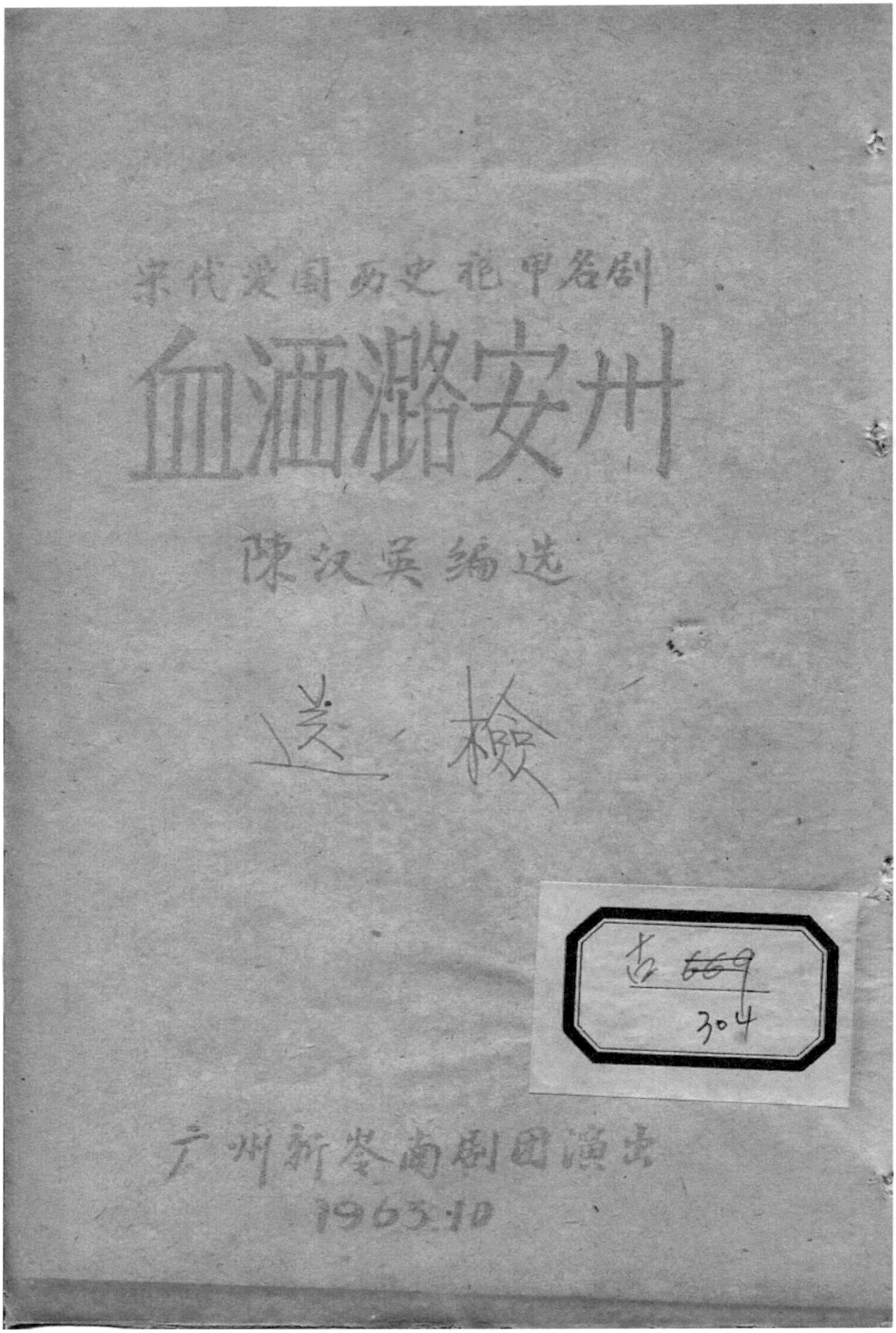
宋代爱国历史袍甲名剧

血洒潞安州

陳汉英編选

送檢

广州新岑南剧团演出

1963.10

陆登 —— 陈瑛瑛 樊
陆妻人 —— 女慕贞
梁红玉 —— 金燕萍
金兀术 —— 梁芳昆
乳娘 —— 小滴仙
韩世忠 —— 朱子纹
哈达黄 —— 莫汝京
[illegible]
大太子 —— 梁桂华
⑩
宗王 —— [illegible] 梁草光
张邦昌 —— 徐醒雄

李纲 —— 林也安
守城官 —— 吴伟雄
梁[illegible] —— 梁伟光
小军 —— 吴玉良
甲朝臣 —— 黎启星
甲 —— 徐师眉
乙妇女 —— 蔡小梨
丙 —— 林小玲
完颜呼必宝 —— 就 吴伟雄光
龙 梁桂华光
李
陈

1—1

第一场　分守

景：原御銮场，两边刀枪，正面有高台，有步级，御座等。

〔排子头起幕〕

甲：（甲乙丙丁朝臣帅将上介）（白榄）唸一翻（双）：金国兴兵真狂妄，侵略我中原，无人来抵挡，若然来到来汴京，唔死有排慌。先要鞏固路安州，把守两狼关，为选拔各将，圣上亲到御銮场。（双）

〔内场〕：圣驾到，文欧会，李纲，张邦昌，宫灯，御扇，罗伞分次序上。宋王与钦宗同上正面御座介）

宋王：（白古老）金兵横行动刀枪，的肉难食待难屎，连日失关折兵将，问声丞相何主张。

郭昌：（口白）可和即和，可抗即抗，古云以和為贵
，又何须主上亲来副御驾场。
李纲：（的）：杜，自丞相此言差矣。（口白）古云水
来土掩，兵来将挡。若求和割地，有辱宗
邦。万岁爷，（一才）先要保守路安州，与两
狼関上。今要选主要名将，保衛國疆。
宋王：（这个个）
郭昌：（口白）万岁爷，若抵抗金兵，战早有此想
。现有陈李二将，万夫不当。何不宣他二
人，面殿技俩。一名可守路安州，一名能
镇守两狼関。
宋王：（口白）张卿言来理由适当。传旨陈李二将
比武在殿场。
郭昌：（传〻旨个）

陈李：（同内场白）来了！（大冲头。分边上。四子扎架白）参見主上。

宗王：（白）卿宗平身。

陈李：（三人同白）谢主上！（先锋锣，三才白班介）主上宣臣何事？

宗王：（口古）你兩人先行比武，再行分配重任身当。

陈李：（马上比武介，搭住介，互相打架杀住度）

宗王：（花上句）好比龍争虎斗，真不愧当代名将。李卿宗把路安州鎮守，陈卿宗把守兩狼。抵禦金兵，为王一定論功行赏。

陈：（三人上前谢龍恩）

李纲：（跪下白）此乃黔驴之技，不能抵御强梁。何不主上大呼三声，定有英雄来较量。

宗王：（白）好呀！自古道李卿亲慎重而行，为王唤从你讲。你去较场三声大呼，若无人抵抗，你们可把原信担当。

張、李、陈：（三人退下介，暗介闭目表示不怕介）领旨！

（各自退白）主上有旨，令我镇守两粮关，有谁人反抗？

李纲：（白）主上令我镇守路安，谁人敢与我较量快上较场。

韋忠：（內白）來了！（衣边大花，大扣上，花下白）

陸登 陳龍是酒囊飯袋，有何本領把守兩狼。

（包才）

陸登：（花上白）李龍是尸位素餐，鎮守潞安殊不

妥当。（包才）

韋忠：（花下白）又怕佢喪師辱國，有誤宗邦。

陸登：（花上白）唉喇！（一才）甲胄身披，殺場而

往。（三人四古头拿身，参見主上。

宗王：（白）兩卿家平身。

二人：（白）謝龍恩！（二人整身形，閃目衣才陳李

張等介）

宗王：（口古）二位卿家同赴殺場，是否与他们較

量？

陸登
安忠：（同白：）若有用陈李身肩重任，我有擁奏本章。

宗王：（白：）他两人曾经比武在校场，孤王用之何枉。

陸登：（搁白：）好！（唱：）膝莫善下（白：）君王若选将来杀敌，务审慎参详。

安忠：（接唱：）我王若比武论才，先要传旨降。

陸登：（接唱：）陈李两人比武，试问谁个作主张。

安忠：（接白：）莫不是大宗朝中，并无英才良将。

陸登：（接唱：）知否金兵勇猛，选将也要优良。

安忠：（花白：）我王秉正从公，无纵无枉。

宗王：（唱：）这个，（白：）陈李是英雄，其中举荐是丞相张邦昌。刚才比武胜负未分，但是为国争先施力量。

（忠、瑩的：杜、闭目張邦昌介）

陸瑩：（花下句）張巫相可算眼光如豆，不分低劣与优良。

岳忠：（花上句）張巫相你可算坐井观天，须知朝中还有英才将广。

陸瑩：（花下句）張巫相分明狗恃贵势，把戚友偏帮。

1—4

岳忠：（花上句）張巫相我要与佢二人比高低，是我英雄技俩。

陸瑩：（花下句）張巫相我要你勿目中无我，须知一山还有一山高，强中还有强中强。

岳忠

陸瑩：（二人同白）万岁爷！（花）我它要比武较场。

陸登
安忠：（同白吉）若有用陳李身有重任，我有擁奏
奉章。
宗王：（口白）他兩人曾經比武在校場，孤王用：
何在。
陸登：（擁白）好！（唱腔英暮下句）君王若選將來參
致，要審慎參詳。
安忠：（擁）我王若比武論才，先要傳旨降。
陸登：（擁）陳李兩人比武，試問誰个作主張。
安忠：（擁）豈不是大宗朝中，并无英才良將。
陸登：（擁）知否金兵勇猛，選將也要优良。
安忠：（花）請我王秉正從公，无偏无枉。
宗王：（这个介）（花）陳李是英雄，其中舉薦是丞
相張邦昌。剛才比武勝負未分，但是為國

1—4

争先施力量。

（忠、登的、杜、闵目张邦昌立）

陆登：（花下句）张丞相可算眼光如豆。不分低劣与优良。

安忠：（花上句）张丞相你可算坐井观天。须知朝中还有英才将广。

陆登：（花下句）张丞相分明指桔责教。把戚友偏帮。

安忠：（花上句）张丞相我妥与佢二人比高低。显我英雄技俩。

陆登：（花下句）张丞相我妥你勿自中无我。须知一山还有一山高。强中还有强中强。

安忠
陆登：（二人同白）万岁爷！（花）我宝妥比武较场。

诏赵王旨降。（唢）
（需注意：这段花以上每句要用色才配合气氛）
宋王：（白）卿宗所讲甚有理由，孤王就依从你讲。生死并无追究，谁人担保你两个快奏为王。
李纲：（白）万岁爷，微臣愿担保陆登与韩世忠。绝不会私情卖放
郑昌：（白）微臣愿担保陈龙李彪二人，无非把国士扶匡。
宋王：（白）好呀！（白）两卿宗道理合持，无非为国荐才，应立下军令状。
（四人取出来执笔立军令状介）
宋王：（看介）（白）果然写得明白，众卿宗，（白）

今次比武不许放冷箭，只许明刀明枪。（白）
比武得来。
（四人上马扎架，二对另变。陈龙对陆登，
李苑对韩忠）

1—5

陈、陆：（白）你顾住你驴头。
韩、李：（白）你坐稳你马鞍。
陆、韩：（白）休相让。
陈、李：（白）未定分胜负。
陆、韩：（白）战过便分明。

四人：(同白)你又来：你又来！(四人打介，亚古老排场易变，斩陈李二人介)

邦昌：(见二人死了，口古)主上，他在李将才，君将罪降。

李纲：(口古)刚才说明生死不追究，你看吓之下军令状两张。

宋王：(白)张卿家！(口古)休得反疑死帝，已经声明在案。忠臣出於乱世，待孤差遣使忠良吔！(秩真上句)岳忠果是忠良将，不在国宗一株楳。镇守两粮将致抗。

(岳忠领旨介)

宋王：(接唱)陆登武艺非寻常，路安州将金兵挡。保宋卫国勿负为王。(花)派遣已完，御林军摆驾回宫往。(与太监，众将下介)

1—6

陆登：（三人归下，太水波浪介，白）盔相辛苦了，

安忠

安忠：（水波浪。白）陆将军！（花下句）眼见烽烟四起，身为边关将领真是旦夕难安。我誓要热血挽山河，是我英雄志向。

陆登：（试字英雄下句）兄言真不错，与我一样心胸。宁愿战死在沙场。国土誓难将敌让。

安忠：（接唱）誓把侵略者驱逐，国土庆重光。使得庶民乐业安居，我不希望封侯与拜相。

陆登：（白）韩兄！（白榄）你真英雄，真好汉，丈夫为国为宗邦。先请四海粮烟，使黎民得救畅，非贪富贵，有责要兴亡。若能复国邦，范蠡吾不让。兄言是金石，句句不能忘。更豪怀示我勇当，值得人敬佩。（見礼）

安忠：（白榄）不敢当，（白）不过互相来策划，岂敢誇才廣。今次奉王命，我倆分头把金兵抗。我统三軍（二才），鞏固國防（二才）。守疆土。為陛下，扶國难，要勤王。

陸登：（白）韓將軍：（口古）你金石良言，我定必听从你讲。讲到為民為國，我無敢不忘。我接纳你良言。请受吾拜上。（開边一跪介）

安忠：（挽起介）。（口古）將軍何来跪我，愧不敢当。

陸登：（口古）韓將軍鴻教諸多，系：是國土為上。今后互相团结，把國运扶匡。

安忠：（口古）陸將軍，你碧血丹心，值得我以礼相向。（跪介）

陸登：（挽起）韓將軍你將我何来？

安忠：（口古）我將你赤胆忠肝，我最怕有难之时妾節中金（一才）。

陸登：（食穿句口古）師跪在塵埃上。（開边，口白）三光听端详，貪生而怕死，乱箭把身亡。綾烟閣表名揚。（顶三才）尽我个全礼。

二人：（同唱慢板）綾烟，（写过）閣上，空表名揚。

（四子扎架）

（三幕下）

1—7

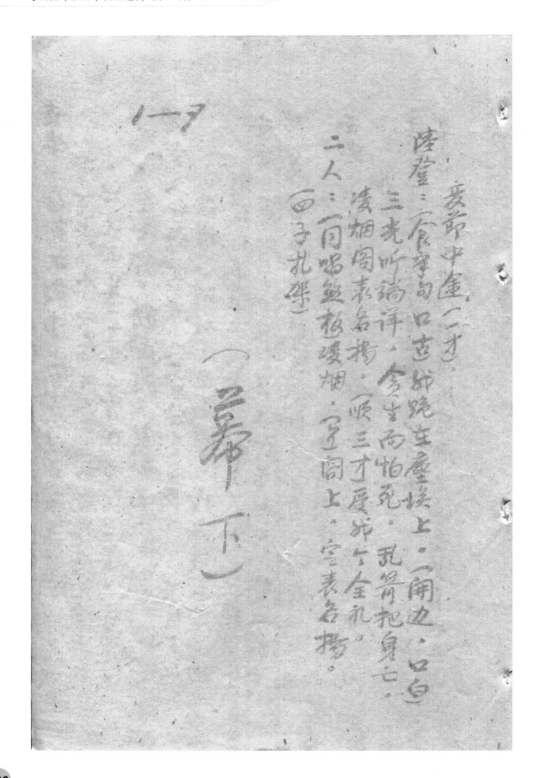

2—1

第二场

景：底景全幅布长城，衣边城上写两狼关，什边有大树，石凳，城楼上有将士企定，旗号写姓韩的旗号。（排子头起幕。急急车三轮，四女兵，四大将推粮车上）

梁红玉：（四古头，马蹄子，断头起武西酒慢：路慢：）山湾过来曲过湾，踏遍了关山，远望两狼关。（快板坐监元变白。）抗金兵，三军未动，粮草先行。叫三军：推粮车，忙向关前路赶。（撞腔，完台，红玉车身叫城介。四古头，起七字清中板提防国守两狼关。紧闭城门防敌犯。刁斗森严确非凡。红玉对城楼忙叫喊。催粮官到解粮还。

（起）守城官快通知元戎，免佢将夫人出盼。

守城官：（白）吓！原来夫人回来了，请候一时。待未将通告。（向内，白）启禀元戎，夫人解粮已到。

安忠：（内白）知道了，开城。（四手下、安忠大七才上唱）运粮解至把关还。夫人功劳非浅：：。辛苦姐姐迎接她进关。下礼相迎元帅恕恼。（一才白）夫人回来了。（食过）夫人有礼！（坐）恨报序，二人下马相迎（白）此一番，夫人你，草粮负运，功业非凡。夫人你，在途中，可有遇敌人，你言明一旦。

红玉：（接唱）敦良军，押解运粮，小心防范。诸已顺利进行。请老帅查仓，分毫未缺。（过序）

安忠：（白）夫人何用真查呢。吩咐粮草归仓吧！

（在粮車进関介）

红玉：（長句二王下句）夫你镇守两粮関，深得黎民称赞，不怕辛劳几许请恢阃，長忓征衣忘寝飡，最怕尝尽艰辛，力挽救破碎河山（句）。夫你為國劳心，尽心救沦亡國难。

安忠：（白）夫人过奖了。（乜头七字清中板下句）食王爵禄挽河山。夫妻两人扶國难，不斩楼蘭誓不还。安忠一身都是胆。豈教胡馬渡陰山。任教金兵千百万。一夫振臂敌难进関。（花）耳边胡笳声嘈杂。

（内场号角声，二人大水收报介）

红玉：（花下句）金兵杀到，备战由我红玉負担。巾帼扬眉，立即策骑将敌斩。

安忠：（乙五木，花下句）夫人女中翘楚，勝过花木蘭。(白)有此众三軍，你们威々風々，杀々气々，准备杀敌！

(二人上馬介)

(注意：以上应用古乐歓托气氛)

(急々击三鼙，大太子、二太子从边上衣边上，红玉的女兵，双龍出水，大二太子与红玉交战，太子败下介)

兀术：(内白)好胆！

(接战与红玉打霓虹関照面任度)

兀术：(白)嘩！咁靚呢又。(反霜腔芙蓉下句)陣前来了女将一员，生得柳眉鳳眼。樱桃小嘴小々巧戴住金耳环。見佢傅粉塗脂，更有梨渦笑看盈盈。睇你纖々弱質，怎能上陣对兒男。我有心惜玉怜香，快些跟我回营飲酒嘆。

红玉：：（白）住口！好胆！！（花）红玉果比非等闲。快通奥名来受斬。

兀术：：（花下句）吾问你大夫名字。威振寰家。大金國四奥下金兀术（一才）。武藝堪誇人称讚。

红玉：：（快奥下句）黄毛小子乱誇谈。直刺良擒龍威猛。

（与兀术三挑。兀术转身揭头。兀术痛。撞火直）

3—3

兀术：：（大水收浪。花下句）我誓要生擒你个贱婦把营还。

（二人再打介。不分勝負擋住）

安忠：：（左閣鳴金收兵）

速棠：：（左什边鳴金收兵）

红玉：(白)金兀术，若不是天时已晚，定取你狗头。

兀术：(白)梁红玉，若不是鸣金收兵，定拎你回营。

红玉：(白)明天再战。

兀术：(白)明天交锋。

(分边下)

(内场炮声乱宜)

红玉：(罗边起)红炮连声，把两狼侵犯。恨那金兵无道，欲夺此关。先看东门，有何要紧。

(完台，喝呐，四金兵冲上，杂四罢分完)

红玉：(起快二流)恨金兵阴谋诡计(三)，交战未分胜负(三)，便收兵回还。梁红玉再走南门，提防敌患。

（完台，衣边四金兵滚上，打介）

（鼓三更）

红玉：（滚唱二流）谯楼三更，还未静波澜。梁红玉力尽筋疲，要把各门视探。

（完台，炮响，众金兵上打介，韩三帅，与大太子二太子会打，败众介）

红玉：（快十字清下句）两旅阑，进攻寇，炮轟锋伤残。杀三门，未见夫，有何动静。韩世忠，梁红玉，难弃此关。（七字清）合力同心将敌斩。千谋万计挽狂澜。（三字经）杜充率金兵，山河救挽。万难轻放，敌进关。（花）豆找世忠无忽忘。

（完台，韩世忠上介）

世忠：（口白）夫人，我在北门把那金人杀退而返，

2—4

说夫人先惠最可嘉，你力敌三关，恨那金兵把两狼关围到水泄不通，使我忙於一旦。夫人想法别处求救、从死里逃生。

红玉：（旁白）（花逸）听他言，仍未晚，别处求救甚为难，路安州与两狼难往返，山遥路远万重山，只有小路一条求救援，命苏洪布书急救，此人武艺不平凡（句）。你立即修书，保危关铁城。

杏忠：（快板）路安求救喜心间。夫人果有英雄眼（旁白）晓令苏洪布信立即起行。

（四击头 落幕）

3—1

第三场

（帅堂景、两边刀枪架）

（点绛唇、杀堂四校尉上）

陆登：（四古头、矣左白）一片丹心气宇昂、楼兰未斩不思乡、壮志未酬场百感、丢忠之语未能忘吔。（花上句）当日比武在教场、才把潞安州执掌。灭尽奸人气焰、更谢担保李纲。恨金兵、侵略中原。存心梦想、潞安州军民协力、驱逐野心豺狼。我已禁御加强将敌抗。

（冲头小军报上）参见将军。

陆登：（白）免！（白）你进帐而来、究竟有何状况？

小军：（口古）两狼关有人命书到来、特来禀报知。

陆登：（仄才、白）吓、韩将军有书到去吗？（口白）你快些去罢、把来人命上。（小军从边下）
关怀敌友今次，我要问候韩氏安。
（天奴才、哈迷蚩穿了宋朝衣服上）
迷蚩：（口白）改扮宋人将军情探访，妙计安排把弹弓装。（入见介）参见将军，不将劳法来见陆将军。
陆登：（白）免！（介）劳法你由两狼关至来，年了何人所差？到潞安州何事干？
迷蚩：（口白）小将军奉了韩将军之命，有密书呈上一请陆将军一看便知其详。（呈书介）
陆登：（接书、白）待某一观。（读信）陆将军钧鉴：
自教场别后，久疏文输：我俩身肩重任、难共叙一堂，甚念。特心多持上。修函奉

3—2

上问迎安。（介・白）狒將軍修书到来问候于

我。果有故友之情。統陸某謝过將軍问安。

（介）再来一観。（再读）眉到兩狼時金兵抗。鞠

躬参彝保卫国邦。虽是我統率軍嶽赢得军

心戚壮。累炆累戝。（韵々抵）誰料鉄步軍粮

（介）。百姓满城多怨唱。易子而食倍淒凉。

母哭儿啼情惨状。金民請示妾救济。（介）衰

情极悲怒（介）

述娄：（极眼）將軍休大称。妾静气平聽。未曾看

晒禾悉論詳。請你聽完之后。才知得内里

情况。再請將軍回話。待我廷逐兩狼。有

什么回言。不怕对我再，哯对窑信定有姿

吕商易。

陆登：（韵々抵）、（白）再得有理。待我再来一観。

(续念信)我若一战背城，恐怕全民丧命，欲致刘备、携百姓渡江，围困水泼不通，无能他往，无奈收诗……(的々扯，斗鸡眼狩埋书不看介)

述蒙：(接口古)他已投降。

陈登：(接口古)天古一方先倒、良台上一(白)恨叛贼、所作太不当。(转来、罗古口白)我把你个禄去忠、你个卖国贼！(白古)你话什么精忠、原来是贪生怕表。有日黄龙直捣(一才)、定挖你个心肝。

述黄：(白)陆将军々(花下白)韩将军投降情景、当时我亦在旁。确实有口难言、你未明个真相。孤军无力无援、无异相沙堤长江。总之识时务者是英雄、无谓以卵击石将被擒。

3—3

陆登：(白)吓！你查时也在场吗？(花下句)咁你把查时情况，快说端详，佢一定怕死贪生、你快再旺投降情况。

速寅：(白)遵命！(長花下句)言状况、说端详、查时金兵日夜攻城垛、韩世忠领兵同佢来打仗，两狼国守似金汤、总之百姓凄凉叫冤枉。我们三军又绝粮、无粮点能来打仗、三军百姓苦々叫投降。世忠夫妇无计想、但系投金条件有猷章。(夜白)一不许杀人時火放、二不许姦淫掳掠入民房、金兀木件々应承咁就烧炮仗、金兵秋毫无犯、韩世宗已受奖封王。(续花)佢有书到来告给你知佢点无非……

陆登：(白)无非什么？

迷萤：(唱)无非叫你学佢一样。

陆登：(的々杜、笑目、先丰发开任、挑哈迷萤仔、连环西皮)真々不出(双)、胆大猖狂、就家身为、存心梦想。郁哈迷萤一下无张鸡、陈进前一下踹住迷萤。古老顺三才指(介)

迷萤：(滚花下句)咲吔々、吓得我床发羔羊。将军不用怒气冲斯、应有容人之量。

陆登：(减字芙蓉)你存心有狡诈、想作说客说我投降。我根国是丹心、心胖无异问。你狗主无道义、辱国丧家邦。我不准把国子妄谈。(花)否则查书把你命丧。(一才)

迷萤：(白杭)真恶声(叹)、身为大丈夫、叫人弃野唔认帐。佢弃错将他々、我弃错就要对。

3—4

量度咁狭窄枉你身为大官表。（一才）（知弃错介）

陆登：（白杬）你说谎（介）。还在此说谎。有什么理由。我点样先大胆。你快些照直弃。否则把你剑下亡。

还萤：（流水中板）我唔敢弃。我唔敢弃。否则死得太冤枉。我并非说降咁等慇、最好打发我两狼关住、罪及常人太不当（看枪）吓到心中卜卜响、我最怕时命丧。（拉腔）时笋语呀！（充本夜饮在内介）

陆登：（白）快看！（拉住、快五才大滚花下句）见此人全无气节。真令我怒上胸膛。（包才）佢舍似逢花、看佢身材不似一个中原汉。看来此次本系修着、或有诡秘行差。莫非奸人

疑猜诸多、我要三思查访。(白)好、我可向
老人问梁老恩家了、便知道老人是真抑或
是伪装。

陆登：(白)梁陆过来。(画旧花)我问家情々々、你
生家状况。梁老恩两夫妻、怎样结妃来、
家庭变幻有几多趣。我思念故友匝过往是
怎样？

速嵩：(金一才。暗惊介、秋江别)呢一趟、撞板
、听羞！一碗々辣椒汤、尝透酸苦实在难忘
、镇静持压心中勿惊惶。(另场、(白)我怕也
上前。妙计已安排、你精我唔憨、若然充
番三几度。点敢把军师查、我一步三计、
胜过当年诸葛亮，(上前介)陆将军、你若问
梁将军家事、待我细说端详。(花再边)若问我

3-5

主帝中底细，

陆登：(白)他那里人氏？

述蛮：(接唱)我不知佢某省某县某某乡，不过听佢讲过，大约有近卅咁长。佢有位兄长名叫韩世忠，娶妻淫荡，私向野汉太乖张。奎谋杀亲夫，把亲儿命丧，后来韩世忠杀妻投军上战场。

陆登：(接)佢怎样娶妻，你快些直讲。佢妻何名何姓，是否系官宦女红妆。

述蛮：(接)唉主人妻不可提，无谓追寻根校，名讲主人事多，于礼不当。

陆登：(白)苏达！(手托)你不要在此大惊慌，主要向佢详尽状，我定将你不杀还有重赏。

述蛮：(白)讲讲！(三下打下句)佢妻叫梁红玉，系一枝将红囊，当日佢又栗厢乜、没有钱来俚衰，衰身未发文，被骗到风月坊，追遇佛时节、初次来相访，立知一见互相爱慕，（猜城字英容）佢两个恩暗情长、在此长住寄句栏，秦淮风月成硐硫。

陆登：（接）佢结咗婚有几耐？
迷萤：（接）现在十几年长。
陆登：（接）孩子有冇得生？
迷萤：（接）生过两个仔令郎。（反声）
陆登：（見萤对答瓦流、口供又对、闲切五才想
仔、花）何以你又知得非常的当。（一才）
迷萤：（接手句花）佢系我嘅仝乡。
陆登：（接手句花）你追随佢有多少年长？
迷萤：（接）有十多个寒来暑往。

3—6

陆登：（快花字句）吱你与辩去思口音唔多对。
述寅：（口快々、接花字句）我系在外邦。（二才
陆登：（的々扗、斗鸡眼、二人推磨、先手夹执
述寅、口古）你是那里人氏、将我爷情採访
、方才你说系生在何地？
述寅：（接字句）我系世在宗乡。
陆登：（先手夹、扔述寅跌地、拔剑介、花上句）
你前言不对后语、胆敢将大话育、分明想
把爷情试探、听系你堕句言辞。你快々招
系来、（二才）待陆某搜过身上。（搜述寅身上
、见小狐狸尾介、看白）（先手夹看述寅、花
下句）你快把系生来历、直说端详。若有字
字含胡、我便将你剁为肉酱。
（全场拳刀介大古扎架）

逵賓：（流花下句）唉吔吔、呢次亚崩咬狗亂、我唔死有排撓。（花）君向我呢物何來、（直）待我說明其中真相。（白花）我真實寡又試寡、呢物亦身在金邦。（一才）因為錬無忠投降、（一才）我才有把金兵查。除下宋朝嘅衣服、換过金国嘅服裝。每人发一条。个个委携命身上。就系咁得来。我的確冇說謊。（双

陸登：（的々）扯哭目（直）怔口！（填腔色才笑容下句）你当我系孩童三岁、在處信口雌黄。呢物非是士卒所携、你是一个大官衣（反乙）。你胆敢身瞞我嘅冤穴、今次你自取灭亡。僞造书函刺探軍情、將在本將算唔上你当。我有识人嘅慧眼、岂容你小丑跳梁。（三字經）君含胡、难饒放。（直）系穢冤、变羔羊。

3-7

（二才）、两狼关战况为何（二才）？你官居何职
姓什名谁（二才）？你改装到来居心何想？
述萤：（口古）我来着不怕々着不来（二才）、今次到
来实在为你茶命侍着想。（花下句）我都是因
统在你衙下、又何苦委作势装腔。我弃得云
定有理由、若没有理由唔敢弃。（稿四时果）
個从我地兴师长驱来扫荡。（白榄）顺着生、
逆着亡。韩世忠抵抗。已打到雁彦边荒。
现在己失去两狼关、改隘路走如反掌。势
如破竹。你抗拒被死亡。我爱众生灵、至
有如此想。你若不识时务。否则会家破人
亡。若问我职司。哈氏参谋长：
陆登：（程白）你乃斯大胆。我要将你略施惩戒。
（二才）割去你个鼻梁也！（要吞另度（求仙子令）

逯荣：（痛介、浇花）咲吧々来时好々地，春去全
国有吆鼻梁。
陆登：（白）人来赶了出外。
（逯荣痛介、付边下介）
陆登：（花下句）众三军齐心奋发，保卫潞安城垛
。（四古头扎架介）

（幕）

4—1

第四场

景：厅堂景、正面房方格格灯节。
（急々来转京倒板一句）伤怀苦恼。

陆妻：（三王板句）、作盼夫形状、唱长句二王下
句）只見月暗风高、夫郎未到、不怕风霜冒
王、但日夕辛劳、我候守门把征衣裳妆、
我不兮天光与叠祖義劳征祝、我是女儿皂
何清闲逸将、注我夫功成一战、挽救那破
碎皇都。（司）我不能思肖意宠、交忆起伤怀
悲烦恼。（反线中板下句）見去锦绣何山、何
忍祖骑四佣、最峰晨百挂爱诛屠、我郎、君
、大忘胸怀、簪把山河保护。怎奈何、未
除外愚权奸内有裹国残奴。（花）此机去恨永
难忘、有力易手兮也惜助佑人时放讨、

（内场一片喧哗声、欢笑声、互相比富有、你多或我多亦好（合））

陆妻：（五才花下句）我听喧声、心实道、佢地忘食、废寝不辞劳。手不离针、把征衣做、关怀备至、为国勤劳。（白）我更要对他们鼓励一番、督佢地早些完成此任务。

（众妇女各捧一色征衣。叻叻古上）

甲妇女：（口古）夫人你台能我地全甲征袍也做好。

陆妻：（口古）你们为此能干、不愧女中英豪。

乙妇女：（口古）夫人过奖愧不克当、我地有国才有家、亦是应份做。

丙妇女：（口古）前方有将士劳苦、妇女在后方加紧针线做征袍。

众妇女：（合唱海南曲）我地将完摺叠好、逐包好

4—2

袍有几十套。

甲妇女：（接唱）我这色共成三十几套、请亚夫人收点仔。（食海南曲过序）

乳娘：（食住海南曲过序介、特罗白程歌斗官上：（白梳）你地制征袍、我身已老、眼矇难缝做。人人爱国家、我为你们益下罗白程。慰劳众姐妹、以解你地辛劳。（双）（每人派程介）

陆妻：（花下句）乳娘真是善解人意、慰解众姐姝勃棵。耳边听隐约步声、莫非老爷回到。

（食住大冲头、小军上）

小军：（白梳）我忙禀告（双）。老爷在城楼、亲自将防布。因为三军太寒冷、做好征袍速送到、速送到。

陆妻：（白）小宰过来，你去回复老爷说夫人马上
送来。
小宰：（白）知道。（面子扎架下）
陆妻：（白）众姐妹们，我们将所有征袍送往老爷
分佈。
众妇女：（白）我们亲送不用夫人你心烦。
（众妇女拿征衣立绸拿下介）
陆妻：（白）乳娘，（减字芙蓉上句）方才你益桂，亚
乳娘你真会做。古励伊地奋勇，的确智识
高。你今天太辛劳，你解低文龙畀我抱。
（探序白）你将辛苦咯解低佢喇。
乳娘：（接唱）我辛苦唔要紧，解低佢会嘈。（序白
（白）亚文龙正话瞓左，冇谓扰醒佢咯。由佢
瞓下添喇，（唱）亚老爷还未返来，等我益茶

将水倒。（五才罗古下介）

陆妻：（食住吩五才、花下句）着我们人心一致。我军定胜稳能操。猜候郎君公務回府。（晨更、点灯状）

陆登：（三更）（衰句二流上）防敌患、备战壕、亲自监工劳苦做、丈夫为国不辞劳（合）。我剑於心挂於脑、尽瘁鞠躬将国保、立来迟吩返寨庐。我怀念夫人、定为我衷怀自抱。（入介）

4—J

（三人互相让坐介）

陆妻：（白）老爷！（口古）你有军务在身可惜为妻不能为你担负。

陆登：（白）夫人！（口古）此乃丈夫职责、何用夫人为我帮扶。

陆妻：（白古）刚才众姐妹们来上征衣可曾收到？
陆登：（白古）曾把征袍分与将士们个々看过了
欢呼。众三军声々感谢夫人、我特为向你
直告。
陆妻：（白古）自问居功不敢、此乃百姓功劳。（花
下句）相信老爷未曾用膳、我亲下厨调饭来
一遭。
陆登：（白）快：（花下句）我未曾用膳、你看夜冷风寒
、请妻你安眠及早。
陆妻：（三了打下句）老爷你未曾入睡、我陪侍不
辞劳。若先自去安眠、有亏奴妇道。夫妻
应相敬、礼义岂能忘。（花）望老爷见谅奴々
、我是为君之妇。（見礼介）
陆登：（花下句）我知你有孟光之贤淑、今夜我不

把战略谋献。
（内场齐叫）、乱粮内白：「咪嘈喇文底」
陆登：（五才花上句）你妻善待亲儿方为人母。
陆妻：（白）为夫说奴奴告退了。
陆登：（口古）金兀术百万雄师。将中原欺侮。某安排妙计。明天夜时你生擒。
（三叉）
陆妻：（持寒衣美酒出、寻针小曲）再风寒再降、怎令我心安、不安々々奈王衣与佢披上。免佢再来受冷寒。（入门与登披王袍、登醒）

4—4

陆妻：（不红灯）我俩情无两、夫你愁怀我更难解、保边疆、你历寒受王霜、为妻问良心怎安。你守路安天疆界。你是三军主将。君家中无主怎打仗。(唱下句)我爱丈夫更爱国、脑海常印未忘。现是国难多愁、你是个热血男儿、最敬爱你宏心万丈。奴在家不敢偷闲时逸。也为三军裁剪衣裳。你鞋穿路安旅履忘饿。为妻侍奉不当。(急声)主郎君多为见谅、使我惭愧心胖。(唱)夫哟、你看夜冷更寒。待我把美酒接来忙奉上:

陆登:(饮介)(白)妻呀、(反线中板下句)我谢娇妻、情义重、更感谢你慧质柔胖。与夜亮怀、非比寻常、古励我生平志向。我陆登、楼兰来犯、我誓不思安。目睹两狼关、已失陷了金人、使我非常惆怅。眼见潞安州、常有敌人偷袭、难免旦夕百姓变凄凉。(唱)我还有一件事情、出於料想。

4—5

陆妻：（花下句）有何了故，直说无妨，待妻与你
参详，快些讲明真相。

陆登：（盖才花下句）妻你问端详，我言真相、
可恨金人真凶悍、居然改扮偷到潞安、金
国军师倭冒说是韩世忠部将、开言两句对
我说降。直斥其非（一才）、我割咗佢鼻哭返
金国往。

陆妻：（快二王下句）我想世忠韩氏、不会为虎
良。佢夫妻是英雄。武艺人皆敬仰、纵把
两狼关失去、也不会俯首投降。夫你暂放
愁怀、勿再胡思乱想。

陆登：（花下句）得到桥妻慰解、稍放下愁肠。回
（叉）去根四更、我俩读了一宵别说。

乳娘：（叻叻古撑条上、三下打）老斧、夫人叉深

还未睡，不怕寒冷夜风寒。我煲了好香茶一为你精神多透畅。

陆妻：（续）乳娘真识人意。真系我个好乳娘。把刹鬼众姐妹们，敢好征花侬打胜仗。还要定罗白糕，（稍减字笑容）姐妹喜笑乐洋洋。

乳娘：（续）有国才有家，我乳娘常常这样想。交些老爷旂开得胜，早日国土重光。

陆登：（续）我赞同好乳娘，你肯做又能干。文龙又肥白，佢嘅身体健康。

陆妻：（续）佢重有一件功劳，我还未弄清。佢常常为你慰劳众姐妹。把粮着自负承担。（花征袍咁快做完成，佢下了不少功夫而干。

乳娘：（白花）我不敢当（双），夫人太过奖。我不敢自居功，全凭夫人安排适当。我做得粮嘞

4—6

廿、这些小工作、只要将士得到御寨、这是大众嘅功劳、大人赞得不恰当。

（内场战古号角声）

陆登：（白）不好了。（花）为什么声声号角、彼我五内彷徨。马上到城头、一看是何状况。

小笋：（冲头上、报白）禀告陆将军、金兵杀至城池高声讨战、声声要陆登将军出战、请将军定夺。

陆登：（的的扯、快点下句）金兵可谓太猖狂。居然叫嚣令人火上。（花）励兵秣马决战一场。叫小笋、快往各营传令降。

小笋：（白）得令！（白指扎架下介）

陆妻：（快点下句）老奋出战须慎提防。预祝夫郎打胜仗。山河恢复国土重光。（花）耳边又闻有噌杂声响。

（众百姓难民、两军士苦冲上、叫将军救命）

小军：（白枕）不可当（双）、敌人势大非寻常。现西城就快破、军与军民合力守城墉。百姓互相担扶、有些幼老死得凄凉状。（双）

甲难民：（白枕）还有很多饿死、只因天气太严寒。城内没有粮、为何能打胜仗。

陆登：（的々扯、起合士上尺士仇恨曲另度谱）

百乂姓凄乂凉受乂劫灾乂、那乂个时乂他袁乂泉台乂、是乂否出乂在奸乂人手乂、豪乂国通乂番引乂狼来乂。

众难民：（接）殊乂可恨乂呀（齐々扯）

陆登：（接）昏乂王做乂了太乂不该乂、误乂引么乂奸进乂朝来乂。

山×河×土×地×从×此×割×、宋×室×江×山×难×把×扶×持×。

众难民：（接）充×弃×猜×、（查々查杠）

陆晏：（接）夫×郎×元×谓×太×过×急×、立×挽×路×安×京×城×台×。

妾×身×你×一×人、百×姓×随×来、我×们×岂×甘×任×割×宰×。

众难民：（接）不×能×任×割×宰！

4—7

陆登：（放）好々々（转长腔）心虽安静、我会删来、（三才扎架、秋水龙吟用悲壮衬托口白）众百姓、我们为什么而战、为我地千々万々、苍难全肥、我为了锦绣山河、为了美丽国地、不受那金兵践踏、目睹两狼关已失去、现已兵临路安、造遇天时不就、军中与城内缺粮、眼見百姓与将士们、病得病、亡得亡、我们不是为帝主而战、而该化悲忿为力量、每个人算有尚存气息、坚持到底。

众难民：（作大口白）、很感动有、伏地自）候时等候用。

陆登：（花下白）军民协力、共挽路安。

（度集修祭）

（暂停）

5—1

第五场

（潞安城景）

（开边起幕）

金兀术：（内场首板）叫三军，与孙常，潞安路引

（鼓边花、兀术、大、二太子、金兵上）

兀术：（花下句）陆登果然好汉，叫孙常阵地亲临。还劏去军师鼻梁真可恨，誓与军师王驱，方显我嘅才能，叫三军、潞卅路引。众人亮台）、反猪脾企付边、金兀术单卫。鲤鱼反水、围城排场、花下句）叫陆登楼前答话、不可误时限。

大太子：（白）领命。（口古）咪！快快开城、与贼们金兵对阵。不能充石小卒、只要陆登一人。

陆登：（内白）开城。

（众三军与难民与金兵双双下水、陆登搂住
兀）
陆登：（白去）你是金国何人？快把大名直禀，你
在城池乱骂、不识本帅陆登。
兀术：（白）吓，你就是陆登吗？（冷笑）你割我军帅
鼻果，去次来将你手取。某是大金国四殿
下，金兀术勇猛惊人。
陆登：（白）呸！来者交战、不要夸口、我把你好
了一比、
兀术：（白）好比何来？
陆登：（白）好比棋逢敌手。
兀术：（白）我不杀你难民、
陆登：（白）呸！屡骂本帅真可恨、
兀术：（白）金爷高举、把胜负来分。

5-2

陸登：（白）你又來。

兀木：（白）來々々。

（三人背台首板）龙争虎斗临战阵。

（大战、爽白杭排场、二人度打。陸登败介、金兵与难民度打、难民败下。金兵攻城、爆炸声、内唱杀々杀）

金兀木：（白）有诸众三军。現分二路而进、一面二位王兄先命人馬攻西城、一面進赶陸登、诸人英勇、只许生擒不许杀。須要記得、违令者斩。

（金兵分边下介）

（金兀木、三夸箭笑介）

（四古头、熄灯变荒河海边景）

陸登：（内场、杀败了々々々！分边大花上、下白)杀得本帅力疲晕眩。再奋雄心、不怕刀枪剑阻。

(金兵行)。北派打野、结果开条路陆登走(下)

兀术：(花白)陆登非常英勇、入城把他说服。残国将勇兵多。

(幕)

6—1

第六场

（厅堂景，正面格椅，衣边神象）（此场有些象转经重景）

（乳娘坐幕）

（子规啼排子起幕）

乳娘：（作伏前灯点香。白榄）香已装，灯已点。礼伏袜香拜伏前。夫人确神心，为人实慈善，上下全一体，元兮贵与贱，今天老爷佢挥戈，与全家来作战，默祝老伏爷，等老爷今日凯歌旋。（双）（白）有请夫人：（埋伏前作念经状）

陆妻：（士工慢板白上唱）我夫郎，挥戈奔敌，以保了城池，与全人作战。

乳娘：（见陆妻有感触介。（包）夫人：（花下句）夫人

免用把佳人掛念、不用愁鎖眉尖。我代你撫抱文龙。你時敬佛來念、

陸妻：(白古)乳娘可謂苦得成心、晚時冬見。我就交文龙你抱。你夺佢去安眠喇。(貢汁官乳娘介)

(牙官叫介)

乳娘：(白古)噫々々、文龙你切莫声喧、你奄々一定打脏喬吒。完謂苦埋口乃。我相信你都眼瞓。等我抱你入去瞓覺先。(下介)

陸妻：(花下句)待奴拈香礼佛、祝君奏凱早旋。

(拜佛)

陸登：(困坊白)：「条奴了」！「首板」(一句)我城樓戰戰。(另边花上、唱下句)恨々々(三才)。条到我曳兵弃甲、有君殘黎哀蟬。你寡慈殊。我

6-2

难擒胜标。任敌有霸王之勇、也是枉拉。
今日战败在来。我愧见颜面。君投降了敌
、岂不是遗臭万年。誓把忠义保存。我宁
愿放了奈妻(一才)、在此挥剑。(完台、入门
叠丫介)
陈妻：(白古)但愿依夫从人愿。祝福郎君(一才)凯
歌旋。
陈登：(的的杜字鸡眼。白)奈不得呀！(水波浪介
花下句)看见我妻贤淑。我怎忍挥剑杀擒捐
。又怕敌军攻破城池。把妻污玷。(一才)岂
不是夫存忠、(一才)、妻受辱(一才)、投剑降
免焉烟。看来忠节难存(一才)、我不知如何
打标。(想介)罗古笑自介。(白)有了！(花下句)
先把娇妻试试。但是唐帝又坚。(排古入门介

、見妻、(白)夫人請起！
陸妻：(起身介、白)原来夫郎回来、受奴一礼。
(礼介)
陸登：(白)夫人有礼了。夫人上坐。
陸妻：(白)夫郎請坐。(反才)請问夫郎、今日出战
勝负如何？
陸登：(科大气介)唉！
陸妻：(白)請问夫郎、為何一言不发。满面愁容
、究竟是败是勝、望君言明。
陸登：(连介介、笑自卓竹介、白)夫人你有所不
知、為夫今日揮戈杀敌、誰料敌众我寡、
保个丈夫嘛、杀败回来了。
陸妻：(白)咋！杀败回来了嘛？(反才)郎呀、军中
有云：勝败兵家常事、何不再备良策、与

6—3

殺人决一死战、这是虽败犹荣吧君呀！

陸登：(白)妻呀、為夫那有不知、我想班取救兵、再圖抗战・怎奈兩狼关失去・路安州孤等死援・危在旦夕・為夫唉心殉國、誓不投降・怎奈夫人你年少青春、賊倆有不測、怕累了夫人・今日回來・先非想夫人你这个(介)、那个(介)、(扯介、水介、先年爱再批夫人参(介)夫人实不相瞒对你来有、為夫君有不測・在妻改嫁・(过前介)

陸妻：(白)怎样、夫郎倆有不測、為妻改嫁嗎？(水介、先年爱批陸登、(白)罢了賊地郎君・陸郎呀、細想你妻亦於礼义之门、丸嫺母訓、女子从一而终、古乃女子之德、又岂可琵琶别抱、辱及本门、為妻在陸郎跟前

说过一句，纵使夫郎以身殉国，替存炎帝抚养孩儿、替不另择别人罢君呀，

陆登：（白）吓、替存炎帝、抚养娇儿、替死不择！（哭介）、先年夜、执妻、（白）罢了我地妻呀、（介吉）今日已城破家亡、为夫才有出路见。又不思夫人作未亡寡妇、把炎帝来存，我也知道你母训素娴、心无改变。又恐怕炎临城下、金兵侮辱凄惨。那时炎帝何存，你已是被虏兵淫辱。为夫决心殉国。不忍你命丧黄泉。择死两途、尽机立断。妻你勿把陆郎怀念、早日逃出生天罢妻呀！（内场斗官叫介、的々扛、两人照白、暗双思介）

陆妻：（花下句）又听得孩儿悲叫，使我心内油煎

6-4

。我一死視嗚乎。你我孩儿于何打救？（花下）

陸登：（乐下、哀花）我悲難言，痛難言。听聞嬌儿二字碎心弦，佢句句言詞如利劍，恨我有心愛子也徒然，国破家亡守忍見，儿啼母悯怜痛心血。（下）我決忘父子同殉，抱嬌儿兮兩秀。（冤手夜）

陸妻：（白）惜！（摆、花下句）你居心殘酷，天理何存。孩子幼小未知，你不應將他命損。（三批下）

乳娘：（冲头、抱斗官上、入門、白抱）呢趟接唔掂、（叹）今日喊到气喘喘，重黑埋个口面。現在你爹爹已回家轉，快的父子來見面（叹）。（想交叉花下）

陸妻：（先手反、搶文在把回介）
亂狼：（草竹、見陸夫妇口不妥介、花下（句）何
心夫妻相見、淚泪漣々。敢向夫人究為何
国、不悄言收立々。
陸妻：（白）亂狼哮！（起身）嫁噫唉夫君今日為国征
战、心凄怨。唉今宵若战败了几遍、败退
败退時元存、伍在未々、将我遣、千言々
心搽乱、情别妾我改梓性别果、妾将儿一
命表黄泉。（哭双思介）
陸登：（白）唉！（归城叠）妻儿悲啼、仍是我心中乱
怀着念。眼前别离在目前、、正是难危就快
炀、路安悲苦一向恨难烟、今宵不想天子
使妻你泪流满面、追妻改梓、苦睁笑白、
追妻改梓、心已乱、叹向々々不保存。嫁

6－5

乳娘：快逃去生天、快逃去生天。（就此收）（乙反木魚）惊闻败战、惨悽悲酸、老爷虽是有心為国為国、不応將此子丟荒泉。纵使老爷你為国捐躯、都有后代為你报仇王怨。我抱佢他乡抚养。把责任承肩。你还要修下血书為纪念。等佢他年长大、我便对佢肯白仇冤。等佢奈敌执戈時殘算、怒。一来伸冤主恨、二来可把陆氏后代保存。

陆登：（的的杜、花下句）乳娘说话、句句金石良言。

陆妻：（叹）待我咬破指头。（介边、咬指介）

陆登：（叹）待我割花敝寸。（介边。三才割介）

乳娘：（叹）怎样交命、快写备齐全。

（冲头、三人埋位写书介、印起手托两段、

写完、先手交读介、"读血书时分位置扎架
·众人读一句）
陆登：（白）血书示儿々知見。
陆妻：（白）金兵侵略进中原。
乳娘：（白）你又提师来抗战、
陆登：（白）敌众我寡甲不全、
陆妻：（白）陆登殉国帝不安。
乳娘：（白）你母存贞善难言。
陆登：（白）乳娘抚养儿长大。
众人：（白）他年为父王仇冤（双）。
陆妻：（将血书塞在斗官身上）
陆登：（白）好乳娘。你有志大德、我永不能忘、
请受我夫妻一个全礼。（并边跪下）
陆登：（配上句）你快命吾儿高飞走远。

6—6

陆妻：（花）悲見嬌儿别母，真令我慈母心碎，肯内纾离，有君穿心万箭。

亂娘：（花）夫人你随夫或随我，請快快尽当前。

陆妻：（花）我生死随夫，你勿把夫人挂念。

陆登：（花）亂娘你回她自便，你快远走天边。

亂娘：（另场花）我暂避一旁，看佢夫妻系何才走远。

陆登：（天叫头，小翠带箭伤痕上介，扑入门）（扶起小翠介，口古）好战士，何以鲜血满身，鳞伤遍体。军中情况快对我言。

小翠：（口古）陆将军，敌人攻破城池，城内鲜红血染。金兵奔人放火，奸淫掳掠，百姓叫苦连天。我来报知军情，已受伤中箭，望将军速谋善法，免至民命惨冤。（痛介）

（陆登為小军拨去箭，小军痛死介）
（内坊战鼓声，喊杀声，枪杀声，叫救命声很悲惨。）
陆登：（派介，执花）宁為玉碎，不作瓦全。吟喇々来对战。（四子下介）
陆妻：（花下句）郎佢一呼振臂与敌同殲。
陆登：（内坊白）杀败了！（押头入门介）
陆妻：（扶起口古）君呀，战况為何，快言明点々。
陆登：（白）妻呀！（口古）城有若螳臂挡车，战败在旋。
陆妻：（白）夫呀：（口古）不若及早弃城，免遭命损。
（先半夜，二人出门唱呵介，大转介）
陆登：（口古）大兵四面，插翼难飞出生天。

6—7

陆妻：（口古）我为守夫节之言，免被贼兵污玷。快些把奴杀却，共到九泉。（跪埋叫登杀介）

陆登：（杀妻罗古，度杀不落手，大水收浪，做手关目，花上句）我与他恩爱夫妻，怎可一刀两段，怎奈是这般贤淑，使我悲苦难言。我左右思量，魂飞魄乱。（拉士字腔气倒介）

陆妻：（见夫气倒，思量若叫醒怕难过，索性自把身上腰带解下吊颈，雁儿落介）

陆登：（醒介，见妻死了，抢背跪下，哭相思，扶起夫人，口古）罢了我地夫人，妻呀！你果贤良淑德，宁死不辱，我俩在九泉会面。（诗白）正是：人生自古谁无死，留得丹心照汗青。（起京罗古打介大古死介）

兀术：食住打介上．三叠罚笑介．白道有此众三
声，四围搜洁。
（众人拉上乳娘见兀术介）
兀术：（白）呢，（白话）你是何人，是否陆登宁春？
乳娘：（白话）系，我是佢府中妈母，跟随佢欧年。
兀术：（白话）手抱有是何人，快些言明一遍。
乳娘：（白话）这是主人幼子，身世寒酸，望你把
佢哀怜，放我们去逃。
兀术：（白）吓，佢就系陆登后代吗？庆才，功々
古推磨，花下（白）我虽未跨凤乘龙谐美春。
何不收佢为干仔，以当为后代苗付。呢！
指乳娘（白）你今后将成进随，命此儿返金国地
面．要古白你抚育此儿，日后成人长大，
不可提佢身世，违令着斩．

6-8

乳娘：（白）老身知道。

（陆登广育扑上地介）

兀术：（白）好呀！（花）把陆将军夫妇合坟合葬。再

谋良策进犯中原。

（集体架。大古一才落幕）

（煞科）

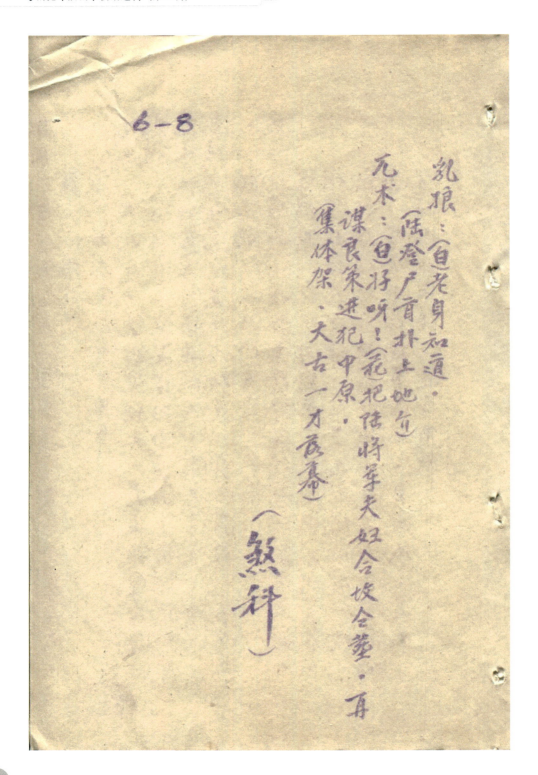

冼夫人

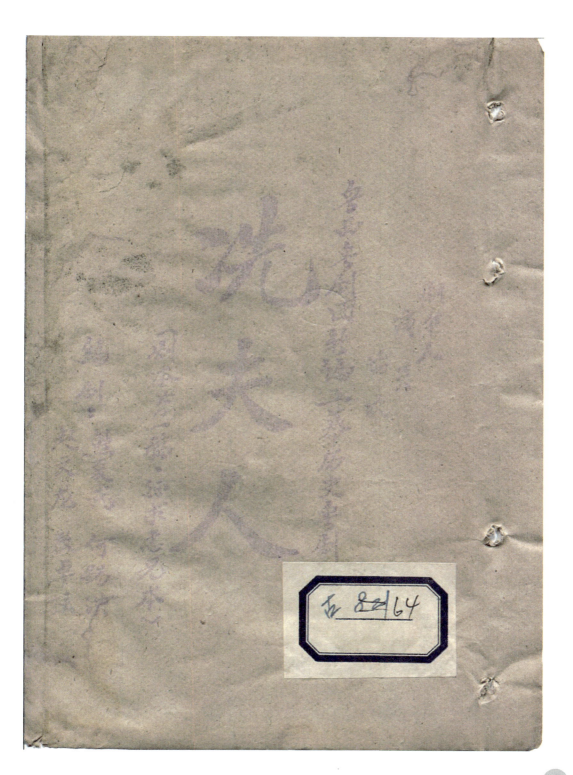

為了今後聽取首長和同志們的指示，我們把這本草稿，急忙付印了。這本草稿，即使在我們創作組內部，也還沒有通過；部份地方，還未取得一致的意見；部份地方，已經討論了修改方案，但還未動筆。其中主要的問題，也就是，須要着重修改的地方，大約是如下幾點：

一、冼夫人性化情節的思想轉變過程，寫得過於草率和簡單化。新將第五場改寫為兩場，以便着重描述。

二、加強冼夫人的對立面——王寡[illegible]

前後力薄弱，由於王寡婦的描寫，[illegible]

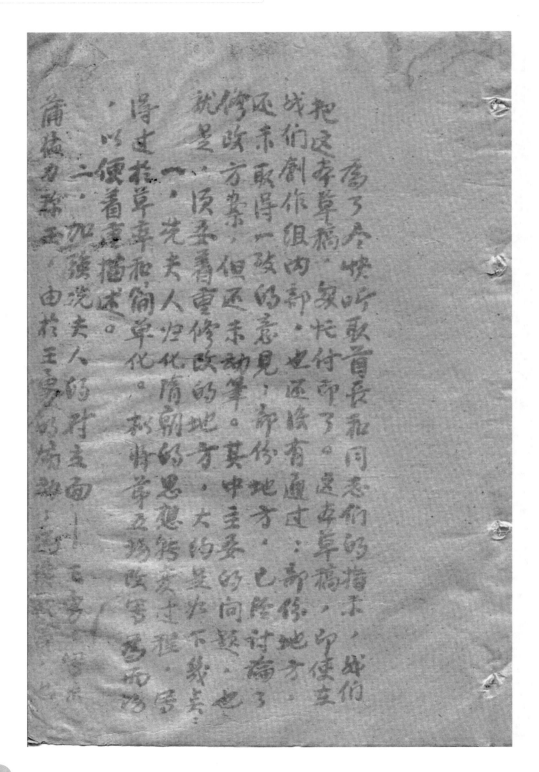

是王勇的主谋。并把王勇的一些主要活动，从幕后搬上舞台。

三，重新设计第三场，正面描述冼夫人、蒲揍力，王勇之间的矛盾冲突。

当然，这仅只是我们看到的主要问题，我们看不到的，一定还有很多，希望能够得到首长和同志们的指正。

这本草稿，可以说骨架还未搭好，更莫谈语法的通顺，文词的修饰了。这些，都也希望能在首长和同志们的指导下有逐步的改进。

"冼夫人"创作组

一九六二·八·二十二日。

人物

冼英：陈中郎将、高凉郡太夫人、岭南道越族首领，俚族人，年七十。

田夫人：冼英之媳妇，冯仆之妻，年约四十五

鸿業：冼英孙女，田夫人之女，年约二十

冯魂：冼英孙儿，田夫人之子，年约十八

甘竹卓：追随冼夫人多年的老部属，年约六十

叙符帰：追随冼夫人多年的老部属，年约六十

麽北龙：罗州一带俚族，部老，年约六十

蒲猛力：陈州刺史，俚族部老，年约四十

蒲盛风：蒲猛力之弟，年约廿二

王宝：陈东衡州刺史，长髻之，侵[illegible]

[illegible]

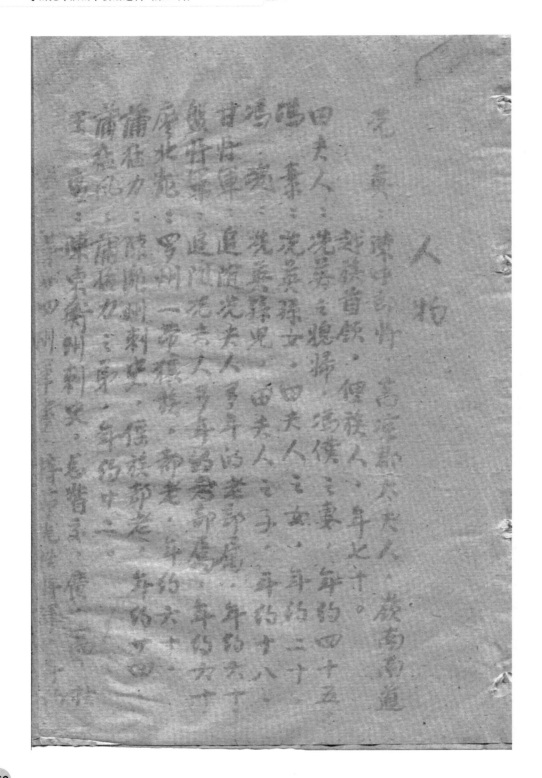

六十五。
畢璟ミ陳東衛州長史。
韋横ミ趙州刺史，年俗四寸。
魯護都老善千人。
大甲善千人。
州安善千人。
男女尚丁善千人。
百雅善千人。
衛傳善千人。
孫子善千人。

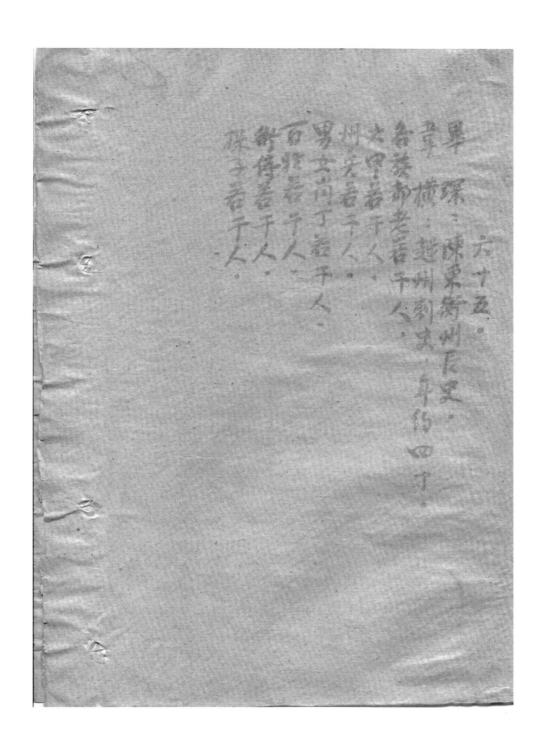

1—1

第一场

时间：公元五八八年、陈后主祯明二年（隋文帝开皇八年）九月中旬某天上午。

地点：罗州（即今化州一带）郊外。（排子头、开幕。远望隐约可见正在焚烧的火光）

猛力：（打引）七才、打马上唱七字清（南越山川多（雨）秀、天空海阔任遨游。俚族敢代为领袖、官封刺史掌化州。年少英雄谁及某？独惜年已三八未娶好逑。（转滚花）今日述职存来、顺访问素姑娘叙旧。（骤闻刀斗声、喊杀声、惊疑（介）罗古彼手一唱快二流）何以四面火光、冒上山头、喊杀连声、有若交兵定斗？（跳上山崖眺望、续唱）只见火光、

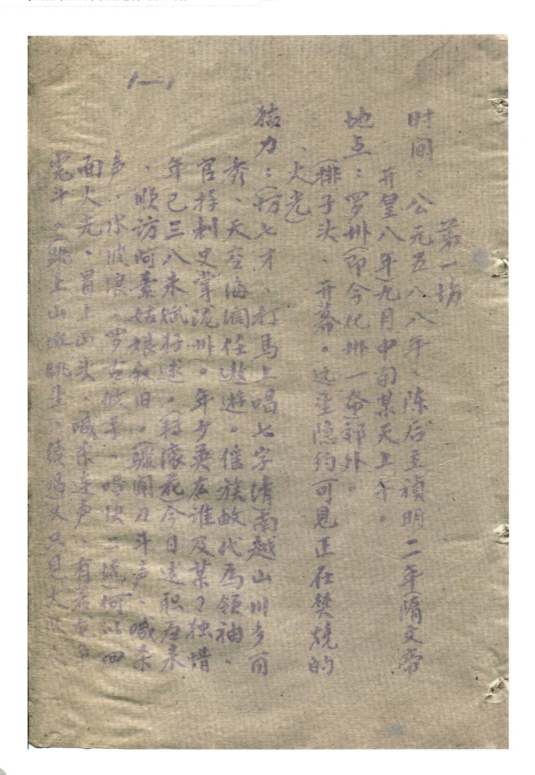

畢璪ミ陳東衡州長史。
六十五。
章橫ミ趙州刺史，年約四十。
爲護卹老若干人。
大甲若干人。
州兵若干人。
男女尚丁若干人。
百姓若干人。
衛傳若干人。
孫子若干人。

第一场

时间：公元五八八年、陈后主祯明二年（隋文帝开皇八年）九月中旬某天上午。

地点：罗州（即今化州一带）郊外。

（排子头、开幕。远远隐约可见正在焚烧的火光）

冯盎：（打七才、打马上唱七字清）南越山川多丽秀、天空海阔任遨游。僮族敢代为领袖、官拜刺史掌泷州。年少英豪谁及某了，独惜年已三八未娶好逑。（转序花）今日述职归来、顺访冯素姑娘叙旧。（骤闻刀斗声、喊杀声、水波浪、罗古拔手一唱快二流）何以四面火光、冒上山头、喊杀连声、有若龙争虎斗之。（跳上山巅眺望、续唱）又只见火光冲天、

1—1

[illegible]

馮素：（兩動作示狀）未敗[illegible]，大叫[illegible]有[illegible]兩出望，馮[illegible]亮[illegible]我務，來到[illegible]哈付琉相述其詳，且戰且走。（穿花台）

插力：（卻上，一見馮素走來，上前，四古道）原來是馮素姑娘，你究竟為誰人戰斗？何以單人匹馬，來至罗排？

馮素：（日古道）只因越排剩又未援，以僱收駿物為借口，緩欲大隊排兵，先端陡越罗排，罗之：擬报，但不忍生灵涂炭，因此差我先行前來抢救，无奈敌众我寡，被他追來到這荒坡。

插力：（日古道）那些汉人排官经常欺侮我南越各族

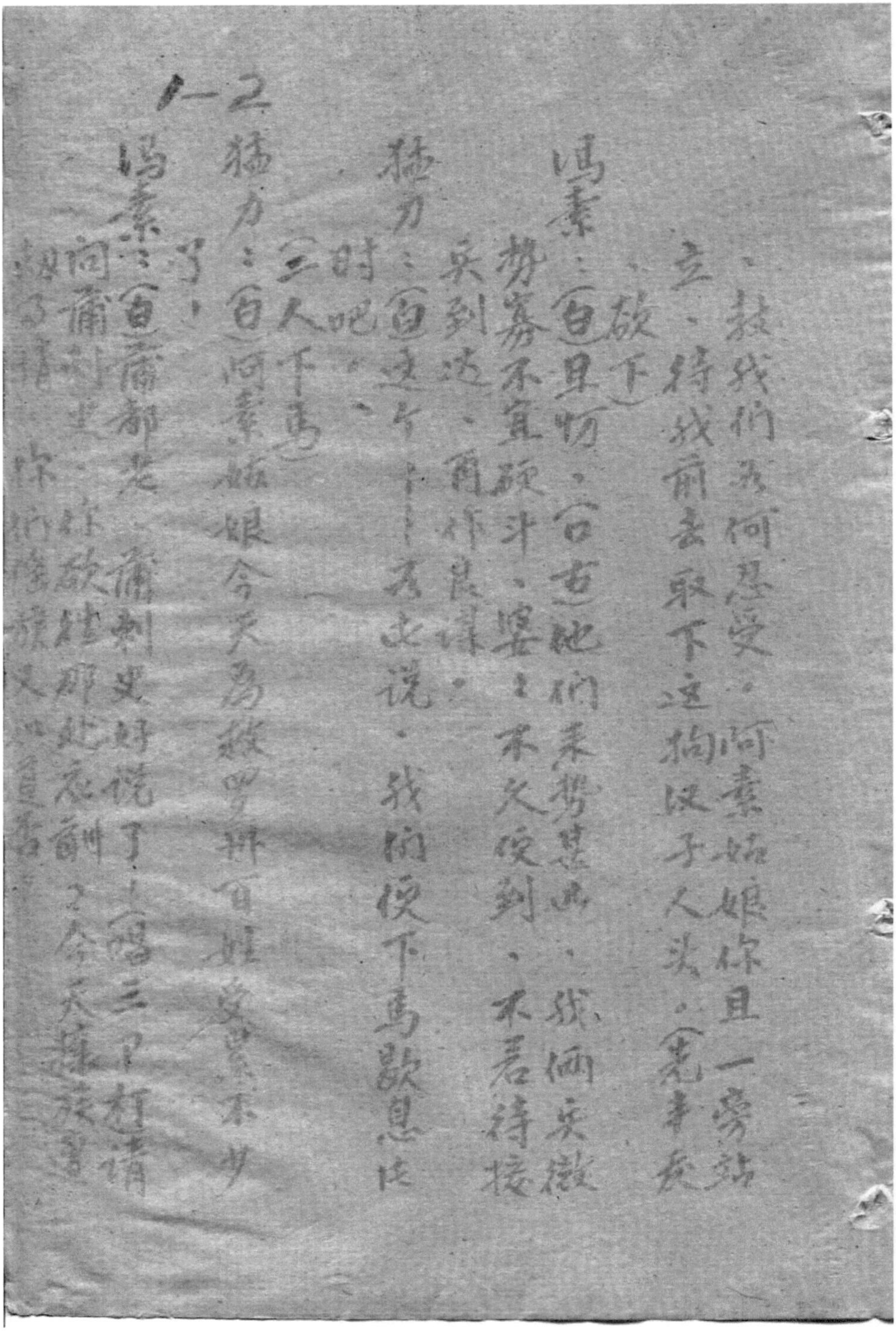

1-2

、救我們為何忍受。阿素姑娘你且一旁站
立、待我前去取下這狗奴子人头。(晃手疾
、欲下)
馮素：(白)且慢。(口古)他們來勢甚雄、我們兵微
勢寡不宜硬斗、婆婆不久便到、不若待援
兵到达、再作良謀。
猛力：(白)這个……亦也說。我們便下馬歇息片
時吧。
(三人下馬)
猛力：(白)阿素姑娘今天為救咱們百姓受累不少
了。
馮素：(白)爾都是。爾剌史好說了。(唱三下杠)請
、問爾剌史、你救她那处感謝、今天為族旅害
姑娘、你們像族人心意害

猛力：（接唱）我一概不知道，因我早已作远游，
月前便去延康，有本事问居王与秦，一去
不觉两月，今天才返泷州。（转滚花）正想收
到高凉，把你婆孙问候。
冯素：（接白）蒲都老礼重了！（接唱）不知蒲都老旅
京期内，有否与我冼家聚头？
猛力：（接白）也曾见到。（接唱）有家书一封，嘱
我亲送你婆孙之手。（取信交与冯素）
冯素：（白）有劳蒲都老。（站过一傍，读信）阿素姑
娘粧次，久别芳姿，旦夕神驰……（草竹、
知蒲猛力把信弄错，拟将信交还蒲，但一
转念，索性把信读下去）溯自秋前令祖母寿
辰，当晚宴罢，我俩并肩后园，谈心月下
……

1—3

猛力：（猛覺把信弄錯、持信上前對馮素白）这々々……这一封才是含羞弱的啊！

馮素：（忸怩地把信交回蒲、白）比如这一封呢？

猛力：（猛避地把馮素手一推、白）这、这是蒲猛力给阿素姑娘的信、封里还有合浦明珠一颗、请阿素姑娘念我一颗痴心……

（馮素从信封里取出珍珠、爱不释手、两人相对无语、忽然喊杀声四起、蒲猛力与馮素车身向两边採望）

馮素：（滚花）料必是东横逆贼、將我寻求。

猛力：（接唱）我们上馬执戈、与他战斗。

（三人上馬）

（冲头、吴大灰、李体明拖枪上、过场、四卅兵、甲、乙大甲、东横随上）

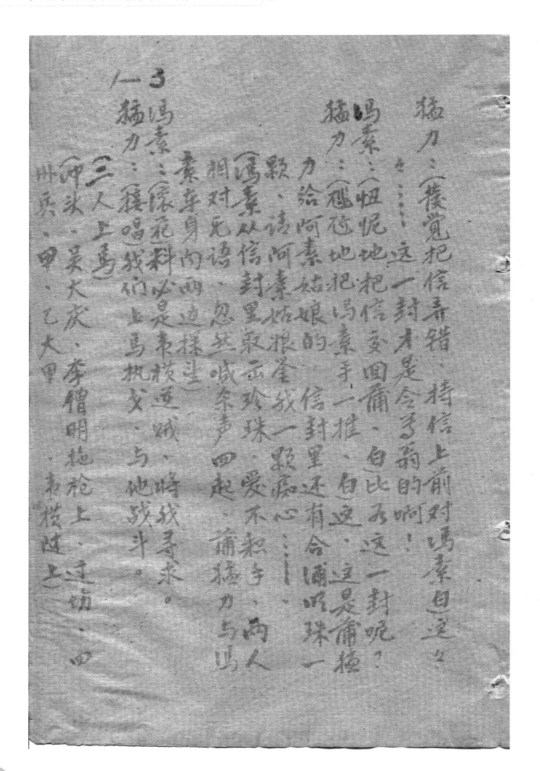

猛力：（搭住，白）大胆汉官，竟敢欺压我越族百姓，看剑。

（双方开打，若干回合后，甲大甲被冯素杀败退下，冯素追下，蒲猛力迎战车猴与乙大甲，突然蒲马失前蹄跌下马下。乙大甲举起长枪正拟向蒲刺下，忽然场内飞来一箭，正中乙大甲要害，乙大甲一声倒地死去，冯素却上）

车猴：（见车发，上前拔出乙大甲身上之箭，细看箭上标志，白）洗爽之箭，（双白）

（四古兵、四女兵、旂手持洗字大旂，二两丁抬铜鼓，冯魂、甘、盘将军，洗爽先后上，扎架）

车猴：（一见洗爽，白）呵呵呵，你胆敢杀死我一

賀大將！（先奪麦上前問洗英、付人之說
洗英光明磊落、誰料你用暗箭傷人！
洗英：（秃头唱吴王怨）我光明磊落、惟是也嫉惡
如仇、你休丢籍口、（即起柳子拂板短序、
權门、扎架唱拂板）我一生、不射天上小鳥
、但对冤狼鷹隼、卻是情忍不留。
東横：（接唱）你也該知 俺蓋世英雄、奈人不畏
眼、早已名震宇宙。
洗英：（接唱）我們俱係旅人、以小行獵、盡管冤狼
出獵、也要低头。
東横：（唱快中板）你枉称賊眼物可知罪咯？
洗英：（接唱）肆指鹿為馬另有陰謀！
東横：（接唱）今番知經你知道厉？

1—乙

浣英：（[illegible]

韦横：（接唱）大張公文拿在手，睁开狗眼看从头。（牌落花）你身為本部将，高涼郡太夫人，违抗圣命罪该斩首！（三才）受否公文？

浣英：（完章庭）接过公文细看，唱（落花）何以圣上要把賧物加抽：一定是慢听谗言，来加研究。（口古）韦刺史，即使皇上要加抽高罗各州賧物，你身為州牧，也该為民請命擬情上奏，难道你不知道晚造已成旱象，忘记了今岁旱造各地失收？纵然是你奉命到来催收，也不该焚烧抢掠，试问你这些行為又何异贼寇？现在我劝告于你，立即撤旂息鼓，抚恤伤亡，否则众怒难犯，各族百姓对你决不善罢甘休。

韦横：（口古）哩，这里是罗州地方，不属高州管辖

1—5

花(圑)、圑不看你洗英到来摔手。

洗英：(口古)夷横、你对头一看这是什么？(举向、指铜鼓)

夷横：(积身一看、白)原来是那个破烂铜鼓、

洗英：(续唸口古)就凭这个铜鼓、我就可管反这九罗卅、我们南越不管某个地方受人欺侮、这铜鼓一到各族兄弟就驰来抢救，么然铜鼓一响、那时候呜呜……你夷横休想把狗命保留。

夷横：(口古)嘿、我夷横一生要広、难道怕你这个烂铜鼓？怕你这些南蛮狗？

(的的昌)洗英、甯猛力、冯棠、冯魂、甘、盘二将甚怒不可遏)

猛力：(先举拳、拔剑指向夷横、白)你胆敢侮辱我

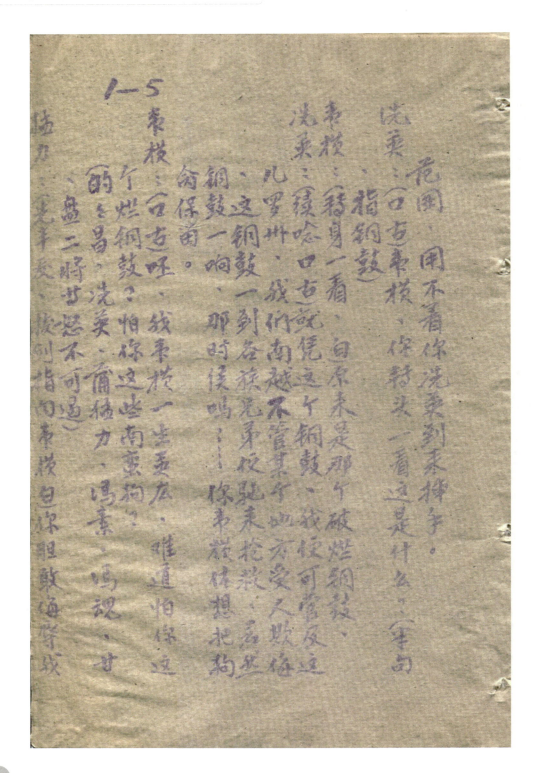

們神鼓？侮辱我們越族？（対洗夷口述）太夫
人主印付令擂古、待我取下這狗奴子人頭。
馮豪、馮魂：（同白）要々付令擂鼓也罢：
甘盘二將：（同白）太夫人付令擂古也罢！
洗夷：（白）好吧、吩咐擂古！
（馮魂擂古、双方开打、只需几个回合、来
横便束手就擒、其余兵將敗下）
洗夷：（白）来横、你已衆手被擒、还有何話說？
来横：（白）我是牟王勇將牟之命而来，是牟王上
之命而来、不信你們敢將我来某難為！
（冲来、方北龙、都老甲执吴都老上）
吴都老：（跪向洗夷、甘道太夫人、吴大庆今天疏
于防範、被来横強盗闯了進来、我々々
我对不起我們俚族的父老兄弟！（跪意）

洗夷：（悲怆地白）吴都老、（的的昌、拔剑怒视吴横）

众人：（白）吴都老、（音乐衬音、跪向吴都老致哀）

冯砚：（先锋夹、拔剑走向吴横、白）杀了这个强盗吧！

北龙、都老甲：（发现吴横、一人一句、白）原来你躲在这里；我找你许久了！（先锋夹、拔剑走向吴横）

洗夷：（食住先锋夹：趋前制止存北、冯与李俊明一白）存都老、李都老、我也把这个贼恨恨死、也恨不得将他一刀两断、可是……不么么……（收剑）

1—6

插力：（白）太夫人、你这不针么？难道是我老在山、给他继续为非作歹、杀人放火、[illegible]

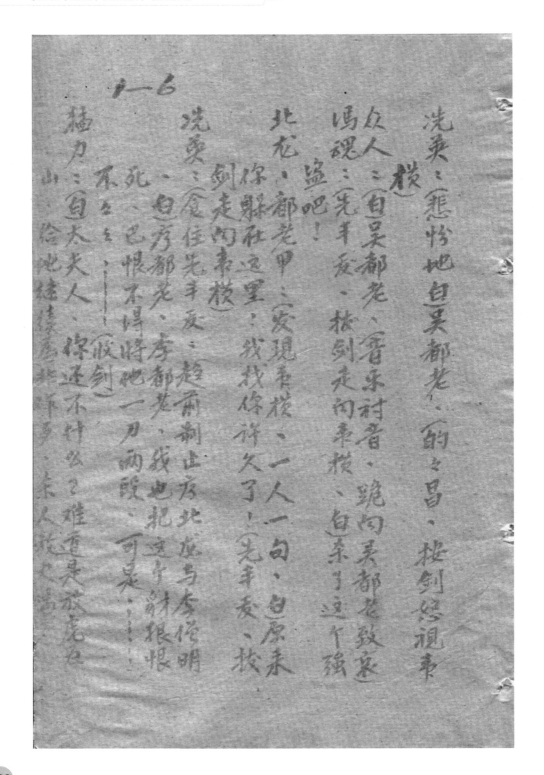

都老甲：（白）太夫人、难道你忘记了我们各族一
宗有难、百年相助、一族受辱、各族报仇
的神血盟誓吗？
北龙：（白）太夫人、难道你不看见吴都老身上的
血迹未干！不看见近在着大的民房、一任
这强盗逍遥法外、為所欲為吗？
冼英：（白）各位都老、太宗都说得对、但他终在
是一个地方州牧、斩杀之权、不在我们手
中。
猛力、北龙、俚明：（全白）太夫人、难道你真要
把它释放。
冼英：（白）那又太便宜他了、我要把他送到京都
督王勇将等那处、把他残害百姓、焚烧民
房、杀死吴都老等事情详细向王都督京说

、请他执行国法、为民申冤。

北龙：（白）太夫人、难道你不知他是王勇的亲信、你把他送到王勇那里去、岂不是放虎归山吗？

冼夫：（白）未必见此、他虽是王勇将军的部将、但国法如山、王都督又岂敢包庇狗私！甘、盘二位将军听着、你们立即把朱横押解、送到王都督那里去吧！

甘、盘：（合白）遵命！（押朱横下）

猛力：（另场滚花）冼夫人瞻前顾后、老气横秋、她已远非当年、难看我南越领袖！

北龙：（滚花）太夫人、你还侈谈什么国法（半句）

冼夫：（衬白）我们是大陈子民、怎能不守国法、没有国法、天下岂非大乱？

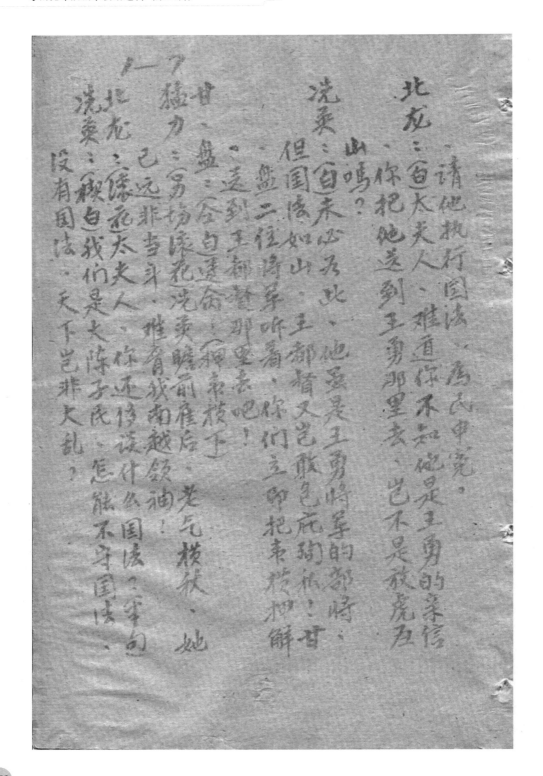

北龙：（稷白）目前大下迷不晓天乱哇：（转唱）五者
是朝纲不修。（转留腔中板）那昏君，只在佚
乐荒淫，终日吟诗饮酒，他听信奸佞，横
征暴敛，任意把赃物加抽，那官绅，上下
贪婪，尤甚于洪水猛兽，众黎民，好在水
深火热，终日为马为牛。（转滚花）为君王帝
、这般朝廷，怎不教人痛心疾首？
洗秉：（白）这些子恨，难道我不知道？
北龙：（白）你知道又怎样？
（冲头）、敌百姓揹包袱。扶老携幼地遁（贯上）
百姓甲：（口古）各位都老、东贼烧毁我楼房，杀
死我丈夫，教我今后如何维持这一家数口？
百姓乙：（口古）东横了我女婿、女婿杀了我女
儿，万望大夫人与各位都老作主为我申雪

洗夫人：寬俄？

洗夫人：（流睡滾花）唉吔吔、我該怎樣接納大夫的求？

猛力：（晃手夜、口古）太夫人、義百姓尋到流離失所、宗破人亡、難道你忍置若罔聞、見死不救？

北龙：（晃手夜、口古）太夫人、目睹此景此情、你為南越首領、應該怎樣去替受苦百姓解難分憂？

1—8

洗夫人：（正线、大仄才、口古做手、唱快中板）群情洶湧氣冲斗牛、誅除奸佞救危同仇、逼她哀鳴寧忍袖手、為民請命仔細籌謀。（轉滾花）罷罷、不若寫下本章、向君王啟奏、程士臨收、对馮魂（白）魂兒、文房伺候。

馮硯：（白）知道。（取出紙笔墨递交洸爽）

洸爽：（手托第一段写表、写完表、叨々念看表、看完表、手托第二段修改补充、唱整救

洸爽、上书言了、请王保恩九虑国政勤修、对馮硯（白）硯儿、你拿我这本章、星夜奔驰、赶上你军父亲、叫他到京之后、亲呈皇上、请王上要子惠之々、不遗在远、南越各族、也是大陈子民、不要另眼相看、请王上不要忘记大陈帝业、是以岭南安宁的、不要再派贪婪胡吏、凌辱南越各族、请王上要亲贤人、远小人、勤修国政、体恤民艰、若若不然、民心离析、大陈江山、岌岌可危！

馮硯：（白）要々、孙儿去了。（私下）

1—9

冼英：（白）魂儿、回来、（解下佩剑）魂儿、这是三十八年前、高祖王帝在灞石送与你曾祖父的宝剑、你拿去给你哥哥、一併呈给王上、请王上勿忘先帝创业艰难，请王上勿忘当年为了消除侯景叛乱、汉越两族、是怎样同心协力、肝胆相照的——魂儿、宝剑在身、一路之上、须得小心！

冯魂：（白）孙儿知道！

（大笛衬音、楼罗古、冼英授剑、冯魂拜剑）

（幕下）

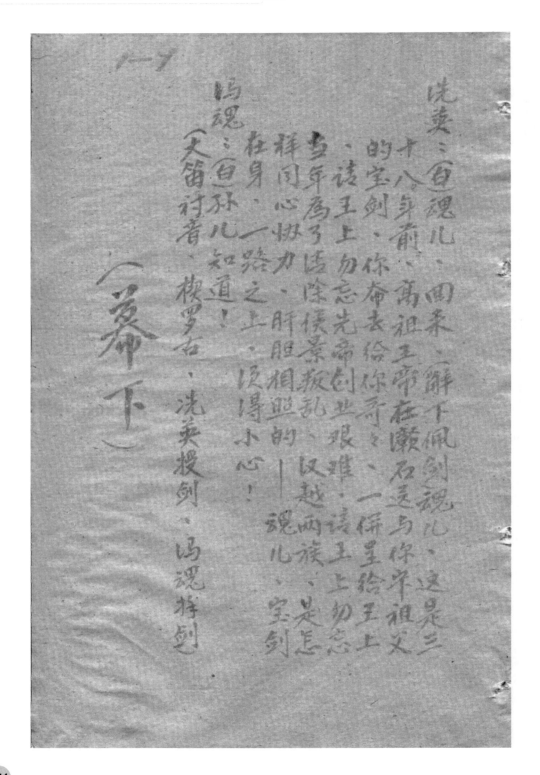

2-1

第二场

时间：公元五八八年，陈后主祯明二年（隋文帝开皇八年）九月十六日，这天是越王诞。

地点：高凉（今高州、电白一带）越王岭越王庙。

（启幕时，铜鼓声自远而近。有顷，庞、祝二将抬铜鼓、冯素擂古而上。舞鼓毕，放置鼓架上。祭鼓起：

（鼓声中，四女兵持百足旗前导，高罗四州少数民族都老：庞北龙、都老甲、乙、丙等全上。

（四女兵持祭礼上。田夫人、冼夫人、甘盘二将随上。

庞北龙：我等恭候太夫人祭鼓。

（蔡雷秋武开擂。冼夫人主祭，众侍候。

冼夫人：對佳都老，冼英蒙各族不弃，数十年来，执掌铜鼓，统命各族，今日欲遵越王盛诞，在越王神像之前，容冼英（再）申前誓：（唱）抬地風（倫）冼英為各表千万黎民乐业安居，為我汉越各族永敦睦谊，世代相依，尽我力，捐我躯！（念白）正是地可动来山可移，冼英至死志不渝，倘若冼英背盟誓，（唱煞板）铜者不赦，地灭天诛！（再拜）

背兆东：祭鼓礼成，人来摆宴。

（士兵摆宴）

都老甲：各都老，每年九月十六，都要叨扰你的菊花酒——

乙都老：今年已免不了呵，哈哈……

内白：冼膛将军王勇王赞都到！

2—2

众人：王督（介）都到！

彦北龙：王勇来得好。（唱滚花）闻说王勇还夫私纵韦杨贼子，还劳明祖护奸官。视我百越可欺！若有过了我，就讲难（也）——（介）

都老甲：（接唱）彦都老你休会声行了。

浣夫人：（唱滚花）以后道唔着道，岂可尽信其词，且先随我相迎。老身自有主意。

（众随浣夫人迎王勇入座。）

浣夫人：（白古）王都督大驾光临，不知有何训示？

王勇：（白古）岂敢岂敢，此来特为参与添寿盛会，还请恕老夫的祭礼尚在途中，未及赶来啊。

彦北龙：（白古）请问王都督，韦杨现在何处？

王勇：[illegible]

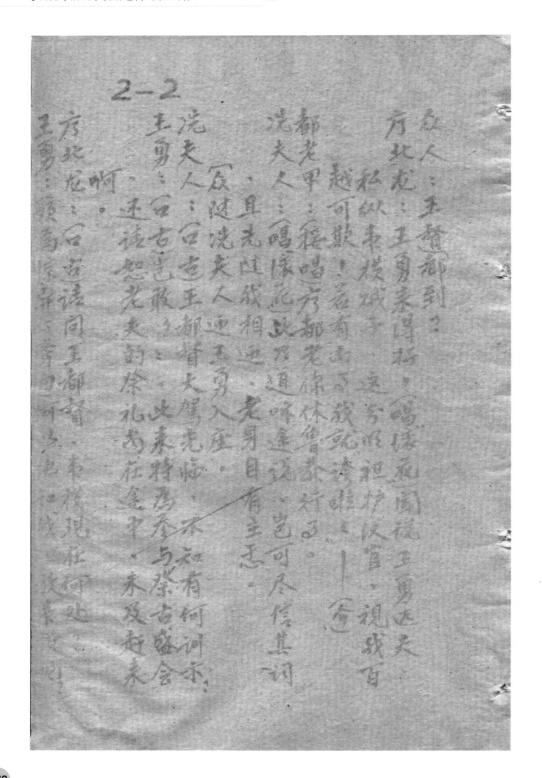

冼夫人：（白古道）王都督，过往是僚族都老庞北龙
素性耿直，常为怪之。
王勇：哦，好一个庞北龙！
庞北龙：（白古道）你是庞北龙，庞北龙有向，来横
现在何处？
王勇：（白古道）哦了，不识你过向！
庞北龙：（气极）什么——
冼夫人：（稳樣口古道）庞北龙，你与我坐回席上！
王都督请平此怒。
王勇：呵，请，请，请呀！
（饮酒、休来敬讨上对歌之声。）
男声：想要过河没有船，想吃槟榔没有灰，想
吃酒来没人陪，想要交友没有媒。
冼夫人：（夹白）王都督，每逢越王诞，我们的年

2—3

青人就論歌賞月了。

女多：哥去过河妹扯船，哥吃槟榔妹送皮，哥吃酒来妹作伴，哥想交友妹作媒。

众人：哈……

冼夫人：王都督、列位都老、唱花古美容美酒对欢歌，佳节逢盛会，列位当尽醉，不醉不准回。

都老甲：（接唱）到你话饮媒人酒，我定然唱完一个醉。

冼夫人：（夹白）此话从何说起？

都老甲：（接唱）岂不闻哥想交友妹作媒？

众人：（夹白）李都老，你替谁做媒啊？

都老甲：（接唱）我们的南海明珠，羡得万人注视。

（唱叶最盖和下，接上场窗断。）惹得浪花作痛

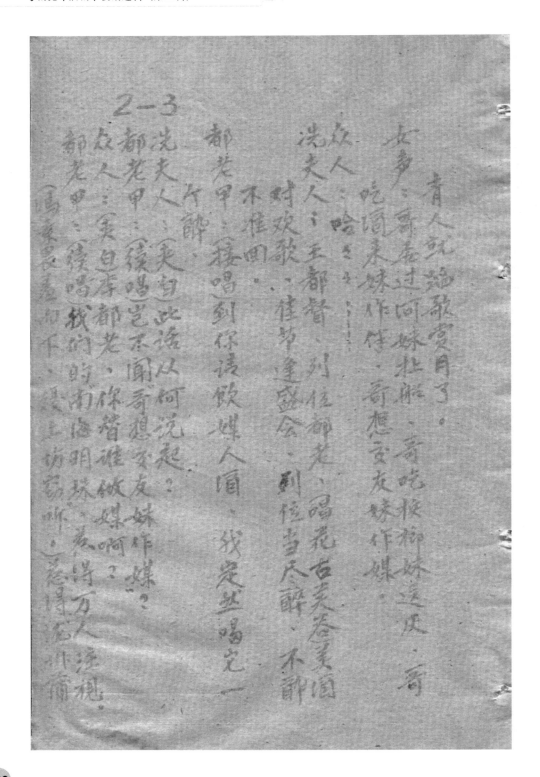

猛力，托我寻钱系明珠，孙女……

冼夫人：（问）但什么？庸猛力求聘冯素娥女……

众人：

彦北龙：太夫人！（唱十字清中板）庸猛力这小子少年得志，早蓄恶胚吞象，叱咤风雷，（锣滚花）他分明欲谋铜鼓图霸业，借联婚施展他阴谋诡计。

冼夫人：这个嘛……

王勇：（唱板眼）我冼门登户对，正将钟古乐之，既有前车可鉴，列位何用多疑，当初太夫人，与那冯宝偕连理，变成越人作汉妇，亦是铜古作嫁衣，俚族冼家可作冯门冼氏，冯家俚族，何以不可入庸氏宗祠！

田夫人：（唱滚花）此子未足信赖，婆婆还须三思。

冼夫人：这个——！

王勇：（转现在唱）係花她若然拒婚，吾计可想矣。

冼夫人：（接唱）此子容后商议，且先痛饮三杯。

列位请。

（饮酒，冯素怨悯而下）

蒲猛力：（罗边花上，唱）係花蔡锕去，定难辰。

又垂排在生此了，因何王勇要高，在路遥

来姓奇驰，积来势，举夹机，似对夫人怀

悉总：（元白）

2-4

冯素：（内白）畅走！（上）蒲都老，你往那里走？

蒲猛力：呵，素姑娘，我践约来见你宁嬰嬰啊！

冯素：蒲都老，你、你不要再见我宁嬰嬰了！

蒲猛力：（一怔）何以不要见她她，难道——

冯素：我嬰嬰她不——！不要见她就是了！（横白）

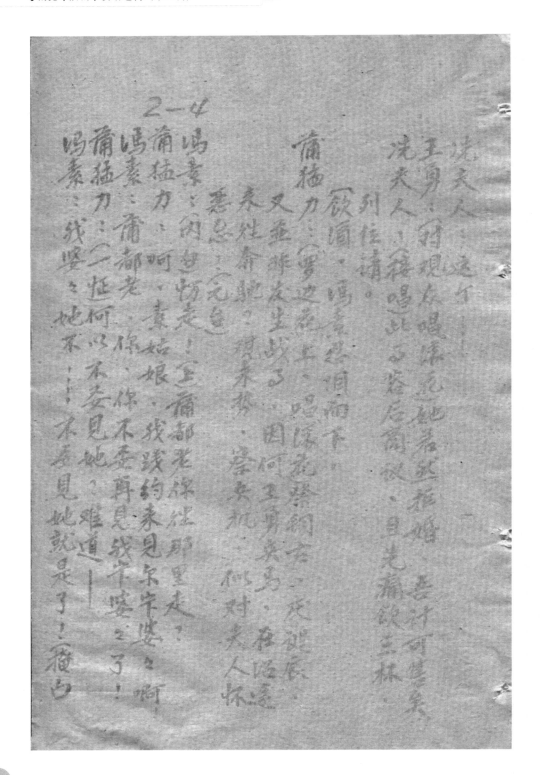

甯猛力：啊！奇了！（略一思索、随即入廟）参見太夫人！（而下）
冼夫人：啊！原来是甯都老：（下座）恁不遠相迎、快与我入座。（迎入）
甯猛力：（坐下見王勇、口古）原来王都督差我而来——太夫人、猛力倘候孫古来迟、望祈恕罪恕罪。
庞北龙：（口古）甯都老、你係咪从不曾参与蔡古、我看你是别有用心而来！
甯猛力：庞北龙、你这是什么意思？
王勇：（口古）他是说你此来、乃是为了甯馮联婚之了呵。
甯猛力：（口古）庞都老、恐怕我甯猛力高攀不上

吧，

王勇：（花樣口古）蒲刺史，李都老有負你的委托、令你乘兴而来，扫兴而归了。

蒲猛力：啊！：——

冼夫人：（同时白）王都督，你——

（冯素双上。

冯素：婆婆！（白榄）远望尘土满天飞，登高了望見旌旗，不知何处来兵馬，还须提防伏兵机。

2—5

夫人：（惊异）啊！（跕起）

蒲猛力：（白榄）此乃兵家之常事，列位何用费精疑，欲知兵馬从何来，请向都督使尽知。

（全场愕然。

李龙：（推开桌子，奔至王勇跟前，唱恨回腸）

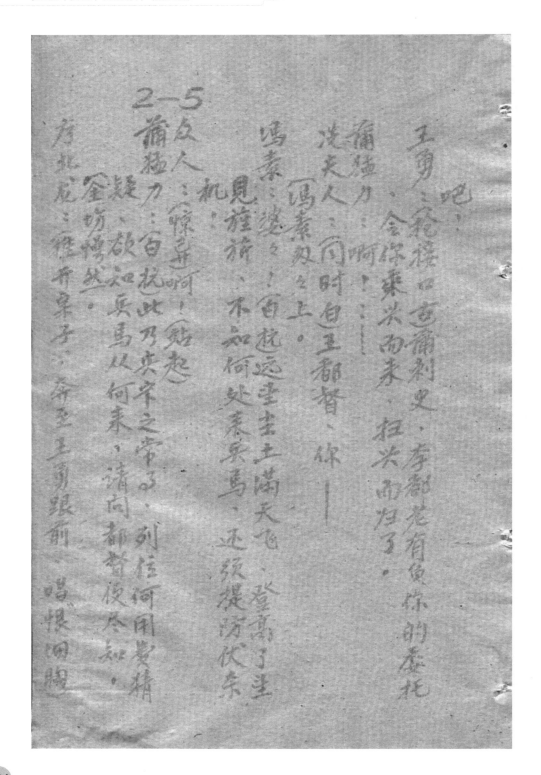

须知百越不可欺、你今屡枉费心机！（白越）

你兵马入我寨、我就可饶你、你命要来擂鼓、究竟何用意？（变脸）速与我讲！快讲！

（彦北龙拔刀、王勇持且收剑架住。）

冼夫人：刀剑收起！（唱滚花）冼英镜拦凡王、何惧满天阴霾、都督休怪他多疑、请发兵马前来为何了？

王勇：哈哈……（唱滚花）难道夫人已忘记，我说过茶礼随后来？

冼夫人：（接唱）既是千里送礼来——有此彦、李两都老！

彦北龙：有！

都老甲：有！

2-6

冼夫人：（接唱）快去迎接都督的大礼！

写、甲二人应命下。

冼夫人：与我拿酒盘上来！（唱滚花）前極冰積雪

冬醉，列位请干此一杯。

（写）举杯：愿四海升平、天下一宁！

乙
丙
都老：（接唱）祝太夫人吉祥如意。

（写）饮酒。

冯魂：（丙白）婆婆……娘亲！

（写）行杯趋前，后惊退。

冯魂：（身穿素服，奔涌膝跪上场）婆婆……

冼夫人：魂儿，你，你，你……

田

冯魂：累了婆婆，累了娘亲！爹爹你来……

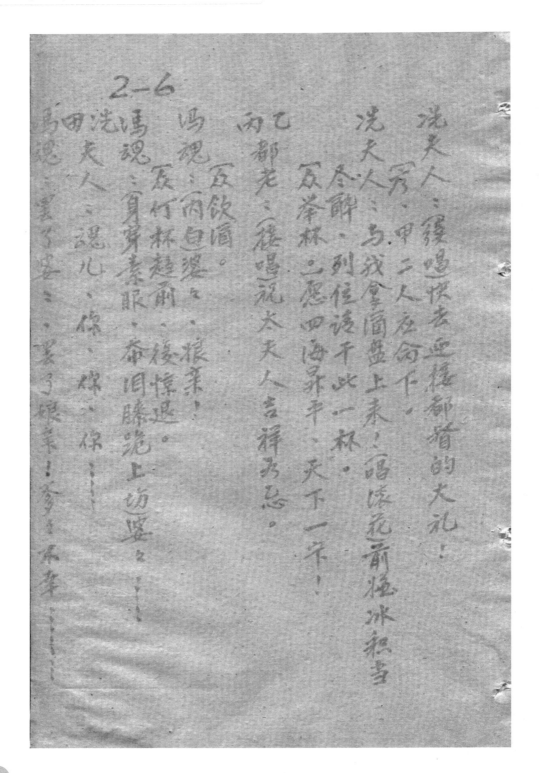

咽不成声）：被主上午门处斩！

（冼夫人、田夫人晕倒，冯平等人跪倒哀泣。）

冼夫人：（醒来）叫我自害了孩儿！

田夫人：（叫）我的夫郎！

冯素：（叫孙的爹爹呵！

冼夫人：魂儿，何以不见你平哥哥同回。难道他——

冯魂：哥哥侍奉爹爹灵柩返后就到。

冼夫人：皇上为了什么，要把你爹处斩？

冯魂：婆婆呀！爹爹前一天朝见皇上，进呈扶南犀杖，请安述职，皇上还很高兴，垂目问候婆婆金安，爹爹正要进呈婆婆的本章，皇上却牵挂张丽华、孔贵嫔，匆匆退朝回宫而去，第二天爹爹

2-7

再次朝見、王李白詠、痛斥奸佞江惡和孔范、誰料圣上存心不悅、听信奸人挑唆、國被逐出午門、当天晚上、我和哥々多次劝詠爹々趕程回南、誰料第三天一早、哥々又帶萬祖御賜寶劍、闖進宮門、定要朝覲、卻被奸人江惡、假下圣旨、綁在午門之外、我和哥々聞訊、趕到午門、可憐爹々已經尸首兩分！

浣夫人：（怒极）就惡這个、未救孩儿、講清、班

馬鳴：貞忠報國兼丹心、贏得猜進來惡忌、皇上今番何太狠、我儿何罪請皮綫二王下李詠竟至慘作冤魂！家孩儿、你正查身天力強、誰料卻先我而亡、教人怎能不悲傷！哀大陳、一位那奸賊誤國、嘆、救我忿

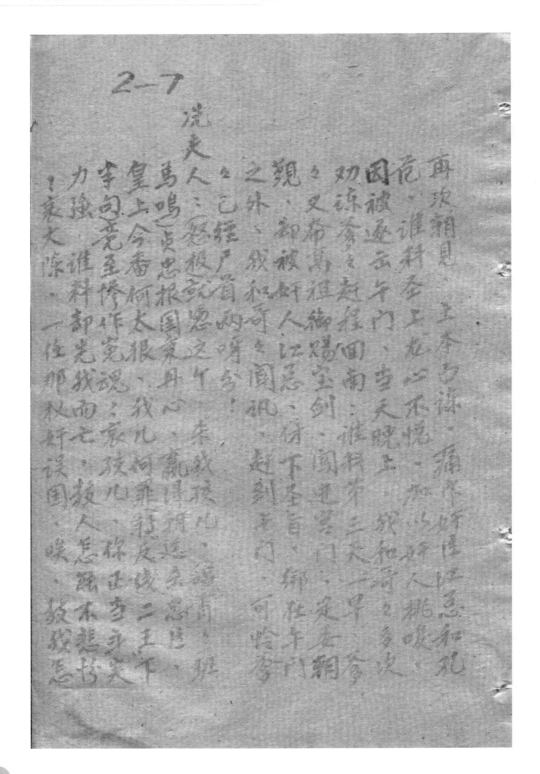

不痛心。(转原腔)

田夫人：(唱反线新曲快板)禾下谁肯难消恨，悲奈昏君屈亡魂，叫句孩儿把泪忍。(转散板)擂动铜古聚三军！

众人：(转唱)擂动铜古聚三军！

冯素欲上鼓台，被冼夫人一拦，冯魂接过鼓槌，又被冼夫人二拦，卿挡，田夫人接过鼓槌，躲过冼夫人的三拦，踏上鼓台，正欲擂鼓——

冼夫人：(唱)止与我住手！

田夫人：婆婆呵！(跪向冼夫人，冯素冯魂随着跪下)

冼夫人：(唱锦城春)不能原谅——我知你难压心中仇与恨，我知你满怀悲愤血沸腾，我心

2—8

中間害不禍根謀臣，惟是我馮氏三代輔天

陰險，豈可為一己私慾動刀兵，惹起戰禍始

謀國運，豈知到，一戈一動，千里遭劫，

百姓遭殃，更使漢越各族變仇人！

馮素：（接唱）仇比海深，恨比山高，本報父仇難

平怕！

馮魂：（接唱）不管桂卿管君，寃為恨意得申。

田夫人：（接唱）請向婆婆慰泉下人。

冼夫人：（這介嘛）———

（看見情景是相思，田夫人替跪向冼夫人

低聲追問介）

冼夫人：（哭相思）尾腔累了媳婦呵———

田夫人：（接唱）媳婦———（與冼夫人抱頭痛哭）

馮素、馮寶：（哭）呵！

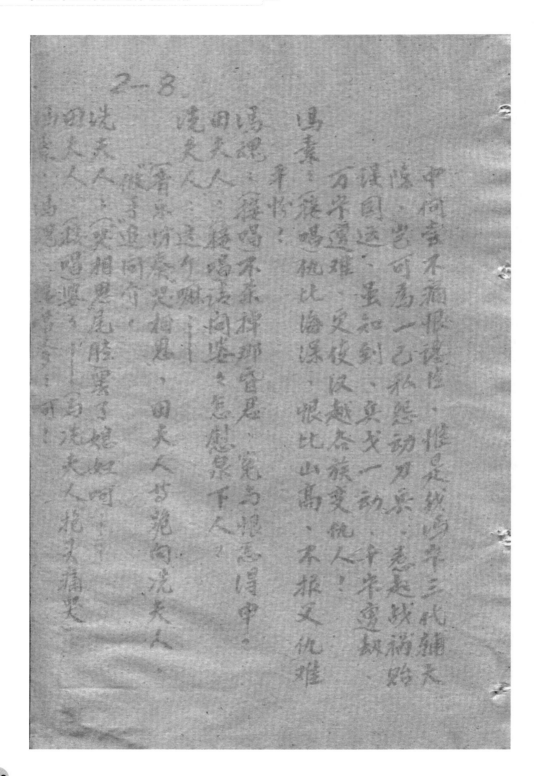

齐漱力之鸣出饿中救出苦人，杀洗雇舍出
更名反陈解民困，那管居对百越加嫉
物之还将何以起一字字，当此时天下
群兵私掌之缘为还理他改人作主。
洗夫人之这首曲——
王勇之鸣落衣大夫人，休忘记，鸣年三代受皇
恩，名赵陈之是这首，这些祖辈人之恨！
洗夫人之这首曲——鸣滚花，想不到洗夫今日，
如此枕履越王魂，良心叫天来——与我罢罢
柳锦，
问访人事兼沸，大北虎，都老甲上，
大北虎之白枕恨回应，新愁都恨，绕掠禄老步同
城烂，敲打敲时见，妆朵之，四野催闹哭鬼魂，
都老甲之白，枕守此城应心头恨，枕坚执镜气如

2-9

云、行：云集營腳下，請向岳戰奈留君！

庞北龙：（快白）抗請夫人，抑悲傷，下戰令，道三聲！

冼夫人：要我下令么戰嘛！——有此魂兒過來！

冯魂：有！

冼夫人：速到營下，待我夫令——

王勇：待什么令？

冼夫人：向他倆主印國宇，抑甲收戈！

众人：——婆婆——夫人！

冼夫人：囊兒，魂兒，你倆過來。

冯魂、冯囊：婆婆！（跪向冼夫人）

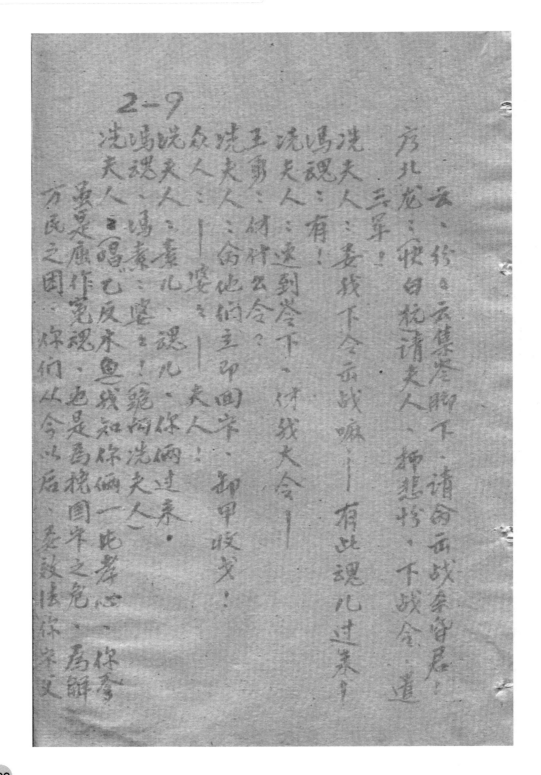

冼夫人：（唱乙反木魚）我知你倆一此孝心，你參要是廉作冤魂，也是為穗國家之危，為解方民之困，你們从今以后，要效法你宗父

柔，忠君爱民，虽死无憾；生为社稷，死
为万民。
众人：夫人——
房北龙：唉！（唱快中板）理他君不君来臣不臣，
只知报仇和王恨，只知兴兵灭大陈，（摇板）
由我越人坐江山，才能为民造福荫。
洗夫人：（唱摇板）隋帝久欲一统南北，钱若干戈
一动，他便乘机南侵，休得妄动干戈，挑
启兵祸。速去传令、去、去！
（冯素退）得忍泪下。
（房北龙苦悖头拭泪。
王勇：（白古道）夫人忧国忧民，真乃社稷之幸，此
番以德报怨，足见一片忠心。
洗夫人：（白古道）如此说，你那远孔的亲兵，先须

2—10

两将战团团了吧！

王勇：追介……

彦北龙：（口古）追哼：王都看，你你在吴公跟前要大力了，难道你忘记夫人年青之时，也是用这礼为名，带走了李廷任的叛军吗？

王勇：（口古）追哼：孝雨太夫人，你明大义，否则我只须借词离开尔书，促时你当一网打尽！

彦北龙：（口古）追我现在就容你面表试一试！——

沈夫人：稚嗲彦都是·休要为军不容！

王勇：（口古）追太夫人，请恕老夫身不由己，夫人精忠不论：我定当拼请朝廷厚加封赏，

虎夫人：（口古）追哼：不除江龙二贼，老身死不甘心！

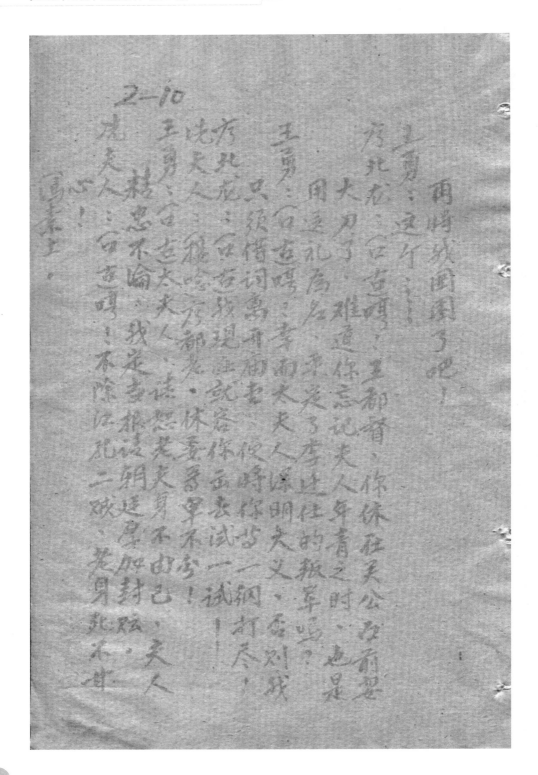

（马青土。）

遇春：要々、东衡州吴长史、说有要紧事情
见王都督。
姚夫人：唤、快请！
遇春：有请吴长史大人！
吴长史：（见）々上参见太夫人——启禀王都督、
据报隋帝命杨广为帅、俞表光作先行、领
兵五十一万、渡江南侵、台城告急！
姚夫人：（惊）什么、隋帅渡江、台城告急？
萧北龙：哈々……哈々——隋手就进犯啦！隋师
南侵，我可以坐看亡陈！
王勇：（接唱）你说这种话、是何居心？
萧北龙：（接唱）我喜欢说、何用你盘问：你们汉
人打汉人、与我百越有什么相干？
姚夫人：萧都老、你休乱说、王都督、萧都老

啊！（唱十字清中板）我三人往參衣統領二章
、卿隋軍既渡江從南方進，我三人屈提師
保境安民，（滾花）不知兩位打算如何，肩此重
任々。

王勇
庸纏力々，抗御隋軍咻！（同时旁唱長花）即使隋
天險，南有大廣陰吳拒隋軍，我參兩有如
泰山穩，我何不靜待時變看看也，何苦作
卵擊石之爭，（白）丞夫人，此可答我三恩。

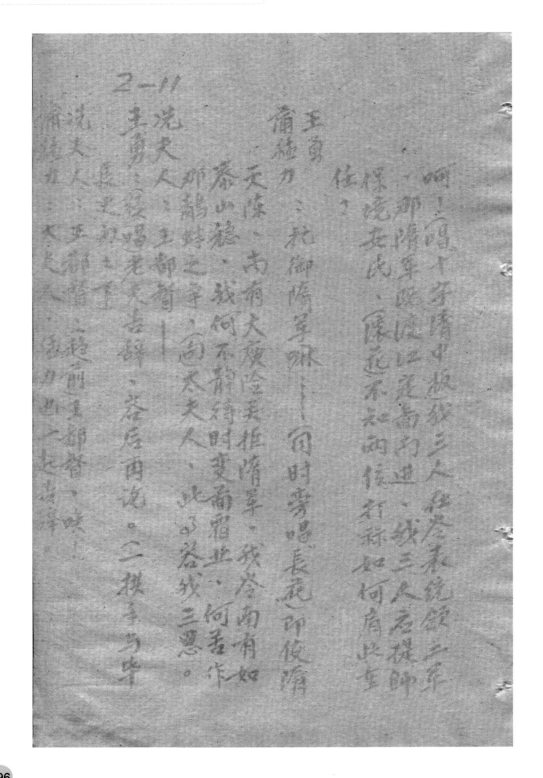

2-11
冼夫人々王都督——
王勇々（滾唱）老夫喜歸，容后再說。（二棒手兩下）
冼夫人々王都督，（起）（白）王都督——咦！
長史和々下
庸纏々々大長人，盡力勸一起喜歸

冼夫人：且慢！蒲郡主且請上座。（欲桂蒲坐）

蒲極力：大夫人，還有什麼說話，請你快講出來！

冼夫人：請說明，冼功拔那清帝，更且是你係謂柔並解單各族民心，可是我皇上，偏弱昏庸，倒致不得，亦待民心總將長江天險，又將于清。若不速圖推款，勢必旦夕之禍、我自己族，郡上等清廷之代統欽服那郡、族大人廣播將兵去，若在彈二流我來你去東抗清軍、為自家戰之家有屆作戰抗大陳。

蒲極力：這個嘛……！

馮素：噯呵！嗚呼被幽過那昏君、偏信奸佞、唐新文柔、何以南唐屬地折服來他人？

冼夫人：（大怒）呵素，你大膽！（氣極）

2-12

（田夫人把冯素一推，示忿貌。）

冯素：（唱滚花）请恕莫怨孙女儿。

（冼夫人不理不睬。）

谯猛力：（滚唱）我说素姑娘之言对得很。（转唱中板）今（滚）方天下争夺，能者便可称霸。我越人岂甘长日称臣，且看那王都督，身为岭南统兵，尚且不愿提师上阵，他无非欲保自身，进可中原看霸，退可南越称君；我越人，何尝不可称王、（滚花）又何须为汉人冲锋陷阵！

冼夫人：（唱阴告）正因为乌云密布、天昏地暗，更需要你我联盟、扫荡牛鬼蛇神，非息私争，保社稷，护苍生，佳子岂可卸责任？

〔叹思胃古，敝予恳请谯元兵，谯敝争表不拒洗夫人：绝。

洗夫人：蒲都老呵！（续唱）倘看大陈外蜀道敌军内起兵劳、刘那时间，千里不见寸草生，你忘恩将见万民白骨很大鹏呵！（尾腔）请你休息我夫救万民啊！（跪）

蒲稳力：（惊退至坐上）夫人、你，你何必如此！

洗夫人：（白言）我求你说一声允！

蒲稳力：（白言）我意已决。夫人允续多长启吾耗精神！（钻起）

冯魂：（忍不住嘤嘤！（唱缘花）纵然吞为昏君保江山、又何须屈膝向人乘来恳，难道除了她流那僚族、我高凉各族就无可调之军？

洗夫人：大胆！

蒲稳力：（触动心事）、借题发挥地与洗同时（白）说

2-13

得好！冯你龐高之冯平乃高门望族，何苦没人来结盟？冯平流族都尚有十余万众。何在守我不？一个流北郡？（白）告辞！（下）

冼夫人：蒲都老！——（转白）列位都老，我亚王勇、蒲都力不肯出兵，我今是求各位看在老身面上，看在社稷面上，迅速遣（回）本族、征调兵马，筹集粮草，半月之后，齐集越王庙前，听候老身点兵察旅，择日出师、前往广州，保境安民。

众人：这个——

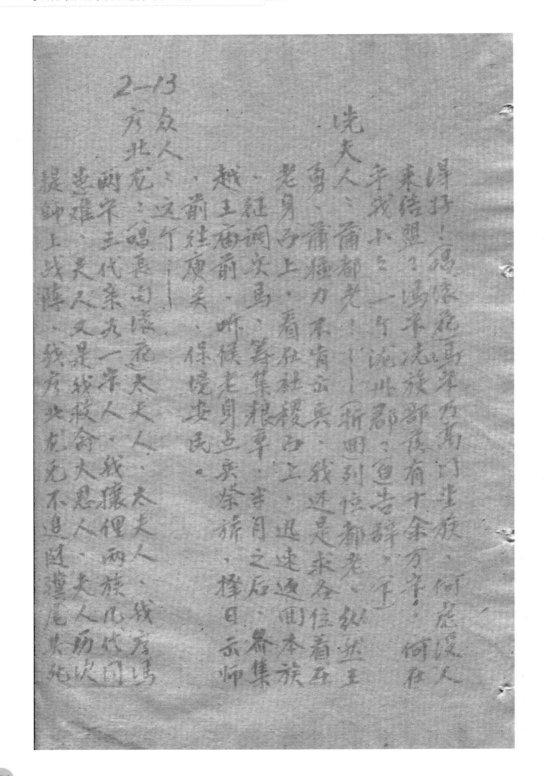

方北龙：（唱长句滚花）冼太夫人、太夫人、我冯两家三代亲如一家人，我讲理，两族几代同患难，夫人又是我救命大恩人，夫人为次提帅上战阵，我方北龙先不追随鞭尾更死

生：夫人去出师渡海救陈朝，我决难追随去

上战阵。（戏）：去我族追随我方难吞气！

冼夫人：（怀疑）难道我们数十年的交往！

庞北危：（接唱）只将他日面报大恩。（下）

冼夫人：庞都老、庞北危已去远（唱快二流）

谁人要走请自便、我亦不敢勉强各位抗隋军

、我就忍冯冼两家凡有孩儿、愿老身这一

头，剃发丧发、愿我俚族立寸壮、也挂委云

师救国救万民！

冯子人：（接唱）噫々休丧荷神！

众人：（唱）今天（冼）我甘愿听差遣。（戏）：愿随夫人

上阵（下）

冼夫人：（高腔）今天（冼）我为万民为社稷、拜谢列

位忠心。（跪下）众同跪

——落幕为止——

3-1

第三场

时间：公元五八九年——隋文帝开皇九年二月上旬某日。

地点：罗州越王山下、越王庙前、（庙景配铜鼓、点将台）

人物：冼太夫人、冯素、冯瑰、甘、盘二将、方北龙、都老甲、乙、丙、蒲猛风、毕长史、侍卫、旗手、女兵。

（醒五更头、擂大鼓开边起幕）

（各旗都老上，甘、盘两将分边上）

甘将军：（英雄白）冼字旗坐。

盘将军：（英雄白）威名震四方。

甘将军：（英雄白）铜鼓三通响。

盘将军：（英雄白）各旗集校场。

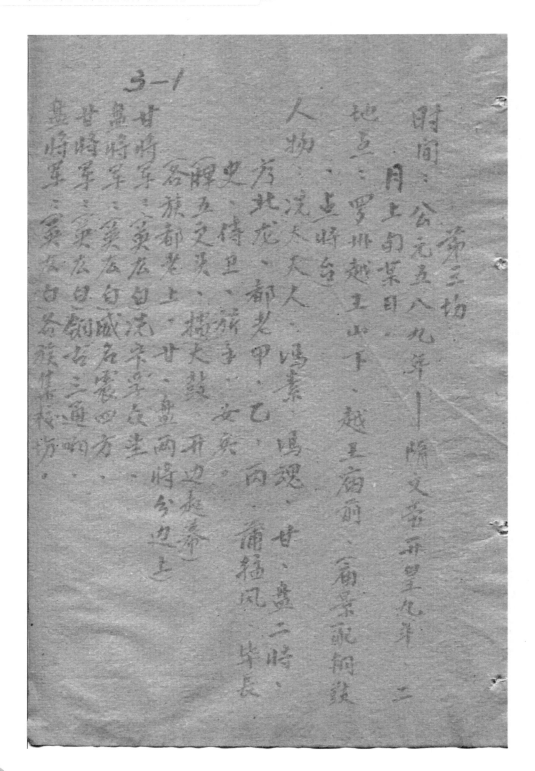

（二人同白）有请太夫人！

（下开门、女兵引冼夫人上，冯襄、冯魂佳随上、旗手扛冼字帅旗跟上）

冼夫人：（唸白）忆恨隋军渡长江，大陈社稷颠危亡、南越同心赴国难（印起点绛唇上点将台（白）

（后唸）执起干戈保国邦。（白）花名册呈上！

（甘将军呈上花名册）

冼夫人：（白）起鼓听点！

（鼓手擂鼓介）

冼夫人：（按册点名介）（白）前营（在）后营（在）左营（在）右营（在）冯襄（在）冯魂（在）甘盘两将军。

甘、盘：（白）参见太夫人！

冼夫人：（白）两位将军请了、两位将军跟随老身、秉领旌麾，三十年有如一日、今日为赵

国难、为保蔡氏、自发谥、仍要驰骋沙
场、亲冒矢石、老身不安。
甘、盘：（同白）末将甘愿为前驱、至死无悔！
冼夫人：（白）好——！呔！本部兵将俱齐、两厢
听着！
（甘、盘）得令！退两旁、众军呐喊、内场全时助
威。
冼夫人：（传唤）上各族都老（白）各族都老听上：传
召俚族大都老李便明。
甲都老：（白）参见太夫人！
冼夫人：（白）李都老、你不远千里、跋山涉水
远道而来、一片忠心、令人敬仰。
都老甲：（白）恁听太夫人差驰、（退过一旁）
冼夫人：（白）传卅粮族都老张物。

3-2

都老乜：（白）不见太夫人！

冼夫人：（白）张都老宣言。

都老乜：（白）恳为太夫人赦命。（退过一旁）

冼夫人：（白）罢了，张族大都老庞北龙，（完）人叁三

张族都老庞北龙：庞北龙！

众：（白）庞北龙来到。

冼夫人：庞北龙果真背我不来咩——

庞北龙：（两白）来了，来了。完来长人内衍视令，白叁

见太夫人。

冼夫人：（的）住北照令。（白）大胆庞北龙，你不来则罢，既然要来，为何不及时早到，你误了老身点将，误多阿罪——

庞北龙：太夫人，你近点什么将，出什么兵呀，

冼夫人：（秋中板）你口出狂言为那桥，分明蔑视

3—3

我点兵时，执行军法做先锋，（花）人来，把
他重打三十杖！
序北龙：（白）快来！（花）三十杖，先记帐，我有说
话来禀端祥，隋师已经攻陷那边厢，陈朝
已亡，你还为谁打仗？
冼夫人：（韵）吓吓！重一才：大惊叹动介：（白）序
北龙，此话当真？
序北龙：（白）当真！
冼夫人：（白）果然？
序北龙：（白）果然！
冼夫人：（下座哭相思）哪呀呀，哪呀呀！唉！高
祖皇帝呀！
（哭尸引子：工六五……工六工尺上尺……）
二生都走，将士侍随冼太夫人朝北下跪致

洗夫人：「花下回暖！原城临度及此忧，皇上是
否驾崩於迪康？方北从呀方北危，你知道
坏快讲！」

方北危：自什么驾崩不驾崩，陈叔宝已向隋帝
投降了。

洗夫人：先辛爱私方自己的话、投降、投降了吗。
冤隘悲愤、连环西度真心伤、叫我地上
话正卖私隋、他就断送陈朝、一声不响、（一刀放不要杀
军三才抽刀况（花我恨之）

抛刀。

洗及众：愿意踺我把你许陈叔宝、败水皇！

洗夫人：窃感也有顷、继而凝思、若有所悟、你又
（滚远）方北危、皇上在何时何地降隋？你又

3—6

听谁人所讲？

房北龙：（花边）若问何时何地，我都不知其详，这是从北方逃难来的汉人所讲。

众人：（议论纷纷）（白）啊！原来系道听途说，不足为信呀！

冼夫人：（白）唉！房北龙、你素日仇视汉人，这一次倒听汉人的话了——甘将军、王都督有无公文到来？

甘将军：（白）回太夫人、王都督并无公文到来：

冼夫人：（白）啊！王都督尚并来知：（叹）吡吡、的々北、怨指房北龙推磨不、（白）嗟々——嗟欺骗于我了。（长花）想皇上、本善良、本慷满腹、蓦写将文章、只因听信奸佞要了薛、心至日夜宴乐醉酒飞觞、但系纵然含敌

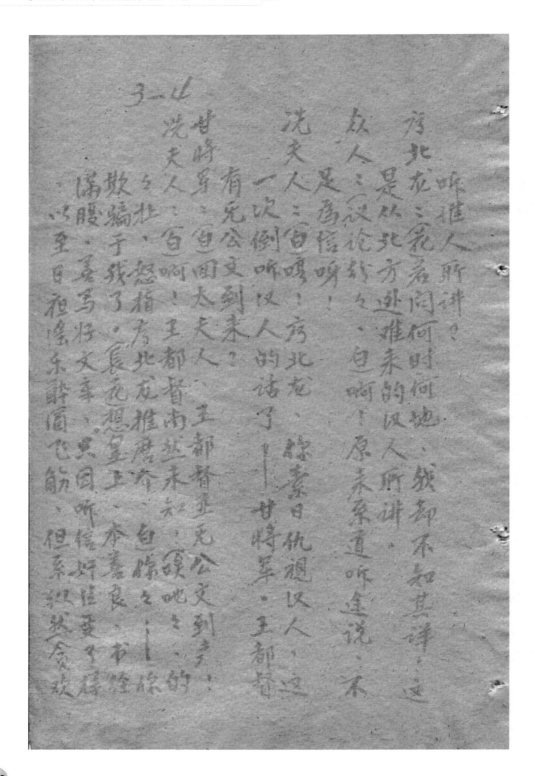

唱：足断不会自卑屈膝向隋军投降！（白）

（花）你一定係怪我丢兵投隋，故急到来阻挡：

庞北龙：（滚花）我过去何曾骗过你？我难道会对你说谎：

冼夫人：（滚花）除非有王都督的公文，否则难以信你讲！

侍卫：（上）（白）禀衔郡长史毕琛奉都督大令到临！

庞北龙：（白）哈哈，王勇的公文可不就到了。

冼夫人：（白）快请！（侍卫下）

冼夫人：（白）众将兵退后两侧待令！

（除冯素、冯魂、冼太夫人外，余皆下）

冼夫人：（对素、魂）随我去迎。

（小开门，侍卫领毕琛进，冼等迎入介）

毕琛：（白）大令下：都督交广高罗苍廿四郡兵马

3—5

持节光胜将军王勇令：令中郎将高凉郡太夫人魁日率领高罗新越甘四州兵马，俚僚各族洞丁，赶赴东衡州，以便共同北上、抗击隋军。

冼夫人：（白）得令！

毕琛：（白）参拜太夫人，别来两月，贵体安康？

冼夫人：（白）谢毕长史。

毕琛：（白古）单戟一路而来，喜闻太夫人今日正点兵将，真是大为王都督所器，亦足见太夫人忠义心胖。

（旁北龙卸上）

冼夫人：（白古）王都督有命而来，自当依前往。可是老身想问一句，隋师是否攻临建康，又闻皇上降隋，是否真情实况。

毕璟：（卓竹）、一时语塞、（白）这……太夫人听谁
说的？
庞北龙：（粗鲁地（白）这是……
冼夫人：（怕庞自议、[illegible]故抢先回答、
口古（白）这是听难民所说、你可知其详？
毕璟：（白）啊！这个……（瞥见庞、因一时想不出
话、只好打招呼、（白）庞都老在此！
庞北龙：（白）嗔！我就想听听你讲什么话？
冼夫人：（白）庞都老、你下去歇息边罢！去喇去
喇！
（庞北龙无奈退下去）
毕璟：（丑才、另场花（白）主都督再三叮嘱、千万要
将这个消息隐瞒、怎奈她反而先知、现在
叫我无何施技俩！（白）啊！我且骗造几句、

说得似模似样先。（对冼口古）太夫人。委是建康失陷，皇上降隋，王都督一定有军情送上，现在王都督尚并不知，显系妖言惑众，有意中伤。

庞北龙：（食住上一句白）哩！你讲得好听呀！照你所说，隋军又在何处？

毕珠：（白）目下，隋军已被我骠骑将军萧摩诃、中领军鲁广达阻于京口一带。（转向冼白）太夫人，建康未失陷，未失陷呀！

3-6

冼夫人：（白）京城未失陷，皇上平安，这就好了。

毕珠：（三甲打）但恨拂梁紧急，京城人心惶惶，王都督忧心如焚，才急于调兵遣将。

庞北龙：（对冼三甲打）我看他心怀机诈，你要加意提防，（转滚花）方今天下大乱之时，汉宜

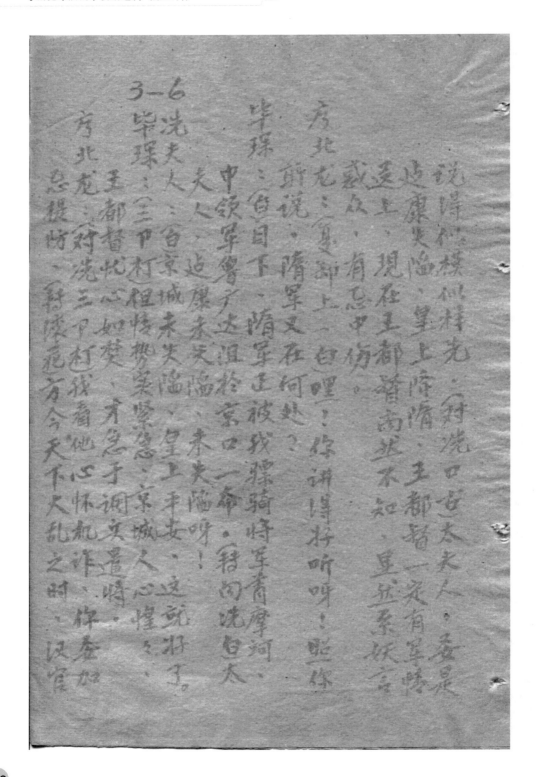

想乘机把他盘托。
哗琛二（的）々壮、垂一才恐扎探、敌江剧房付伏
你这样乱讲（数）、（迫）庐、
庐北龙：（怒）喝因你蒙蔽我军、暗把坏心存。
浣夫人：（旋）急训斥庐北龙、以免毕表见太过狠
狠、吔（白）大胆庐北龙！（先）年夜执庐金连（花）
你不念着毕老狂妄、太狂妄、胆敢如斯来
顶撞我。
庐北龙：（白）太夫人、你听我讲、听我讲喇！
浣夫人：（冢）下（白）你亦言狡辩、快的滚开一旁。
庐北龙：（白）我唔走、我唔走喇！
浣夫人：（怒）咄怒、（花）人来、先把他关入牢房、待
后治其罪收！
（众、观押庐介）

彦北龙：（白）我还要讲，我还要讲呀！
冯素：（白）彦都老，你就少讲一句吧！
冯魂：（白）现在半句也不能讲，走吧！
彦北龙：（顿足、花下句）哩！有朝一日，你就知道我东肃胆忠肝。
（素、魂押彦下）
冼夫人：（花）彦北龙克礼非为，岂长史多多见谅，
毕琛：（花）我非小人长戚戚，不会记此小小一番，允可不用疑猜，自然参磊学但伤伤。
3—7
冼夫人：（花）其有忠后示，也敢忠叫他头脑清醒，（花）不过心存戒备，才不知伤于虎狼。
毕琛：（白）你讲得对，
冼夫人：（白）你讲得样呀。
（三人相视而笑）

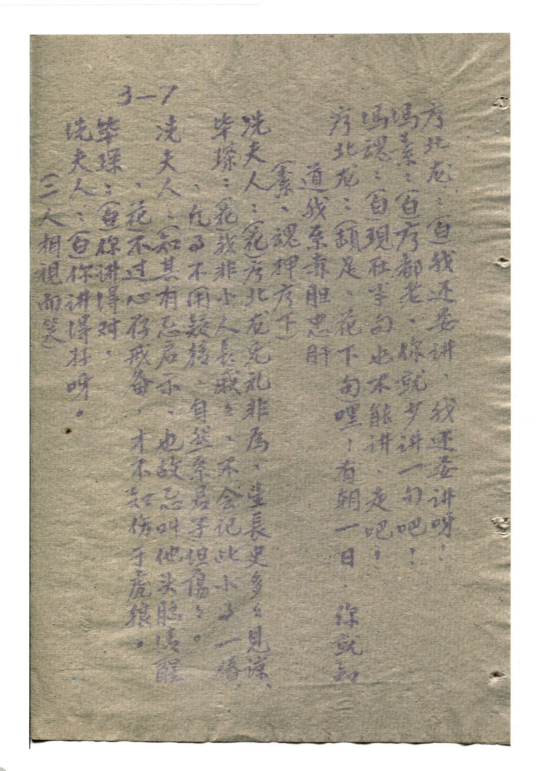

毕璟：（白）王都督之命，太夫人一定——啊！一定能执行的。卑职公务在身，就此告辞。

冼夫人：（白）送毕长史。

毕璟：（白）不劳远送。（下）

冼夫人：（白）四缘花想那天，我把话讲，请求抗隋保国那，王都督不动於中，特别建，竟话三思后再商量。为何今日他误然抗隋，即命我挖做北上？

冯魂：（白）王都督如此调动，莫非真想把人伤。

冯素：（白）他的命令来此突然，这话要々深思细想。

冼夫人：（白）啊！你们只有此疑心呀！素儿听着，快到卑房和放在北龙，若然他同志抗隋，即来见我，否则，由他走了也罢！

馮熹：(白)知道了！(下)

馮魂：(白)唔……，真的要抗隋嗎……，王都督的命令、不啱也罢！

冼夫人：(乙字清中板)邪奸暗蘇應提防，但我手下将兵充寬釋，何惧隋抗半路羞，保境安民就要把隋軍抗，故且揮戈北进救翁坳动，釋三軍(清)存丹心，多森垩，洒热血，在边防，(白)魂儿，快亲自擂古，待我重新点将！(王敌登上点将台)

3-8

馮熹：(王)白报！序都老走了，序都老走了！

冼夫人：(白)啊！此翁抗隋、為的是保境安民、保境安民呀！他怎么就走了、不会的，他不会走的呀！

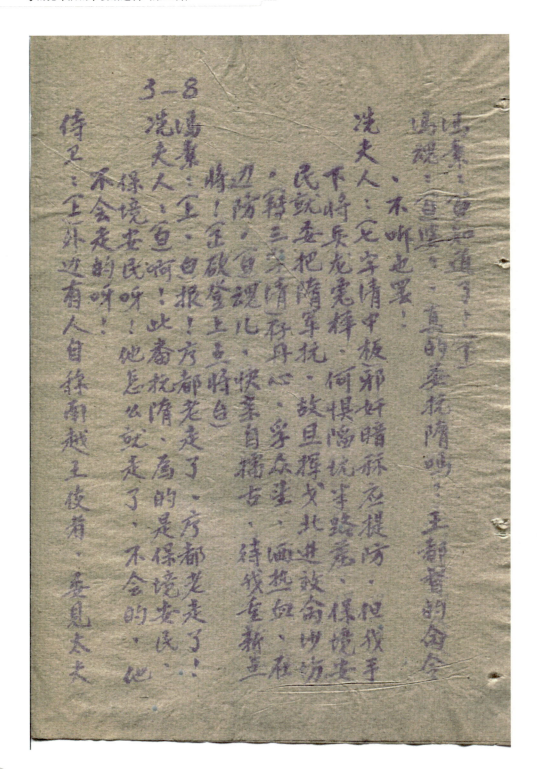

侍卫：(王)外边有人自称南越王使者，要見太夫

人。

冼夫人：南越王：何来一个南越王，快把彼着

布上。

侍卫：喏！秦使进见。（下）

蒲稚风：来了！（上）唱快中板：萬見瑞霓步入龙潭、

蒲牢袁太谁敢犯。（入内）。白：通南越王麾下龙骧将军蒲稚风，奉南越王之命来見太夫人？

冼夫人：蒲稚风：你可是沈那刺史蒲稚力之弟？

蒲稚风：蒲稚力正是我爷爷，也是我们的南越王。

冼夫人：蒲稚力当了南越王？（白：这蒲稚风，你指头算算——几百年来，只有这个燃起烽说的曾经是南越王，你爷爷几时受了皇上的封号吗？

蒲極风：（白）恼我哥々与那陈叔宝，乃是同月同日生，正是天命所定，因不着什么皇上的封號、既且陈朝已是摇々欲堕，正好由我哥々代天行道掌江山。

冼夫人：可恼！（唱滚花）蒲極力不过是摇旗都督、大不了也只是刺史官衔，胆敢自称南越王，真是肆无忌惮，

冯魏：（接唱）分明青蛙开大口，可笑泥鳅学龙行、我婆々还不敢妄自称王，你哥々难道吃了豹子胆？

3—9

蒲極风：你敢侮辱我哥々，（拔剑上前、復轄怒高笑）哈々々……（唱笑春中板）你可知疑缘各族，拥立我兄掌江山，你可知我是祢王、附近各州都来参赞，可笑你天生狗眼，难

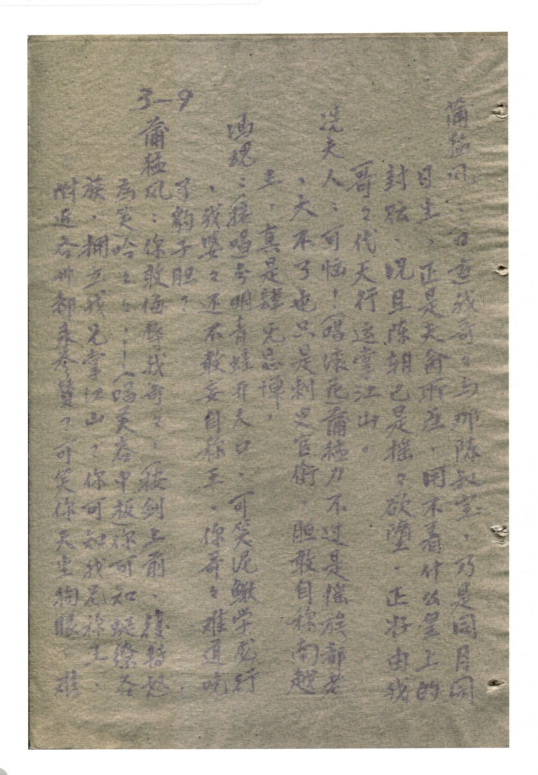

攸不识泰山！
（冯魂抢到上前、冯素拦止、莫非你兄命你
冼夫人：（唱）像花逃将个不识泰山
来、要我去除服孝赍々
蒲极风：非也、（续唱）我兄敬你为义母兄胜夫
人亲生男、故此命我恭请夫人、多我谢
越老国太。（白）
冼夫人：哦、老国太？
蒲极风：对了！（续唱）缘花正是蒲冯合一宗、应霜夫
下垂手问。一旦姑娘做了南越王妃、（白）
太夫人便是老国太、我们的冯魂爹弟便是
国舅爷々。（续唱）岂不是同坐江山、亲戚兄
间。
冯魂：梁嫂自枕边好胆！嫂子攀丹桂、好不知羞

惭，你想禄王又攀亲，先问我拳头肯不肯！（介）

蒲猛氏：（白杬）我诚恳来求亲，你硬要逞强蛮，你轻蒲猛氏，拳头不带眼！（介）

冼夫人：蒲猛风，我个冯素孙女，是南海里的一颗夜明珠，是越王答上一只金狮丹。我先前也曾想过将她许与你常哥々，可是现在，我会把她嫁与一个妄自尊大，各你媳土，不惜各族相践之人么？难道我孙女儿又做一个逆天行道，为人唾弃的王妃？

3-10

蒲猛力：太夫人，（怀介）你是养儿不知儿心苦，好比王母不知织女晓恩凡，素姑娘和我哥々，早已誓海盟山，怎能拆散？！

冼夫人、冯郎：（白）早已誓海盟山？

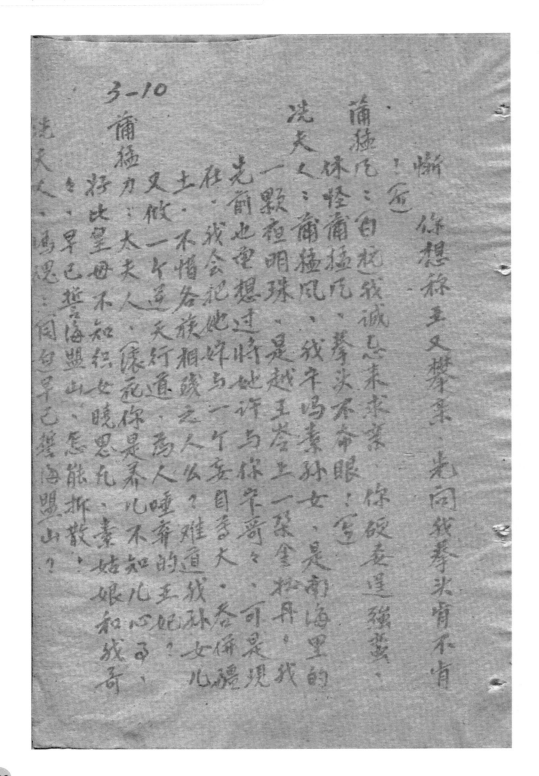

冯媿：姐々、此可当真？

冯妻：这个……（下场唱减字芙蓉中板）瞬息间、竟心波有如波浪翻、风雅难道是誓海盟山、变作一场梦幻？（王）恨句宽不、参与群众私争、割据大好江山、弄到南海起波澜、（王）对蒲唱蒲猛虎！（王）我宁与一个都老终身同患难、（合）我哭不、哭不做什么越王妃子害岭南！（上）（下场）

蒲猛虎：（怀花蒲冯是否合一齐、此可容后再商谈、且先请问太夫人、是否去師抗清赶你的国难？

冼夫人：你问这个干什么？

冯媿：

蒲猛虎：（白古）我们可以各行各素、你抗你的清

3—11

冼夫人：我哥々当他的南越王，两下互不相犯。

冼夫人：（白吉）难道我能容忍你哥々割据大好江山？

蒲猛风：（白吉）我想特别提醒太夫人，不要因小事而蒙闭了你的慧眼，须知你大军渡答，必须经我城排关。

冯魂：（白吉）难道你敢挡我冼家军？

蒲猛风：[illegible]嗌我早就说过两互不相犯嘛，太夫人，我们不仅可以让你大军过境，就是今后凡你冼家军的过境，我们也绝不阻拦，但有一条：要请太夫人留鉴，那就是要把铜鼓作抵押！

冼夫人：什么，要我铜鼓作抵押？

冯魂

冼夫人：你分明到来吞脅！

蒲插风：（合查）请勿误会，我们有急难，有道兵不厌诈，係如你不献上铜古，谁能相信你不会来进犯？

冯魂：（合查）係要我不献古？

蒲插风：（粮）唉，太夫人是明白之人，何必我多谈，

冼夫人：可恼！（扶中板）冼家铜古非等闲，岂容逆贼来动弹，怒气冲冲登时撩！（上将台唱猿花（过）

蒲插风：你要铜古并不难，只要吞南各族能允肯：（过）与我擂古献时！（冯魂领命擂古，众将兵上）

冼夫人：各族都老、到信将官听了，冼州刺史蒲插力自称南越王，遂他率兵前来索此铜古，多言辱不献古，不准我大军渡岑，到

依主意如何？

众人：参呀！

甘时升：（快十字清中板）萧猛力逆天子有何法能、既弑王又篡位好比斗胆！

冯强：（接唱）众婴婴让孙儿领兵先行、扫平他流州羌除却後患。

萧猛凤：（接唱）你不仁我不义唯有反叛、难道是我流州怕你进犯：

众人：参呀！

（侍卫引甲都老上）

3—12

侍卫：魋族马都老众见

丁都老：（白古）启禀太夫人、萧猛力自立为王、流州附近有不服者即被他发兵攻陷、我魋族之被他弄到生灵涂炭、请太夫人出师平

乱锄奸，（众呐喊）

洗夫人：可恨！（快中板）蒲猛力无端肆凶残，不惜生灵遭涂炭，不由怒火满心间！（僚花人来）先把蒲猛风捆了该办！

蒲猛风：且慢！（僚花）小心我哥々兴师问罪，你来函师渡合役丢魅阴山！

众人：（三字经）杀人犯，罪当斩，欠血债，要偿还。

蒲猛风：（僚花）谁敢斩我蒲猛风！

冯魂：（僚）妈嘅我就能将你处斩！（下，前绑蒲）

蒲猛风：你休要逞威风，我僚族人不会放过你这杂种仔！

冯魂：杂种仔々我把你个僚蛋！（推蒲放下）

3—13

冼夫人：回来！（冯魂止步）——惊蛮——亟帅渡

岭——把他松绑。

众人：什么，把他松绑？

商瑞风：哈哈，我早料你不敢动他分毫！

众人：杀呀！

冯魂：（恨中被）狂徒讲话太强顽，目中无人太傲

物，若不砍杀有何颜。

众人：（三字经）斩斩，斩罪犯，杀杀，杀那

奸。

冼夫人：唉呢真是左右为难，教我如何处理？

思索杀他一人免论了，与他松绑，放他回

还！

冯魂等：放他回还？

冼夫人：休违将令！

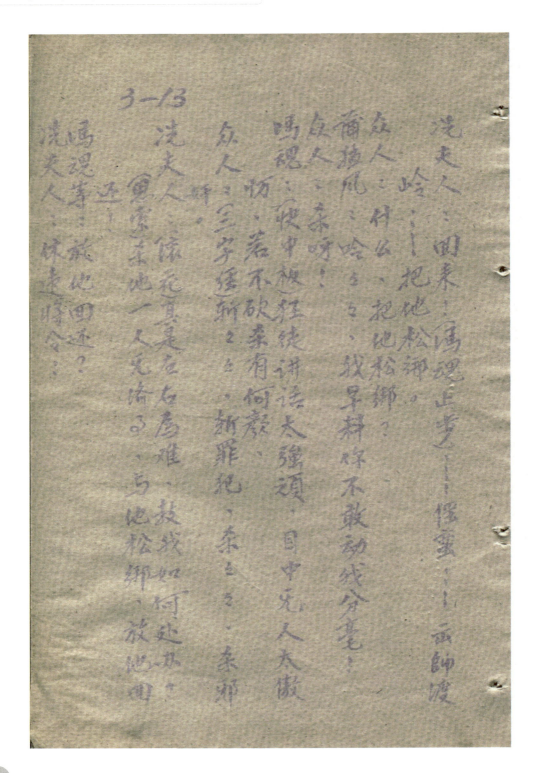

馮魂：馬甯松鄉你這搗蛋子、与我滚！竊藏主

衆部老：太夫人，難道不打流州？

繞夫人：我自有主意！人來，擂鼓号角，要

新主將，棄安流州！

鼓角齊動，幕下。

第四场

第三场两日之后。

瀛州城内、蒲猛力新设之越王府。

（幕启：甲、乙大将自两边分上。分边擂鼓鸣鐘。

（四侍卫执戈上。蒲猛风、蒲猛力上。入座。

蒲猛力：（口古）催促孤王临朝，究竟有何禀报？

甲大将：（口古）探得冼英大军，已过郎射岭——

乙大将：（口古）就快迫近皇都！

4-1

蒲猛风：（白榄）来得好，来得好。我难容过营受欺侮，尤恨那冯魂小鬼曾、我正好布兵拦截她来路，来一个攻其不备逸待劳、杀冯魂，叔嫂々，雪耻辱，显英豪！（杀下）

蒲猛力：（白榄）休鲁莽、勿暴燥。冼英宝刀仍老、冯魂冯素武艺高，你想讨便宜、恐怕讨不到、且先去巡哨，切勿走险途。

蒲猛风：（白抗）如此怎能消气恼！

蒲猛力：（白抗）我自有虎略与龙韬——（白）去吧、去吧！

蒲猛风：我去、去、去！（下）

蒲猛力：（白吉）唔、老太婆急於渡岑抗隋、我瀧州是她必经之路——

甲大将：（白吉）須防：假途灭虢：、

乙大将：（接唸）还須準备刀对刀。

蒲猛力：（白吉）哼！她敢来：假途灭虢：、我就给她来々、偷行栈道：！附耳过来。（耳语毕）管教他不战自退。

甲大将：（接唸）大王果是善变风云、精熟六韬呵！

（三人相視大笑。）

內侍臣：（分、上）啟稟大王，冼夫人、城內之下，求見大王。

蒲猛力：什么？冼英到來求見！……來了多少人馬？

內侍臣：隨行人員，只有兩員老將。

蒲猛力：她既然先禮后兵，我還須以禮相迎。

甲大將：且慢，如此有失越王体面呵！

蒲猛力：這个……好，請她進來。

4-2

內侍臣：領命。（下）

蒲猛力：有此众左右：（唱快中板）須防平地起波濤，半當寓馬於猫虎，席下金鈎中大鰲。

甲乙大將：領命。隨我來！（四侍兒隨下）

冼夫人：（內唱首板）為蒼生為万民何惜刀斧！……

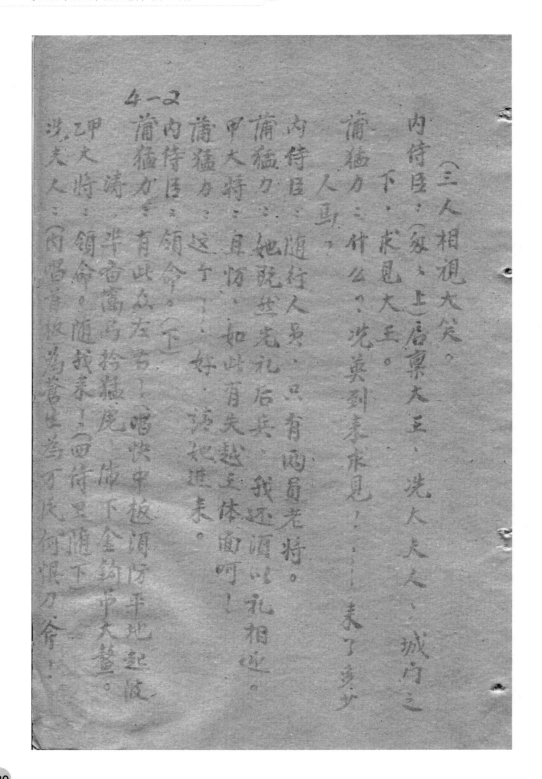

（与此同时，甲、乙大将引兵埋伏两旁，並
向蒲猛力回报巡查就绪。

冼夫人：（与甘、盘二将同上）：唱滚花）安危定乱
不辞劳，應要干戈成永好。（入）

蒲猛力：太夫人你到了：

冼夫人：（口古）老身特地到来，向候蒲刺史安好，

甲大将：（口古）咏！何以朝见我王不参不跪？

乙大将：（接唸）难道你想捱一刀？（示威）

（甘、盘二将怕状拔剑，冼夫人强抑恼怒，）

蒲猛力：（口古）休得对夫人无礼——（落坐）太夫人
，此来有何所图，你就老实相告吧。

冼夫人：（口古）蒲刺史，你是聪明人，你说，我
此来有何所图呢？

蒲猛力：哼！你听了！（唱道白）你说向安好，其

4—3

实系馅討，妄想迫我城下盟。我岂有不知道。你暗庄了搶刀，来个先礼后兵，先来相劝我不做南越王，孰不来硬把那刀搶揮午，

冼夫人：（接唱）我前来修好、不用动搶刀。你想得太近，你想得太糊涂。為何你沒想到，远处有虎狼嚎？

蒲猛力：远处有虎狼嚎，你说是王勇么？——我咗！（唱滚花）你何須抹出王勇老匹夫？縱然你倆来夹攻，尚难逆料誰胜負。

冼夫人：（唱滚花）何必睁眼说梦话，自欺欺人還英豪。我和王勇来夹攻，难道你瀧州还能保？

甲大將：（唱滚花）分明来恐吓，

乙大将：（接唱）先取你头颅！（介）

蒲猛力：（唱苗龙夺锦）败回大桿刀，被她寻归路。（取弓败刀介）在这动武，不算英雄勇武，冼英你只管去。与那王（转背腔快板）勇匹夫来征讨。（杀介）

冼夫人：（快板）南北混战既百年。难道战祸害不够？我只愿河清海晏，岂愿苍生变荒芜！我已下令只准守，不准掠自动枪刀。只要你允我所求，我愿向蒲家献铜鼓。

蒲猛力：（乖喉白榄）献鼓！——莫非把你铜鼓作抵押，想向泷州借条路？

冼夫人：（白榄）冼英不是来借路，我是恳求你命路。

蒲猛力：（白榄）你来恳求我命路？

4-4

冼夫人：蒲都老呵！（唱孔雀开屏尾段）你也该知道，我一向也守礼义，我威鎮岑南數十秋，也从没俯首向人求乞恳訴，我今天求恳蒲都老，我今天求恳蒲都老。（道序夹白）我只求你，和老身一同出兵度岑，抗御隋师，保境安民！

蒲猛力：什么？你还是要我一同出师抗隋？

冼夫人：你若能答应，我願在皇上跟前，求他封贈你為南越王；你若能答应，我冼家八百年的銅鼓，愿意呈献给你；你若能答应，我冼英願意擁你為岑南百族盟主。（續唱尾句）在你帳前當下，當个小都老。

蒲猛力：（悍然）冼夫人，你為了大陳江山——

冼夫人：（唱反线中板）正是為了錦江山，不容变

咸隹土、為了百姓免受荼毒、為我們高灘
兩州、向来友好、為俚僚兩族、一向相睦
相处。互易有无。待讓逆如若不从、你也
明瞭、今天难免要动武。

蒲猛力：这个嘛——

内侍臣：（内白）大王不好、蒲猛風千岁中箭！

蒲猛力：什么：猛風中箭？

（内侍臣扶蒲猛風上）

蒲猛風：大哥，给我报仇！（手指冼夫人、昏过去）

蒲猛力：谁人大胆、敢箭射我弟？

内侍臣：蒲千岁在城外和馮魂对骂、这箭就是
馮魂所射！

冼夫人：馮魂！

蒲猛力：（同时白）馮魂：——（拔箭、看箭）：冼字

毒箭、、沈宗毒箭、、！

沈夫人：（取箭）待我一观！（看箭、怒极）

蒲猛力：可恼也！（唱滚花）你刚才厚礼卑词呈献鼓，却原来安排暗箭送哥卑污！叫人来——

（伏兵上）绑起这无耻恶妇！

沈夫人：（唱滚花）蒲部老，你容我说一句。

蒲猛力：还说什么，推出斩了！

沈夫人：（续唱）斩了老身何足惜，可惜你尔死得太无辜。沈宗毒箭，惟我能解，既是羊入虎口任诛屠，何不让我先将你弟来救护。

4—5

蒲猛力：啊——先扶二弟下去！（甲、乙大将扶起蒲猛风）

沈夫人：有此廿将军，你即速回营，叫素儿配齐毒箭解药，尽快赶来。

甘將軍：領命。（下）（甲、乙大將同時扶蒲猛風下）

蒲猛力：哼，我明白你了！（唱滾花）你故命孫兒放毒箭，又來解毒獻功勞。分明欲實假人情，故示玄虛佈圈套！

冼夫人：（气）恨你冼我故意如此嘛？……（唱滾花）奴才大膽違軍令，弄成了忿一團糟！盤將軍，你去去去，去把馮魂小奴才。——迅速押來刺史府。

盤將軍：夫人——

冼夫人：快去，去，去！（盤奔下）

蒲猛力：正是知人知面不知心——有此人來！傳我口令，冼英來人，人數衆多者，城外打死；人數少者，有進冇出！

（內侍臣領命下。甲大將同時自內上。）

甲大將：大王！（白欖）猛風千岁仍昏迷，現由軍医来救护。可恨冼宗軍，暗箭伤人太可恶。一箭之仇若不报，被人耻笑我俚族是懦夫呀！

四侍卫：（白欖）心头恨，比天高。杀冼英，难息怒。请下令，聚武夫。杀出城，把仇报！

蒲猛力：好呀！（唱快中板）心头怒火似波涛。俚族威名岂容侮。传令族丁披战袍。稍待片时，（转滚花）擂动聚将鼓！

4-6

甲大将：领命。（下）

冼夫人：慢走，慢走！……哎哟不好了！（唱滚花）有道大事化小，小事化无。我命孙儿谢罪解怨仇，请把将令收回勿动武。

蒲猛力：（唱滚花）休狂，此出乖露丑，谁与你小子

化元：御林軍——我去四料蒲御弟、冼英来人妥看牢（唱：看好）只准他来时有路、不准他寻覓归途。（下）
（盤将軍同时命馮魂上。）
馮魂：参見婆々。（跪）
冼夫人：馮魂你来了？
馮魂：孙儿奉命来了。
冼夫人：畜生你可知有罪？
馮魂：婆：呵！
冼夫人：呸！（唱送情郎）小奴才，你可知道，今番因你起波涛。（转快板）可是你射此毒箭，快将实情来直告！
馮魂：（唱快板）他蒲猫風，罵我俚族，罵得一塌糊塗；又辱姐々罵婆々，孙儿难抑恼

4—7

怒。

冼夫人：（接唱）难道你忘了，我官下軍令，不准妄动鎗刀！违軍令，罪难饶，难道也不知道！

馮　魂：（接唱）他来攻，我难守，才有发箭惩兇徒！

冼夫人：（唱中板）你可知，你这一箭，不是射死一人便算数。你可知，为你这一箭，会引起戰火如荼。那时间，有多少百姓家破人亡端受苦。那时间，俚僚两族将会世代成仇！（白）叫句盤將軍——

盤將軍：夫人——

馮　魂：（同时白）恕我年少无知罢婆呀嘛！

（满腔猛力与乙大将同时有向上。

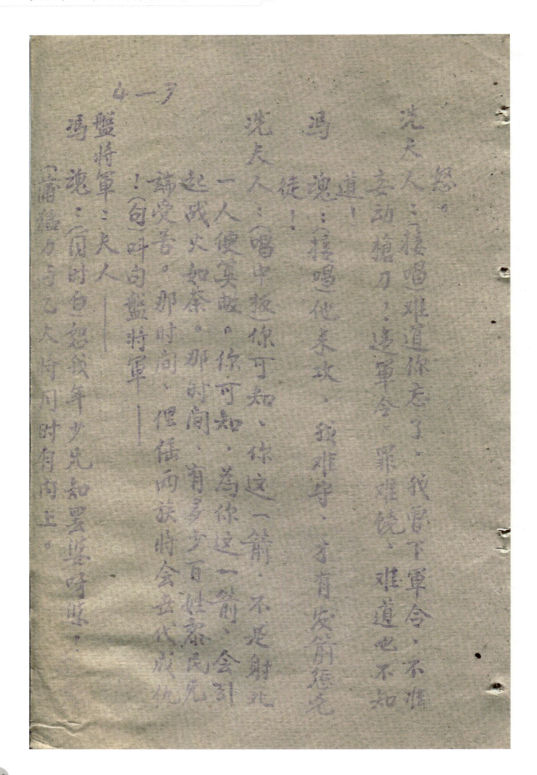

乙大將：馮魂小子你來得好！（拔刀上前砍殺）

儋猛力：且慢！（奪過乙大將之戰刀，唱水仙子）

馮魂小子你起來，拿起這把戰刀，就在堂上比比低高！（拋刀，拔劍舞，續唱）來來，吧，我不斬你三劍，我決不姓儋！

馮魂：（拿起戰刀，先滾思耐）我難道怕你！（踢起）

（儋將軍上前三拦。

冼夫人：畜生還不跪下！（馮魂跪）

冼夫人：（唱滾花）儋都老，此子不順你動手。

儋猛力：（接唱）且看你怎來作樣裝模！（剜持坐下）

冼夫人：唉！（唱迴龍腔）孫兒呵，你休怪婆婆我，置親情不顧，（稍反線二王）為百姓，難惜你，我雖有揮淚捨遺孤。（催快）有此儋將軍

4-8

，把馮瑰奴才——

盤將軍：太夫人！

乙大將：怎么样？

馮瑰：婆々！

蕭猛力：怎么样？

冼夫人：（唱滚花）把他推出斬首。（白）

众人：（惊）斬首？

馮瑰：婆々！

盤將軍：太夫人——

冼夫人：推出斬首，不得違令！

（盤將軍无奈，押起馮瑰，將下。

田夫人：（内白）刀下留人，刀下留人！（隨將軍上）參見婆々，

冼夫人：（口古）賢媳婦，些些快呈上毒箭解药，免

須多礼。

田夫人：（口白）尚未配齐解药，秦儿随后就来。

冼夫人：（口白）却又来，你未有我命，私离营房、该当何罪？

甘将軍：（口白）太夫人，这不关夫人之事，是末将作主，叫她到来。

冼夫人：（口白）甘将軍，你矫我将令、难道你不怕死？

甘将軍：（接唸）太夫人、就算处斬一名大盗、也容他的娘親哭别親生儿呵！

馮魂：娘親！（哭相思跪倒田夫人）罢了娘親！

田夫人：（接唱）苦命儿呵！（唱合尺花）你身赴阴曹之后，切记吾儿遍阴司。寻着你爷爷。替為娘诉一诉苦处！

4-9

冯魂：娘親！（抱头痛哭）不由我心碎，看她母子原
冼夫人：（唱雁落平沙）石狮也流淚，怎忍媳妇長命淚！
（双思鑼鼓，做手）——冼夫人矛盾异常，田
夫人，冯魂再求救，痛猛力再追斬。
（战鼓声响，内场人声鼎沸。
冼夫人：（唱俺六国头段）猛听得战鼓惊天动地，
豈容我这里左想右思，為两族，解冤结，
岂可徇私弃仪义！（唱滚花）唉白贤媳妇，休
怪你娘，為免万千遭战祸，冯宗何惜一
孩儿。有此甘、盤将軍，与我推出冯魂，
立即斬首谢罪。
（田夫人、冯魂同时一暈，甩水发，甘、盤
二将剔清。

田夫人：嬰々呵！（唱合尺花）求你緩刑片刻，讓
我生祭孩儿？！
冼夫人：（接唱）罢々罢。容你半个时辰，三通鼓
响，立即处死。
馮豪：且慢！（叙々上跪下）婆々，解药已經配
齐，猛风定能救活，請恕我郎死罪！！
冼夫人：（接过解药）救人要紧，毋庸多言，推出
待刑！（叙下）
馮魂：（拉住冼夫人战裙一角）婆々，你饒我过
次，孙儿不敢再犯軍令！
冼夫人：軍令嘛，軍令大如山，（拔剑把战裙一
角斬断，馮魂倒地）三通鼓响，如不行刑，
一律处斬！
（甘、盤二将先奈推馮魂下，田夫人追下。）

（冯素砍随下、晕倒。冼夫人上前一扶、见

手中解药、毅然随乙太将下。

（蒲猛力砍随冼夫人下。不忍弃下冯素、止

步，回头。

蒲猛力：阿素！（扶起冯素）

冯素：（醒、见是蒲猛力）——……（沉默片刻、怅

然推开蒲猛力）你！……（凄然以手搂胸、触

着怀里明珠）

4—10

蒲猛力：……素姑娘！（趋前）

冯素：（取出珍珠、痛苦地）你与我拿牠回去……！

蒲猛力：（愕然）拿什么？

冯素：你的合浦明珠！

蒲猛力：我……（呆然不接）

（一通鼓响。

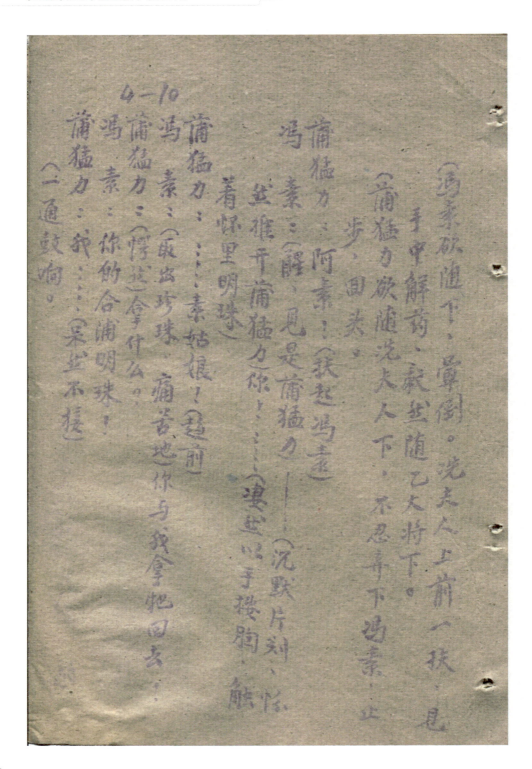

冯素：哎哟不好了！（唱首板）一通鼓，动地来，·不由人心儿欲碎！（对蒲唱十字清中板）我弟郎顷刻间便受凌迟。你弟郎却有我婆婆救治，倘若是救不来再亦何迟？

蒲猛力：（接唱）若然是不洗了一箭之耻，只怕族人怪责我有辱宗祠！

冯素：（七字清）你难道不明情和理：假如你弟救落过来，我节弟郎又免一死，两族仇怨便可解除。（唱滚花）为你保族宗祠，更应替我向婆婆求情，赦免我魂弟死罪。

蒲猛力：这个……

（乙大将扶蒲猛风上，冼夫人随上。）

蒲猛风：哥哥，猛风险些与你永别了！

蒲猛力：呵，猛风！（照料猛风坐下）

4—11

冯素：（同时白）啊，婆婆！（趋前跪下）猫凤已经救活过来，现在还来得及恕免愧弟死罪。

冼夫人：恕他死罪：：（三通鼓响）啊！（唱北上小楼引子）又听得，二通鼓，不由泪珠暗垂！

甲大将：（上，唸口古）大王，族丁誓雪一前耻，齐集教场候提师；

蒲猛力：候我提师嘛：：猫凤你附耳过来！（耳语）

蒲猫凤：领命。随我来！（下。甲大将随下）

冼夫人：（衬音口古）素儿呵，你爱你平弟郎，难道我做婆婆的，就不疼爱自己的孙子么？素儿，难道你没有看到，我也是迫不得已才有牺牲骄孙儿呵！动身之前，我曾千叮万嘱你们，此次兵发泷州，为的是和解，不是为了纷争执祖，久悬未决，只准坚守，不准妄动兵车。须知战事一起，俚獠两族卅年之和睦便会付诸流水，高凉两州百姓，将无安宁之日。若真如此，天朝大军定必乘势而至，那时地方糜烂，满目疮痍；战祸绵绵，益加深重无疑。那时候更谈不上出师远发，定乱安危。此乃婆婆三天来日夕焦虑之事。（指罗宫包）谁料冯魂小子，挂帅一箭，贪图徼幸，遂误大局；我若不斩他，怎对得起俚獠两族父老，怎对得起高凉两州百姓啊，素儿！

（三通鼓响。）

冯素：（愁相思）……罢了，魂弟啊！（冯素奔下）

冼夫人　孙儿

蒲猛力：太夫人明！（衣白滚花）刚才我还不仅你、现在我已明白你，你为安危定乱大义灭亲儿，蒲猛力虽是亚猛也知重仗义，这个南越王位，应属有德者居之。我愿拥你当南越王，我心悦诚服当孺子。

冼夫人：（唱滚花）我并非来与你争权夺利，我只求你与我一同出师。

蒲猛力：好呀！（唱快中板）愿随夫人你调示，冲锋临阵，万死不辞。

6-12

冼夫人：（唱滚花）跟我代替万民感激你。

内侍臣：（王）启禀大王！

蒲猛力：什么大王？叫都老！

内侍臣：启禀都老，城西突然来了一枝人马，直城骂战，声言不准伤害太夫人！

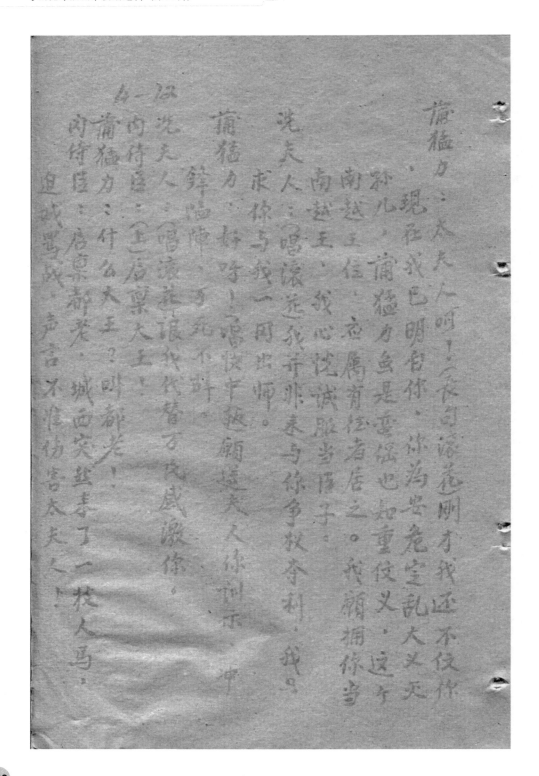

洗夫人：谁敢违我军令！

蒲猛力：原来如此，付我大令，请为首者速斩

内侍佳：领命。（下）

蒲猛力：（白古）太夫人，我还要请求你答允一件事。

洗夫人：什么事？

蒲猛力：（白古）请你赦免冯魂之罪。

洗夫人：（接唸）！……我魂儿已经与世长辞了。

蒲猛力：（白古）冯魂虽死，未得太夫人宽饶，阴魂难归东土，故请赦他之罪。

洗夫人：如此，我答允赦免冯魂之罪便了。

蒲猛力：（白古）谢过太夫人。有此猛风贤弟，快把冯魂带上来。

蒲猛风：（同白）来了！（带冯魂、田夫人、冯素、

中大哞：甘、盟二将与上。众惊异之

冯魂：蒲都老——

蒲猛力：快谢过太夫人。

冯魂：谢过婆婆。（跪）

冼夫人：蒲都老，你……魂儿，你谢过蒲刺史兄弟本是呵。

冯魂：谢过蒲刺史。蒲将军。

蒲猛风：都怪我骂得过你，迫得太甚，累你受罪了。

4—侍内侍臣：（家家上）启禀都老：（白）衣为首之人来势

—先，进城便斩数三新。众将拦阻挡不住

—已经被他冲入来：

（众惊异。）

隋北道：（内白）好胆，（冲怒冲上）蒲猛力你还我……

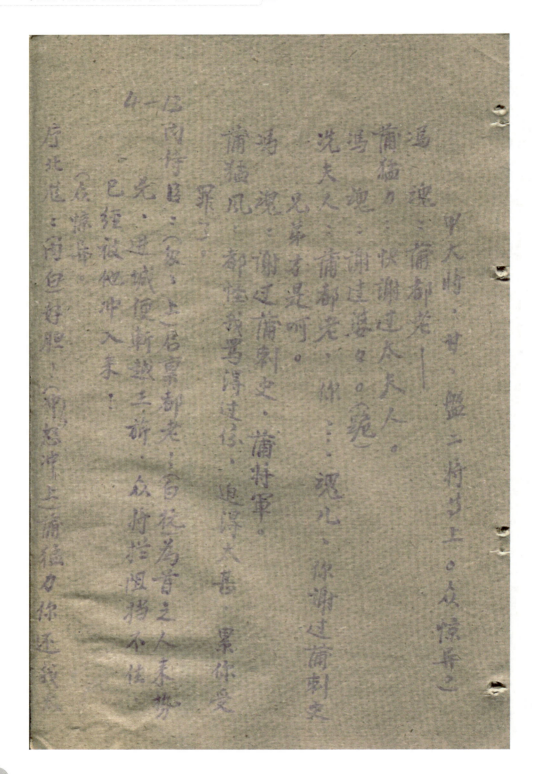

夫人！（举斧便砍）

冼夫人：庁北龙，你来干什么？

庁北龙：（惊呆）啊——大夫人……！庸猫力他——

冼夫人：你与我谷师渡岑——你拒绝随我出师——

，为何又来这里？

庁北龙：这个……——冯魂，你们与我开口啊。

冯魂：娄々！（唱三脚打）自从兵发潮州后，他

一枝兵马一直尾随。

冼夫人：（接唱）何以一直将我隐瞒？

庁北龙：（接唱）只为怕你折生气。

冼夫人：（夹白）我生你什么气？

庁北龙：（续唱）我被夫人你赶走，难道你记不起

来？

冯魂等：（唱滚花）請督諒他对你一片忠心。

冼夫人：（接唱）难道他不知我脾气？

（众相视大笑。内侍臣纷纷上。

内侍臣：启禀都老、王勇都督、亲率大军、离此不远。

庸猛力：可恼！（唱快中板）王勇匹夫、竟然敢来、待我出城来迎拒。

冼夫人：且慢！（唱滚花）你我已合师出战、他岂敢吃眼前亏。你不再称南越王。他又无籍口来打你。待我去说退王勇、明早便兵发大庾。（白）老身告辞。

4-14

庸猛力：送太夫人。

——幕下。

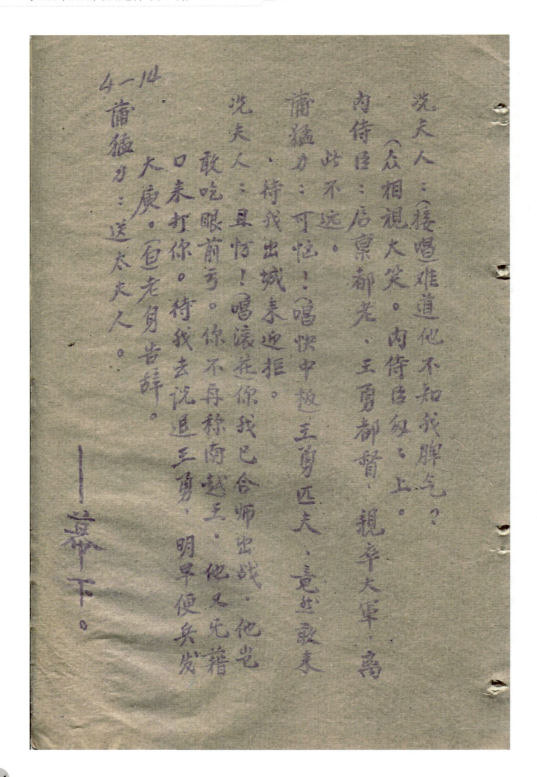

5—1

第五幕

时间：上一幕的夜月台。

地点：大庾岭下驿亭。

（排子头）良台上一句，开幕，远处刁斗不断，

（玉……亮，月将沉）

冼夫人（一捶起四古）自驿亭上向四周眺望。唱

杨（杨慧子喜）壮哉大庾岭，真是瑰丽多姿。是南

越既一座屏障，重要咽喉地。（过门）四面

崇峭壁刀险要，将士军事设施。（过门）战一

别二年，今日重临至此。（过门）但人事已

非，帝主两易，陈朝已无声矣。（食住）将南

音，过门，冯素郎上，冼夫人唱南音（过门）嗰嗒

阑不胜啼吁，昏庸帝主，弄到国祚衰

微，我上奏议书，他忠言逆耳，今日尚心

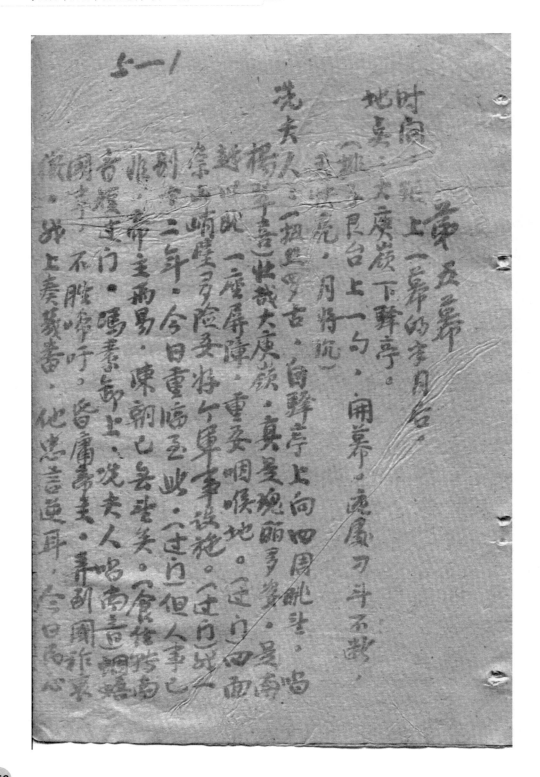

新·急燥隋师，嗟嘆百姓無辜·堪虐討
妾：身連禍结·離师凉离。
馮素：（急）嫂：·你又在想什么？
冼夫人：（白）我没有想什么·不过睡不着·出来
亂望·看：天象吧！
馮素：（急）嫂：··該想孩兒多咀·昨天行軍·嫂：
（白）有些兒勞累·今天过午·我們还要上
路·輪着休息不好·那时候嗎：——
冼夫人：（白）素兒·你嫂：數十年来南征北战·
度山如履平地·那有勞累！不过·年紀老
了：·总覺有些兒气喘·怪不得常言說道：
一个人老了·就不中用了！
馮素：（白）嫂：·那能說是老·你还欠三歲·才到
花甲之年哩！（嗚喳花）嫂：定是像我家冼…

5——2

太婆一样，活到一百二十岁。（转十字清）像那苍石，不畏雨打不怕风吹，像那苍松，乾交山脉，终年青翠，像那骏马，毓钟灵秀，健步如飞。

晓夫人：（反线转唱雨打芭蕉一段）女将婆：安邦，定国，像我当遇那甘辛味也度过了一世，对国家，黎民我注亦向心，确是无愧，虽死犹也目闭。（转收，长叹一声）嗳——

冯素子：（白）婆婆：，你既然替国家黎民做了不少事情，死也唱我家（笑落）正是无愧于国家黎民，又何以叹息不已？（反线奏过门）

晓夫人：（叹白）素儿，我叹息的是，你看看，播一带（埋台）这里一万多人，今天午后便都送赴北去，可是他日能够回到家乡的又有几

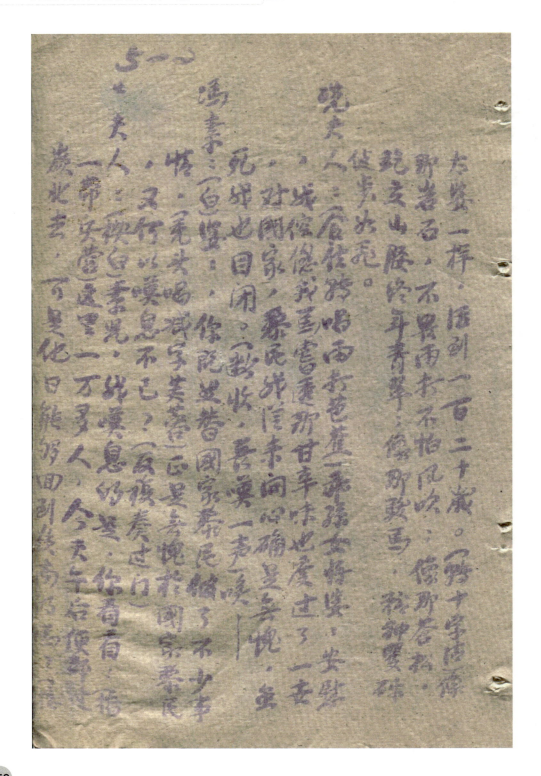

唱前腔）能否保存字数，恐怕不少作為孽章

户，

馮素：（白）婆婆——（欲言又止）

冼夫人：（接唱）何以你吞吞吐吐，欲言又止？（白）莫非又是（那句老話？）（接唱）為了這个舊紂王帝，我們要拚命大隋意思。

馮素：（賠情笑）接（白）孫兒正想說這一句。（唱）妄奈欲言又隐，只怕婆婆生气。

冼夫人：（白）阿素，你是我的孫女兒，我也不瞞你，有時我也這么想，忠君愛民，原是臣子的本份，可是，忠君和愛民，有时候又好像不是同一回事，就像當今皇上弄得民不聊生，國不成國，我們這不少人，就得着孝替他拚命么？就是隋文帝不是（容易）對付的呀？但我今天又何以要这样子？素見、我刚才说过，为国家有事的时候，我约廷得各臣子的聪素。此外呢？——倘若治敌方杀了进来，厉害的，还是办无辜的百姓。因此我们今天亲师北上，更重要的还是阻止敌人南下，保护我岭南各地，免使生灵涂炭，惨遭祸呀殃！

冼素：（白）婆：素民若子，难怪南越君族奉若神明了！

5—3

探子：（冲头上，白）启禀太夫人！

冼夫人：（白）何事？

探子：（白）大事不好，探得先行官蒲稚风被隋军擒去。

冼夫人：（惊，悸，白）什么？蒲稚风被隋军擒去

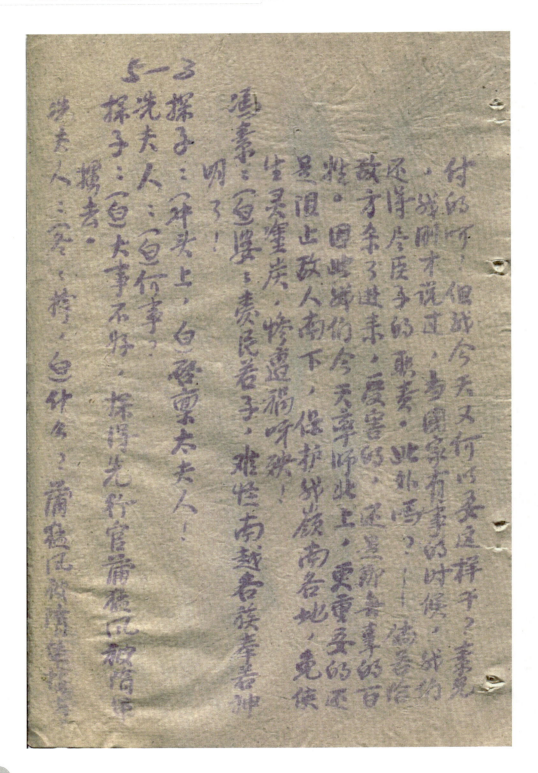

——同素：老印待人，众将官前去[illegible]
素：外帐。（下，探子郎下）
冯章：（白口白）老夫人有令，众将官尚有商议。
（蒲猛力，冯魂，廖水龙，甘，盛二将军——
邹老甲内场白：素了！食佑福大吉。先台
上，洗夫人随台上）
洗夫人：（唔值，先丰交向两边察看一番。白台
侯将官，可曾到齐？
众人：（同白）都已到齐！
洗夫人：（白）既然到齐，探子那里？
探子内场白：素了！（开边上，跪下）
洗夫人：（白）把军情报来。
探子：（白）启禀太夫人，蒲猛将军昨晨过岭，
[illegible]上兵营要塞，与隋军遭遇，交战失利。

全軍覆沒，蒲將軍被擒。

洗夫人：（起身拍案，相覷）（白）探子，我軍何以突然遇敵，速速報來。

探子：（白）探得隋帝命楊素為行軍總管，率兵六万，欲剿嶺南，馮寶先行就是前鋒，刺史韋横。

（冬冬搥，衣同白：韋横為了隋軍先行）

洗夫人：（白）如此說，蒲穩風定是被韋横捉去給疑。

5—4

探子：（白）正是被韋横捉去。了因韋横要……帶，慕意屠殺越族百姓，蒲將軍得報，韋横異常，率兵攻打，率以名寡不敵，被韋横捉去。

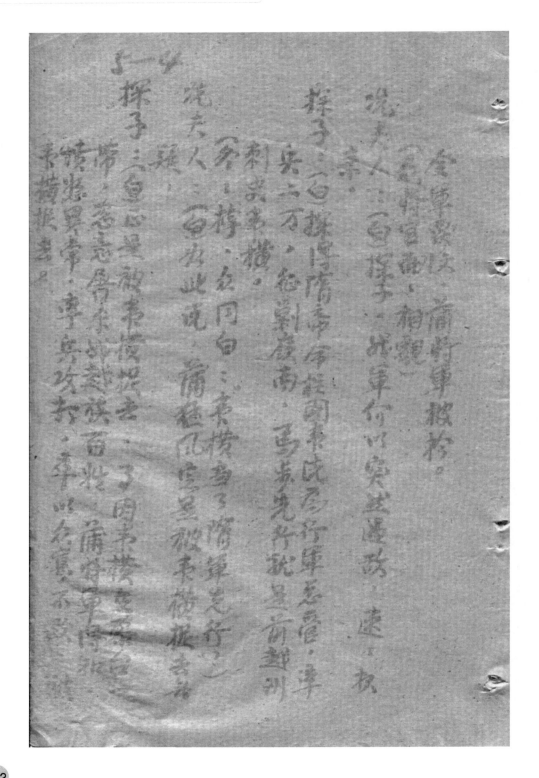

葆力：（白）可恼也！（唱花）杀横累累，与我逃人葆猷

若碰上定将你折背直腰。洗夫人逃

杀葆兵，速将葆猷前去。

洗夫人：（白）将听，（续唱）就给你二千人马，火速

渡过大庾，前去接救我夫葆卿款，接救伍

葆风弟！。

葆力：（白）领命！（四击头，储搽子下）

洗夫人：（白）冯魂，廖都老听令！（续唱）庾関非常

重要，你俩人速领兵千余，前往协助程

将军，坚守此处重要之地。

冯魂

廖都老：（白）领命！（冲头下）

洗夫人：（白吉）众将官，隋军何以突然进兵岭南，

难道台城已经失陷？莫非隋军侵过岭南，

丟剩他爲全一旦丟此？

甘將軍：（口古）太夫人，倘若將軍還沒有擄捷江南嚴獻，怎會改去這錦繡一路的嚴裝：清帝一生英明述練，難道他會遠將痴愚？

冼夫人：（嘆介）（白）如此說，這廝當真失陷，陳朝紛是亡了！——為何王勇都一直得賊歸着？

侍衛：（沖頭上，白）稟太夫人，王都督王勇將軍到。（一才）

（一才）

冼夫人：（白）嗄！王勇到來：他來得正好。与我帶上。

侍衛：（白）遵命！（下）

王勇：（雙才上，唸白）調虎離山學嚴表，退水班真自稱王。叅夫人有禮。

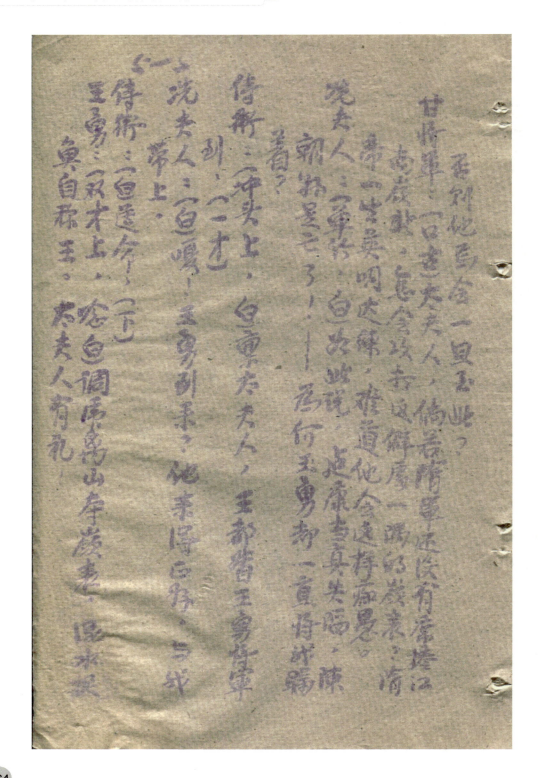

冼夫人：（不答礼，白）王都督，你到来作[illegible]？

王勇：（白）太夫人请听。（唱合锡晃）此将不[illegible]送太夫人，夫人爱护抗隋去。

冼夫人：（接唱）我我不愿你伴送我到营中。

王勇：（接唱）你去是什么了，莫非为迪康。失漏的事情，未有及时通知你。

冼夫人：（白）王勇，（愤怒）你看冼英是何等样人。何以京城留落，一直把我蒙住了，何以你控将李横释放，容纵部属包庇徇私了，请问你当的是什么都督，你当的是什么主意了。

王勇：（白）太夫人，你是明达之人。了到今天我才表明我的用意。迪康留落之了，是我了前有意不告诉你知。了关情息一旦宣扬岭南一带便不知有多少人像蒲猛力一样称王称帝。那时便吗？这局势如何收拾？
所以我不得不暂掌权宜。乞於越州刺史来
拦，越早已把他押解到京城去。是王上再
他释放，他日你一向王上便可尽释疑。
冼夫人：（单竹）（白）王上，王上不是投降了吗？
王勇：（口古）唓！大胆冼英，竟敢如此放恣，污
蔑王上，语出无稽。目前远康虽失，但王
上伟得龙游别处。
冼夫人：（白）王上伟得逃脱？
王勇：（口古）城既失陷，特为此了。前来请你一起发
兵抗隋。
5—6
冼夫人：（白）发兵抗隋吗？
甘骨单：（白）太夫人，（滚花）请您未得哩，此番
还要三思。（禡子）冼英要慎方去从

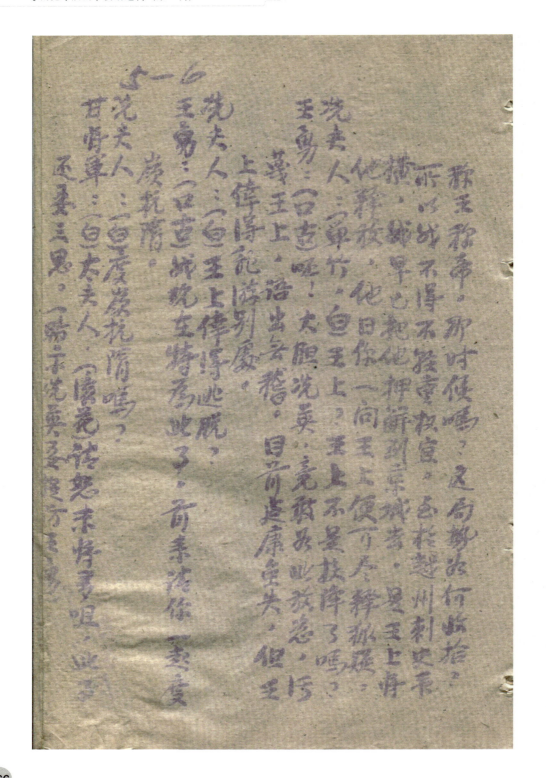

冼奉：：（白）嘆：，（接唱）甘將軍之言，甚為有理
王勇：：（白）太夫人，（唱腔尖音）有道救兵如救火，
你不應再耽延。你當說忠君愛民，應該先
而后己。
冼夫人：：（接白）對，這是我今年壽辰時對你說的
王勇：：（接唱）至今言猶在耳。你也并未忘懷：：（
滾花）太夫人大義深明。應該責無旁貸。
冼夫人：：（白）王都督。
王勇：：（白）什么事？
冼夫人：：（口古）坐別馬日點話家你知矣。何以係
又不同意？
王勇：：（口古）這，因為當時收兵馬未有調集。糧
草也未有準備。
冼夫人：：（口古）那么以后兩个月呢？何以你不答

王勇：一兵一卒，都因又在那里？，（落鑼）退：：——（口古）洗英，你帶眾拳兵，度不度慶，話你好自為之。洗英龍勝別地，就棄本立，我這些部署也受不了你。嗱！看你言詞閃爍，諸多推搪，怪不得外間話你是假意投降。（一才）

洗夫人：（白）唓，你我假意投降嗎？（一才）

王勇：（白）說你投降為名，我諒為實，意不了王上奪你兒子的大仇。

5—

洗夫人：（拉腔哀花）咦吔：：，皇天可鑒，洗夫人實有不顧公私：（轉十字清）那謠言寃無負殺實語，以人口實，我被兜遭受擠難，（轉……）

甘竹軍：：，你令子時一刻，全軍度度奏。

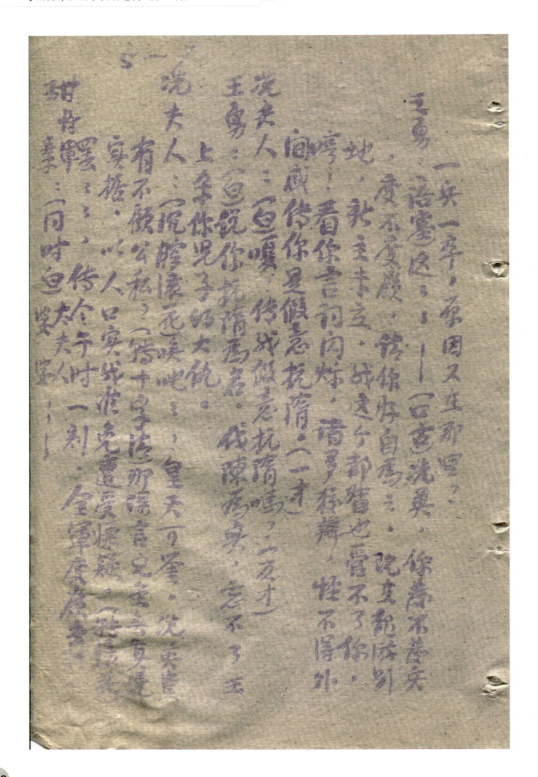

馮寶：（同時白）嚟嚟——

冼夫人：（白）我主意已决，不要多言。
王勇：（跪求）太夫人当真是光明磊落，将一女巾
帼毅留。老夫也要去辞，我们分头准备（下）
（白）记得来。
冼夫人：（白）送王都督。
（冼夫人送出，王勇用目暗示诡计得售欣然而
下）
冯素：（牵手衣），（口古）冤冤，王勇口口声声，忠君
爱民，着着要我们出兵。他实在非怀好意。
冯将军：（口古）太夫人。王勇是一个老奸巨猾。
（重句）
冼夫人：（口古）我知道，他想调虎离山，要冼兵
是一个黄口小儿。（略有所指地冷笑）不过，
目前隋军实在进迫大庾，对我们的威胁甚大。

5—8

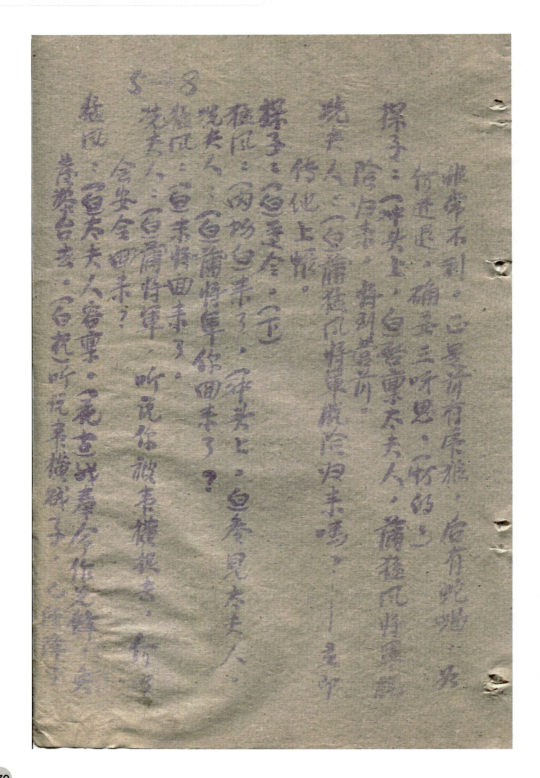

非常不利。（白）是前有虎狼，後有蛇蝎，兆
行進退，確要三所思。（斩的）
探子：（冲头上，白）啟禀太夫人，蒲猛风將軍凱
旋歸来。將到營前。
姚夫人：（白）蒲猛风將軍凱旋歸来嗎？——是啊
傳他上帳。
探子：（白）遵令。（下）
猛风：（內场白）来了。（冲头上，白）参見太夫人。
姚夫人：（白）蒲將軍你回来了？
猛风：（白）末將回来了。
姚夫人：（白）蒲將軍，听說你被東横銀台所害，
今安全回来了？
猛风：（白）老夫人容禀。（滚花）此番奉令作先鋒，兵
營被銀台攻。（白榄）听說東横賊子，已經降了

隋·爷且当了先行，副属辛富越族先锋之
当时我悠不可当。立即兴义师，怎奈
寡多悬殊。被他俘掳去。他正要将我斩首，
刚巧隋军到来。说柳东晓将军，将我押回
营去。他就自来审讯。我估道必死无疑。
谁料他知我是你部将。非常和蔼亲挚，马
上与我松绑，还说了许多道歉言词，并敬
我酒一杯。我估量他是假仁义，大骂他们
一顿。不谈将我越族凌辱，后来他知道了
，这是亲手的放了。将他放去如中。若
到他死去活来，就算是如今时候，我心里禁
捺不住。

冼夫人：「白就你心里禁不住，这使又何妨？
盎风：「来吧！把酒一饮而尽，唱个痛快淋漓。

沈夫人：（白）你……

甘抒华：（花首白）好呀。（花古白）至是我老甘。出英

饮到醉。（过门）

沈夫人：（白）多咀。（衬）猗风唱出当你指教人：

酒。敢把罪人令就处。（过门。白）左右将他推

出斩！

猗风：（白）太夫人，（花古白）你听我说清楚，啲来

我处置。（乱出）

沈夫人：（白）你有讲？

5—9

猗风：（白）你有听！

沈夫人：（白）你有讲：

猗风：（白花）刚巧在那个时候，我哥，（圆……）

我从将经过情形，告诉与哥，……敢……

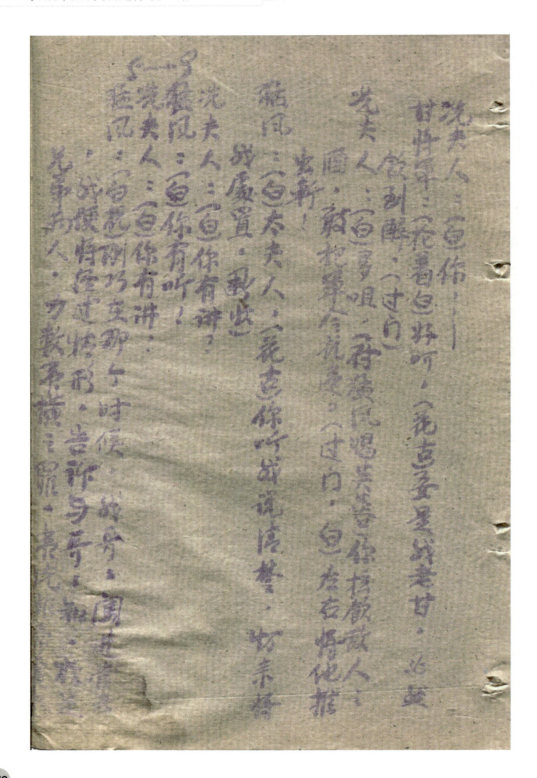

先帝与人，功敷来横：罪，辜兄……

將來清朝大亮不饒你，真是大快人心，拔
兄弟使把軍兵忘記，大家齊拍手偏
快態笑好！哈！！！
洗夫人：（白）可憐，（哭）恁你兄弟面顏喪國，求救
指說城去降清！
藏凤：（日白）太夫人，清軍弄去把城難候當作他
人，納誠是就我一家，城弄非將你所說，
劝你降清的也非將伯兄弟，（哭白）
洗夫人：（白）請人，好膽，
藏凤：（日白）那就是要勇，（一才）就是那个捌鞑王
帝——王八鳥呀龟，好的，一才）
洗夫人：（白）你好膽，
藏凤：（日白）太夫人，城弄非信口開河，全有真
憑实据。（先手顶，出台口白）人来，把東西

埋位。

莫郎老：（口白）：來了，大開追，絕命擸看級

，王勇賜敵信，陳友金劫降信，拜教（一

劍帶上）

飛鳳：（接過以上東西）：這件是家沉冤，口古太

夫人，這是王勇擸看級，係是王勇給老賊屢

書，隋拿的通敵信，這是陳家救附降書

你的劫降書，我為姐要帝御端係馮家的拜教

，宝劍，你一看便呼知。

（將奶：一才）

沈夫人：（先手底，將以上各物接過睇看）

昌沅腔流花啖吧！，竟有王帝加陳三⋯⋯

，慕叫我新！

馮素：（拿起拜教，宝劍，奶，冒，⋯⋯）

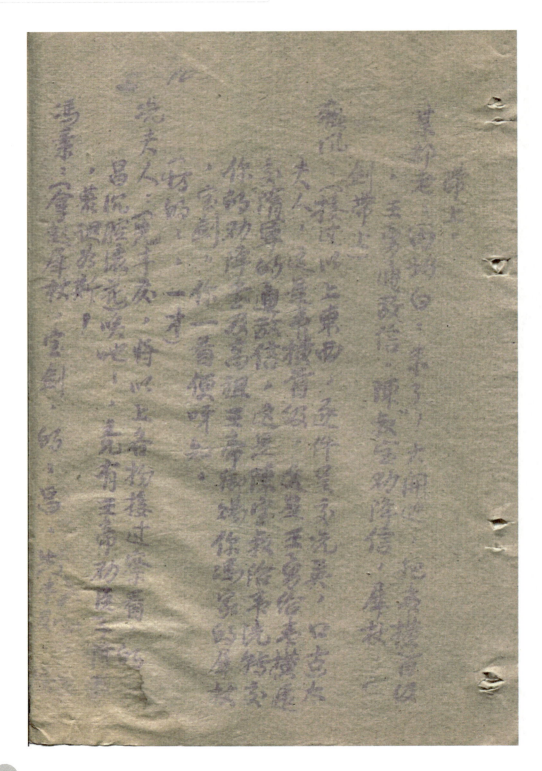

看（白）鸳：这是当年黄门侯：侯……
多：两陈皆昂的宝剑，库秋，给昔日……
午门的画物。
沈夫人：（鸳鸳）昌，听那仙子请出旧物，宝……
悲。（鸳鸳）剑到王上，汉代所许诏，收藏……
到这般境地。（一见手段，食叙解救，宝剑……
王乘通敌信，陈叔宝路阵在左右看。（白）
甘将军。（况见你全部拿去当天黄代。（一才）
让高祖皇帝知道大陈七在那些人手里。（收
三才，将各物地与甘将军）
甘将军：（白）殿下，（拿以上各物下）
侍卫：（上，皇尊太夫人，王离都着，带领三万
大军，队队而来。
沈夫人：（白）什么：王乘带领三万大军，队队而

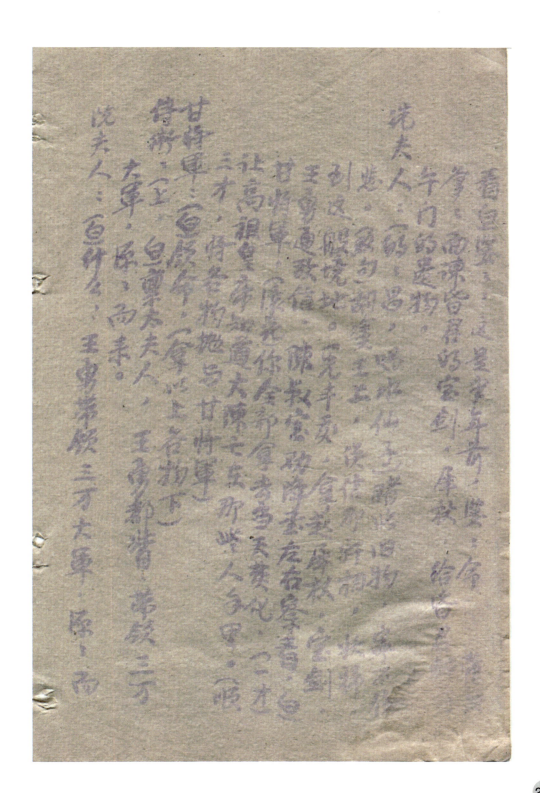

—11

索？

王勇：（上，推磨岸，口古）午时已到，军令如山，

你夫军仍未收齐，究竟是何用意？

冼夫人：（口古）只因俚僚得候粮草兵马仍未汇

集，还要稍候片时。

王勇：（口古）夫夫人，隋军兵临阵前，大庾岭是

隋军必争之地。正是军情危急，岂容你这

般儿嬉。

冼夫人：（口古）既是军情危急，你这三万大军，

何以不先行渡岭去？

王勇：（口古）这……军机不容你过问，我

何时渡岭我请？

冼夫人：（口古）哼！！既也是军机不容你过问，你只

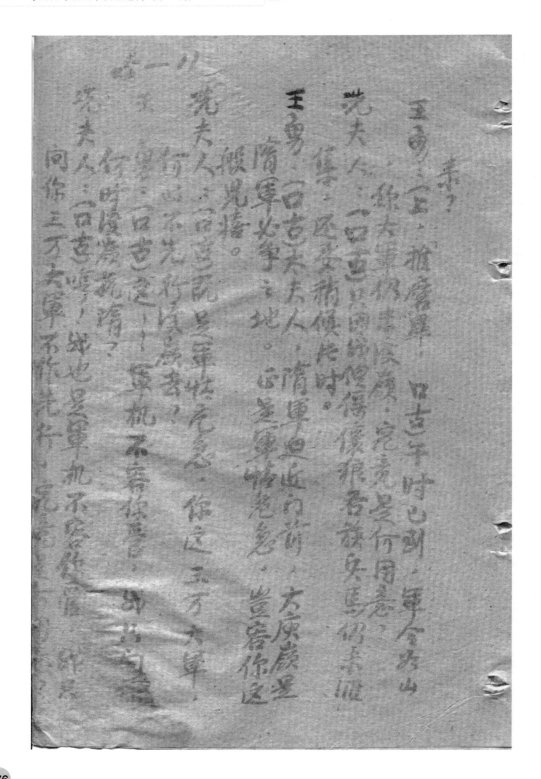

向你三万大军不能先行，冼……

王勇：（苦笑）呵呵，是你冼夫人管轄我這个部署
，還是我这个部署管轄你冼夫人？（冷笑）
冼夫人：（發怒）我不認識你这个部署，我不管
，你又何如？
王勇：（恼）你當真不管嗎？
冼夫人：（恼）不管嗎！
王勇：（恼）可恼！（陳龍）你可知道此是我管轄之地
，可知你說安三面屬我包圍？並不容反抗
隋，你這班軍便死無葬身之地。
冼夫人：哈哈，（陳龍）你休要恐嚇，我早此三
歲娩兒。（拍案）你不要恐嚇，我孫兒馮暄，駐
守高涼是何用意？你不想想，我早會於新
興等，聯軍深入你管轄之區？（陳龍）細看你
四面屬我部隊包圍，你的后路已被斷

王勇：諗吓馬騰梧住吖？
（滾花）你是風水難敵進來，佢係老婆嫁算
此乃吃雖前事，叫人來！
（快古老鼓）（叶進奸是夫婿及單探）
王勇：（快中板）依計行事。
（馮素紫扮說夫人）前。觀風，甘將軍拔刀冲
（前）
馮夫人：（乙反白欖）且住，（滾花）甘寧任予，說兵
擬身向前，我說英我馬數十年，從不曾畏懼
怕死爲今日。你又安靜過是受來，你便即當
來！
5—12
王勇：（白欖）老夫毫不聽命係，這毫不[illegible]
一敢對，我今非情急無意，我係[illegible]
一次且起未提之時，你我[illegible]

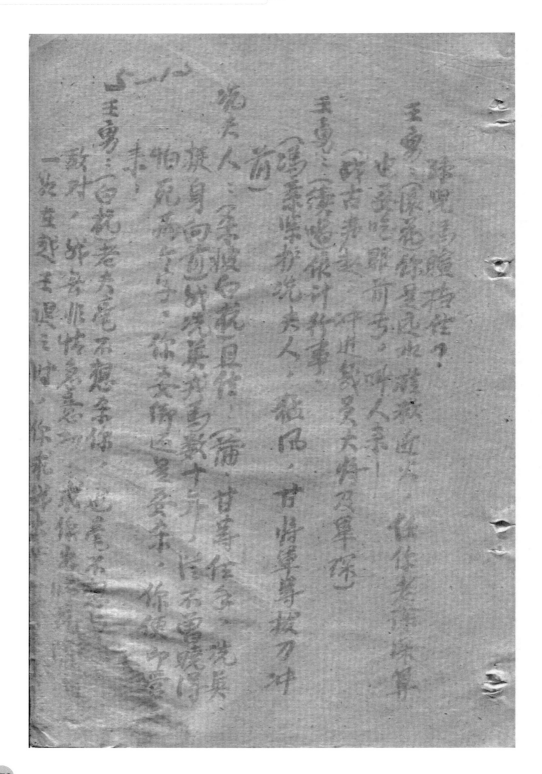

浣夫人：（白花）住咀。你估几什么和好呢，我
越王：误，是求你出师，乃是为国为民
你想过自己。你今天来我处实，则你姓
用意？
王：（白花道）……
浣夫人：（白花）容你这个那个，我代你说出来。
（真的被你不能亲手害好浣英，故而骗我渡岭
，被借来浇之今，利诱些岭表义师，且将
来浇手好后，你便独霸岭南，还借广闽执
掌，乘机称王称帝。我屡屡雨雪风霜，看
尽山和将佐，你你来骗我，你要亲我尽管
来。（广花道）只怕你动我一根毛，你在岭南休
想有立足之地。
王：（快广花）竟然生出大叛厥词。恐怕我……先

5—13

李你。（拔刀上前）

單孫：（上前隔開）王爺[illegible]，一太夫人，你李兒以

小人之心，度君子之腹。

太夫人：（白）哎！誰是小人，誰是君子，我今天

一天，看得最清楚。我與各族百姓，上同

个人富貴者便是小人，為各族百姓和睦相

處，為天下統一太平，盡心盡力者便是君

子。蕭將軍，你剛才說的一番話不錯。眾

將官，素兒，你們聽到，我們今天存亡

難卜。只要你們那一个[illegible]國而出，就

傳我命令，從今天起，各族部落族，[illegible]

剿。

众人：（齊）遵令附隋朝。

王勇：（白直）[illegible] [illegible]英，你要[illegible]

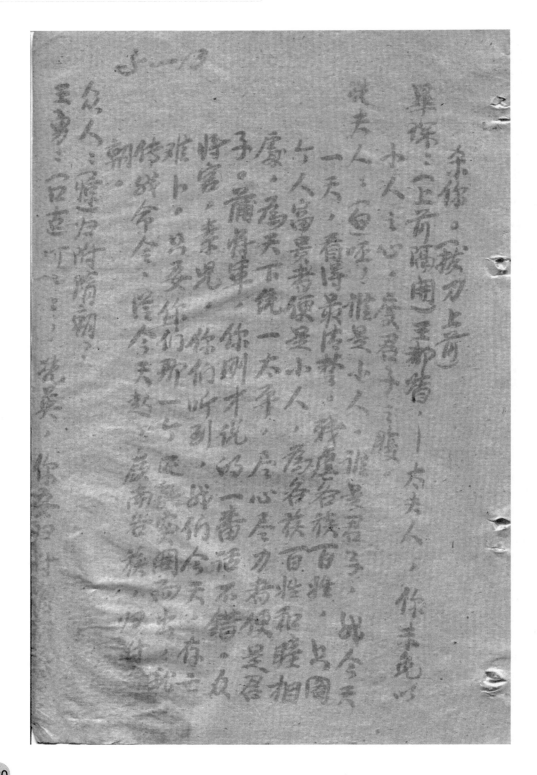

夫婦自度高祖皇帝能還陽恩，故生……
恩負義嗎，
冼夫人：（白古道）你說高祖皇帝么？四十多年前
祖皇帝就在這兒和妳夫婦說過，什么什么時候
，才能天下一統，什么時候，才能出現
高帝，真天子的太平盛世。今日歲…時
隋主，正是高到高祖皇帝一統天下的忌辰
時。說到就到馮家三代皇陳朝的封禮。我
說英決不忘記。可是我不能為了个人恩怨
，阻擋百姓二百多年來結束南北割據
的意志。再說，王勇，你看這是什么東西？
王勇：（白古道）嘿，這是高祖皇帝御賜給你的寶劍
，聽說你兒子已帶上京去了……喂，我明白
了，你這婦，早早已降隋。

5—14

冼夫人：（口古）你错了！我要归附隋朝，还是因
才看陈后主你的所作所为，才是定这个主意
。萧摩诃你这种人害了主帝。倒不如归附
中原。归附大隋。还把刘是陈叔宝書由给
我。还附了一封书函劝我归附隋主。我没
有对不起陈朝。就算今人的批评，只要对
汉越各族有利，个人毁誉，又何足挂怀。

王勇：（白）吓！陈亮识我王勇真实居意。休想摩
萧好附计划。我也定要告你知，我早已写
信与……萧摩诃归附之事。

冼夫人：（白）你早已写信给朱陈了啵！（怀疑……）
今个被看人收的野兽，你还要……
你要归附隋朝，争明是假心假意……

王勇：（白）对了！（截……）

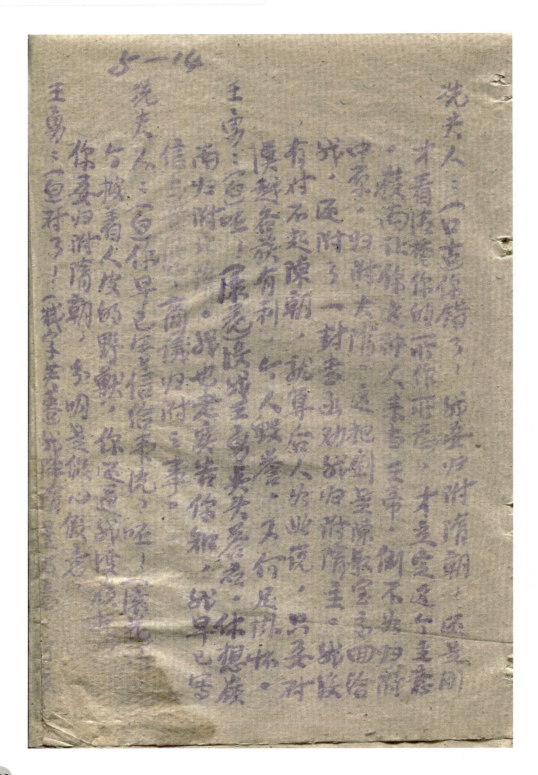

帝虎不知，（吴白）弟一：（岂）你一直北[illegible]
大旗，姚王勇已经表示：（吴白）弟[illegible]
姚王勇先你归降隋师（吴白）弟三[illegible]
姚和帝虎，同是汉族人氏（吴白）弟[illegible]吧
分东横部姚说好话，帝虎对姚深信不疑。
（腰花）所以要诚归附隋朝，帝虎信姚不信你
。姚劝你聪明一点，还是与姚抗拒隋师。
否则老夫先你降隋，那时两面夹攻，你难
免一死。

虎夫人：哈：：：（中教）你休要迷惑姚，姚也告
与你知。你的同谋帝横，已给帝虎虎死。
你若真心归附，尚有一线生机。（腰花）若不
痛改前非，那时难逃一死者。不是姚来那
盖你。

王勇：（震介）你生死已被操我手，竟然恐嚇赵姓
来。你若不交印渡岭抗隋——
冼夫人：怎么样？
王勇：（续唱）我不计利害得失，先要你人头下地。
冼夫人：（白）要斩人头下地？
王勇：（拔刀）怎么样？快说！（冯素拔刀相向）
冼夫人：你来来来！
王勇：人来，动手！
（王勇侍卫上）

5—15

侍卫：禀都督，隋军为冼英军，岭上守将
来。
王勇：吓！隋军守将下书——先来迟，
随她去，传令拔寨！（下）
（侍卫下）

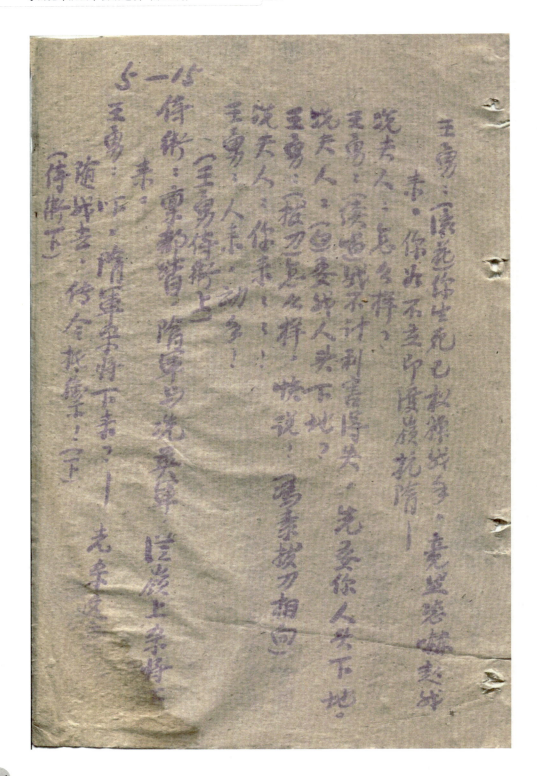

（開方）
（蕭穡力、馮魂等各人、（開方）
冼夫人、罗衡到位接救
蕭穡力：探知太夫人被困，本民志當心急異
·特令戰寧應大軍前來相救。
冼夫人：本長官現在何處？
蕭穡力：本長官吩咐解圍之後，隨軍去印返回
隋營，待等太夫人同意之後，本長官才过
接濟事。
（廖秋飛押三勇上。
冼夫人：至勇老練作戰有令日呼：（陳龍）白將官
，播戰古，隨從護接隋師！
各人：領令。

——劇終。

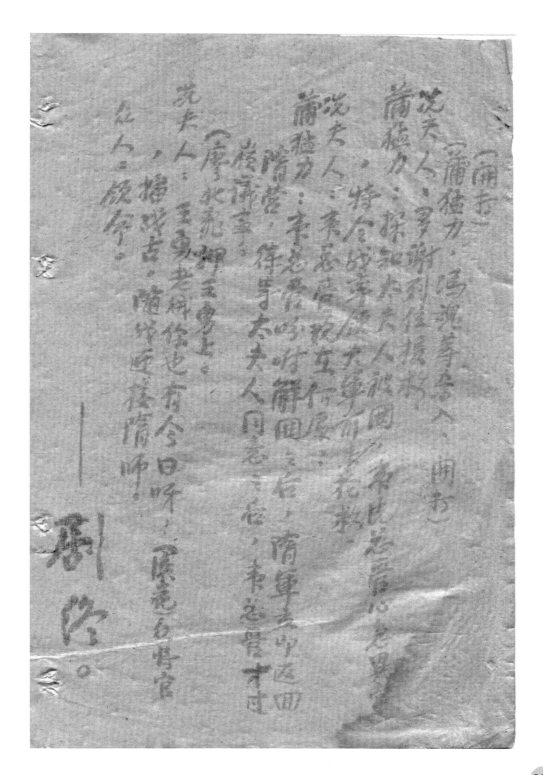

桃花扇

剧中人　郑妥娘

演员　纪少奇

扮演次

剧院二团演出

古典文学名著改编

陈冠卿执笔

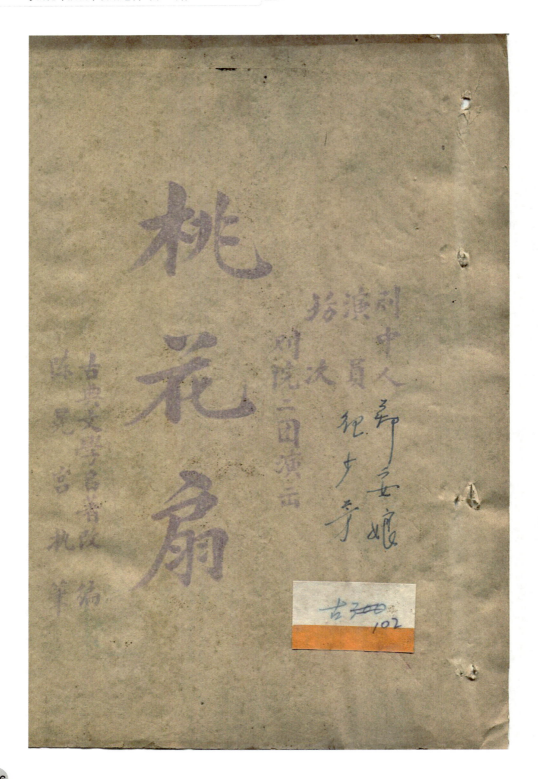

（刘中人）

侯朝宗：：盧啟光

陈定生：：陈少棠

吳次尾：：孔壮志

阮大鋮：：朱少秋

楊文驄：：吳粉超

柳敬亭：：譚志基

李香君：：陈小茶

鄭妥娘：：徐少芳

卞玉京：：邓梅开

寇白门：：白雪兰

小环：：陈影芬

（刘中人）

李貞丽：：林丽容

蘇崑生：：袁汉云

官差：：何国焱

馬仕英：：余海珊

快馬

中軍

甲兵

乙

书生：：甲、乙、丙、丁

第一场（哄丁）

时间：明崇祯末年。

地点：南京文庙内廊。

人物：侯朝宗、陈定生、吴次尾、阮大铖、杨文骢、县衙役、生员、众秀才。

（众秀才祭丁乐毕，于庙内已开始谈论，起来群在同观防乱揭帖，报为义举。）

甲：（白）吾等得将此奸贼阉党全暴露。

乙：（接）观后当余觉心寒入骨也。

丙：（接）还有阮大铖贼恶心肠如狼毒。

丁：（接）揭帖能比照妖镜，令鬼面目无处遁。（白）

（群生之中忽见朝来祭孔的南庙的大门）

定生：今振身奉十批令教秦孔门下弟郎孤高。

次尾：（接）学子看似合乎古一路行，收家。

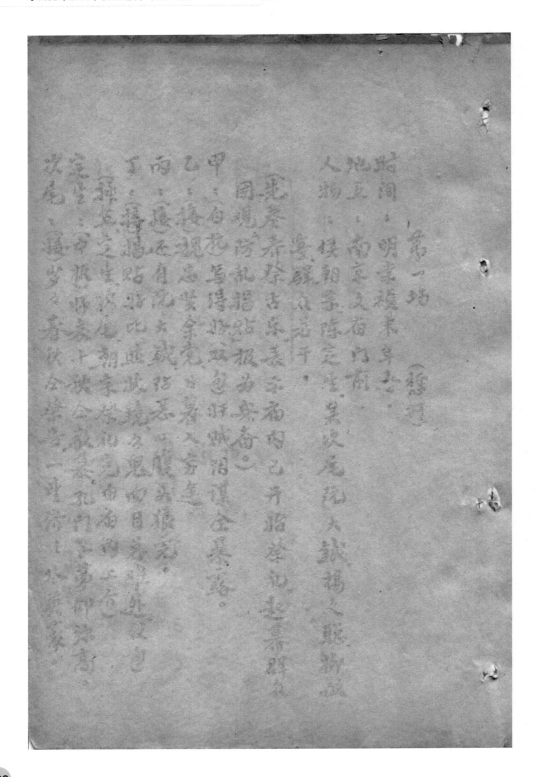

朝宗：：杨大人当年非得道今朝更是道全无。（完）
座能笔利当年施功差振反狂。
定生：：（白）朝宗兄我辈笔利要来此年但是文章
無樓風（摇摇头）。
次尾：：（白）他竟阴谋陷害人但须可多提防白
不懂糊。
朝宗：：（白）且听大家看后所言有何主意（三人一
齐上前看）
甲：：（白）好文章，痛快痛快攻击阮大铖好得
很完状，
次尾：：（白）这不是阮大铖，一讲曹操就到。
定生：：（白）好我们给他一点利害等他知到他的
厉害
居大阮离。（各人散开）
大铖：（黄昏中板）（上见各人嬉皮笑脸唱）先来各位

在此恕未一一招呼(各人不理)。是否祭祀来行？大宗来散步(各人仍不理会)。群贤毕集，真个是兴致高(各人还是不理)啊！(拍台)这位不是侯朝宗，(镜花白)侯仁兄，不见多时，想必近来甚好(讲笑)？

朝宗：(口白)尔是何名何姓？(二才)

大钺：(白)侯仁兄，你忘记了吗？敝人姓阮名大钺，号圆海，孔子庙每年丁祭，都是敝人主持，不过……

……

朝宗：(二王)呵！你就是阮氏之大，此处是圣地方，非尔奴才应到之(收掘)。

大钺：(花)我来参加祭祀……

定生：(插)就把圣地弄污。

大钺：(插)何竟出口伤人……

次尾：(插)尔的靠山已倒。

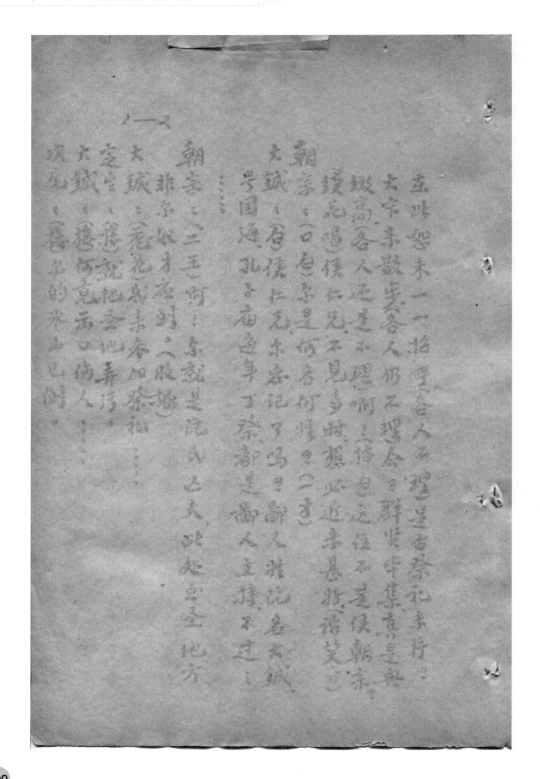

大钺：（接）复社々々乱党……
朝宗：（抢）还敢说话，胡涂！
甲：（急）待把这贼一齐替我爱国文人报仇恨。
众：（白）打々々！（推住大钺痛打介）
大钺：（大叫白）救命呀！
文聪：（冲出上推开众：白说）折劝手（拉白）总有讲理由。
定生：（接）今天有什么人口敢替奸贼来开口？
文聪：（接）小弟杨文聪，别号龙友，我与侯吴两位吉兄都是好朋友，我佩服各位，疾恶如仇，不过孔圣有训，打死人难免偿々，众人口，不妨手以自谢谢，得放手时须放手。
朝宗：（白）念在龙友兄情面，权且手下饶恕，永远不许再来与我惜罗嗦走。

1—3

大鑼：（托头開幕起二下）
衆人：（大笑介）
友聪：（花）一失足成千古恨，把盤西自取疑死由。（轉扮話头）近来国事為何，何各位听到否呢？
朝宗：（口古）道路阻塞不通，遠方夜御未有。
次尾：（口古）老友兄可有什么消息，京敍广东遊。
友聪：（口古）据闻進迫京师，都是各方流寇首要一齊来效扶打进城里头。
定生：（口古）貪污遍地，剝削重重，百姓求生不得，怎能不成流寇呢？
友聪：（注意定生介）（白）这位……
朝宗：（白）原来你两位还不认识。这是敝仝年陈定生，这是楊兄龙友。
二人：（白）失敬！！！

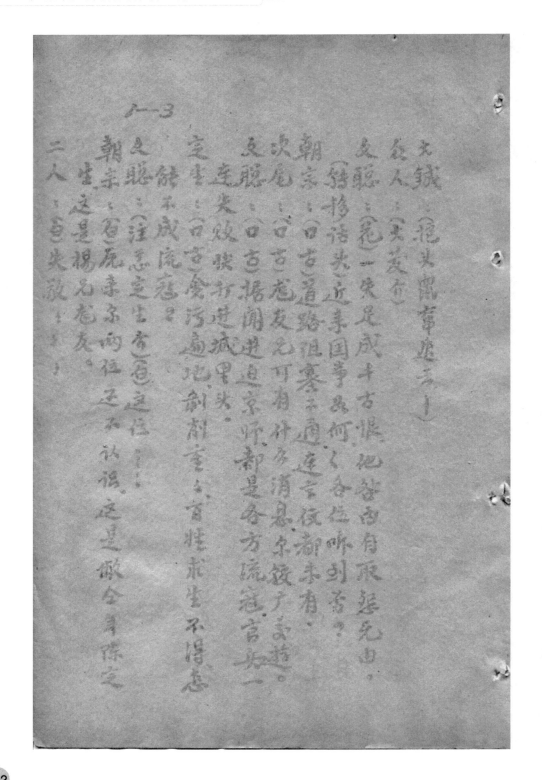

文聰：（白言）安生先聽言甘子啥不过是搞拼兵九
有進呈消息大家更易堪忧。
朝宗：（唱）我等凡篇文字何用，詞心自問覓慚羞。
挽不了天意人心，救不了敎析何益。
文聰：（唱）誠子美憂國事何堪，倒不若秦淮河遊逛。
朝宗：（白）意緒不寧，何必遊玩。
文聰：（白）前腔有个歌女叫香居，士號香宇有。
朝宗：（白）心仪已久，可惜從未見过。
文聰：（唱）前腔我來作媒介，佳人才子成好逑。
次尾：（白）朝宗臉紅了了。
定生：（唱）我看與其尋花，何不問柳。
朝宗：（白）尋花問柳就是一回事。
定生：（白）非也，花是秦淮之花，柳是敬亭之柳。
朝宗：（白）柳是指說书的柳敬亭嗎？

定生：（口古）就是他，他亦原说中有害，也不作狂言吃狗，那时阮大铖之辈，视为寇仇。

朝宗：（口古）江湖上竟有这样磊落襟怀，应该拜访登门，定交，见个高一高。

文聪：（口古）小弟还未了解，我失陪左右，还日约齐个去媚香楼。（入文府介）

朝宗等正欲举步忽闻内场鱼古声）

敬亭：（朗诵上白）问余何事栖碧山，笑而不答心自闲，桃花流水杳然去，别有天地非人间。（相见介）原来是陈吴几位相公，老汉失敬失敬（揖让）之位何人？

定生：（白）这是敝友河南侯朝宗，当今名士文章盖凌谈，正欲登门领教。

敬亭：（白）不敢不敢！各位都是读书君子，什么之

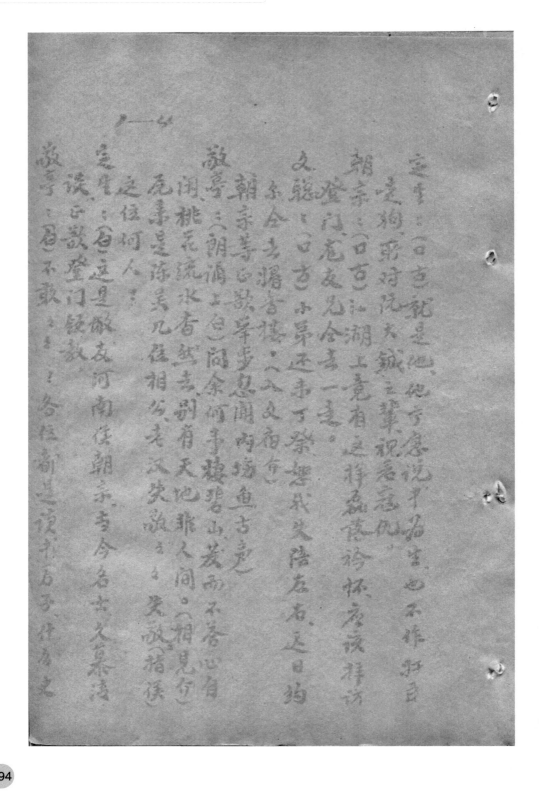

记通鉴不曾看熟，倒是所看说衍谈多些。

朝宗：（白）何必过谦，老先生当日答阮大铖言，何以文息兵为高呢？

敬亭：（白）这又何足为奇（指说书状）当年周室东迁，鲁道衰微，三家者以雍彻；季氏八佾舞于庭，僭窃之罪，无以复加，鼓手乐工，霎时散尽，他们竟得真有羞思啊：（白）正是鲁国国之一座城市间间为凡英雄，荆棘丛中难驻，风沧海波心将变态我意老阮胡子言就是这个道理。

朝宗：（白）敬佩！敬佩！（见）敬老不为渐用，可算亮节高风。

敬亭：（白）过奖！过奖！（见）我这编了小曲几支，把那些权奸刺讽，请各位驾临寒舍，听我一唱内容。

朝宗：（白）浙攫兵浙，手悉思呢。

敬亭：（白）何须客气，各位请。（众人下台）

（落幕）

第二场　定情

时间：距上场数日后。

地点：秦淮河畔媚香楼大厅。

人物：李贞丽、李香君、郑妥娘、卞玉京、寇白门、小环、秦淮姐妹若干人，侯朝宗、杨文聪、柳敬亭、苏昆生。

贞丽：（白榄）秦淮水，秦淮美，媚香楼傍秦淮水。（华灯）初上添朱色，庭闲不把红楼闭，门前杨柳两三株，丝丝牵惹游人骑。羡得爱女李香君，莺声软语是前侍罢聪集会杨太爷，为着香君梳拢事，设道会天下客来曾看用八宝轿备（花）（下）小环！

小环：（上白）妈妈，唤我有什么事？

贞丽：（白）今天杨大爷来，请香君梳妆下楼！

小环：（白）报姑娘妆了！

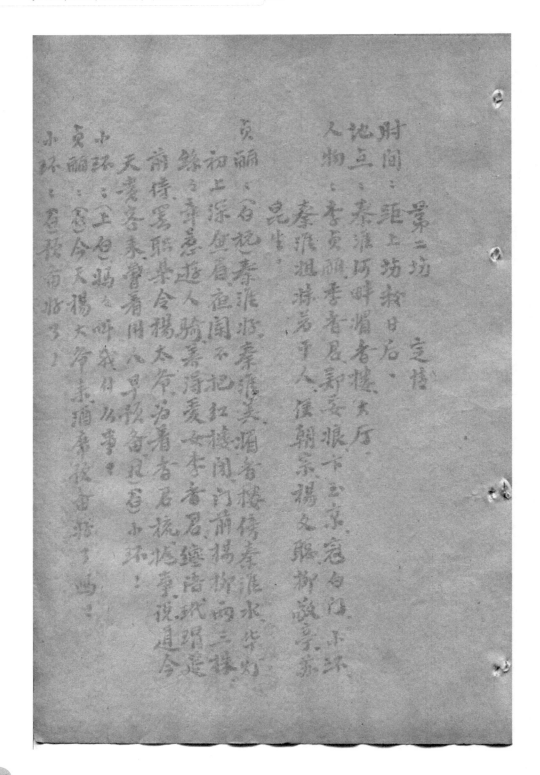

贞丽：（白）那么家叫香君姐姐下来罢了。
丫环：（领命下介）
（挥点老文朝宗上，边行边看室内陈设介）
文骢：（中板）你看碧玉琉璃灯掩映。
朝宗：（接唱）朱栏石砌衬纱窗。
文骢：（接唱）东听万风篁萧，似乐如声响。
朝宗：（接唱）金声玉律奏叮当。
文骢：（接唱）异品沉檀风飘荡：
朝宗：（接唱）香闻十里乱人肠。
文骢：（花腔）烟花地不比金文苑，妙境诸多韵话（合进门介）
贞丽：（白古）稀大爷真是赏面非常，今日又蒙光降，
（招呼坐下介）
文骢：（口古）这位侯朝宗相公，当今才子，这是李贞

不要

丽，过去是秦淮魁首，而今是香君画像。

朝宗：：（口古）侯门见弱兵，难怪香君名标花榜。

贞丽：：（口古）全凭相公赏函，小环快把香茶奉献贵

人尝。

小环：：（奉茶介）

文藻：：（口古）共饮香茶哈哈笑，却把香君遗忘侯公子

慕名而来，快唤她到席上。

贞丽：：（白）我倒忘记了，小环，叫姐姐出来吧。

小环：：（下介复上口古）姐姐：：独坐楼中哭到

泪流衿上（介向各人介）因为看书看到风波亭

一段岳飞被害身亡。

贞丽：：急去楼过（介下）

朝宗：：（白）了不起，呀：：（花）有心人，难得见，谁知芳草

满平康，她恨秦桧害岳飞，香君眼泪岂是流空枉。

12—2

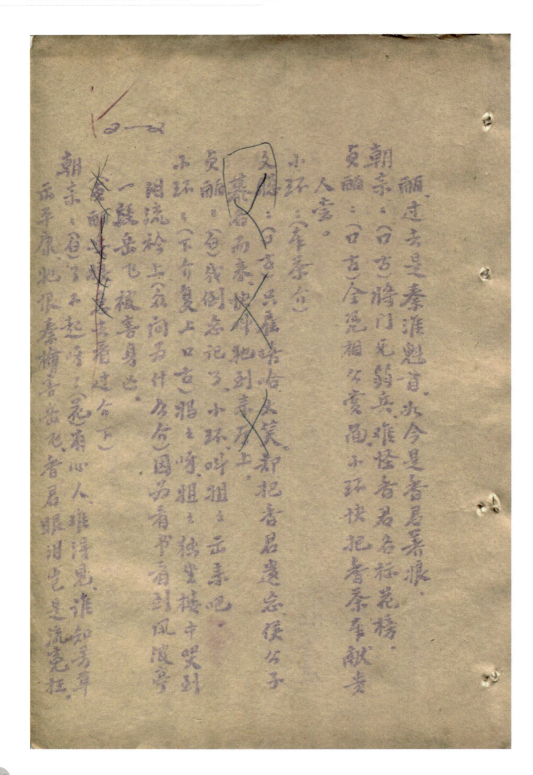

香君：（打打上。白）痴心欲進宮中去，仗劍鋤奸去出丢。

文聰：（白）啊啊香君來了，（連上三下打）香君你真系愚蠢。白：哭一场，秦桧害岳飞，只是古人事干，与你先关系，何必为佢凄凉。

香君：（闻言以冷笑鄙之）

文聰：（花）我们你相识一位名人，保你立时欢畅。

香君：（背身不理）

文聰：（有些尴尬）

貞麗：（口古）乖女，人你一意一心慕名相訪，（导香君香君不愿上前）你唔好要这甚，人你就要阿妈教善先方。（强牵香君上前介。白）这是我女儿香君，非見侯朝宗公子罷。

香、侯二人惊喜交集，相视无言。文聰瞧瞧神姿

淚飛衣女靜下步探千人纖覽过後有些不好意
思思）起音樂
香君：（白）非見侯公子。
朝宗：（白）小生失礼，香君冰雪聰明，难怪文聰先生
（回头不見了文聰，更不見了各人，二人相对，更不
好意思靜靜下去）
香君：（到底要打开疆局口古）侯公子名重一时，为
国家做了許多好事干，偏偏到秦淮烟水也詩到
枉駕增光。（言下有識諷意）
朝宗：（聞言有些尷尬口古）為慕娘子嘅名，才有步
到秦淮花前一躺，有什么常規慣例，还請指教帮忙。
香君：（白）侯公子（三王板）常規慣例等闲事，沒怕
人言可畏，說你涉足平康，你本是負社名流，平日
素孚众望，那奸人多詭計，更可流言蜚語，藉此四

如何揭(说)那时对复社诸子中伤对公子又能毁谤。

朝宗：(白)这……(白)我中机(?)正是一言惊觉梦黄粱。

香君：异然尊来长聪明，谁是香君权，澜漪逆人流，

斯样贱状比重貌端庄，(花)疑是嫦娥从天降，独惜

秦淮转落，实堪伤。(三字经)走上前来，将话讲，保家

指教自亲访。(花)说以特别香君，他日有缘再访。

香君：(白)相公访错！

朝宗：(白)还有什么指教？

香君：教言不止，纸有今宵来去功名(白)相公。

(扬琴中音)今天寒舍喜增光，何幸相公来困我是秦

淮女，春风恩临，情无量，全我正遂平时望。

朝宗：(唱)名花倾国还飘香，心仰望更羡才兼貌盖

世家芳，常带亲而相结交，日多令酬唱以慰我愁肠

晋君：（挂）君家本多才人佛学，

朝宗：（梆）好家本聪明人佛学。

（众人静止偷听）科上

二人：（挂）咁后意常要诗教，词赋与文章。

文聪：（梆）咪咁样之之（直落二王折板）我就做媒

作成我哥哥两人地久天长（梆花）佢兄弟心思为何？

朝宗：（花）佢心有才，觉全梆。

文聪：（前腔）将咁真正事事个个商量，贵君家是否

众：（合）

2—4

贞娘：（挂花）人遇女子人家文上将志思讲。

文聪：（白）真自所守守志我[illegible]情守吾[illegible]才郎。

地锦要狠 玉京、白门崑 [illegible] 全上介 我杨大爷有礼

来[illegible]（白）[illegible]

晋君把[illegible]

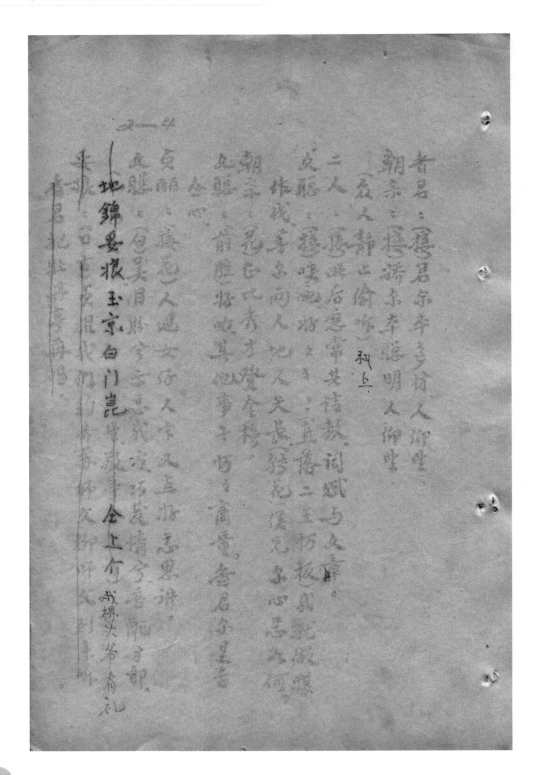

敬亭：（白）啊！原来侯公子，福台本在此，请坐。

乱蹏鈸。 嚜、实目、向贞娘这个何人

朝宗：（白）敢诸何处达谈、白是何处不相逢、又在此间楼上。

敬亭：（白）自与苏崑生脱离南院后、方要秦淮教唱、也不为斯党帮忙。

朝宗：（白）啊！原来这位就是苏崑生师父，明辨忠奸，景仰景仰。

崑生：（白）这位莫不是我们常常说起的侯朝宗公子，不独我等钦佩，香君也仰慕非常。

敬亭：（白）我来引荐一番，这是风流潇洒誉南京。

朝宗：（白）果是南京仙子临台上。

敬亭：（白）这是玖玖大名冠白门。

朝宗：（白）恰比白门柳色映春光。

敬亭：(白)这是

姜娘：今宵[illegible]先说[illegible]那姜娘。

我呼

唔使你讲

朝宗：(白言)快活如仙真要者。

崑生：(白)不要不要！

姜娘：(白)我为什么不要。

要当个妥

崑生：(白)有些那个

姜娘：(白)我不那个个之不知真什么说话。

个不知

(众大笑)

(众笑着，更盏介)

2—5

敬亭：(長白花)到我講(花)我与崑生亲教唱，醒着合

天形势不等高，我等今后明天走多趟，免你教书

敬亭、香君合唱曲来慰记(?)，(众人)又花香君查偶

公子本爱歌词，但是今天也是免心欣赏。

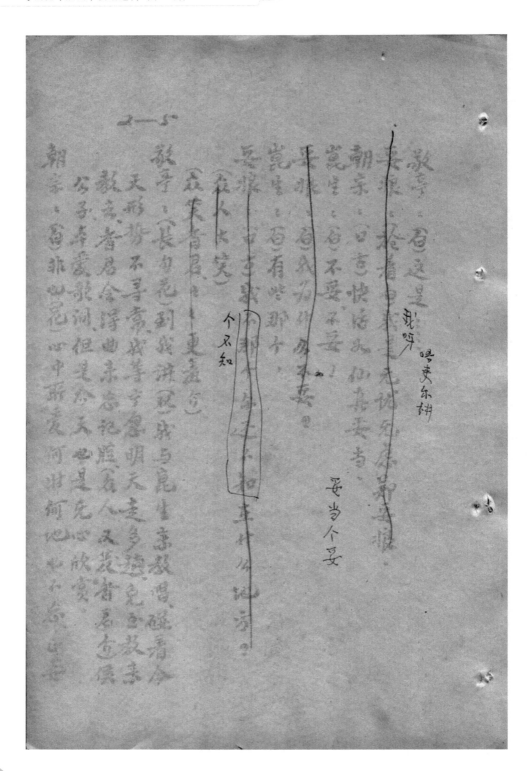

朝宗：(白)非也(花)心中所爱何谢何地也不忘

听两位师父唱音调铃，更敬听香居莺喉低唱。

文聪：（白）好好好好，（晃）大家陪伴佳儿到香居推阁，

羡谈欲唱其所胜。两位师父其媒人，香居来照

敬推辞。

贞丽：：（笼）各位如此香气，大众齐阁增光。

先来造媒人

（香君朝宗与众人合下）

学朝宗见礼出步男性

（一）（夏幕音宗大铖鬼集上，文聪画面内上相见（介）

大铖：（白）托真晦气，（双手）落排帮忙，陪被他们打死。

文聪：（接）一踢都是年轻人，吉红大火气。

大铖：（接）倘若魏公还在世，一网打尽通通死。

文聪：（接）如今谈不到，只有自己忍下气。

大铖：（接）我终为有一日（报雪先祖）

文聪：（接）怎么样？

2—6

大鉞：（机警地改口介，接）而他們成敗已，不如負社中誰最有名气。

丈聰：（接）算来係朝宗，争是高一切。

大鉞：（接）我欲托你作疏通，請你幫忙想法子。（以白）

丈聰：（花）若要疏通，除非李香君遞个秦淮名牌。

大鉞：（白）為什么呢？

丈聰：（花）你可替他花錢，跟合花魁撮合，朝宗定感高誼。

大鉞：（花）不違方兩三錢，似乎是不能表心思，除非是孫倉賠淺（附耳介）他就神不知鬼不知，那時他受了我錢，是不会與我為難對敵了。

丈聰：（白）唔……，妙計妙計（花）阮公國能解語，朝宗是也相宜。

大鉞：（白）非也，非也！

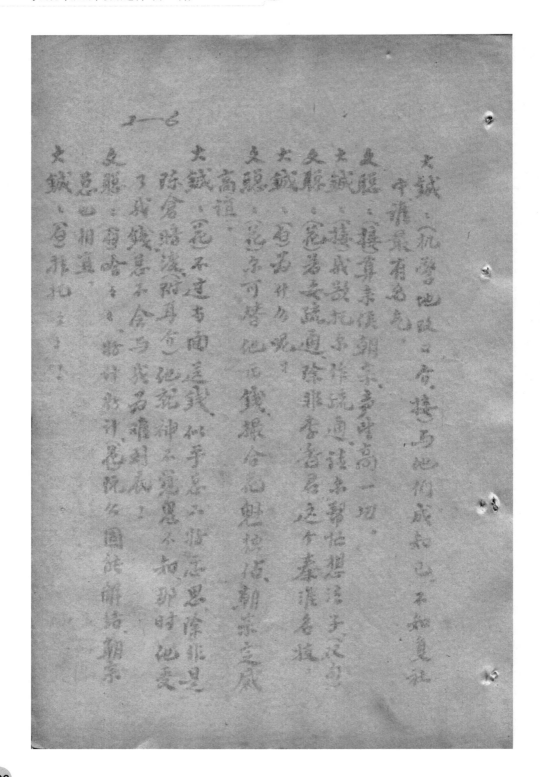

鶵下可以久聪意欲意

(二)这全在人语音稍宗秀君世重三了头拧在风尖

引路二人交拜完坐往坐下台)

頁細(自)音乞签字满年定文衣敬杯。

我唔合吏
咁就尔哪

2—7

敬亭：（白）才子佳人碧玉装。我们敬新夫妇一杯。
宽生：（白）香君能得风流婿，也应该自己饮。
丁娘：（白）夫人今宵洞房，公子应要自己饮。
敬亭：（白）香君还应敬公子一杯。
（反线和）交酒与香君（句）
香君：（合尺滚花唱玉交枝）六六上上五生五六工
接过葡萄酒
工尺乙士上尺工六尺　工工尺尺工尺上尺
不禁面含羞　低声呼句公子呀请
乙士五六上上六合　六六尺上士工上尺
饮交祝尔前程远大　如花似
工六尺五五尺反　六工尺上尺反上
锦　不辜负少年头
朝容：（白）多谢了。（中板）谢过香君劳玉手，隆情厚谊

5—
敬对
再开饮后
即接杯对
各人讲两人
饮过我地
再敬候公子

急相爵，有幸良缘今往就，天台刘阮往何留，但愿
钗迷此杯葡萄酒，细亲相爱到白头，(花)钗迷眷居
感谢迷各位贵宾光，玉漏嫁装忙入日(一饮而尽)
要妹〻(白)俟你要白饮完再敬眷居，奶唔奶
玉京〻(白)妹〻〻(花)新人不胜酒力，亲等莫强个宿
妹，不怕饮倒玉山错迷春宵好时光。
白门〻(花)玉京姐善待人，急因为曾经吃迷我们姐
妹苦头。
敬亭〻(花)侯公子有华盖世，之情诗咏合欢酒。
要妹〻(白)玉京叔〻〻我来作砚，公子挥毫一定相
得益彰，佳词并茂。
寇生〻(白道)系个面口就脱靴了，实在系合脱靴
脱靴，作砚还是眷居才合理由。
众人〻(白)对了，就眷居作砚罢。

2—8

香君：（捧硯白）

朝宗：（口古）題詩倒是不難，可是詩箋未有。

香君：（口古）公子就題在綢上，將情此扇永遠保留。

朝宗：（白）好極，好極，（題詩白）

敬亭：（念詩白）夫道朱樓一徑斜，王孫初御富平車，青溪全是辛夷樹，不及東風桃李花。啊，好詩，好詩，香君收下罷。

擇看睇完不好，俾我睇吓

安娘：（白）不太好。

敬亭：（白）為什么不好

安娘：（白）我都不及桃李花，寧愿今日就是辛夷樹。

不敢當 咁就笑

朝宗：（白）辛夷樹者，枯木逢春也。

蹤跡

（收大笑）

媳（白）枯木逢春，妙句（收）

敬亭：（白）妙絕，妙絕，花退正好布此酒與我等共送新人進洞房。

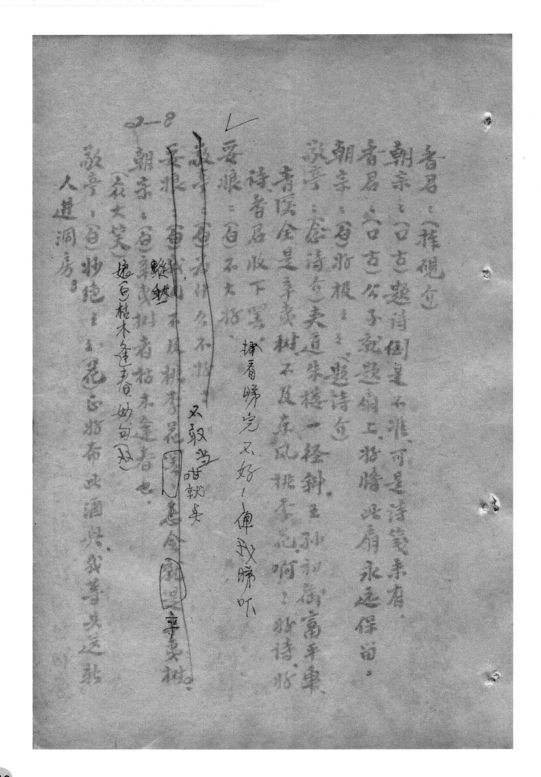

（落幕）

3—1

第三场　卸套

时间：上场之翌日

地点：婿香楼香君妆阁。

人物：香君、朝宗、贞丽、文聪、定生、次尾、敬亭。

（起幕香君对镜梳妆）

香君：（白）意满充他想，黑甜共一梦，凡女浓情如花

酿，枕上余香梦里尝（梆子慢板）六工士尺乙士

羞看红

合　尺乙士上尺工上、工士仕合上、上工尺

鸾　镜　不象从前镜里

上乙士合（合）乙六工六工尺乙尺尺合仕合士

人　香花烟　涧秋波

乙、乙尺士乙尺尺士尺乙士合、仕合、仕

婿　似樣着了心窝寄

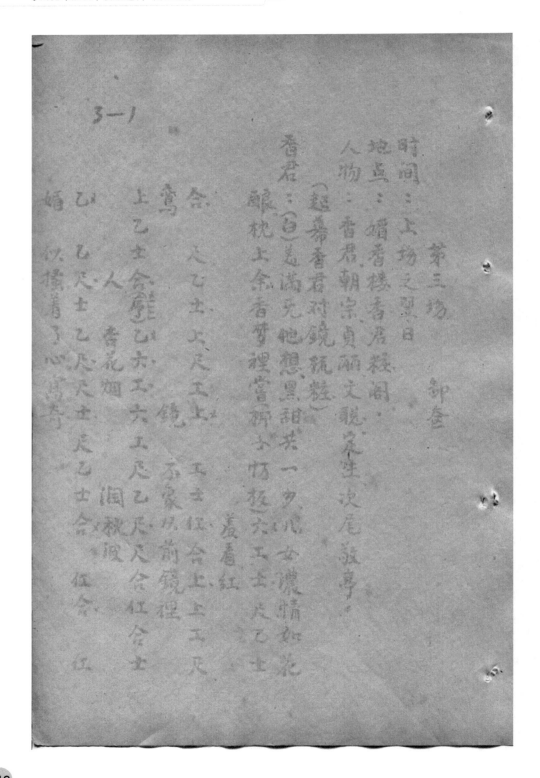

合、仜合士乙士乙尺士上尺工合上（豁）工合乙
舞　風流雅
士尺乙士上士上尺工上　士乙士合仜合士
望　表　俊
上合（豁）仜尺尺乙乙士合士（豁）士士仜士伬仜
郎　題詩宮扇　上　款款情意
伬士乙士合仜合士上合　（春風得意伴白）
長　（拿云扇欣赏愛护介）
（致朝宗、昨日題詩贈送自己时的态度介）
朝宗：（从后卸上偷窥介）
香君：（白）扇呀扇，扇上詩題桃李香，侯郎手澤正芬
芳。香君幸不输团扇，独結郎情——
朝宗：（从后白）万丈長、
香君：（畏羞以扇遮面介）

朝宗：（花古笑鉴）且看香君低首不敢仰。娇羞体态更是羞艳无双。

香君：（接唱）浅怨轻嗔怨向郎无状。偷吓人宗心乃太轻狂。

朝宗：（接唱）你自痴心怖々对扇讲，我只代她团扇答香娘。

香君：（接唱）任你舌灿莲花也难便饶放。我且轻々处罚（一才）

朝宗：（白）罚我呀！怎样罚法呀？

香君：（白）你猜々罢。

朝宗：（白）定是罚我吟诗了。

香君：（白）那有这样便宜的了。

朝宗：（白）那就难免有劳双膝了。

香君：（白）谁要你跪。

朝宗：（白）那罰我什么呢？
香君：（续唱）罰尔代我梳粧。
朝宗：（白）梳粧嗎？妙，极，！（凤阳花吉）信道罰
我何为干？，真是令我心花放，试看我梳粧何
等样，長雲震细挽盤龍樣，吾尔称讚合心腸，朝
朝我梳方安当。（反）（款梳）
香君：（白）且慢！（長花）吽句好侯郎尔果然為我梳
妆，难道不怕人家窥看。到那时笑我俩恩情一
夕，便竟尔嬉我在兰房，最怕吾娘姐，佢夜来刺
词锋，笑到尔难于抵挡。又怕楊大爷到来撞見
那时便难违非常。
朝宗：（白）那又何必怕呢？（中板）為妻画眉有張敞。
風流韻了世傳揚，我為尔梳粧同一样，要娘識
笑又何妨。（花）更不怕文聰到来，因為尔我姻缘

金靠他一人力量。

香君：（闻言）觉奇介（白）侯郎此话我尚未明白原因，何故我们婚乃靠他一个人。

朝宗：（梗）文聪和我本惯花丛，但是心头爱慕才女香君，因此常到秦淮与婧来亲近，媚香楼内他就作媒人。

香君：（梗）看此珠翠罗衣珍贵甚，是否侯郎自己破费买金。

朝宗：（梗）我身在客中穷且窘，大约文聪仗义助我金银。

3—3

香君：（白）他也是作客南京，那裡来这许多钱（花）京与他一向相交是否有非常情感。

朝宗：（口古）只是文学之交，而且相识于最近。

香君：（口古）此乃有些奇怪，待我（一）问娘亲。（白）小环。

小环：（上白）姐々叫我什么事？

香君：（白）代我請媽々上樓來，

小环：（白）不用請了，媽々和楊大爷快上来了，媽々还叫我命人預備酒菜呢。

香君：（白）那么你去預備罢。

小环：（下介）

香君：（白）文驄來得正好，正是要把金鈴解，

朝宗：（白）須我繫鈴人。

（貞麗文驄同上）

貞麗

文驄：（仝上口 白）果然起來了恭喜々々，恭喜你倆齐眉举案。

朝宗：（日 白）深謝成全厚义，更謝妙句催妆！

文聪：（口古）只是信手拈来有无用词不当？

朝宗：（白）妙，是妙极了，只有一件。

文聪：（白）那一件呢？

朝宗：（口古）香君虽小，也杰差之金屋，乌能怀中婀娜袖中藏。

（众皆大笑介）

文聪：（口古）自来定情，必有妙句好诗可否借来一看。

朝宗：（口古）只是草草塞责，恐怕贻笑大方。

文聪：（白）诗在那里？

香君：（口古）侯郎妙笔生花，就题在宫纱扇上。（交扇介）

文聪：（看介口古）好诗！好诗！正是一经品题声价十倍，美人妙句相得益彰。

3—4

朝宗：（花）我俩和诸如水，仁兄大德永难忘，不过礼物粗俗赠我太多，反令小弟更添颜汗。

文聪：（花）既成知己，用不着客气。非常小可，何足挂怀。不过礼物轻微，不象样。

贞丽：（白）不算少了！（白抗）统头锦、百宝箱、珠围翠绕、流苏帐、银烛笼纱通宵亮，送来这等厚粗俗，胜似亲生和自养。

香君：（减字芙蓉）深感杨大爷过意，送此珠翠罗裳。为了图报大恩，请你言明真相。

朝宗：（减字芙蓉）香君问得有理，受你礼重心不安。

贞丽：（揼）朋友好交情，礼重又何稀罕。

朝宗：（揼）不过杨兄与小弟，相交日子不长。

文聪：（白）侯兄（花）香君既是问及原因，我不怕明白讲。不过讲明之后，你不要怒上胸膛，我那有如

3—5

许多金，所有酒席粒蚕都是阮大鋮送上。
朝宗：：(重一才白)吓吓是阮大鋮的嗎？
文聰：：(白)正是！
朝宗：：(白)不好了！(花)我為甚糊塗若此，受了阮賊幫忙，恨我無力償還，難免被人家譭謗，洗盡西江之水也不能表白我心腸。你你你文聰你是何居心，陷我于奸人罗網。
文聰：：(求魚)我首先為你等地你地匹配成双，若非靠大鋮財物，怎能打動貞娘，其次大鋮虽是曾投閹党，但是如今覺悟，經已改變心肝，不料復社諸生还不識真冤枉，所以力求变结不外想你鼎力幫忙。
朝宗：：(口古)倘若他誠心悔過，我尚可能原諒，朋友面前疏通几句，亦可酌量。至于這筆粒蚕，小弟虽穷定当设法陆续还他款项。
文聪：（口吉）这又何必呢？既成朋友，互相帮助，好
应当。
香君：（白）公子你错了！（爽二王快板）你已被人出
卖，还说什么帮忙。阮贼大铖，谁不知是奸臣余
党，受尽世人臭骂，大爷何以为他偏帮，分明圈
套，佈成欲使相公声名毁丧。
文聪：（愁）一番好意，一个惹打，为我有什心肠。今日
米已成炊，还有什么可讲。
香君：（白）笑话！（快中板）你所言未免太荒唐。相公
声名人敬仰。秦淮一宿乃平常。磊落光明如火
样。断难诬陷说短长。（花）还珠翠（白）脱衣裳（白）用
去多少白银我叫亚妈送回你府上。
贞丽：（边拾起珠翠边白）香君你癫了吗？我那有

这许多良子还人啊。

文聰：（无可如何只好借云掩飾的笑介花）香君尔只知任情恣意，不計較公子危安。不難惹起禍根，斷為疑狗入窮巷。

香君：（花）謝尔美怀盛意，請尔代言阮賊章毋忘。説道侯朝宗未有受恩，斷不掩着良心替他將情讲。

貞麗：（白）香君，这样做就是看不起人家。

香君：（白）非这样做是看不起自己。

文聰：（白）只怕尔后悔无及。

香君：（白）只怕成认识不清。

貞麗：（白）楊老爷，香君小孩子脾气，請尔原諒他对阮大爷讲句好話罢。

文聰：（看々朝宗叹气下介）

3—6

贞丽：（陪定能下介）

朝宗：（花）香君真令我五体投地，尔它来品格确是

强，自怨我太糊塗，竟上了人家大当。（反）

香君：（花）人心难测，以后要謹慎提防。此乃全爲爱

我而来，尔才有受人欺诳。（饮泣）

朝宗：（花）香君莫来自责，免令我不安，看来巾帼胜

鬚眉，使我敬佩。（拱揖介）

小环：（上白）姐姐，陈公子来了

朝宗：（白）请他上来坐罢。

（小环下介）

（定生次尾冲头上）

定生：（先来执朝宗手花）是何道理？街上传说

纷纭，说尔爲奸党帮忙，受了金錢引诱。

次尾：（花）復社之内，个个疑雨疑雲。應即辯白原因

以免是非淆混。

朝宗：（木鱼）是我一时蒙昧黑白不分。落了奸人圈套，令我心痛如焚。阮贼大铖，心毒狠，知我素来仰慕香君，暗使文骢来牵引，愿为撮合作冰人，助我妆奁成合卺，绮罗珠翠费多金，刚对文骢来追问（三至恸极）才知妆奁费用出在阮贼一人。香君大义深明，经已退还礼品，还把阴谋揭露痛骂奸人。恨我自己糊涂，更恨阮鬍兒狠。

定生：（快中板）香君高洁确难能。误中奸谋何要紧。只求不昧自己良心。

次尾：（花）我等代你解释复社全人，更公布大铖阴狠。

3—7

朝宗：（白）多谢两位年兄。

定生：（口古）朝宗兄，最近马士英在南京拥立福王

竟然妄自封赠，回到身居相位，闻说投拢阮大
鋮，做他心腹，若果传说先说我等今后更应谨
慎，因为小人得志断不会放过好人。

朝宗：（白）小弟知到。

定生：（白）我们走了，此后小心为是。（门与次尾下）

香君：（口古）难道阮贼做官，就把天下好人杀尽。

朝宗：（口古）这也难说，阮贼为人凶险比狼更还厉
害几分。

文聪：（冲头上入门有些焦急，有些惭愧，竟说不出
话白）

朝宗：（口古）何必着着纠缠卖友求荣，岂是读书人
本份。

文聪：（口古）非也！只因你等操之过激，不肯听我
所云。今已惹下祸根，大鋮非常愤恨，向我姐丈

3-8

馬士英說宗国謀叛亂，已下令到拘人。

（朝宗香君重一才大惊介）

朝宗：：（花）阮賊果是衣冠禽獸，喪尽良心。

文聪：：（花）除非宗兄即逃亡，否則定遭不幸。

朝宗：：（白）逃亡？

文聪：：（花）我去把兵丁阻恸，侯兄快走為根。（下）

香君：：（先李老白）乃到如今怎样应付奸人，脱离危运。

朝宗：：（白）乃已受此我惟有远处逃奔。

香君：：（白）祇道一夕夫妻，便抱分离之憾。

朝宗：：（白）挨此并无别法，惟道我束手被拎。（反線中板）呼句李香君，从此奈何环境真使我心乱如楚。喜相逢千里有缘不菲，才見梅，好春光，花开並蒂，永期共賦白头吟。不料那奸臣，賣国弄权，

妾把好人来害，莫误有免成三字，今已老难(反

臨身。(花)纵走亦难，但不走亦难，惟有暂别香君

天涯远引。(十一)

香君：(乱弹中板)蒙公子不弃我庸脂俗粉，媚香共

结同心，方期相亲相近，谁知今天结祸来久，使

教相分，夫妻惨遭不幸，罵声阮贼不是人。

朝宗
香君：(二人合唱)嘆嘆可恨阮贼心肠太狠。

貞丽：(冲头上白抗)祸臨身(双)有一班差人，要拉侯

公子，向着我家行，公子快些走，免牵累我一家

人。

朝宗：(花)难迟半刻，一髮千钧，我俩立即分离，香君

保重身躯为要紧。

香君：(花)侯郎此去寒暑自珍，切莫为我撕怀，我绝

-9

不会辜負尔情感。

（朝宗下介）

香君：（白）候郎忉走！

（急入内取首飾金良交朝宗介）

香君：（白）候郎珍重！

朝宗：（白）香君保重！

（三拦介，朝宗貞酾下）

（香君暈介）

（落幕）

4—1

第四場　守楼

時：十月天时的一个晚上。

地：媚香楼上一个大厅。

人：李香君、杨文骢、李贞丽、妙珍、郑妥娘、卞玉京、寇白门、卫嘉、四壬兵。

香君：（二王首板）寒波鲛绡双句（起幕）需台上唱二王慢板）叶疏萧、花寂寞，人静情斜倚香奁，一片寒镜影、形形、形形彩、幽花难掩，似我薄命飘零，李香君、压钗怀，趣不筝不笑呢，拾了箫留多琵不倚弦阁调，谢却了红脂绿黛（乙凡）自许素面将绕、特长斋绣佛前，谁信有钱堪买笑，非关蕙实莫教五陵年少错认蓝桥（乙反中板）忆侯郎当日避祸，好好却像惊弦之鸟，舒一枝红开枝头扮天妒，狂风暴雨偏使花落飞萍飘，恨好人，流绒大钱就本是藕根心窍佈阳谋写成三字使我来要分数在一甸（寿曲铁南鼓巳）反钱侯郎远者天也远，云乱山高鸿雁杳，香闺情、绣户萧、孤自泪杜鹃，侯郎为你远走天涯路料，强饭加餐在自顾风寒、莫往和衣卧免得成病在心苗折损容颜（南音）满楼霜月夜迢迢、寒风料峭透冰绡，独立孤衾灯前情，枕锦罗衾冷如潮，人在秦楼心去了，长与侯郎共叙誓和朝奴为郎，移郎来晓，但愿侯郎功立（三工）高写三霄三落挟社稷，定奸邪，再续情缘来了，传程杆髻衾想恨对天明又来清。一幅锦妥稿去京白门同上亭

拍香君

妾恨、、可惜香君、、有存你你来京郑迎香她

呀了一生花香、、调你为你侍候不到难道妾

4—2

我哋各條腳相趾

香君：（白）不敢！

玉京：（口古）你秦文友名揮，香君靜以冥真空肯隨你動而生枕，（你道）貌岸然（態）（食衣唱）

白門：（口古）看破玉京祖多啲天禪理，便有啲神仙風味，不帶頹（？）

香君：（口古）什麼都不是。只是我有些神魂似有病魔纏繞。

（問這鬼是）

（對兩人講病唱）

女服…（白）…似…讀…在，所謂相思病…

香君羞進。

（裝取笑香君介）

（兩場呼喝介）

（對你本邊對貞麗問什麼話什邊）

貞麗：（口古）神秋上秋，紅粉中無非女子，禍真不小，禍因你病心似火，病相官羞看鏡，要讓與香君

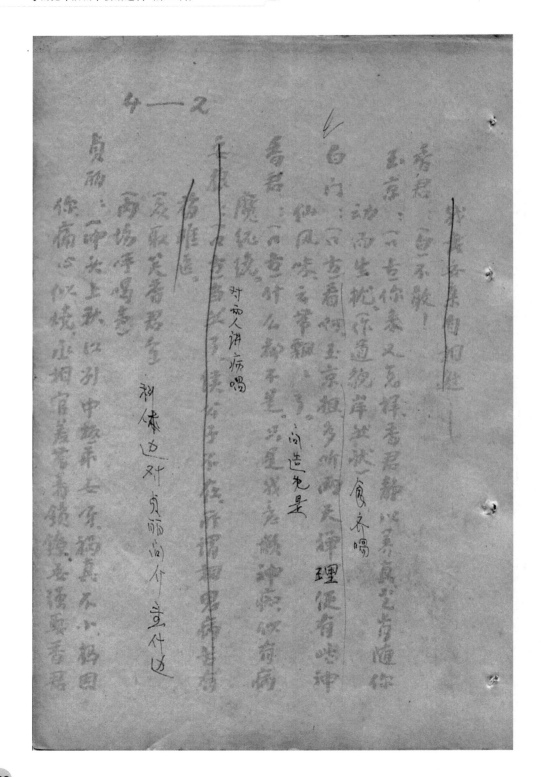

不讲道理定了。

（众人大惊不知所措介）

香君：（愤怒自骄要了）（喊字笑着走来要得这样容易，我不去奈何系。

杨龙：（话不如香君你错辞了。成错你来去对了。

贞丽：（张）官差如狼虎，急自收相镜。

香君：（哭）我不去又不从，誓守情贞，拼着几根骨头不要。

贞丽：（哭）我家香君若是硬了，嫁把性命去丢，倘有不测之时，叫我下半生靠谁照料。

（众人劝香君，强将香君推进里面介）

官差：（与众兵上，喝鱼郎介）叫李香君

众女：（怒目以视不作声介）

官差：（目古）你们一个二个是聋通，哑了，（官人假

4—3

不管人来捞他们，绑他看他敢不敢这样刁乔。

〔众兵欲绑众女，被文骢挡上〕

文骢：喝止（白）你们来做什么？

官差：（白）相爷有命下来，无论如何要带李香君回去送与田漕督受用，杨老爷来罢好了，我们不知那个叫李香君，请你指点指点，将得捉进轿里抬去。

我当好人后知不好

文骢：（白）好吧，你们出外稍候，我与他们谈谈。

官差：（白）时候不早，请杨大爷以快为妙。

〔与众兵下〕

文骢：（白）贞娘，香君在那里？

香君：（从内出白）在这里！

文骢：（木鱼）香君你性情执拗，每惹出祸端，当初不听人劝，定要退却妆奁，触怒大铖，他来忘旧况今番强娶，亦是他献议在先，不过我看朝宗亦不会将你来记念，远离日久，消息杳然，我知你倚靠他身来打算，不如就嫁漕督免生事端，何况相爷有命不到你不甘愿，试问有何本事与官府周旋。

香君：（甲）撼大爷说话来胡诌，当日你为媒成婚眷，如今又劝我嫁他回，莫看秦淮歌女贱，香君贞节永留存，定情诗宫纱扇，灯前誓别离言，是时时刻刻、常想念，一夜夫妻情不变。

贞丽：（哀）还求杨老爷解救，将我母女哀怜，一定衔环结草报大恩。（取丝绣像为纪念，哀求）

文骢：（表下白）我亦无能为力，惟有免祸只是香君嫁权，朝宗远走天涯，纵若三年不归——

香君：（白）我等他三年！

文聪：（续唱）十年不在？

香君：（白）我等他十年？

文聪：（续唱）连屏你就自己打算。

宜姜：（内场白）福太不快些吧，夜深了不可走路。

文聪：（向内白）我有分寸，你们再等一下吧（口古）香君你心比天高，命如纸薄，只怕不由你打算。

香君：（口古）穷苦人你靠文章食饭还是靠做媒人赚钱。

文聪：（乙反中板）胡言乱语似痴颠，看你如何能侍免，除飞插翼飞上天。

（宜姜内场大催促介）

卄——卄

香君：（快中板）铁石心肠难改变，贪图利禄忘德义，蛇鼠一窝来相劝，断定扫地廉耻何存。（花上句）

香君一气执手帕不免解人所话，令手帕向头上

仝去什边冤 自杀扶入

刺去，各人惊乱，把她劈刀夺去，她已流血晕
倒，血溅扇上，掉在地下，各人扶她）

貞麗：（上）见杨老爷，香君这般情景，不能让她去了，
求杨老爷想个法子解救她。

文驄：（笑）我已胸有成竹，你不用忧虑，香君既是无
福消受，做老人代嫁田宁你最方便。

貞麗：（叠一寸大惊）自要我去呀！（哭相思）

文驄：（唱）何须痛哭回宁，富贵好食好穿。

貞麗：（唱）又怕人宁认出庐山——

文驄：（唱）我自会替你来遮掩，

貞麗：（唱）正是死可奈何死可奈——

文驄：（唱）快些打扮莫延迟。

貞麗：（唱）舍不得乖女香君，使我肝肠寸断。（回看香君
我儿！阿妈替你去了！（哭拿

官美：（上前远望什么？之：）

（捆贞脑下秀）

文龙：（回过身的下以一口气回头先扣上宫扇枱

题个白香君节烈真堪羡，血溅宫纱扇上鲜，为

添枝叶成图画，写就桃花后世传，写扇个迷茫。

弔楼中人卧病，灯昏被冷有谁怜。

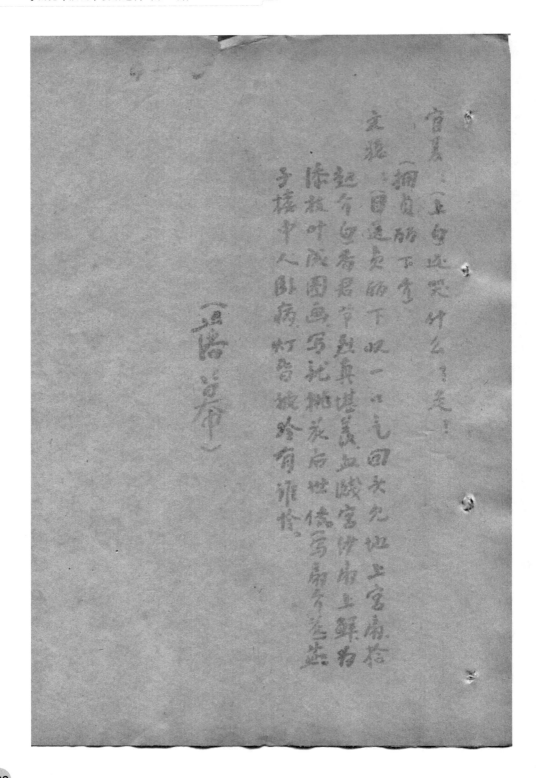

（落幕）

第五场　馬筵

時間：初春的雪天

地点：近郊的雲心亭前。

人物：馬士英、阮大鋮、楊文驄、中軍、快馬、蘇昆生、李香君、鄭妥娘、寇白門、四士兵、

（甲乙二兵上，打掃地方，准备酒席介）

甲兵：（口古）在家就要圍爐，出外就要賞雪，既大人真是個己擺來凍。

乙兵：（口古）他像我們嗎，他們狐裘皮襖，由头到腳裹上十几重（車声）

5—1

甲兵：（口古）實在近有什么閑心賞雪呢，聞說滿洲兵逼近南京，老百姓亦人人震动。

乙兵：（口古）總有什么好說，他們做一日大官享一日福，我們惟有做一日和尚撞一日鐘。

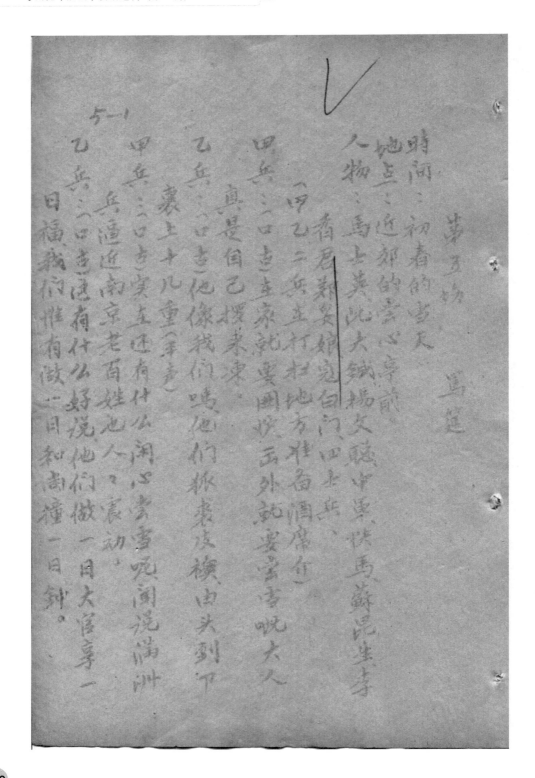

（中軍赶着苏昆生寒娘白门斋君及另一妓女上介）

中軍：（白）祇个々老懞懂（双的）是香想何归終，叫你快些行，你倆要怕了辛苦勁，分明未身氣打死你只老鱼公（打苏介）

昆生：（挺着任打，怒目以視不避开不呼痛）

中軍：（推苏行众随之，一路入亭没介）

甲兵：（看々摇头叹息介）

乙兵：（但不要叹氣了，他的中軍是這样做起來的快些打扫吧！（二人急忙除掃介）

（要狀兒排子大鋮文驄同上介）

文驄：（白）風流時要又遭逢。

大鋮：（白）六朝金粉織綸通。

文驄：（白）光閃皮靴雕繡面。

6—2

大鋮：（白）嶄新新樹陌村桃紅。

（二人相對大笑介）

文驄：（白）庭和贊作長花結綵，嶺色與地氣清涼，人家所用，一樣佈置大不同，黛碧峰前霜雪楓，綠瑤樓角林徽紅，几樹梅花亭外種，山翁如畫畏園中，聯挂聖上，都說道阮大老華主人。

大鋮：（白）不過我見相爺身居涧亭，未知村風野趣，亦見寓特設雅游詞亭中，賞雪看梅，更有秦淮歌女來侍奉。

文驄：（白）今近準備了秦淮歌女了，真是先得馬相爺之心了。

大鋮：（白）這些秦淮歌女，本來是我預備好要獻給皇上看的，不過宣本宮入宮演戲之前，咱們他們篷蓆有酒，已是要來陪雪藩青畫看要桃花又对花，岂不更妙。
文骢：（白）方才陈公提得到，妙极，妙极。
（内吵吵马相爷到，杨先生整衣出迎介）
士英：（与众侍卫上介）
大铖：（白）老相爷屈驾光临，晚生有失远迎，个知罪重。
士英：（白）今天难得集只是私情聚会，何须执礼过恭。
大铖：（白）谢过老师栽培。
士英：（白）闻说阮老所写的戏本，甚得主上非常爱重。
大铖：（白）都是主上恩深，大约还几天可以上演宫中。
士英：（白）山园林觅何花锦绣，可以山民作草，何是样嗟

如土那来旁，此处风景宜人，可惜未有丝竹之
声为雅颂。

文聪：：（花）况老深知相爷雅趣，有陶学士、党太尉之
风，早选玉色歌女数名，好诗筵前侍奉。

士英：：（白）妙极！！、

大铖：：（花）杜重章恭蒙枉驾，足见师相恩渥，聊备声
色助清谈，以表晚生诚心敬重。（白）师相请。（三人
埋位介）人来，带歌女上来。

中军：：（领命下带众歌女从旁上介）

（香君与昆生行最后，中军从旁催促要娘轻轻
劝说，二人才略行进一些）

5—3

文聪：：（见是香君惊尘，心里有些不安）

大铖：：（见昆生带着愤恨和激激地（白）呵，我估道是
谁，原来是当日不辞而行的苏昆生，你又怎料

到老夫还有今天呢？？这来日子过得好吗？？
昆生：：（冷笑白）本人惠好旧时好日子却比旧时坏了、
大铖：：（冷笑白）好吧！！你们快些上前拜见相爷、
（香君怒昆生危浩、昆生也怒香君危浩、因此互相示意不跪但自己却不跪要娘等拖他们充奈与众人一齐下跪叩完起立介）
大铖：：（白）老师相、这是秦淮河上最有名的歌女来了、你们在相爷面前报上名来：：
（众女报名香君不报）
士英：：（白）你叫何名字为何不报？
文骢：：（急代白）她叫李贞丽、
士英：：（白）丽而未必贞也（大笑）
（文骢大铖同笑）
大铖：：（白）李贞丽快些清歌一曲为相爷侑酒、

香君：（白）我不会唱！

士英：（白）不会唱曲，怎能演戏？

香君：（白）我根本不会演这些戏，

大铖：（白）哇！大胆李贞丽，胆敢违抗相爷，知机者快快唱来，稍有迟延，莫道阮大人手下无情。

香君：（一听阮大人三字如有所触白）哦难道上坐的就是阮大铖大人么？

大铖：（白）正是！

香君：（白）好个阮大人（对马）启禀相爷，小女子满腹含冤歌唱不能，还求相爷准奴申诉，万代沾恩。

士英：（白）小小年纪，却有什么冤情呀吓？

5—4

香君：（白）相爷容诉呀！（西皮）我夫妻恩深义厚，强被分张，我娘亲遭兇暴，被人强抢，

文聪：（白）李贞丽，今天相爷在此行乐，还是清歌一

曲有宽孩日再浒罢。

香君：（白）杨老爷奴家竟苦，你也全知，难道不值得一浒吗？

士英：（白）光天化日之下，谁人大胆做出此恶霸行为呀吓？

香君：（白）相爷再听呀（西皮）那官喜奉上命，恶似虎狼，满朝中偏多是奸臣馀党。

（重一才马既杨大为震动介）

（众歌女也为之危惧）

士英：（大怒花）胡言乱道，竟敢污辱朝堂，该打咀巴，惩戒那贱人狂妄。

文聪：（白）且惊（花）谅他身为歌女，未必胆敢骂张，或是出言无心，致有一时冲撞。

大铖：（花）闻得贞丽是天如品题之妓，自然放肆荒唐、宋、汉总戒一省，以儆东林乱党。

文聪：（白）且将看他小小年纪，未必就是那个李贞丽吧？

尚君：（白）切齿（白）就算是他，又待如何？（快将板）东林党人数重，忧劳国事终日奔忙，魏忠贤为奸佞，身亡不久余党又列朝堂。（中板）半壁南朝虽有望，看来不久便全亡。富贵荣华官坐享，流离百姓受饥寒。鞑子兵来势悍，如破竹渡淮黄，（花）我们选色征歌，莫非良心尽丧。

大铖：（白）哼！（快中板）奴才胆大确非常，竟与东林同一党，结连复社乱朝纲。（花）吩左右推出亭前斩首报上。

文聪：（白）且将（花）歌女不知天高地厚，致有说话荒唐，东林复社尽文人，未必小小歌女为同党。

5—5

士英：（白）对！贼妇何难处死，推去斩首太紧張，这是将她绑在雪中，是我相爷度量。

大鋮：（口白）对！对！这是师相想得到，任她冷毙雪中，更要多人来将贼人绑在树下，我们饮酒赏雪，与师相继续称觴。（白）請酒。（饮介）

香君：（被绑雪中冷至晕厥，众女哭泣介）

探馬：（冲头上，白）报！

士英：（白）何事？

探馬：（白）满洲兵渡过黄河，直迫南京，相爷定夺。

（众大惊，手足无措介）

士英：（白）这还了得！（花）快些备馬，通知合家大小逃亡。

大鋮：（白）我们怎样呢？

士英：（白）你们自己打算罢！（急下）

5-6

（大鋮文聪也匆匆忙下）

（众女鲜子香君乘纷乱中逃下）

（落幕）

第六塲（重會）

時间：緊接上场二幕。

地点：荣真菴。

人物：卞玉京、李香君、蘇崑生、柳敬亭、侯朝宗、小环。

玉京：（長句花）

看起繁落难逃刼運。

香君：（打引上白）人间好比红炉火，可使成灰可炼金。（上前白）卞師父，呼我出来有何見教？

玉京：（白）香君，你自到此间，鬱鬱不乐，莫非山菴草陋，有所嫌弃不成？

香君：（白）卞師父，故旧情深，此身有寄，於願已足，何最有憾，不过——

玉京：（白）不过什么？

香君：（二王过板）侯郎至今雁杳鱼沉，香君夜夜枕
边凝泪仰无奈，恨相分，帝国快沉沦，痛难深，侯
郎曾誓挽狂澜，矢志立功勋，成败也少音讯。
王京：（三脚凳）古道吉人自有天相，定祸化为吉，你
掛亦掛不来，賺得徒伤感。
香君：（接）我又曾寄桃花扇托柳师父一行去了，已
多时依旧无音问。
王京：（接）皇天终有眼，不负苦心人。（花）将来他大功
告成，你一定夫妇重逢欢乐甚。
香君：（花）多蒙拯慰，谢你爱护情深，但愿平外寇靖
狼烟，侯郎元志归来，不负我守楼苦困。
小环：（大叫入门白）香姐姐，你看看门外谁人来
了？！
朝宗：（飘然入，有说不出的心情）

6－2

众人：（惊喜交集意外地，全白）侯公子（停顿了一联）
香君：（悲声白）侯郎！！
朝宗：（沉痛地白）香君！、
（二人哭相思众人也为之黯默）
朝宗：（花）今日相逢如梦，是悲是喜也难分。香君呀
你为我捱尽艰难，我自问心惭愧甚。
香君：（挥泪）罗吉村微千表情，欲言又不好意思（介）
众人：（见状互相示意，卸入介）
朝宗：（白）香君何故欲言又止呢？，
香君：（望过众人才收罗香唱反线中板）含悲啼泪
诉前尘。自是（方）为牵挂甚。两字相思绕梦魂。我
警过万苦千辛守爱恩。岂容奸贼强迫婚。（侯）扇
上桃花鲜血印为郎守节苦犹甘，别后恨难言
不尽问天寄剖衷奴心（花）今日得再重逢真莫

如天之幸。

朝宗：(长句二王)谢你文学情深，真使侯郎铭感。守楼保節，独有我人，(微)好比冰雪晶莹高洁，甚好比梅花清秀耐寒，使我无以相酬，徒有眼寸功未立，枉有锦绣才能，今日有幸相逢，足慰我生离之感。(小红灯)我俩自今情无憾，团圆扇与人。

(拿出扇)

香君：(接)感君恩，爱奴义更深，桃花扇还带身跟。

众人：(卸上介)

朝宗：(接)记得往日情，

香君：(接)扇里诗深蕴，

香君
朝宗：(同唱)海枯石破终不泯。

玉京：(花)但愿我佛慈悲常保佑，等你妇随夫唱不相分。(武古喊)杀连天，真真令人心惊胆震。

6-3

敬亭（冲头敬亭上）

敬亭：（白）侯公子香君（花）山河已破国难方殷田园不久化灰烬，敌子渡河临已近，英雄重逢久别正欢欣，但是公子常怀亡国恨，应知妻为子散尚有好多人。

香君

（香君剔字书头一棒如梦方醒音乐衬过程）

香君：（新曲暮鼓晨钟）当头一棒如梦醒，真令我惭愧万分，说什么恩恩爱爱儿女情深，鞑子兵将临近危急存亡须剖分，抗鞑子请纵气，千人万人流鲜血，桃花血扇何足云（看扇扬头介）撕却定情诗，（稍撕扇）撕却鲜血痕，（香撕扇）应随铁骑逐征尘。

众人：（齐唱）莫负报国心，莫教胡虏侵。（尾声）

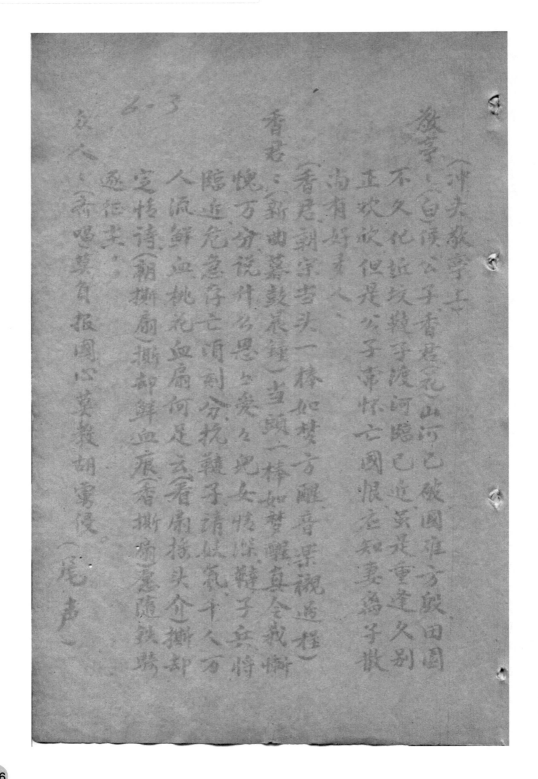

根据《西游记》说部编撰神话剧

孙悟空大闹天宫

南方剧团创作组编撰

<table>
<tr><th>剧中人</th><th>当剧者</th><th>剧中人</th><th>当剧者</th></tr>
<tr><td>孙悟空</td><td>蒋世芬</td><td>素衣仙女</td><td>苏丽莲</td></tr>
<tr><td>银衣仙女</td><td rowspan="2">徐人心</td><td>黄衣仙女</td><td>金缕衣</td></tr>
<tr><td>观音</td><td>哪吒</td><td>罗响凡</td></tr>
<tr><td>李靖</td><td rowspan="2">曾三多</td><td>张道陵</td><td rowspan="2">白少棠</td></tr>
<tr><td>杨戬</td><td>太上老君</td></tr>
<tr><td>李长庚</td><td rowspan="2">颜铁英</td><td>王母</td><td>陈少芬</td></tr>
<tr><td>木吒</td><td>独角鬼王</td><td>周剑锋</td></tr>
<tr><td>玉帝</td><td rowspan="2">小觉天</td><td></td><td></td></tr>
<tr><td>土地</td><td></td><td></td></tr>
</table>

第一场　凌霄殿

［“碧天”牌子头一句。起幕。

［“水底鱼”锣鼓。李长庚、张道陵、千里眼、顺风耳上，收掘。

长　庚　（诗白）银銮金阙绕云烟。

道　陵　（诗白）仙草奇花香气传。

千里眼　（诗白）玉兔朝王坛畔过。

顺风耳　（诗白）金乌参圣伏阶前。

长　庚　（“担纲口白”）众位上仙请了！天鼓大鸣，玉帝临殿，我们一同参见。

众　仙　（白）有请！（一同背立介）

（笛子“粉蝶儿”。四仙童、四仙女、宫灯、御扇引玉帝上。）

玉　帝　（埋位介）（诗白）天姬擎御扇，玉女伴金銮。

［众仙同参见介。

玉　帝　（白）平身。

众　仙　（白）谢玉帝。

玉　帝　（念“口鼓”）众仙卿（介），今早设朝，仙吏天官云集凌霄殿。有何奏本，呈上皇前。

道　陵　（念“口鼓”）现今海晏河清，三界同归一善。

千里眼　（念“口鼓”）虽有神人魔怪，万物都同服至尊。

顺风耳　（念“口鼓”）况且孙悟空已任弼马温，此后唔慌佢在下界扰乱。

长　庚　（念“口鼓”）所以啫，我李长庚主张招安妖猴上仙界，实在已计出万全。

玉　帝　（念“口鼓”）系呢，佢做咗弼马温，咁佢现在嘅情形究竟又点？

长　庚　（念“口鼓”）佢日夜勤劳安于职守，养得啲御马好肥添。

玉　帝　（大喜介，唱“慢弹烛花”）

李仙卿真高见（双）。

那妖怪服了帝前，

卓算预谋凭卿献。

［内场御马监丞叫喊声介。

玉　帝　（诧异，唱“快滚花”）

灵霄殿前谁个喊声一片？

分明斗胆有犯尊严。

张天师速去擒此罪臣到来责谴。

［张道陵领旨下介。

［张道陵拉御马监丞“叻叻鼓”上介。“开边”入门，摔御马监丞跪下介。

监　丞　（白）参见万岁！

玉　帝　（“掷槌”，关目，念“口鼓”）唏，大胆御马监丞，竟敢喧扰金殿。

众仙卿（介），此人该当何罪？

道　陵　（念“口鼓”半句）应该重责笞鞭。

玉　帝　（白）人来打！

监　丞　（拦介，白）且慢！

（念“白榄”）

微臣知罪谴。（双）

因为有急事，故此叫声喧。

玉　帝　（念“白榄”）

究竟为何因，快奏明一遍。

监　丞　（念“白榄”）

弼马温作反（“一槌”）——

玉　帝　（急白）吓，弼马温作反？（“掷槌”，众同关目介）

（念“秃头白榄”）

究竟为何端？（双）

监　丞　（念“白榄”）

因为只妖猴，不服天调遣。

佢话怕拘束，因此反出重天。（双）

［“的的撑”，众人同关目介。

玉　帝　（怒介，唱“花下句”）

原来妖猴性难拘束，不愿为佛为仙。

又怕佢野性难驯，众卿有何妙计将佢制掂？

长　庚　（唱“花下句”）

石猴天生神勇，而且妖法无边。

实在制服甚难，急则恐防生变。

道　陵　（白）咗！

（唱“花下句”）

区区妖猴何须顾虑？岂容佢罔上欺天。

请万岁大振天威，把神兵调遣。

长　庚　（拦介，唱“花下句”）

万岁勿听天师胡言煽动，还需策划周全。

微臣仍力主招安，以免兵亡将损。

玉　帝　（不悦介，白）呸！

（唱“快点下句”）

再行招抚失威严。

官封弼马温尤猖乱，

妖猴泼野罪难原。

叫监丞（介），

（唱“滚花”）

即宣托塔天王来觐见。

监　丞　（白）领呀旨！（出门向内白）呔，万岁有旨，李天王朝见。（衣边卸下介）

李　靖　（内场白）来呀了！

（“锣边花”持塔上介，唱“滚花下句”）

披戎装（介），擎宝塔（介），步上金銮。

叫先锋（介）——

［巨灵神“开边”，衣边上介，“一槌”，同扎架。

李　靖　（续唱“滚花”）

唤吾儿（介）——

［哪吒脚踏风火轮什边“开边”上介，“一槌”，三人同扎架。

李　靖　（续唱“滚花”）

一同上殿。

三　人　（“开边”，车身入殿介，白）参见万岁！

玉　帝　（白）众卿平身。

三　人　（白）谢万岁！（“开边”，分边立介）

李　靖　（念“口鼓”）万岁宣召微臣，有何差遣？

玉　帝　（念“口鼓”）因为弼马温反出南天门外，特命你擒佢回天。

李　靖　（唱“滚花下句”）

可恨妖猴擅离职守，藐视天尊。

请玉帝（介），颁旨微臣，保管擒得妖猴回转。

玉　帝　（白）好呀！

（“撞点”起“爽中板下句”）

果然忠勇两双全，

晋爵加官听皇封选。（介）

李　靖　（白）臣——（介）

玉　帝　（续唱“爽中板”）

降魔元帅你承肩。

李　靖　（唱“中板”）

身沐天恩心欢忭。

玉　帝　（唱“中板”）

　　哪吒英勇要当先，

　　将你提升听皇励勉。

哪　吒　（白）臣——（介）

玉　帝　（接唱“中板”）

　　三坛海会大神仙，

哪　吒　（接唱“中板”）

　　宠惠有加承恩典。

玉　帝　（接唱“中板”）

　　立即前去莫迟延，

三　人　（同唱“中板”）

　　拜别天颜将兵遣。

［三人“四鼓头”车身，出门扎架介，同下。

长　庚　（摇头叹息介，白）玉帝！

（唱“长花下句”）

　　今次动刀兵劳征战，李靖虽强恐怕难操胜算。

　　事关妖猴仙胎玉孕有根源。

　　饱吸日月精华，学成七十二变。

　　佢神通广大，李靖未必能与佢周旋。

玉　帝　（白）咗！

（唱“五槌滚花”）

　　难道天将天王都不及妖猴手段？

（白）定啲喇，睇住捉只马骝番来叻。

［内场擂战鼓介。

李　靖　（内场喝白）杀败了！

（冲头拖枪上介，跌地介，起身唱“五槌滚花下句”）

　　杀到我兵穷矢尽，骨痛腰酸。

唉吔吔，败阵逃回，羞惭满面。

（“拉士字腔”介，入殿跪下叩见，白）罪臣李靖杀败回来，丹墀待罪。

玉　帝　（大惊介，白）乜话，杀败回来？（“擗槌”介）

[众仙大惊，“擗槌”，关目介。

玉　帝　（念“口鼓”）李仙卿暂且平身，奏明如何败战？

李　靖　（念“口鼓”）容臣觍颜奏禀，请罪圣前吔。

（起身，唱“霸腔芙蓉下句”）

追逐妖猴厮杀，在半云端，

难敌定海神针，杀到筋疲力倦。

哪吒幼子已伤及胸肩。

（唱“滚花”）

巨灵神亦惨败回来，请万岁恕臣罪愆。

玉　帝　（愕然介，唱“滚花下句”）

估不到野猴有此本事，李卿难奏凯旋。

剿灭于他，众卿有何良谋贡献？

道　陵　（白）万岁！

（念“白榄”）

忙启奏，我天尊！

妖猴作恶扰重天，

再命九曜星二十八宿同出战。

四大天王助阵，复由李靖掌兵权。（双）

李　靖　（摆手介，白）不敢！

（念“白榄”）

掌兵权，曾败战；

臣无勇，将不前。

统领各神兵，天师应入选。（双）

道　陵　（愕然介，白）吔吔，点得呀？我只晓得除妖捉怪，讲到打仗我就冇符

嘅嘢。（介）

长　庚　（哈哈笑介，唱“木鱼”）

天师不敢做神兵统帅，（介）

李靖又不敢执锐攻坚。（介）

此猴猖獗一时无法周旋。

此事看来招安最为上算，

封他一个有官无禄，养住佢在天边。（介）

玉　帝　（插白）哦，即系畀个空衔佢吖吗？（介）

长　庚　（白）系啰。

（续唱）

佢系下界妖魔，不懂得品从贵贱。

（秃头唱“二黄下句”）

等佢邪心尽敛，不再多惹事端；

庶几海宇清宁，

（“一槌”，转唱“滚花”）

三界都一毛不损。

玉　帝　（白）好好好！

（唱“快点下句”）

金星多智不虚传！

定计招安真卓见，

随机应变且从权。

待我写诏书（写介），

你莫辞劳，再见妖猴一面。（交诏书介）

长　庚　（接诏书，唱“滚花下句”）

谨遵圣谕，重到花果山前。（介）

［幕落。

第二场　水帘洞

［布景：正面洞口两边刻“花果山福地，水帘洞洞天”；侧瀑布，什边日出水景，台口藤树。

［大笛吹“到春来”头一句做引子，食住起幕。

［慢“急急风”无限次，日渐升介。

［悟空食住“急急风”，打级翻，什边上介，复打入什边。

［“四鼓头”。悟空持金箍棒食住“四鼓头”打半边月上，扎架介；“马荡子”锣鼓晒马骝身形，什边扎架。牛魔王、猕猴王、蛟魔王、鹏魔王、禺狨王、狮驼王“叻叻鼓”上。半圆台，洞前扎架介。

［四猴兵逐个打级翻上，分边。七王立中，“四鼓头”扎架介。

悟　空　（“一槌”，诗白）

手擎定海宝神针，一万三千五百斤。

怒展神威施手段，天兵天将乱纷吖纷。

（食住“三槌锣鼓”扎架介）

［众人同“三搭箭”笑介。

悟　空　（唱“五槌滚花”）

可笑李靖无能，哪吒败阵。

一轮棒扫，仿若风卷残云。

水帘洞（介），花果山（介），岂容挑衅。

牛魔王　（念“口鼓”）大王飞腾变法广无边，杀到山摇地震。

猕猴王　（念“口鼓”）大王你以一化千、千化万，满天神将已豕突狼奔。

蛟魔王　（念“口鼓”）梗系喇！（对猕猴王）大王法广神通，所以玉帝至将佢高官封赠。

鹏魔王　（念“口鼓”）大王既受仙禄，一定住嘅系琼楼玉宇，食嘅系海错山珍。

猸狨王　（念“口鼓”）自从玉帝请大王上天，一定官居极品。

狮驼王　（念“口鼓”）系呢大王，你一回山洞立刻有天兵来犯，究为何因？

悟　空　（唱“霸腔滚花”）

众兄弟欲明此事，待我细说一匀。

当日在天官封弼马温，言来可恨。

牛魔王　（唱“滚花下句”）

大王既是仙班名列，何以尚有恨于心？

究竟弼马温是何职何司，官居何品？

悟　空　（白）听道吔！

（唱“霸腔芙蓉下句”）

休提个官字，只是监督养马为真。

职份虽微其实束缚甚。

御马许肥不许瘦，旦夕管理要殷勤。

倘若御马有损伤，就要严加罪问，

难逃重责，祸临身。

（唱“催快中板”）

苛刻诸般难再忍，

愤然弃职转山行。

（唱“滚花”）

玉帝因此发兵，至会杀到天昏地暗。

六妖王　（“的的撑”，关目，唱“戏妲己尾腔”）

唉吔吔，如斯虐待确实难堪。

（同念“扑灯蛾”）

禀大王，何须愤；既回洞，实开心。

在福地洞天逍遥快活甚。

朝夕同耍乐，相见又相亲。（双）

悟　空　（白）相见又相亲。（“掷槌”介，“三搭箭”笑介）

（唱“滚花上句”）

众兄弟义厚情浓，令俺非常铭感。

小　妖　（冲头上介，白）启禀大王，有个独角鬼王要见。

悟　空　（白）带他到来。

小　妖　（白）遵命！（下介）

［“地锦”。独角鬼王持赭黄袍，小妖引上介。

鬼　王　（白）拜见大王！

悟　空　（白）贤王到访有何贵干？

鬼　王　（念“口鼓”）久闻大王招贤，无由见觐。今知你受了天禄，得意归临。特献上一件赭黄袍，与大王庆幸。若不嫌鄙贱，并请收纳小人。（递袍介）

悟　空　（接袍介，“先锋钹”看介，白）好个赭黄袍！（“三搭箭”笑介）

（唱“滚花下句”）

多谢贤王意重，令老孙感激殊深。

试着赭黄袍，睇下合唔合衬？（“水波浪”看袍介）

众　人　（“开边”参见介，白）参见大王！

（齐唱“三字经中板”）

同参拜，喜欢腾；

着黄袍，威风凛。

惊天地，动鬼神！

（唱“滚花”，一字一板）

四海千山，皆伏大王德荫。

鬼　王　（唱“滚花下句”）

大王上天十数载（“一槌”），

悟　空　（插白）冇吖，不过十几日啫。

鬼　王　（白）十几日？哦！

（恍然续“滚花”）

咁就天上一日，下界一载光阴。

敢问大王，官封几等？

悟　空　（白）唏！

（唱“滚花下句”）

玉帝轻贤无礼，封做什么弼马温。

束缚难堪，宁可回山泉归隐。

鬼　王　（念“口鼓”）启禀大王，你有此神通，使乜同佢养马咁笨？就做个齐天大圣，亦有本能。

悟　空　（白）齐天大圣？（“掷槌”，想介）

众　人　（白）好呀大王！（“开边”，齐上前参见白）参见齐天大圣！

悟　空　（白）好好好！

（唱“快中板下句”）

既然兄弟有此心，

拥戴老孙情切恳，

齐天称号照施行。

（唱“滚花”）

我既大圣之称，你地应该各称名分。

牛魔王　（念“口鼓”）我称作平天大圣，名堂与天一争。

蛟魔王　（念“口鼓”）我称作覆海大圣，因为我擅在海里翻腾。

鹏魔王　（念“口鼓”）我要混天大圣之称，因为我能飞万仞。

狮驼王　（念“口鼓”）我称移山大圣，因为我力大无朋。

猕猴王　（念“口鼓”）我称通风大圣之衔，具有通臂奇能，非常灵敏。

猬狨王　（念“口鼓”）我号驱神大圣，天兵天将一见我就飞遁狂奔。

悟　空　（念“口鼓”）独角鬼王，前部总督先锋由你担任。

鬼　王　（插白）谢大圣！

悟　空　（念“口鼓”）系咁升起齐天大圣旗号，操练一匀吔。

［小妖卸入升旗介，复卸出介。

［起慢板锣鼓，悟空领群猴舞蹈，“四鼓头”扎架介。

悟　空　（唱“爽士工慢板下句”）

刀与枪，矛共剑，要苦练辛勤。

舞金戈，挥铁锏，尘飞沙滚。

（“叻叻鼓”，舞蹈过位，“四鼓头”扎架介。）

（念“秃头白榄”）

想当日，别同群，寻师去，学长生。

岂料花果山，儿孙遭不幸。

混世魔王真可恶，横蛮无礼竟相侵。（双）

（唱“慢板下句”）

俺老孙归来后，才得扫荡妖氛。

教儿孙，应当要，毋忘此恨。

（“叻叻鼓”舞蹈过位，“四鼓头”扎架介。）

（唱“慢板下句”）

为保山，勤习武，防范魔神。

（唱“七字清”）

况且人世相距近，

恐他早晚祸殃临。

（唱“滚花”）

为保安宁，在对山列阵。

六妖王　（唱“滚花下句”）

且看旌旗蔽日，剑戟如林。

［悟空率领众猴舞蹈，衣边下介。小妖留场看洞口。

［“撞点”。长庚持圣旨上介。

长　庚　（唱“长句二流”）

离天界，下凡尘，风送彩霞飘飘引；
就在水帘洞外驻足停云。（合）
果是好名山，高万仞，
奇峰峭壁更有玄鹤灵禽。
不少寿鹿仙狐，也有麒麟卧寝。
衬住奇花瑶草，翠柏松林。
乍听风弄竹声，仿奏广寒仙韵。（止）

（“一槌”，念“诗白”）

正是一条涧壑藤萝密，四面原堤草色新。

百川会处擎天柱，万仞无移大地根。

（唱“士工滚花下句”）

看不尽山光水色，赏不尽绿叶花阴。
待我驾祥风（“一槌”开边，舞蹈过位介），
降彩云（“一槌”开边，舞蹈过位介），
已是水帘洞近。（急整衣冠上前介）

小　妖　（“先锋钹”，上前拦介。念“口鼓”）吠，何方妖仙，胆敢到花果山胡混！

长　庚　（念“口鼓”）我乃玉帝天使，名号李长庚。今奉御旨到来，把你大王封赠。

小　妖　（念“口鼓”）哦，原来你系天使。（望衣边介）大王已经来紧嘞，我替你代陈。（白）你企埋一边先。

［李长庚什边下介。

［“地锦”。悟空率领众妖王、猴兵上介。

小　妖　（上前参见介，白）启禀大王，现有天使李长庚要见。

悟　空　（白）李长庚要见？（“掷槌”，锣鼓白）好，上次李长庚请我上天，使我老孙略识天门路径。今次再来，看他有何好意？吩咐众弟兄（介），列队恭迎！（介）

[“小开门”，李长庚捧旨上介，见礼毕。

悟 空 （白）迎接来迟，请老星恕罪。

长 庚 （白）何须客气。

悟 空 （白）请问老星到来，有何见教?

长 庚 （白）不敢。

（唱“长句滚花下句”）

且听我，有言陈。上回请你上天行，

官封弼马诚非分。官卑职小委屈你才能。

现在玉皇亦抱歉甚，命我特来赔礼，请勿芥蒂于心。（句）

欲再请你上天做官，望求答允。

悟 空 （白）玉帝再请老孙?

（“揶槌”，唱“三脚凳”）

做官实唔惯，辜负你殷勤。

上次上天宫，难堪束缚紧。

而家逍遥兼自在，朝夕伴同群。

（唱“滚花”）

怎及得自作自为，称作齐天大圣嘅名分。（指旗介）

长 庚 （“的的撑”，看旗介，白）齐天大圣——

（“揶槌”，另场念“白榄”）

原来此妖猴，自称大圣咁胡混。

等我甜言来诱佢，免虚负此行。（双）

（介，白）大圣!

（唱“五槌滚花下句”）

齐天大圣名号，玉帝早已知闻。

现在奉旨封赠此衔，官居极品。

悟 空 （唱“四时果”）

大圣之称，玉帝因何知底蕴?

长　庚　（念“白榄”）

千里眼，观远近；顺风耳，早听闻。

对玉皇，来告禀。（双）

（唱“四时果”）

玉帝恩慈临远近，传言来赐赠。

悟　空　（唱“四时果”）

上界有冇此官职？休嫌俺追问。

长　庚　（支吾状，念“白榄”）

系老人，力奏禀：

孙大圣，有奇能。

号齐天，能胜任。（双）

（唱“四时果”）

既蒙皇眷幸，还求来上任。

悟　空　（唱“滚花下句”）

你话玉帝礼复下士，敬我才能。

就相信老金星，欣然答允。

牛魔王　（拦介，白）大圣！

（唱“花下句”）

又怕玉帝反复无信，诡诈欺人。

我地欢聚一山，何必离群远引？

众　人　（白）系啰，都系唔去为高喇大圣！

悟　空　（白）你地唔知嘅叻！

（唱“七字清中板下句”）

事关天宫仙境，有三十三层。

四老三清尤未稔，

未识普天星相共群神。

我欲多结仙朋，认识天门远近，

所以欣然答允上天行。

（唱“滚花”）

老金星（一揖介），依你所求，再将玉帝朝觐。

长　庚　（白）好呀！

（唱“快撞点下句”）

齐天大圣实心人，就此登途回天禁。

悟　空　（唱“滚花下句”）

吩咐兄弟勤操勤练，莫畏艰辛。

[众人拱手送行介。

[幕落。

第三场　蟠桃园

［横竹（箫）奏“牌子头”一句，起幕。

土　地　（“慢长槌”，土地持拐杖上，转“断头”企定唱“板眼”）

呢个桃园土地，费煞心机。

奉了王母之命，日夜灌溉施肥。

虽则锄树修桃，重有一班力士，

唯是点差督促，不敢儿戏。

幸喜适才接到御旨，钦点齐天大圣到此主持。

大圣自上天宫，并无执事，

终日交朋结友，性极不羁。

遇着三清，呼个老字；

若逢四帝，

（转唱“二黄”）

仅以陛下称之。

若遇星宿诸神，彼此皆称兄弟。

（念“白榄”）

今日往东游，明日荡西去。

云来云去无拘束，群臣防他惹是非。（双）

（唱“士工滚花下句”）

因此奏请玉帝，派佢把桃园看管，早晚便到此来。

待我肃整衣冠，预备恭迎新贵。

［内场白：“大圣到！”

土　地　（白）待我出迎。（出洞口介）

［“大开门”。安静司、宁神司率四仙吏持百足旗写“齐天大圣”，引悟空上介。

［土地引入洞内介。

土　地　（念“口鼓”）不知大圣驾到，微神有失远迎，望求宽恕。

悟　空　（念“口鼓”）吔，我老孙素来无拘礼，何必分别尊卑。

土　地　（念“口鼓”）应该嘅，待我传集一班看桃力士出来，向大圣行礼。

悟　空　（念“口鼓”）唔使咁多礼叻。我今日先来查勘桃树有几多株。

土　地　（白）大圣——

（唱“龙舟”）

左边桃树有一千二百株，

三千年一熟的确珍奇。

食过就得道成仙，身轻无比。

悟　空　（白）哦，原来咁珍贵噃！

（望什边指桃介，唱“龙舟”）

哦呢边桃开正熟，好似半染胭脂。

呢一派桃林，总共有几多棵树？

土　地　（白）又系一千二百。

（唱“龙舟”）

此树六千年一熟，叶大果肥。

食咗就霞举飞星，长生不死。（一槌）

悟　空　（食住“一槌”，喜介，白）食咗长生不死。

（“慢卓竹”，发觉后边树林介，唱“龙舟”）

呢种桃香阵阵，扑鼻芳菲。

究竟呢种仙桃食过，又有何益处？

土　地　（唱“龙舟”）

我来告你——

（唱“二黄下句”）

此乃九千年一熟，食过寿与天齐。

共有一千二百棵；

（唱“滚花”）

还请点明清计。

悟　空　（喜介。唱“四不正”）

仙桃艳色真佳美，果衬叶青满树垂。

迎风清香气，不禁令俺笑微微。

（白）土地——

（唱“滚花下句”）

果是天宫异种，世上称奇。

土地你向管桃园，一定饱尝美味。

土　地　（白）重讲饱尝美味呀，试都未试过呀大圣。

（唱“长句滚花下句”）

我有福气（双），

土地在于桃园只系专司管理，几时轮到我试珍奇？

即使四帝三清，与共西天佛子，

都要等天尊王母，设宴在瑶池。

若非蟠桃会召开，休能尝试。

悟　空　（“擲槌”，诧异介，白）哦？咁唔开蟠桃会，四帝三清都冇得食啰噃？

土　地　（白）梗系喇，唔开蟠桃会就个个都冇得食。

悟　空　（白）如此蟠桃会唔请佢嗰的呢？

土　地　（白）嗰的更唔使指意食喇。

悟　空　（白）哦，乜原来咁噶。

（另场唱“滚花下句”）

此种天宫规矩，太不自如。

食个桃都咁艰难，直系岂有此理！

（对土地念“口鼓”）我初来上任，想游吓桃园，唔使你地跟随服侍。以后在我桃园看守，若有人到此，要把我通知。

土　地　（白）遵命！（与安静司、宁神司、四仙吏出洞侧，衣边下介）

悟　空　（“水波浪”介，唱“滚花下句”）

此区区果物，太过当得珍奇！

休管蟠桃会（“一槌”），宴瑶池（介），我要将它一试。

（“先锋钹”，埋正面树，举手欲摘蟠桃介。发现大桃，大喜介，白）真正喷鼻香咯。

（起“小曲”，谱另录）

夭夭灼灼花盈树，棵棵株株果压枝。

果压枝头垂锦弹，花盈树上簇胭脂。

（序。舞蹈摘桃介）（捧大桃，开台口续唱“小曲”）

时开时结千年熟，无夏无冬万岁迟。

带蒂凝烟肌带绿，桃红映日显丹姿。

（“三搭箭”笑介，唱“滚花下句”）

蟠桃本备仙人食，我先尝美味又何如？（食桃介）

［食住熄灯。正面桃果减少介。悟空除蟒挂树梢或亭畔。在暗灯中起由慢催快“急急风”。

［提场注意掩洞门。

［灯食住“急急风”完，渐光介。

黄仙女
银仙女　（内唱“反线追信”头一句）
素仙女

碧天彩光照耀辉。

［“急急风”，三仙女携三色篮上，“四鼓头”台口扎架介。

银仙女　（诗白）飘飘云雾卷仙衣，

黄仙女　（诗白）片片祥云送玉姿。

素仙女　（诗白）幌幌瑶池开盛会，

银仙女　（诗白）株株桃果正香时呀。

（“反线二黄慢板”序，帮腔内场合唱）

六工尺工六生五六工尺上　五六五生六上尺工六工

宴会陈　设　皆　整　理，姊　妹　快同拾　东西，

五六工六尺工尺上　五六五生六（生工六五生六上工六五生六）

且将花　篮　提。

工尺六五生伬　五六工尺上士上尺工六五生五六工六尺工六

玉皇圣　意　哪　敢不　依，

生五六工尺上尺工六尺上五生六–五–工尺六

要 赶 前去。

五生伬亿五六五生　工尺工六生五六工　六尺

众姊妹　呀，亦离　却　宫　帏，

工尺工尺合士上尺工上

早经果园路　去。

（起“反线慢板序”）

（内场红衣、蓝衣、绿衣、紫衣仙女齐唱帮腔介，曲另录）

（三仙女食住每句帮腔舞蹈扎架介）

银仙女　（唱“反线祭塔腔慢板”）

提起了篮去攀折仙枝，

摺起摺起罗裙和翠袖，

双双去，齐共去，去把桃株摘取（拉腔）。

（舞蹈介，唱）

应该要小心，选择果美色朱（拉腔）。

绕天空，踏彩霞（拉腔），

步履蹁跹有若穿云燕子。

姊妹们双双携手，离却宝阁瑶池。

（台前舞介）

逐金乌追玉兔，快快前行。

且觅采桃伴侣。

黄仙女　（拦介，白）驶乜咁快吖，银衣姐！

（唱“合尺滚花下句”）

各姊妹正将彩篮收拾，等埋佢地亦未为迟。

我地稍候在云端，约齐至去。

素仙女　（白）对呦。

（唱“合尺滚花下句”）

朝侍娘娘云鬓理，夕陪帝王解龙衣。

（插白）呢的工夫都做到发闷喇。

（唱“滚花上句”）

不若得偷闲处且偷闲，采摘蟠桃休着意。

银仙女　（白）咁又唔得噶。

（唱“中板下句”）

事关蟠桃会诸仙云集，乃系盛大礼仪。

瑶池中力士仙童，正在忙于布置。

佢地整金杯，准备铺陈盛宴，经已喧扰多时。

我地赴桃园，奉有懿旨频催，岂可偷闲放肆?

若果违天命，一定严遭贬谪，罪咎难辞。

（唱“滚花”）

快约众姊妹同行，切勿拖延为是。

黄仙女 （白）唔怪嘅，银衣姐。

（唱“上云梯”）

你且安心咪咁着意，

你须知满天仙众未到来。

诸天百宿，非经宣召谁敢离位？

难越礼，先参帝，设觞演礼未到时。

行乐及时寻安慰，舞且高歌有乐趣。

素仙女 （白）系啰银衣姐。

（唱“长句滚花下句”）

咁至有乐趣（双），

何必忧心添愁绪？得欢愉处且欢愉。

你且听仙乐飘飘随风至，

不若且行且唱舞仙衣。

应将歌舞解忧愁，乐事赏心原不易。

银仙女 （指素衣仙女，白）你说话够感慨咯。

（指黄衣仙女，白）你性情活泼天真，

（唱“滚花下句”）

我地歌舞尤小事，唯是有责任所羁。（下句）

大可以且歌且行，咁就两全其美。

［内场四色仙女嗌白：“银衣姐呀等埋我呀。”卸上扎架。

七仙女 （食住同扎架介。“九重天”小曲引子一句）

联群牵袂。

（过序“圆台”介，众齐指介）

金光万道滚红霓，瑞气千条衬紫晖。

四处天空碧沉沉，琉璃制；

两边楼阁明晃晃，宝玉砌。

一宫宫脊吞金兽立，一殿殿柱列玉麟栖。
寿星台上有千千年不谢名花，
炼药炉边有万万载常青异卉。
蟠桃园已在眼底，停歌罢舞采桃归。（介）

银仙女 （念“白榄”）
蟠桃园，洞门闭。请土地快出来。（双）

土　地 （食住“扑灯蛾”锣鼓，由衣边洞侧上介，念“白榄”）
见仙娥，忙施礼，何要事，请说知。（双）

银仙女 （唱“滚花下句”）
因为要开蟠桃大会，设宴在瑶池。
我地奉旨而来采桃归去。

土　地 （白）咪住！
（唱“滚花下句”）
桃园已由大圣看守，今日不比往时。
你地若想采桃，要等我入去通知佢。
（开洞门，四围寻找不见，“水波浪”介。复出门念“口鼓”）不见大圣在园中，只留衣服系处，想是出园会友，交结仙谊。

银仙女 （白）咁呀——（“掷槌”介，念“口鼓”）我地采摘仙桃系奉咗娘娘懿旨，点敢空手回去，有误盛会之期？

黄仙女 （念“口鼓”）系咯，恐怕王母降罪下来，非同小事。

素仙女 （念“口鼓”）不若我地先行摘果，你至向大圣通知。

土　地 （白）咁呀——（“掷槌”介，念“口鼓”）好喇，你地先摘蟠桃，我一阵向大圣爷爷转致。

众仙女 （念“口鼓”）我地一齐入内，步履轻移。
[众仙女“小锣相思”同入园介，扎架介。
[土地食住“相思锣鼓”，卸下介。

银仙女 （唱“采桃曲”）

好桃果，好桃儿；金丸珠弹又何殊。

素仙女
黄仙女　（合唱）

叶绿花红真娇美，仙桃仿若染胭脂。

众仙女　（齐唱）

姊妹同扳仙果树，左手携篮又折枝。

（过长序摘衣边桃介。三篮过位什边介。）

银仙女　（续唱“小曲”）

六千年长寿树，齐采摘莫延迟。

众仙女　（齐唱）

齐采摘，莫迟延。

［宝子（曲谱）衬托摘三篮。埋正面桃树，发觉桃小，“掷槌”介。众人关目介，诧异介。

银仙女　（唱“滚花下句”）

何以九千年老树叶盛果稀？

只剩带蒂青皮，莫非今时花虚迟结子？

黄仙女　（唱“滚花下句”）

满园皆茂盛，单独老树结果迟。

熟果稀疏，姐呀你话是何道理？

素仙女　（望衣边亭角，发现大桃介。白）有呀——

（唱“滚花下句”）

你且看南边树上，独留一颗半含脂。

待我步过亭边，扳树摘取。

［“先锋钹”。素衣仙女扳低树枝，银衣仙女摘果后放手介。

［悟空开边。在亭角伸手抓住树枝跃下介。

［众人惊介。

悟　空　（“慢卓竹”。怒视众人，推磨开台口介。口白）呔！何方怪物，胆敢偷摘蟠桃，惊醒老孙，把名报来！

［众仙女慌忙下礼介。

银仙女　（念“口鼓”）大圣，我地不是妖魔，乃是王母娘娘嘅仙女。

悟　空　（念“口鼓”）你地到来何事？快讲我知。

黄仙女　（念“口鼓”）我地到此采桃，因为奉了娘娘懿旨。

素仙女　（念“口鼓”）我地岂敢擅行偷摘，请勿误会一时。

悟　空　（念“口鼓”）既是奉命而来，何以不先对我讲明来意？

银仙女　（念“口鼓”）因为土地找寻大圣不见，所以无法转知。

（唱“滚花下句”）

因奉娘娘之命，不敢再事拖迟。

瑶池设席宴群仙，蟠桃大会期将至。

悟　空　（白）吓，开蟠桃大会——（“擲槌”介，喜介）

（唱“滚花下句”）

上天蟠桃胜会，老孙久已闻知。

未知所请是谁？还请详明底细。

银仙女　（白）大圣。（下礼介）

（唱“长句二黄下句”）

上会旧有成规，宴会遵循定例。

邀请西天佛老，各圣到齐。

又请西海观音，与及东方圣帝，

十洲三岛，仙众俱来。

还有四帝三清同样礼。

重有幽冥教主海岳龙龟，

黄仙女　（序）一同到会仰天威。

银仙女　（上句）各路尊神同觐娘娘玉帝，

素仙女　（序）依次来参礼。

悟　空　（“二黄下句”）哦蟠桃盛会，满天神佛一概请齐。

银仙女　（序）音乐满云霓。

悟　空　（上句）一定热闹非常，合晒老孙口胃。

（齐槌收。笑介白）呢个会我一定要去叻。

银仙女　（白）你都去呀？

（念“白榄”）

乜咁容易。（双）

请宴未闻有你名字。

事关你新来到，照例你唔知。

王母未曾宣，随便点可以？（双）

悟　空　（白）吓，随便唔可以？

（“掷槌”。关目。另场唱“滚花下句”）

此会诸仙云集，遍请大小神祇。

单独不请老孙，叫我点能服气？

（想介，“五槌”。对众仙女，唱“滚花下句”）

我要查明此事，亲赴瑶池。

银仙女　（笑白）你都去呀？

黄仙女　（对众仙女笑白）佢都去喎！（众仙女同讪笑介）

悟　空　（不会意亦笑介，唱“花鼓芙蓉”）

问句众仙姬，因何偷欢喜？

一定欢迎我赴会笑微微。

银仙女　（笑介，唱“花鼓芙蓉”）

笑你太天真，绝唔知天意。

王母并无请，你点可赴瑶池。

悟　空　（白）吓，佢冇请到我？（“掷槌”笑介）唔信唔信！

（唱“减字芙蓉下句”）

既系揾我做齐天大圣，岂能不请我赴瑶池。

众位好仙娥，出言休相戏。

黄仙女　（唱“减字芙蓉下句”）

我地仙人无诳语，你勿妄想与胡思。

素仙女　（唱“减字芙蓉上句”）

蟠桃大会宴群仙，单独未闻请到你。

悟　空　（白）佢当真冇请到我？

众仙女　（同白）冇请你呀。

悟　空　（唱“戏妲己”）

唉吔吔，咁就太偏私！

（唱“快中板”）

不请老孙点能服气，

莫非我不及众神祇？

（唱“滚花”）

我一定要赴瑶池，向王母天尊问明此事！

银仙女　（拦介，白）大圣！

（唱“滚花下句”）

可知道瑶池宝阁，岂任你来去自如？

且问你有何道根，竟欲同参盛举。

悟　空　（白）你问我有何道根法力呀？（笑介）

（唱“小曲”）

我本是天地精华灵混气，花果山中悟太虚。

炼就长生不老死，无穷变化任为之。

嘉令席尊应让我，老孙当合赴瑶池。

银仙女　（续唱“小曲”）

你纵有神通何济事？天宫礼制要遵依。

黄仙女　（续唱“小曲”）

未奉娘娘传懿旨，焉能擅自赴瑶池。

素仙女　（续唱“小曲”）

大圣莫违天心意，必须守分与安时。

银仙女　（唱“反线中板”）

劝一声齐天大圣，请纳我言辞。

在天宫不比下界风尘，可以纵横任意。

记当年有位卷帘大将，伺候玉帝在瑶池。

蟠桃会中佢失手，无心打碎天宫宝器。

竟致受严刑，贬下流沙河畔赎罪无期。

（唱“滚花”）

大圣你既受禄于天宫，当要顺天行事。

悟　空　（“揿槌”，关目。另场唱“滚花下句”）

原来天宫有此森严法例，我竟未曾知。

唯是老孙不怕天来不怕地。

（想介。“五槌”。对众，唱“滚花下句”）

多感仙娥指导，待我查明消息赴瑶池。

施法力（介），显神通（介），将仙娥定住。

［悟空“开边”，施法指七仙女介。

［众仙女倒退，排列成行，做目瞪口呆不动状。

悟　空　（唱“滚花下句”）

亲身前往蟠桃会，腾云驾雾快如飞。

（“四鼓头”扎架介。食住冚幕）

［幕落。

第四场　瑶池

［“瑶池宴”小曲引子一句，起幕。

［四仙女、四仙童、甲乙仙官各携酒壶、杯，食住小曲序上，扎架介。

众　人　（合唱“小曲”）

瑶池陈玉液，宝阁设琼浆。

缤纷瑞霭，缭绕花香。

凤舞鸾腾形缥缈，鸢飞鱼跃影潜翔。

甲仙官　（念“白榄”）

酒又香，花又香；

蟠桃胜会共飞觞。（双）

乙仙官　（念“白榄”）

叫声众仙娥，快铺陈佳酿。

我们齐动手，擦瓮又洗缸。（双）

［仙女、仙童分边下介。

［甲、乙仙官埋位洗缸介。

［悟空“锣边花”上，四围张望，晒马骝身形介。

悟　空　（唱“滚花”）

三十三座天宫，未识瑶池方向。

七十二重宝殿，不知胜会何方。

再穿过曲径回廊，四围探望。（“圆台”，发觉瑶池介，喜状）

（白）哦——

（唱“滚花”）

此处铺灯结彩，酒气芬芳。

定是瑶池，待我入门细看。（“先锋钹”欲入介。“重一槌”发现仙官，缩脚介）

（唱“滚花”）

我欲明底蕴，无奈有仙吏在旁。（“掷槌”）

待我拔出寒毛，稍施神通伎俩。

（悟空做手拔毛，用口咬碎，“开边”喷，入介）

两仙官　（做瞌睡状介，白）好眼瞓呀，我地入去瞓吓先喇。（下介）

悟　空　（入门见酒，“三搭箭”笑介，起唱“海南曲”）

馥郁美酒香，当堂心瘙痒。（双）

任意独醉觞。

（谱奏无限次介。食住上前取壶就缸拂酒饮介。再拂一壶，发现台上食物，食住起唱“减字芙蓉下句”）

又见台中陈列着，凤胆与龙肝，

更有好珍馐，猩唇共熊掌。

佳肴和异果，式式要诊尝。

（唱“滚花”）

饮一番，食一回，放开豪量。（谱子衬托吃喝介）

（唱“滚花下句”）

自觉陶然酩酊，适口充肠，

醉昏昏（介），步倾斜（介），

且返齐天府往。（拉“士字花腔”介）

［食住熄灯，变兜率宫景，丹炉有火。

［音乐奏“士士乙士乙士”无限句锣鼓衬托。

悟　空　（醉步上，摇摇欲坠介。至台口望见兜率宫，白）兜率宫！

（“掷槌”，觉诧异揉眼介，白）兜率宫（介）哦——

（唱“爽二流下句”）

醉蒙眬，迷失路（士），来到离恨天堂（尺）。

此乃是老君居（合），早已欲来探望（上）。

今日趁此闲步（士），游览此地方（尺）。

（白）好，入去揾老君倾吓至得。（醉步入，四望无人介）

（唱“五槌士工滚花上句”）

何以寂寂无人，并无音响？

莫非老君讲经说法，去了西方？

待我抹角转弯，四围欣赏。

（“步步娇”圆台介，发觉丹房介，白）炼丹房（双）！（笑介）

（念“白榄”）

好丹房。（双）丹房射出彩光芒。

久闻天上有仙丹，人间实稀罕。

今日有缘来到此，一开眼界又何妨。（双）

（食住“扑灯蛾锣鼓”入房介，关目，念“白榄”）

丹炉旁，炉火旺。

侍炉人不见，究竟去何方？（双）（转身，发现壁上挂着五个葫芦介）

（喜白）哦——

（唱“七字清下句”）

原来异宝此中藏。

五个葫芦齐安放，

但闻阵阵宝丹香。

（唱“滚花”）

待我试揭葫芦，把奇珍一看。

（“先锋钹”，揭葫芦介，大喜，白）好嘢呀，等老孙试吓的好嘢至得。

［悟空“开边”，取葫芦倒丹吃介。“宝（谱）子”衬托食丹。

［悟空再取葫芦倒丹。酒意已醒，回忆之前偷桃、酒、丹之事，锣鼓做

手介。

悟　空　（唱“滚花下句”）

一服金丹酒醒后，瑶池往事未能忘。

啖仙桃（“一槌”），饮仙酒（“一槌”），食仙丹（“一槌”），

已经将弥天祸闯。

（念“口鼓”）咦咿，呢件事若果玉帝闻知就冇情讲。会话老孙搅得胡天胡地，捣乱纲常。嗰阵一定大发雷霆将罪降，如何应付免遭殃？（抓耳想介）

（唱“花下句”）

不若转归山洞，更重快乐洋洋。

走出兜率宫，南天门路往。

（出丹庐，从原路出兜率宫门口介。忽止步，白）南天门多天兵把守，唔得，唔得——

（唱“花下句”）

不若转道西天门去，免动刀枪。

［食住“四鼓头”，变回瑶池景介。

［“耍孩儿”。四仙女宫灯御扇，引玉帝、王母上介。

玉　帝　（诗白）采摘蟠桃开盛会。

王　母　（诗白）百官文武共称觞。

玉　帝　（唱“三脚凳”）

此会乐淘淘，往常皆一样。

满天神共佛，三界尽朝皇。

王　母　（唱“三脚凳”）

祝贺老天尊，普天同欢畅。

众生齐晋寿，万物共呈祥。

（唱“滚花”）

不久诸仙云集瑶池，同把天颜敬仰。

玉　帝　（唱“长句滚花下句”）

心花放，乐洋洋，瑶池宝阁极辉煌。

仙女成群扮成花月样，一阵轻歌妙舞奏霓裳。

衬住仙乐飘飘音嘹亮，显出天宫景色，到处粉腻脂香。

此会世间无，只是天廷常有享。（大笑介）

七仙女　（“冲头”，携篮上介，“开边”，一齐分边跪下白）参见万岁、娘娘！（众人惊状介）

玉　帝　（“掷槌”，关目，唱“石榴花”）

因何故心惊怆？（双）

面带慌张，直禀端详。

王　母　（喝白）究竟乜嘢事，快啲讲喇。

黄仙女　（念“白榄”）

禀娘娘，奏主上，我地姊妹们奉旨采桃往。

点知采桃采出祸，赚得一排慌。（双）

王　母　（念“白榄”）

慌慌慌，乜事干？

采桃是我懿旨，点会惹祸殃？（双）

素仙女　（念“白榄”）

娘娘你唔知，采桃嘅状况。

遇啱孙大圣，将此桃园看。

话我地偷桃，吓到标冷汗。（双）

玉　帝　（唱“滚花下句”）

你只晓惊慌唔识事，正一饭袋酒囊。

你可以话娘娘有命采仙桃，点解咁都唔会讲？

银仙女　（白）主上！

（唱“滚花下句”）

其中原委容我奏上天皇。

玉　帝　（喝白）起来慢慢讲喇。

［七仙女齐起身介。

银仙女　（唱“反线中板上句”）

我地去采桃，曾对大圣言明，系娘娘懿旨降。

谁料他追问蟠桃胜会，邀请什么，佛老与共仙娘？

我把旧例规一一说明，所请诸天星相。

他闻道佢难参胜会，即时愤怒非常。

（唱“滚花”）

用定身法定住我们，佢就不知去向。

玉　帝　（“的的撑”，唱“沉腔下句”）

那那那，妖猴本性，泼野顽强——

（上白）不要理会于他，且将仙桃呈上。

银仙女　（白）主上！

（唱“爽二黄下句”）

今次采桃太少，待我请罪当堂。

黄仙女　（序）诚恐又诚惶。

银仙女　（曲）共得小果三篮，中果亦同一样。

素仙女　（序）非常之失望。

银仙女　（曲）未见蟠桃大果熟透朱黄。

素、黄仙女　（序）一定大圣已偷尝。

银仙女　（曲）我地讲白情形，

（唱“滚花”）

伏乞天颜原谅。

玉　帝　（“的的撑”，大怒，唱“滚花下句”）

妖猴大胆，兽性披猖！

偷食蟠桃，可谓欺天罔上。

［“冲头”。甲乙仙官上。

甲仙官　（念“口鼓”）启禀主上娘娘，扰乱瑶池不知谁人咁好胆量？

乙仙官　（念“口鼓”）把仙肴仙酒，尽地食清光。

［“的的撑”，玉帝震怒介。

［“大冲头”，太上老君上介。

老　君　（念“快白榄”）

禀主上！（双）

兜率宫丹房，发生了异状，

金丹被偷去，未知谁个咁猖狂？（双）

玉　帝　（执老君，念“快白榄”）

兜率宫，高在上，谁人敢乱闯？

难道冇人守丹房？（双）

老　君　（念“白榄”）

我往朱丹台，与古佛将经讲。

师徒一齐去，宫内冇人看。（双）

玉　帝　（“的的撑”，怒介。唱“戏妲己尾腔”）

唉吔吔，一定妖猴作怪，扰乱天堂！

（唱“快撞点上句”）

骂声妖猴真狂妄，

翻天覆地乱阴阳。

若不诛除此孽障，

天堂地府也难安！

（唱“滚花”）

叫仙官（介），

宣上托塔天王，听王旨降。

仙　官　（白）天王朝见。

李　靖　（内白）来呀了！

（“开边”，车身上介，下礼念“口鼓”）主上宣召微臣，有何事干？

是否蟠桃会上，代替主上劝酒飞觞？

玉　帝　（念“口鼓”）李卿家，寿酒蟠桃已被妖猴尽享。叫你统领天兵天将（介），去把妖猴监生劏！

李　靖　（“掷槌”，关目，唱“滚花下句”）

谨从御旨，唯是再奏君王。

还请多派天兵，待臣将花果山扫荡。

玉　帝　（唱“滚花下句”）

我点齐二十八宿与共四大天王。

派遣十万天兵，布下天罗地网。

老　君　（唱“滚花下句”）

待老道携同法宝，随后助阵帮忙。

你只管奉旨先行，一定可如圣望。

李　靖　（“的的撑”，关目，白）好好好！

（唱“快撞点下句”）

老君法宝极高强，

谅此妖猴何敢抗？

三头六臂亦难当。

（唱“滚花”）

拜别天尊，遣兵调将。（“四鼓头”下介）

玉　帝　（唱“滚花下句”）

王母瑶池开盛会，竟被妖猴乱一场。

[食住关幕。

[幕落。

第五场　水帘洞

［石岩内景。什边洞口，内设石台、石凳。

［牌子一句起幕。

［诸大圣、独角鬼王坐幕，牛魔王居中，六人分边企立。

牛魔王　（念“口鼓”）自从孙大圣上天宫，已有百年光景。

猕猴王　（念“口鼓”）毫无讯息，唔知佢点样情形。

独角鬼王　（念“口鼓”）相信玉皇已封咗大哥做齐天大圣。

狮驼王　（念“口鼓”）一定逍遥快乐，无事牵萦。

鹏魔王　（念“口鼓”）何以日久不回山，同大众高兴高兴?

蛟魔王　（念“口鼓”）系啰，我地朝思暮想，渴望一叙手足之情。

猸狨王　（口白）大哥——

（唱“滚花”）

不如你上天，将大圣请回，因为你最好本领。

牛魔王　（白）哈哈，贤弟。

（唱“滚花下句”）

我虽可腾云驾雾，但系仙录未有注名。

况且未上过天，不识天门路径。

鬼　王　（唱“滚花下句”）

大哥言之有理，唯是我地情义非轻。

想到欲见无从，便觉愁怀莫罄。

牛魔王　（唱“滚花下句”）

你地无须苦闷，大圣唔会忘记众弟兄。

我已吩咐采摘水果番来，与大家遣兴。

[“地锦”，甲、乙猴子携水果什边洞口上介。

甲　猴　（念“口鼓”）我地采摘水果番来，请各大圣受领。

牛魔王　（念“口鼓”）大家一齐进食，慢慢至谈倾。（众埋位吃果介）

悟　空　（内场白）来吖了！

[“急急风”由慢至快。悟空由什边上，级翻过，衣边下介。

猴　子　（冲头报上白）启禀众大圣，齐天大圣回来了！

[众大圣大喜，开位介。

[悟空食住，什边洞口上介。

[众大圣分边，伴悟空至台口介。同“三搭箭”大笑介。

七　王　（同念“白榄”）

好大圣！（双）

今日喜相逢，大家同高兴。

相信你在天上，快乐又安宁。（双）

悟　空　（唱“滚花下句”）

我就将上天经过，对大众说分明。

（唱“減字芙蓉”）

我一到天宫，封作齐天大圣。

因见我无事，着管一件事情。

看守蟠桃园，我初时亦遵命。

适逢瑶池会，诸仙饮宴在天庭。

欲想多结仙朋，点知王母不邀请。

是我一时性起，心内实不平。

（唱“滚花”）

因此饮仙酒（介），食金丹（介），

然后转回山岭。

牛魔王　（白）大圣！

（唱“滚花下句”）

王母轻贤无礼，于情于理太不应。

且莫理她，吩咐酒果安排（介），设筵奉敬。

（白）摆吖酒——

［猴子入洞，取酒设席介。

［牛魔王拉悟空埋席，众同举杯介。

［“帅牌”饮酒介。

鬼　王　（念“扑灯蛾”）

我喜不胜，乐不胜（介），（斟酒介）

连忙斟酒敬义兄。

酒味虽不浓，手足情当永。

此乃乡中水，纵然略淡请尝倾（双）。

（敬酒介）

悟　空　（接酒念“白榄”）

情非轻，义非轻，此情当今鬼神惊。

难得故乡亲，团圆齐欢酩。

大家同饮胜，珍惜旧时情。（双）

［“开边”，众人同举杯介。

丙　猴　（冲头上介，念“口鼓”）大圣，不好！门外有好多凶神将花果山围定。

悟　空　（怔然，不理介，念“口鼓”）今朝有酒今朝醉，莫管门外小事情。

（白）唔使理佢，埋来同饮杯。

（丙猴埋饮）

丁　猴　（冲头上，念“口鼓”）门外凶神叫骂不休，闹你不配做齐天大圣！

悟　空　（笑介，白）唔好理佢。（念“口鼓”）诗酒且图今日乐，功名休问几时成。（白）闩埋洞门，埋来饮杯（介）。

戊　猴　（“大冲头”仓皇上，白）大圣不好！凶神已把洞门打破，杀到入来（介）！

悟　空　（“的的撑”，大怒，唱“戏妲己尾腔”）

唉吔吔！欺到上门，令我怒火难平！

（唱“快撞点上句”）

大胆玉皇施压令，老孙何惧小神兵。

（唱“滚花”）

众兄弟（介），显奇能（介），

杀到佢逃亡奔命！

七　王　（齐唱“滚花下句”）

雄心奋发，与敌相迎！（“四鼓头”齐扎架）

[食住“四鼓头”，熄灯后起牌子头一句。

[变天空云景，天幕南天门。天幕脚平台可容人。

[“牌子头”完，再起“四鼓头”着灯。

[悟空、哪吒什边单枪冲上，略战。悟空杀败哪吒，追下。

李　靖　（内场唱“快首板”一句）

杀到天愁地惨——（“锣边花”，持枪上介）

（唱“包槌大滚花下句”）

遥见天兵败阵，溃散奔还（介）。

敌不住四面猴兵，逃不过枪挑刀斩（介）。

[“冲头”。牛魔王、鹏魔王、蛟魔王、猕猴王什边冲上介。

[李靖与四王打“四星”，勉强杀败四王介。

[四王什边败下介。

李　靖　（“慢滚花”锣鼓，晒疲乏身形，唱“滚花下句”）

唉吔果然厉害，杀到我抖气难反。

又见雾里云中（望衣边），兵戈耀眼！

[牛魔王、猬狨王、狮驼王、独角鬼王，冲头衣边上介。

[李靖与四王略战介。

[四王衣边败下介。

李　靖　（“慢滚花”锣鼓，合前舞蹈介。唱“滚花下句”）

杀到俺手忙脚乱，胆战心寒（介）。

仿佛悟空杀来，接战不能怠慢。

［内场喝“呵介”。

［李靖惊慌介。

［“冲头”，哪吒仓皇败上介。

［李靖误作敌人，一枪直刺哪吒介。

哪　吒　（搭住介，白）父王！（念“口鼓”）何以你调转枪头，揾地咁嘅嘢玩？

李　靖　（“挪槌”，揉眼关目，念“口鼓”）哦，原来是王儿呀。因为我杀到眼花缭乱，几乎唔认得亲生。

哪　吒　（念“口鼓”）父王你神色仓皇，是否遇啱妖猴嗰枝金箍棒？

李　靖　（摇头介，念“口鼓”）唔系。因为花果山群妖个个厉害非凡。

哪　吒　（唱“滚花下句”）

妖猴骁勇，确非等闲。

还请早定良谋，将花果山平铲。

李　靖　（唱“滚花下句”）

言之有理，此事要奏上天颜。

你去请旨添兵，速行莫慢。

哪　吒　（白）领吖命！（“四鼓头”冲入，衣边下介）

李　靖　（唱“滚花下句”）

等候援兵赶到，准备再战一番。（冲下）

观　音　（内场唱“倒板”一句）虚无飘幻。

［“急急风”，“四鼓头”，木吒虎度门持棒扎架介，引观音上介。

［食住“四鼓头”，观音持花瓶出虎度门，同扎架介。

（舞蹈扎架，唱“坛词第七段”）

尺-尺工尺上工尺　上上　士合　士上
　彩　色满　山，片片　　霞　　泛。

尺工　尺上工尺　六　六　工　尺上工尺
宝　　光灿　灿，金　风　吹　　遍山间。

上上士六　工　上　尺　合合上上合士上士合士合
满眼是青　朱　翠　紫，黄红赤素银绿带　蓝。

六工六尺工尺　工　工　尺士上
扑鼻有花　香，芬　芳　不　散。

木　吒　（接唱）
上上士六　工　上　尺　上尺上尺　上尺上　尺上尺上尺
远见鹤高　飞　列　班，叫声满天，双　双　　对　对，

工上　尺工　尺　乙尺士
恭敬　观音　参　礼不慢。
（“小锣相思”舞蹈扎架）
［食住“小锣相思”，观音舞蹈扎架。

观　音　（续唱）
上上上六　工　上　尺六　工　尺乙尺士
接到了天　尊　圣　旨宣　颁，不怠　慢。

上上上上上上上　尺六——工工工六五工
着过了洁素觐圣　那衫。　活现佛态千万。

上　尺上尺　上　尺上尺上　尺工尺上工尺
度　　化　　法　　相，以　　一丹化千丹。

生工六工——六五　六　上　尺上尺上尺工尺乙　尺士
朝雾送落　　了山　呀，眼　　见　雨烟飘飘化　千幻。
［“小锣相思”。观音木吒舞蹈双扎架介。

观　音
木　吒　（合唱）

上士尺士尺士尺　士尺士尺
驾踏起瑞光越空，瑞光越空，

五生五六尺工五六工尺
轻轻穿过云雾飘绕　环。
［观音木吒食住小曲序，台口齐扎架介。

观　音　（诗白）
五色朦胧宝叠山，红黄紫皂绿如蓝。
紫竹林中遵圣命，离开南海洛迦山。（舞蹈）

木　吒　（念“白榄”）
光摇曳，绕云间。
（食住“扑灯蛾”锣鼓，抽象行云驾雾，扎架）
（念“白榄”）
满天瑞霭衬云生，
云霞织作金莲盏。雨雾凝成紫玉兰。
（食住“扑灯蛾”锣鼓，舞蹈过位，扎架介）

观　音　（念“白榄”）
白鹤声鸣震九皋，紫芝色秀开千瓣。
宝光显出庄严相，金风缭绕素衣衫。（双）（收）

木　吒　（白）师父！

（唱“滚花下句”）

何故催云踏雾，迅速而行？

是否欲赴西天，一听如来将经赞？

观　音　（白）非也。

（唱“七字清中板”）

因为适才接到御旨颁，

王母瑶池陈佳馔。

诸仙云集拜天颜，

寿酒仙桃恩赐啖。

正是天恩如海又如山。

（唱“滚花”）

此去叩见天尊，你要遵守礼仪毋怠慢。

木　吒　（白）哦，原来咁嘅。

（唱“三脚凳”）

蒙师尊训示，实启我愚顽。

此番赴瑶池，可与父兄同把盏。

观　音　（唱“三脚凳”）

你地阖家蒙帝惠，当念把恩还。

（唱“滚花”）

快快纵起祥云，衬住彩霞飘泛。

（“叻叻鼓”，半圆台介）

哪　吒　（食住“叻叻鼓”，什边冲上。见两人，拜下观音介，念“口鼓”）哦，原来与观音菩萨相逢，呢次要你救苦救难。（下礼介）

观　音　（念“口鼓”）哪吒，你因何匆忙来此？有乜嘢事咁艰难？

木　吒　（念“口鼓”）系啰，三弟，你叫苦声声，究竟有何变幻？

哪　吒　（念“口鼓”）只为石猴作反，闹到地震天翻。

（唱“滚花下句”）

佢偷桃盗酒窃取金丹。

玉帝调遣十万天兵，被佢杀到五零星散。

观　音　（白）哦——

（“滚花锣鼓”，关目做手介。唱“长句滚花下句”）

猴性太纵横（双），上中行界任意横行。

曾记佢擅入龙宫夺取金箍棒，

阎王殿上勾除死籍嗰一栏。

现在居然乱到（闯）天宫肆无忌惮，

天神地鬼都被佢搅到雨覆云翻。

估不到天产石猴，有此神通力猛。

木　吒　（唱“滚花下句”）

师父休长他人志气，怕佢泼野强蛮。

待我协助三弟交锋，保管将石猴擒返。

哪　吒　（白）二哥——

（唱“滚花下句”）

若得二哥助阵，我愿再战一番。

还请菩萨代奏玉皇，续遣天兵救挽。

观　音　（白）好呀！

（唱“快中板下句”）

此情待我达天颜，你且小心除妖患。

莫教大意丧师还。

（唱“滚花”）

你谨慎交锋，我祈请玉帝观览。

［埋正面平台，衣边下介。

［什边内场喝“呵介”。

木　吒　（“水波浪”介，唱“滚花下句”）

又见妖猴追到，我地接战在云间。（与哪吒半圆台介）

[悟空持棒什边冲上，与木吒、哪吒“打二星”。

[哪吒败下什边介。

[悟空与木吒打嘢，任度介。

[玉帝持令、观音持瓶、老君持金刚琢，衣边卸上平台，观战介。

[木吒不敌，悟空追入衣边介。

[玉帝、观音、老君同下平台，大水介。

玉　帝　（怯色，念“快白榄”）

唉，扰重天，震重天，妖猴法力确无边。

十万众天兵，不能操胜算。

木吒今又败，谁敢再冲前？（双）

老　君　（念“白榄”）

重有四大天王，与众二十八宿来助战。

因何全不见？究竟为何端？（双）

观　音　（白）你唔知叻。

（唱“滚花上句”）

各路天将星神已在阵前溃乱。

好比狂风扫落叶，零落无存。

还望早定良谋，莫使天威有损。

[衣边内场喝呵介。

[玉帝等三人齐望衣边介。

木　吒　（冲头败上，参见。念“口鼓”）启禀天尊：妖猴法力高强，能够七十二变。我场场败北，难与周旋。

玉　帝　（“的的撑”，关目。唱“沉腔滚花下句”）

唉吔吔，失晒威严。

（怒介，唱“滚花上句”）

誓要将佢铲除，快啲同我把良谋谂掂。

观　音　（“揿槌”想介，念“口鼓”）陛下宽心，贫僧将一神保荐，就是三眼杨戬，住在灌江口，享受下界香烟。又有梅山六圣帮手，一千二百草头神助战。佢系陛下外甥，唯是听调不听宣嘅噃。

玉　帝　（白）我嗰外甥？（“揿槌”介）好好好！

（唱“快撞点下句”）

当堂惊醒赖其言。

天宫既然遭魔乱，

王亲效力理当然。

（唱“滚花”）

木吒代朕一行，将二郎神调遣。（抛令介）

木　吒　（接旨介，白）领吖旨！（“四鼓头”冲下什边介）

玉　帝　（唱“滚花下句”）

我地在南天门观战，企立云端。（由正面平台齐下介）

杨　戬　（内唱“首板”一句）

威风八面！

［“锣边花”，杨戬持哮天犬上介。

［康张姚李四太尉、郭申、直建二将军跟上，舞蹈任度，扎架。

杨　戬　（唱“滚花下句”）

我也曾，诛天怪，威震声传。

今奉旨，捉妖猴，施吾手段。（介）

看我枪名两刃，犬号哮天。

吩咐搭弩张弓，荡平妖乱。

悟　空　（内场喝白）好胆！

（“开边”上介，搭住杨戬，念“口鼓”）你是何方小神，胆敢到此挑战？

杨　戬　（念“口鼓”）呸！我是三眼杨戬，奉旨捉拿你只小猢狲。

悟　空　（白）捉我？（“三搭箭”笑介，念“口鼓”）可笑你个小小毛神，出言口贱。你唔系老孙嘅敌手（“一槌”），快叫李靖出来打过先。

杨　戬　（喝白）可怒吔！

（唱“快撞点下句”）

居然胆大出狂言。

（唱“滚花”）

众弟兄（介），擒此妖猴把神威施展！（介）

［六圣逐个与悟空比武，败下阵介。

［玉帝、观音、老君衣边卸上平台，观战介。

［杨戬与悟空大战介。

［观音见杨戬不支时，欲掷净瓶，老君急拦介。

［六圣分边卸上介。

［老君乘悟空不备时，抛下金刚琢，打悟空头介。

［悟空中金刚琢，跌了一跤介。

［哮天犬食住扑出，咬悟空脚介。

［六圣食住上前，同擒悟空介。

［全场“三搭箭”介。

玉　帝　（笑介，念“口鼓”）孙悟空！（介）怕乜你广大神通，你都敌不过呢只哮天犬。

悟　空　（念“口鼓”）呸！一时不察，上你狗当。（介）你估真系打赢老孙？

［玉帝、观音、老君食住下平台，开台口介。

杨　戬　（念“口鼓”）众兄弟！（介）你地未食天禄，不得朝王。先企埋一边。

六　圣　（齐白）领吖命！（开边，押悟空企埋什边介）

老　君　（上前拾回金刚琢，奸笑介，念“口鼓”）主上，好彩我唔畀观音将花瓶掷下，而家全凭我呢个金刚圈。

观　音　（念“口鼓”）估唔到呢只小小石猴，出到满天神佛至将佢搞掂。

玉　帝　（念“口鼓”）吩咐杨戬押佢去斩妖台上，斩咗佢先。

杨　戬　（白）领吖旨！（与六圣雁儿落押悟空下衣边介）

观　音　（白）陛下！

（唱“滚花下句”）

哪怕妖猴天生力勇，法力无边。

且看斩妖台前，将佢尸分两段。

杨　戬　（冲头上，念“快白榄”）

那妖猴，多法变。

刀剑不能入，锐箭不能穿。（双）

玉　帝　（“的的撑”，唱“沉腔滚花下句”）

唉吔吔，旁门左道，竟敢欺天。

传旨雷神速来先见。

雷　神　（“大开边”。什边上，跪下介，白）参见玉皇！

玉　帝　（念“口鼓”）命你诛灭妖猴，施行雷电。

雷　神　（念“口鼓”）微神领旨，不敢拖延。（衣边下介）

［内场雷声大作，前台电光闪闪介。

［玉帝等作察望状，面有得意之色。

雷　神　（冲头上介，白）启禀玉皇！雷不能劈，电火不能烧，请王定夺。

玉　帝　（惊白）乜话？雷不能劈，电火不能烧？（“搊槌”，关目，做彷徨无措状介）

［老君“三搭箭”，冷笑介。

玉　帝　（怒介，唱“滚花”）

正在伏魔无法，不应嬉笑无端。

捉妖驱邪，你都应该打算。

老　君　（做得意状，白）主上——

（唱“长句滚花下句”）

有计献（双），不怕妖猴千万变。

点及我上乘正法，道行有根源。

推佢入八卦炉中来炖炼，

七七四十九日，

包管佢骨成灰炆肉为烟。

还请主上安心，微神将他处断。

玉　帝　（白）好呀！

（唱“五槌滚花下句”）

八卦丹炉天上宝，能除妖祸自安然。

［幕落。

第六场　兜率宫

［兜率宫炼丹炉景。

［“开边”起幕。太上老君正面蒲团打坐，侍炉童子在炉旁扇火。宝子（谱子）衬托。

［“地锦”。童子捧茶上介。

童　子　（白）启禀师尊，观音菩萨到！

老　君　（白）吩咐整衣出迎（介）。

［横箫奏“到春来”。

［老君安闲状，挥拂尘，率领二童子出迎介。

［观音徐徐上，与老君行礼入门介。

老　君　（念“口鼓”）观音菩萨，你不在南海洛迦山修真，何事匆忙驾到？

观　音　（念“口鼓”）贫僧因见七七四十九天期满，来一看丹炉。

老　君　（念“口鼓”）哈哈，我呢个丹炉，有乾、坎、艮、震、巽、离、坤、兑八位之分，乃系兜率宫至宝。

观　音　（念“口鼓”）虽然系啫，但系妖猴学齐五遁，能避水火，恐怕佢会借火而逃。

老　君　（念“口鼓”）唔会唔会。

（念“白榄”）

我可担保。（双）

我法力若不强，焉能称道祖？

三清主之教，我老子至为高。

区区一妖猴，点能逃出我圈套？

一定化为灰烬，你何用咁心操。（双）

观　音　（白）道祖——

（唱“长句二黄上句”）

你道法虽然高，未必能操胜数。

妖猴天生石产，恐怕不易诛屠。

佢系九窍通灵，修得长生不老（句）。

你道高一尺，防佢一丈魔高。

正系各有乾坤，

（唱“滚花”）

佢亦有诸多八宝。

老　君　（白）你放心喇。

（唱“滚花下句”）

任他三头六臂，我都不惧分毫。

须知我道法根源，乃学自鸿钧老祖。

观　音　（唱“三脚凳”下句）

你虽系鸿钧老祖，得意嘅门徒，

但系孙悟空，非是卑微不足道。

佢玄机经悟透，妖术亦称豪。

佢生在花果山，师拜菩提祖。

学得金刚不坏体，挨得住煎熬。

（唱“滚花”）

若被佢逃出丹炉，就会闹得天翻地倒。

老　君　（白）走得咁容易咩。

［内场白：“玉帝到！”

老　君　（白）玉皇驾到，一同出迎（介）。

［“小开门”。长庚、李靖、玉帝上介。

［老君、观音迎入介。

[二童子卸下介。

老　君　（念“口鼓”）不知陛下驾临，请恕迎接来迟，有失礼数。

玉　帝　（念“口鼓”）哪，不知者不怪。朕因为烧猴期满，所以来睇下佢是否一命呜呼。

老　君　（白）主上！

（唱“滚花下句”）

三昧真火强烈焰，巽位罡风利似刀。

烧咗佢四十九天，而家马骝毛都冇。

玉　帝　（喜介。唱“长句滚花下句”）

乐淘淘（双），此后再无妖怪扰天曹。

可以安枕无忧抛烦恼，

乐享万年帝业道寡称孤（句）。

他日安天大会庆功成，

与卿同看霓裳仙舞。

长　庚　（唱“滚花下句”）

此次得平妖患，全赖我主洪福滔滔。

压伏邪魔，真系天威共睹。

李　靖　（唱“滚花下句”）

自愧我天兵统帅，无力降妖立功劳。

今次托赖平安，浩荡天恩当思报。

观　音　（念“白榄”）

圣德巍峨极，万物尽昭苏。

还请发慈悲，将妖猴骨灰扫（双）。

玉　帝　（念“白榄”）

连忙传御旨，揭开那丹炉（双）。

老　君　（做得意状，白）微臣领吖旨。（大摇大摆“雁儿落”，舞蹈做揭炉状）

［食住揭炉时，白烟冲上介。

悟　空　（食住揭炉后，喝白）好胆，好呀胆（介）！

［老君食住一惊，掷炉盖介。

［“开边”。悟空跳出丹炉，怒视众人。“慢卓竹”推磨过位介。

［众人食住过位，做惊愕状，旋做镇静介。

悟　空　（“先锋钹”，执玉帝，唱“连环西皮”）

真胆粗（双）！

休恃丹炉烧我皮毛，横施逆倒。

（“先锋钹”，执玉帝扔转身，举拳欲打介。）

［李靖食住上前拦介。

［悟空一掌推开李靖介。

李　靖　（唱“沉腔滚花下句”）

唉吔吔，你有惊龙驾，罪大难逃。

长　庚　（白）大圣！

（唱“滚花上句”）

玉帝待你恩深，岂可恩将仇报？

官封齐天大圣，位与天高。

屡次招安，可见天恩极浩。

悟　空　（白）嗄，天恩极浩？（“掷槌”）呸！

（唱“滚花下句”）

重提往事，我要闹过你嘅老糊涂！

（唱“霸腔芙蓉上句”）

你两次招安，实系布成圈套。

将老孙来束缚，替佢养马看桃。

我岂愿为役为奴，故返林泉终老。

为什么天兵神将挑衅，到我家庐？

（唱“滚花”）

我罪在何来，你要恃强征讨？

观　音　（唱“滚花下句”）

仙桃御酒乃系神仙物，岂容你非分谋图。

此罪实非轻，何况重把仙丹偷盗。

悟　空　（唱“滚花下句”）

丹桃既是神仙物，我已位列仙曹，

食亦无妨，何故起兵动武？

玉　帝　（白）孽畜！

（唱“滚花下句”）

你只马骝点食得长生果？

还不知水浸眼眉毛。

我再将你擒拿，你就难逃劫数。

悟　空　（白）可怒吔！

（唱“快撞点下句”）

还来侮辱强称豪，

休恃天宫神凶暴。

半分怯惧也全无。

（唱“滚花”）

哼喇喇（“一槌”）——

待我掣起定海神针，

（“开边”，转身背台用脚由地毡挑起金箍棒介）

将天宫乱扫！

（“先锋钹”，上前欲打介）

[李靖食住拔剑上前搭住。“三搭箭”锣鼓推前退后三次，“四鼓头”扎架介。

[食住熄灯。变衣边远景通明殿，全台天空云景。

[悟空与李靖搭住介。

［玉帝、观音、哪吒、长庚、老君、四天兵企幕。

玉 帝 （发火，念“口鼓”）孙悟空，你系咪泼野得咁交关？而家四面天兵已赶到！

观 音 （念“口鼓”）任你神通广大，都难比天高！

悟 空 （念“口鼓”）你咪恃住人多，等我拔出猴毛，变出猴兵无数！

［悟空“开边”，拔毛吹入什边介。

［食住“开边”，六猴兵什边上，舞蹈齐扎架介。

悟 空 （对六猴兵，念“口鼓”）就在天宫之内，杀到日暗天乌！

［悟空领群猴与李靖、哪吒略战，任度介。

［玉帝、观音、长庚、老君被冲散，逃下介。

［李靖、哪吒、天兵分边败下介。

悟 空 （白）好呀！

（唱“滚花下句”）

杀到天兵无踪无影，玉帝望风而逃！

（“三搭箭”，齐笑介）

［幕落，煞科。

宋代爱国历史袍甲名剧

血洒潞安州

广州新岭南剧团演出

1963年10月

陈汉瑛编撰

人物表

陆　登	陈汉瑛	李　纲	林也安
陆　妻	金燕萍	守城官	吴伟雄
梁红玉	女慕贞	小　军	吴玉良
金兀术	梁芸崑	甲朝臣	黎启星
乳　娘	小谪仙	甲妇女	徐顾眉
韩世忠	朱子汉	乙妇女	苏小梨
哈迷蚩	莫汝京	丙妇女	林小玲
大太子	梁桂华	李　彪	吴伟雄（先）
宋　王	梁卓先	陈　龙	梁桂华（先）
张邦昌	徐醒雄		

第一场　分守

景：原御校场，两边刀枪，正面有高台，有步级御座等。

［“牌子头”，起幕。

［甲、乙、丙、丁朝臣帅牌子上介。

甲朝臣　（念“白榄”）

呢一趟（双），金国兴兵真狂妄。

侵略我中原，无人来抵挡。

若杀到来汴京，唔死有排慌。

先要巩固潞安州，把守两狼关。

为选拔名将，圣上亲到御校场（双）。

［内场：“圣驾到！”“六波令”，李纲、张邦昌、宫灯、御扇、罗伞分次序上。宋王钦宗上正面御座介。

宋　王　（念“口鼓”）金兵横行动刀枪，弱肉强食恃强梁。连日失关折兵将，问声丞相何主张？

邦　昌　（念“口鼓”）可和即和，可抗即抗。古云以和为贵，又何须主上亲来到御校场？

李　纲　（“的的撑”，白）丞相此言差矣。

（念“口鼓”）古云水来土掩，兵来将挡。若求和割地，有辱家邦。万岁爷（“一槌”），先要保守潞安州，与两狼关上。今遣主要名将，保卫国疆。

［宋王，“这个”介。

邦　昌　（念“口鼓”）万岁爷，若抵抗金兵，我早有此想。现有陈、李二将，万夫不当。何不宣他二人，面较技俩。一名可守潞安州，一名能镇守两狼。

宋　王　（念“口鼓”）张卿言来理由适当。传旨陈、李二将，比武在校场。

［邦昌传旨介。

陈
李　（同内场白）来了！

（“大冲头”，分边上，“四指扎架”白）参见主上！

宋　王　卿家平身。

陈
李　（二人同白）谢主上！

［“先锋钹”，三槌归班介。

陈
李　主上宣臣何事？

宋　王　（念“口鼓”）你两人先行比武，再行分配重任身当。

［陈、李马上比武介，搭住介，互相打平跤任度。

宋　王　（唱“滚花上句”）

好比虎斗龙争，真不愧当代名将。

李卿家把潞安州镇守，陈卿家把守两狼。

抵御金兵，为王一定论功行赏。

［陈、李二人上前谢龙恩！

李　纲　（唱“滚花下句”）

此乃黔驴之技，不能抵御强梁。

何不主上大叫三声，定有英雄来较量。

宋　王　（白）好呀！

（念“口鼓”）李卿家慎重而行，为王顺从你讲。你在校场三声大叫，若无人抵抗，你们可把原任担当。

张
陈　（三人“这个”介，暗介关目表示不怕介。）领旨！
李

［三人各分边。

陈　龙　（白）主上有旨，令我镇守两狼关，谁人反抗？

李　彪　（白）主上命我镇守潞安，谁人敢与我较量，快上校场。

世　忠
　　　　（内白）来了！（“锣边大花”，大靠上。）
陆　登

世　忠　（唱“滚花下句”）

陈龙是酒囊饭袋，有何本领把守两狼？（包槌）

陆　登　（唱“滚花上句”）

李彪是尸位素餐，镇守潞安殊不妥当。（包槌）

世　忠　（唱“滚花下句”）

又怕佢丧师辱国，有误家邦。

陆　登　（唱“滚花上句”）

咛喇喇（“一槌”），甲胄身披，校场而往。

世　忠
　　　　（“四鼓头”，车身）参见主上！
陆　登

宋　王　（白）两卿家平身。

世　忠
　　　　（白）谢隆恩！
陆　登

［二人卖身形，关目“掷槌”陈、李、张等介。

宋　王　（念“口鼓”）二位卿家闯进校场，是否与他们较量？

陆　登
　　　　（同念“口鼓”）若用陈、李身肩重任，我有拦奏本章。
世　忠

宋　王　（念“口鼓”）他两人曾经比武在校场，孤王用之何枉？

陆　登　（拦白）慢！

（唱“霸腔芙蓉下句”）

君王若选将来杀敌，要审慎参详。

世　忠　（接唱）我王若比武论才，先要传旨降。

陆　登　（接唱）陈李两人比武，试问谁个作主张？

世　忠　（接唱）莫不是大宋朝中，并无英才良将？

陆　登　（接唱）知否金兵勇猛，选将也要优良。

世　忠　（唱“滚花”）

望我王秉正从公，无纵无枉。

宋　王　（这个介，唱“滚花”）

陈李是英雄，其中举荐是丞相张邦昌。

刚才比武胜负未分，俱是为国争先施力量。

[世忠、陆登“的的撑”，关目张邦昌介。

陆　登　（唱“滚花下句”）

张丞相可算眼光如豆，不分低劣与优良。

世　忠　（唱“滚花上句”）

张丞相你可算坐井观天，须知朝中还有英才良将。

陆　登　（唱“滚花下句”）

张丞相分明徇私卖放，把戚友偏帮。

世　忠　（唱“滚花上句”）

张丞相我要与佢两人比高低，显我英雄技俩。

陆　登　（唱“滚花下句”）

张丞相我要你勿目中无我，

须知一山还有一山高，强中还有强中强。

世　忠
陆　登　（二人同白）万岁爷！

（唱“滚花”）

我定要比武校场，请我王旨降！（收）

（注意：这段花以上每句要用包槌配合气氛。）

宋　王　（念“口鼓”）卿家所讲甚有道理，孤王就依从你讲。生死并无追究，谁人担保你两个，快奏为王。

李　纲　（念“口鼓”）万岁爷，微臣愿担保陆登与韩世忠，绝不会私估卖放。

邦　昌　（念“口鼓”）我愿担保陈龙、李彪二人，无非把国土扶匡。

宋　王　（白）好呀！

（念“口鼓”）两卿家道理各持，无非为国荐才，速立下军令状。

［四人照“古老排场”立军令状。

宋　王　（看介，白）果然写得明白，众卿家——

（念“口鼓”）今次比武不许放冷箭，只许明刀明枪。

（白）比武得来！

［四人上马扎架，二对另度，陈龙对陆登，李彪对世忠。

陈、陆　（白）你顾住你驴头。

韩、李　（白）你坐稳你马鞍。

陆、韩　（白）休相让，

陈、李　（白）当堂分胜负，

陆、韩　（白）战过便分明！

四　人　（同白）你又来！你又来！

［四人打介，照古老排场另度，斩陈、李二人介。

邦　昌　（见二人死了，念“口鼓”）主上，他枉杀将才，应将罪降。

李　纲　（念“口鼓”）刚才说明生死不追究，你看吓立下军令状两张。

宋　王　（白）张卿家！

（念“口鼓”）休得反复无常，已经声明在案。忠臣出于乱世，待孤差遣忠良吔！

（唱“快撞点上句”）

世忠果是忠良将，

不枉国家一栋梁，

镇守两狼将敌抗！

［世忠接旨介。

宋　王　（接唱）

陆登武艺非寻常，

潞安州将金兵挡，

保家卫国勿负为王。

（唱“滚花”）

派遣已完，御林军摆驾回宫往。

［宋王与太监、众将下介。

陆　登
世　忠　（二人留下，“大水波浪”介，白）丞相辛苦了！

世　忠　（“水波浪”，白）陆将军！

（唱“滚花下句”）

眼见烽烟四起，身为边关将领真是旦夕难安。

我誓要热血挽山河，逞我英雄志向。

陆　登　（唱“减字芙蓉下句”）

兄言真不错，与我一样心肠。

宁愿战死在沙场，国土誓难将敌让。

世　忠　（接唱）

誓把侵略者驱逐，国土庆重光。

使得庶民乐业安居，我不希望封侯与拜相。

陆　登　（白）韩兄！

（念“白榄”）

你真英雄，真好汉。丈夫为国为家邦。

先靖四海狼烟，使黎民得欢畅。

非贪富贵，有责共兴亡。

若能复国邦，范蠡吾不让。

兄言是金石，句句不能忘。

更豪怀示我多番，值得人敬仰。（见礼）

世　忠　（念“白榄”）

不敢当，（介）不过互相来策划，岂敢夸才广。

今次奉王令，我俩分头把金兵抗。

我统三军（“一槌”），巩固国防（“一槌”）；

守疆土，为家邦；扶国难，共勤王。

陆　登　（白）韩将军！

（念“口鼓”）你金石良言，我定必听从你讲。讲到为民为国，我每饭不忘。我接纳你良言，请受吾拜上。（“开边”，跪介）

世　忠　（兜起介，念“口鼓”）将军何来跪我？愧不敢当。

陆　登　（念“口鼓”）蒙将军赐教诸多，条条是国土为上。今后互相关照，把国运扶匡。

世　忠　（念“口鼓”）陆将军，你碧血丹心，值得我以礼相向。（跪介）

陆　登　（兜起）韩将军你拜我何来？

世　忠　（念“口鼓”）我拜你赤胆忠肝。我最怕有难之时，变节中途（“一槌”）。

陆　登　（食半句，念“口鼓”）我跪在尘埃上。

（开边，口白）三光听端详。贪生而怕死，乱箭把身亡。凌烟阁表名扬（“顺三槌”），受我个全礼。

二　人　（同唱“煞板”）

凌烟，（介）阁上，定表名扬。

［“四指扎架”。

［幕下。

第二场

景：底景全场布长城，衣边城上写“两狼关”，什边有大树、石等。城楼上有将士企望，旗号写姓韩的旗号。

［牌子头起幕。急急风三轮，四女兵、四大将推粮车上。

红　玉　（“四鼓头”，“马荡子”，“断头”起唱“武西厢”）

漫漫路漫漫，山湾过来曲过湾，

踏遍了关山。遥望两狼关，

（唱“慢板”）

安然无变幻。

抗金兵，三军未动，粮草先行。

叫三军，推粮车，忙向关前路趱。

［拉腔，“圆台”，红玉车身叫城介。

红　玉　（“四鼓头”，起唱“七字清中板”）

提防固守两狼关，

紧闭城门防敌犯。

刁斗森严确非凡。

红玉对城楼忙叫喊，

催粮官到解粮还。

（唱“滚花”）

守城官快通知元戎，免佢将夫人望盼。

守城官　（白）啊，原来夫人回来了，请候一时，待末将通告。（向内，白）启禀元戎，夫人解粮已到。

世　忠　（内白）报过了，开城！

（四手下，世忠“大七槌”上唱“快中板”）

军粮解至把关还，

夫人功劳非泛泛。

本帅迎接她进关，

下礼相迎无怠慢。

（“一槌”，白）夫人回来了，（介）夫人有礼！

[起“慢板序”，二人下马相迎介。

此一番，夫人你，军粮护送，功业非凡。

夫人你，在途中，可有遇敌人，你言明一旦。

红　玉　（接唱）

奴这里，押解军粮，小心防范。

经已顺利进行，请老爷查仓，分毫未减。（过序）

世　忠　（白）夫人何用点查呢，吩咐粮草归仓吧！

[众粮车进关介。

红　玉　（唱“长句二黄下句”）

夫你镇守两狼关，深得黎民称赞，

不怕辛劳，几度靖波澜。

长汗征衣忘餐废寝，最怕生灵涂炭，

应挽救破碎河山。（句）

夫你为国劳心，尽心救沦亡国难。

世　忠　（白）夫人过奖了。

（唱“秃头七字清中板下句”）

食王爵禄挽河山，

夫妻两人扶国难。

不斩楼兰誓不还。

世忠一身都是胆，

岂教胡马度阴山。

任教金兵千百万，

一夫振臂敌难进关。

（唱“滚花”）

耳边胡笳声播散。

［内场号角声，二人“大水波浪”介。

红　玉　（唱“滚花下句”）

金兵杀到，备战由我红玉负担。

巾帼须眉，立即奔骑将敌斩。

世　忠　（唱“五槌滚花下句”）

夫人女中翘楚，胜过花木兰。

（白）有此众三军，你们威威风风，杀杀气气，准备杀敌！

［二人上马介。

（注意：以上应用古乐衬托气氛。）

［“急急风”三轮，金大太子、二太子什边上、衣边上。红玉的女兵“双龙出水”。大、二太子与红玉交战，太子败下介。

兀　术　（内白）好胆！

［兀术接战，与红玉打“霓虹关”，照面，任度。

兀　术　（白）哗！咁靓嘅又！

（唱“霸腔芙蓉下句”）

阵前来了女将一员，生得蛾眉凤眼。

樱桃小嘴，还衬住金耳环。

见佢傅粉涂脂，更有梨涡藏春盏。

睇你纤纤弱质，怎能上阵对儿男。

我有心惜玉怜香，快些跟我回营将酒叹。

红　玉　（白）住口，好胆！

（唱“滚花”）

红玉梁氏非等闲。

快通臭名来受斩。

兀 术　（唱“滚花下句”）

若问你丈夫名字，威震尘寰。

大金国四殿下金兀术（“一槌”），武艺堪夸人称赞。

红 玉　（唱“快撞点下句”）

黄毛小子乱夸谈，

直刺银枪施威猛。

［红玉与兀术“三挑”，兀术转身挡头。兀术吃痛，撞火介。

兀 术　（“大水波浪”，唱“滚花下句”）

我誓要生擒你个贱妇把营还！

［二人度打介，不分胜负，搭住。

［韩世忠在关鸣金收兵。

［哈迷蚩在什边鸣金收兵。

红 玉　（白）金兀术，若不是天时已晚，定取你狗头！

兀 术　（白）梁红玉，若不是鸣金收兵，定擒你回营！

红 玉　（白）明天再战！

兀 术　（白）明天交锋！

［二人分边下。

［内场炮声乱介。

红 玉　（唱“滚花”）

众炮连声，把两狼侵犯。

恨那金兵无道，欲夺此关。

先看东门，有何变幻。

［“圆台”，喝介。四金兵冲上，杀四星介，完。

红 玉　（起唱“快二流”）

恨金兵阴谋诡计（工），

交战未分胜负（工），便收兵回还。

梁红玉再走南门，提防敌患。

［红玉“圆台”。衣边四金兵复上，打介。

［起三更。

红　玉　（复唱“二流”）

谯楼三更，还未静波澜。

梁红玉力尽筋疲，要把各门视探。

［红玉“圆台”。炮响，众金兵上，打介。“斩三帅”，红玉与大太子、二太子度打，败众介。

红　玉　（唱“快十字清下句”）

两狼关，逢敌寇，炮轰伤残。

杀三门，未见夫，有何动弹。

韩世忠、梁红玉，难弃此关。

（唱“七字清”）

合力同心将敌斩，千谋万计挽狂澜。

（唱“三字经”）

誓杀金兵，山河救挽。

万难轻放，敌进关。

（唱“滚花”）

立找世忠，无怠慢。

［“圆台”，韩世忠上介。

世　忠　（念“口鼓”）夫人，我在北门把那金人杀退而返。现夫人无恙最可嘉，你力敌三关。恨那金兵把两狼关围到水泄不通，使我忙于一旦。夫人想法别处求救，从死里逃生。

红　玉　（唱“长句滚花”）

听他言，仍未晚，别处求救甚为难。

潞安州与两狼难往返，山遥路远万重山。

只有小路一条求救挽，命苏德带书急救，

此人武艺不平凡（句）。

你立即修书，保危关缺憾。

世　忠　（唱“快撞点”）

潞安求救喜心间，

夫人果有英雄眼。

（唱“滚花”）

暗命苏德带信，立即起行。

[“四鼓头”，幕下。

第三场

［帅堂景，两边刀枪架。

［“点绛唇”，手下、堂旦四校尉上。

陆　登　（“四鼓头”，英雄白）

一片丹心气宇昂，

楼兰未斩不思乡。

壮志未酬伤百感，

世忠之语未能忘吔。

（唱“滚花上句”）

当日比武在校场，才把潞安州执掌。

灭尽奸人气焰，更谢担保李纲。

恨金兵，侵略中原，存心梦想。

潞安州，军民协力，驱逐野心豺狼。

我已禁御加强将敌抗。

［“冲头”，小军报上。

小　军　（白）参见将军！

陆　登　（白）免！（介）你进帐而来，究竟有何状况？

小　军　（念“口鼓”）两狼关有人带书到此，特来禀报匆忙。

陆　登　（“掷槌”，白）吓，韩将军有书到此吗？（念“口鼓”）你快些出营，把来人带上。

［小军什边下介。

陆　登　（念“口鼓”）关怀故友，今次我要问候韩氏勋安。

［“大双槌”，哈迷蚩穿了苏德衣服上。

迷　蚩　（念“口鼓”）改扮宋人将军情探访，妙计安排把弹弓装。（入见介）参见将军，末将苏德求见陆将军。

陆　登　（白）免！（介）苏德你由两狼关而来，奉了何人所差？到潞安州有何事干？

迷　蚩　（念“口鼓”）小将奉了韩将军之命，有密书呈上。请陆将军一看，便知其详。（呈书介）

陆　登　（接书，白）待某一观。（读信）陆将军勋鉴：自校场别后，久疏文翰。我俩身肩重任，难共叙一堂。甚念。特心多拜上，修函奉上问勋安。（介，白）韩将军修书到来问候于我，果有故友之情。待陆某谢过将军问安，（介）再来一观。（再读）自到两狼将金兵抗，鞠躬尽瘁保卫国邦。虽是我统率军徽赢得军心威壮，屡败屡战（“的的撑”），谁料缺少军粮（介）。百姓满城多怨唱，易子而食倍凄凉。母哭儿啼情惨状，全民请示要投降（介）。

［陆登表情极悲怒介。

迷　蚩　（唱“板眼”）

　　将军休火撞，要静气平肝。

　　未曾看晒未悉端详。

　　请你睇完之后，才知得内里情况。

　　再请将军回话，待我赶返两狼。

　　有什么回言，不怕对我讲，

　　呢封密信定有要事商量。

陆　登　（“的的撑”，白）讲得有理，待我再来一观。（续念信）我若一战背城，恐怕全民丧命。欲效刘备，携百姓渡江。围困水泄不通，无能他往，无奈顺请……

［“的的撑”，陆登斗鸡眼拧埋书不看介。

迷　蚩　（接念“口鼓”）他已投降。

陆　登　（大鼓一槌气倒，唱“银台上”一句）

恨叛贼，所作太不当。

（醒来，锣鼓口白）我把你个韩世忠，你个卖国贼！（念“口鼓”）你话什么精忠，原来是贪生怕丧。有日黄龙直捣（“一槌”），定挖你个心肝。

迷　蚩　（白）陆将军！

（唱“滚花下句”）

韩将军投降情景，当时我亦在旁。

确实有口难言，你未明佢真相。

孤军无援无力，无异担沙填长江。

总之识时务者是英雄，无谓以卵击石将板撞。

陆　登　（白）吓！你当时也在场吗？

（唱“滚花下句”）

咁你把当时情况，快说端详。

佢一定怕死贪生，你快讲明投降情况。

迷　蚩　（白）遵命！

（唱“长句滚花下句”）

言状况，说端详，当时金兵日夜攻城墙。

韩世忠领兵同佢来打仗，两狼固守似金汤。

总之百姓凄凉叫冤枉，我们三军又绝粮。

无粮点能来打仗，三军百姓苦苦叫投降。

世忠夫妇无计想，但系投金条件有数章。

（楔白）一不许杀人将火放，二不许奸淫掳掠入民房。金兀术件件应承咁就烧炮仗。金兵秋毫无犯，韩世忠已受奖封王。

（续唱“滚花”）

佢有书来到告给你知，佢亦无非……

陆　登　（白）无非什么？

迷　蚩　（续唱）

无非叫你学佢一样。

陆　登　（“的的撑”，关目，“先锋钹”开位，挑哈迷蚩介，唱“连环西皮”）

真真不当（双），胆大猖狂。

说客身为，存心梦想。

［陆登扔哈迷蚩一脚无头鸡，进前一脚踏住哈迷蚩。“古老顺三槌”指介。

迷　蚩　（唱“沉腔滚花下句”）

唉吔吔，吓得我屎散膏扬。

将军不用怒气如斯，应有容人之量。

陆　登　（唱“减字芙蓉”）

你存心有狡诈，想做说客说我投降。

我报国是丹心，心肠无异向。

你狗主无道义，辱国丧家邦。

我不准把国事妄谈，

（唱“滚花”）

否则当堂要你命丧！（“一槌”）

迷　蚩　（念“白榄”）

真恶讲（双）。

身为大丈夫，叫人讲嘢唔认账。

佢讲错好地地，我讲错就要劏。

量度咁狭窄，枉你身为大官长。

（“一槌”，知讲错介。）

陆　登　（念“白榄”）

你说谎（介），还重在此说谎。

有什么理由，我点样无大量。

你快些照直讲，否则要你剑下亡。

迷　蚩　（唱“流水中板”）

我唔敢讲，我唔敢讲，否则死得太冤枉。

我并非说降咁笨憨，最好打发我两狼关往。

罪及家人太不当，吓到心中卜卜响。

我最怕将命丧（拉腔），将军请呀！

［“先锋钹”，欲出门介。

陆　登　（白）慢着！

（扯住哈迷蚩，“慢五槌”，唱“滚花下句”）

见此人全无气节，真令我怒火上胸膛（包槌）。

佢舌似莲花，看佢身材不似一个中原汉。

看来此次书函修着，或有诡计行藏。

莫非奸人狡猾诸多，我要三思查访。

（白）好，我可向此人问韩世忠家事，便知道此人是真抑或是伪装。苏德过来——

（唱“血泪花”）

我问实情实情，你主家状况。

韩世忠两夫妻，怎样结鸳鸯？

家庭变幻有几多趟？

我思念故友，佢过往是怎样？

迷　蚩　（“重一槌”，暗惊介，唱“秋江别中板”）

呢一趟，撞板听“羌”！

一碗碗，辣椒汤，

尝透酸苦实在难忘。

镇静持压心中勿惊惶。

（另场，白）我怕乜上前，妙计已安排。你精我唔憨，若然无番三几度，点敢把军师当？我一步三计，胜过当年诸葛亮。（上前介）陆将军，你若问韩将军家世，待我细说端详。

（唱“龙舟”）

若问我主家中底细，

陆　登　（白）他哪里人氏？

迷　蚩　（接唱）

我不知佢某省某县某某乡。

不过听佢讲过，大约有匹布咁长。

佢有位兄长名叫韩世凡，娶妻淫荡，

私勾野汉太乖张。

重谋杀亲夫，把亲儿命丧。

后来韩世忠杀嫂投军上战场。

陆　登　（接唱）

佢怎样娶妻？你快些直讲。

佢妻何名何姓，是否系官宦女红妆？

迷　蚩　（接唱）

唉主人妻不可提，无谓追寻根梗。

若讲主人家事，于礼不当。

陆　登　（白）苏德！

（唱“手托”）

你不要在此太惊慌，

主要问佢家庭状，

我定将你不杀还有重赏。

迷　蚩　（白）讲讲讲！

（唱“三脚凳下句”）

佢妻叫梁红玉，系一位好红妆。

当日佢父亲病亡，没有钱来埋葬。

卖身来葬父，被骗到风月场。

适遇韩将军，初次来相访。

点知一见互相爱慕，

（转唱“减字芙蓉”）

佢两个鬼咁情长。

在此长住寄勾栏，秦淮风月成俪伉。

陆　登　（接唱）

佢结咗婚有几耐？

迷　蚩　（接唱）

现在十几年长。

陆　登　（接唱）

孩子有冇得生？

迷　蚩　（接唱）

生过两个令郎。（仄声）

［陆登见哈迷蚩对答如流，口供又对，用慢五槌想介。

陆　登　（唱“滚花”）

何以你又知得非常得当？（“一槌”）

迷　蚩　（接唱“滚花半句”）

佢系我嘅同乡。

陆　登　（接唱“滚花半句”）

你追随佢有多少年长？

迷　蚩　（接唱）

有十多个寒来暑往。

陆　登　（唱“快滚花半句”）

咦你与韩世忠口音唔多对。

迷　蚩　（口快快，接唱“滚花半句”）

我出世在外邦（“一槌”）。

［“的的撑”，陆登“斗鸡眼”。二人推磨。

陆　登　（“先锋钹”，执哈迷蚩，念“口鼓”）你是哪里人氏，将我军情探访？方才你说出生在何地？

迷　蚩　（接念）

我出世在家乡。

陆　登　（“先锋钹”，扔哈迷蚩跪地，按剑介，唱“滚花”）

你前言不对后语，胆敢将大话讲。

分明想把军情试探，听出你歪句言章。

你快快招出来（“一槌”）！待陆某搜过身上。

[陆登搜哈迷蚩身上，见小狐狸尾介。

陆　登　（“先锋钹”看哈迷蚩，唱“滚花下句”）

你快把出身来历，直说端详。

若有半字含糊，我便将你斩为肉酱。

[全场举刀介，大鼓扎架。

迷　蚩　（唱“沉腔滚花下句”）

唉吔吔，呢次亚崩咬狗虱，我唔死有排慌。

（唱“滚花”）

若问我此物何来（介），待我说明其中真相。

（念“白榄”）

我真实讲又试讲，此物出身在金邦。（“一槌”）

因为韩世忠投降（“一槌”），我才有把金兵当。

除下宋朝嘅衣服，换过金国嘅服装。

每人发一条，个个要携带身上。

就系咁得来，我的确无说谎。（双）

陆　登　（“的的撑”，关目介）住口！

（唱“霸腔包槌芙蓉下句”）

你当我系孩童三岁，在此信口雌黄。

此物非是士卒所携，你是一个大官长（仄声）。

你胆敢身临我嘅虎穴，今次你自取灭亡。

伪造书函刺探军情，好在本将军唔上你当。

我有识人嘅慧眼，岂容你小丑跳梁。

（唱“三字经”）

若含糊，难饶放。（介）

系猛虎，变羔羊（“一槌”）。

两狼关战况如何（“一槌”）？

你官居何职姓甚名谁（“一槌”）？

你改装到来居心何想？

迷　蚩　（念“口鼓”）我来者不怕，怕者不来（“一槌”）。今次到来实在为你条命仔着想。

（唱“滚花下句”）

我都是囚徒在你衙下，又何苦要作势装腔。

讲得出定有理由，若没理由唔敢讲。

（唱“四时果”）

自从我地兴师长驱来扫荡，

（念“白榄”）

顺者生，逆者亡。

韩世忠抵抗，已打到佢落逃荒。

现在已失去两狼关，攻陷潞安易如反掌。

势若破竹，你抗亲便死亡。

我爱众生灵，至有如此想。

你若不识时务，否则会家破人亡。

若问我职司，哈氏参谋长。

陆　登　（拦，白）你如斯大胆，我要将你略施惩戒（“一槌”）。割去你个鼻梁也！

（锣鼓另度，“水仙子”介）

迷　蚩　（痛介，唱“沉腔滚花”）

唉吔吔，来时好好地，番去金国冇咗鼻梁。

陆　登　（白）人来赶了出外！

［迷蚩痛介，什边下介。

陆　登　（唱“滚花下句”）

众三军雄心奋发，保卫潞安城墙！

［“四鼓头”扎架介。

［幕下。

第四场

景：厅堂景。正面屏风、方格、台凳等。

陆　妻　（“急急风”，唱“京倒板”一句）

伤怀苦恼。

（“二黄板面”，做盼夫形状，唱“长句二黄下句”）

只见月暗风高，夫郎未到。

不怕风霜冒雪，佢日夕辛劳。

我候家门把征衣裳做，

我不分天光与昼夜裁剪征袍。

我是女儿岂可清闲逸好？

望我夫功成一战，挽救那破碎皇都。（句）

我不能思安忘危，更忆起伤怀悲烦恼。

（唱“反线中板下句”）

见此锦绣河山，何忍征骑四布，

最惨是百姓受诛屠。

我郎君，大志胸怀，誓把山河护保。

怎奈何，未除外患权奸，内有卖国贼奴。

（唱“滚花”）

此仇此恨永难忘，

有力量半分也协助征人将敌讨。

[内场一片喧哗声，欢笑声，互相比赛介。“你多或我多”，六妇女等。

陆　妻　（唱“五槌长句滚花下句”）

我听喧声，心笑道，佢地忘食废寝不辞劳。

手不离针把征袍做，关怀备至为国效劳。（句）

我定要对她们鼓励一番，

等佢地早些完成此任务。

［六妇女各持一色征袍，“叻叻鼓”上。

甲妇女　（念“口鼓”）夫人，你分配我地全部征袍已做好。

陆　妻　（念“口鼓”）你们如此能干，不愧女中英豪。

乙妇女　（念“口鼓”）夫人过奖愧不敢当。我地有国才有家，这是应份做。

丙妇女　（念“口鼓”）前方有将士劳苦，妇女在后方加紧针线做征袍。

众妇女　（同唱“海南曲”）

我地将它折叠好，这包征袍有几十套。

甲妇女　（接唱）

我这包共成三十几套，请亚夫人收点好。

乳　娘　（食住“海南曲”过序介，持萝卜糕孭斗官上。念“白榄”）

你地制征袍，我年已老，眼蒙难缝做。

人人爱国家，我为你们煎下萝卜糕。

慰劳众姐妹，以解你地辛劳。（双）（对每人派糕介。）

陆　妻　（唱“滚花下句”）

乳娘真是善解人意，慰解众姐妹勤操。

耳边听隐约步声，莫非老爷回到。

［食住“大冲头”，小军上。

小　军　（念“白榄”）

我忙禀告（双）。

老爷在城楼，亲自将防布。

因为三军太寒冷，做好征袍速送到，速送到。

陆　妻　（白）小军过来。你去回复老爷，说夫人马上送来。

小　军　（白）知道。（“四指扎架”下）

陆　妻　（白）众姐妹们，我们将所有征袍送往老爷分布。

众妇女　（白）我们亲送，不用夫人你心操。

［众妇女将征衣互相拿下介。

陆　妻　（白）乳娘——

（唱“减字芙蓉上句”）

方才你煎糕，亚乳娘你真会做。

鼓励佢地奋勇，的确智识高。

你今天太辛劳，你解低文龙畀我抱。

（楔序白）你好辛苦咯，解低佢喇。

乳　娘　（接唱）

我辛苦唔要紧，解低佢会嘈。

（序白介）亚文龙正话瞓咗，无谓搅醒佢咯。由佢瞓下添喇。

（续唱）

亚老爷还未归来，等我煎茶将水倒。（“五槌锣鼓”下介）

陆　妻　（食住“慢五槌”，唱“滚花下句”）

看我们人心一致，我军定胜算能操。

稍候郎君公暇回府。

［落更，点灯状。

［二更。

陆　登　（唱“长句二流”上）

防敌患，备战壕，亲自监工劳苦做，

丈夫为国不辞劳（合）。

我创于心，操于脑，尽瘁鞠躬将国保。

归来迟慢返家庐，

我怀念夫人，定为我哀怀自抱。（入介）

［两人互相让座介。

陆　妻　（白）老爷！

（念“口鼓”）你有军务在身，可惜为妻不能为你担负。

陆　登　（白）夫人！

（念“口鼓”）此乃丈夫职责，何用夫人为我帮扶。

陆　妻　（念“口鼓”）刚才众姐妹们奉上征衣，可曾收到？

陆　登　（念“口鼓”）已把征袍分好，将士们个个眉飞色舞欢呼。众三军声声感谢夫人，我特为向你直告。

陆　妻　（念“口鼓”）自问居功不敢，此乃百姓功劳。

（唱“滚花下句”）

相信老爷未曾用膳，我亲下厨调饭走一遭。

陆　登　（白）慢！

（唱“滚花下句”）

我曾用膳。你看夜冷风寒，请妻你安眠及早。

陆　妻　（唱“三脚凳下句”）

老爷你未曾入睡，我陪侍不辞劳。

若先自去安眠，有亏奴妇道。

夫妻应相敬，礼仪岂能无。

（唱“滚花”）

望老爷见谅奴奴，我是为君之妇。（见礼介）

陆　登　（唱“滚花下句”）

我知你有孟光之贤淑，今夜我不把战略谋图。

［内场斗官叫，乳娘内白：“咪嘈啦！文龙。”

陆　登　（唱“五槌滚花上句”）

你要善待亲儿，方为人母。

陆　妻　（白）如此说，奴奴告退了。（下介）

陆　登　（念“口鼓”）金兀术百万雄师，将中原欺侮。

某安排妙计，明天便将你生屠。

［三更。

陆　妻　（持寒衣美酒等，唱“寻针小曲”）

夜风寒夜降，怎令我心安？

不安不安，带雪衣与佢披上，免佢夜来受冷寒。

［入门与陆登披上雪褛，登醒介。

陆　妻　（唱“小红灯”）

我俩情无两，夫你愁怀我更断肠。

保边疆，你历寒受雪霜，为妻问良心怎安？

你守潞安灭强梁，你是三军主将，

若军中无主怎打仗？

（唱“滚花下句”）

我爱丈夫如爱国，脑海常印未忘。

现是国难多愁，你是个热血男儿，最敬爱你雄心万丈。

奴在家不敢偷闲时逸，也为三军裁剪衣裳。

你镇守潞安废寝忘餐，为妻侍奉不当。（去声）

望郎君多为见谅，免使我惭愧心肠。

夫呀，你看夜冷更寒，待我把美酒拈来忙奉上。

陆　登　（饮介，白）妻呀——

（唱“反线中板下句”）

我谢娇妻，情义重，更感谢你慧质柔肠。

此夜光杯，非比寻常，鼓励我生平志向。

我陆登，楼兰未斩，我誓不思安。

目睹两狼关，已失陷了金人，使我非常惆怅。

眼见潞安州，常有敌人偷袭，

难免百姓旦夕受凄凉。

（唱“滚花”）

我还有一件事情，出于料想。

陆　妻　（唱“滚花下句”）

有何事故，直说无妨。

待为妻与你参详，快些讲明真相。

陆　登　（唱“五槌长滚花下句”）

妻你问端详，我言真相。

可恨金人真凶悍，居然改扮偷到潞安。

金国军师伪冒，说是韩世忠部将，

开言两句对我说降。

直斥其非（“一槌”），我割咗佢鼻梁返金国往。

陆　妻　（唱“快二黄下句”）

我想世忠韩氏，不会如此无良。

佢夫妻是英雄，武艺人皆敬仰。

纵把两狼关失去，也不会俯首归降。

夫你暂放愁怀，勿再胡思乱想。

陆　登　（唱“滚花下句”）

得到娇妻慰解，稍放下愁肠。（四更介）

鼓报四更，我俩谈了一宵别况。

乳　娘　（“叻叻鼓”捧茶上，唱“三脚凳”）

老爷，夫人更深还未睡，不怕露冷夜风寒。

我煲好了香茶，为你精神多透畅。

陆　妻　（接唱）

乳娘真识人意，真系我家好乳娘。

她训勉众姐妹们，做好征袍便打胜仗。

还煎定萝卜糕，

（转唱“减字芙蓉”）

姐妹喜笑乐洋洋。

乳　娘　（接唱）

有国才有家，我乳娘常常这样想。

更望老爷旗开得胜，早日国土重光。

陆　登　（接唱）

我赞句好乳娘，你肯做又能干。

文龙又肥又白，佢嘅身体健康。

陆　妻　（接唱）

佢重有一件功劳，我还未曾讲。

佢常常为你慰劳众姐妹，把艰苦自负承当。

（唱“滚花”）

征袍咁快做完成，佢下了不少功夫而干。

乳　娘　（念“白榄”）

我不敢当（双）。夫人太过奖。

我不敢自居功，全凭夫人安排适当。

我做得很渺少，这些小工作，只要将士得到御寒。

这是大家嘅功劳，夫人赞得不恰当。

［内场战鼓号角声。

陆　登　（白）不好了。

（唱“滚花”）

为什么声声号角，使我五内彷徨。

马上到城头，一看是何状况。

小　军　（冲头上，报白）禀告陆将军！金兵杀至城池，高声讨战，声声要陆登将军出战，请将军定夺！

陆　登　（“的的撑”，唱“快撞点下句”）

金兵可谓太猖狂，

居然叫嚣令人火上。

厉兵秣马决战一场。

（唱“滚花”）

叫小军，快往各营传令降。

小　军　（白）得令！（“四指扎架”下介）

陆　妻　（唱“快撞点下句”）

此番出战谨慎提防，

预祝夫郎打胜仗，

山河恢复国土重光。

（唱“滚花”）

耳边又闻有嘈杂声响。

[众百姓难民、两军士等冲上，叫“将军救命”。

小　军　（念“白榄”）

不可挡（双）。敌人势大非寻常。

现西城就快破，幸与军民合力守城墙。

百姓互相担扶，有些伤亡死得凄凉状（双）。

甲难民　（念“白榄”）

还有很多饿死，只因天气太严寒。

城内没有粮，如何能打胜仗。

陆　登　（“的的撑”，起唱“仇恨曲”，另度谱）

百姓凄凉受劫灾，哪个将他丧泉台。

是否出在奸人手，卖国通番引狼来。

众难民　（接唱）

殊可恨呀——（“查查撑”）

陆　登　（接唱）

昏王做事太不该，误引妖奸进朝来。

山河土地从此割，宋室江山难把头抬。

众难民　（接唱）

无差错。（“查查查撑”）

陆　妻　（接唱）

夫郎无谓太过忿，立挽潞安此城台。

妾等你一人，百姓随来，我们岂甘任割宰？

众难民　（接唱）

不能任割宰！

陆　登　（收）好好好！

（拉长腔）

心虽安静，我会渺来。

（“三槌扎架”，“秋水龙吟”，用悲壮衬托“口白”）众百姓，我们为什么而战？我地千千万万苦难同胞，为了锦绣山河，为了美丽园地，不受那金兵践踏。目睹两狼关已失去，现已兵临潞安。适遇天时不就，军中与城内缺粮。眼见百姓与将士们，病的病，亡的亡。我们不是为帝主而战，应该化悲怆为力量！每个人算有尚存气息，坚持到底！

众难民　（听此口白，很感动介，伏地，白）候将军使用！

陆　登　（唱“滚花下句”）

军民协力，共挽潞安！

［度集体架。

［幕下。

第五场

［潞安城景。

［“开边”起幕。

金兀术　（内场唱“首板”）

叫三军，与孤家，潞安路引！

［“锣边花”，兀术、大太子、二太子、金兵上。

兀　术　（唱“滚花下句”）

陆登果然好汉，叫孤家阵地亲临，

还割去军师鼻梁，真可恨。

誓与军师雪耻，方显我嘅才能。

叫三军，潞安路引！

［众人“圆台”，“反猪肠”企什边，金兀术单脚，“鲤鱼反水”，“困城排场”。

兀　术　（唱“滚花下句”）

叫陆登前来答话，不可误时辰。

大太子　（白）领命！

（念“口鼓”）呔！快快开城，与我们金兵对阵。不配无名小卒，只要陆登一人。

陆　登　（内白）开城！

［众三军、难民与金兵“双龙出水”，陆登搭住介。

陆　登　（念“口鼓”）你是金国何人？快把犬名直禀！你在城池乱骂，不识本帅陆登。

兀　术　（白）吓，你就是陆登吗？（“水介”）你割我军师鼻梁，此次来将你手刃。某是大金国四殿下金兀术，勇猛惊人。

陆　登　（白）呸！未曾交战，如此夸口，我把你好有一比，

兀　术　（白）好比何来？

陆　登　（白）好比棋逢敌手。

兀　术　（白）我不杀你难民。

陆　登　（白）呸！辱骂本爷真可恨。

兀　术　（白）金斧高举，把胜负来分。

陆　登　（白）你又来。

兀　术　（白）来来来。

二　人　（背台唱“首板”）

龙争虎斗临战阵。

［大战，“卖白榄排场”。二人度打，陆登败介。

［金兵与难民度打，难民败下。

［金兵攻城。爆炸声，内喝杀杀杀。

兀　术　（白）有此众三军，现分二路而进。一面二位王兄先带人马攻西城，一面追赶陆登。此人英勇，只许生擒不许杀，须要记得，违令者斩！

［金兵分边下介。

［金兀术三搭箭笑介。

［四鼓头，熄灯变荒河海边景。

陆　登　（内场：“杀败了！杀败了！”“锣边花”上，唱“滚花下句”）

杀得本帅，力倦晕陀。

再奋雄心，不怕刀枪剑阻！

［“全武行，北派打野”。结果开条路陆登走介。

兀　术　（唱“滚花”）

陆登非常英勇，入城把他说服。我国将勇兵多。

［幕下。

第六场

［厅堂景。正面台椅，衣边神像。（此场有些像《斩经堂》景。）

［乳娘坐幕。

［“子规啼牌子”起幕。

乳　娘　（作佛前灯点香，念“白榄”）

香已装，灯已点，礼佛拈香拜佛前。

夫人确诚心，为人实慈善。

上下同一体，无分贵与贱。

今天老爷佢挥戈，与金兵来作战。

默祝老佛爷，等老爷今日凯歌旋（双）。

（白）有请夫人！

［乳娘埋佛前做念经状。

陆　妻　（“士工慢板板面”上，唱“士工慢板”）

　　我夫郎，挥戈杀敌，

　　保卫城池，与金人作战。

乳　娘　（见陆妻有感触介，白）夫人！

（唱“滚花下句”）

　　夫人毋用把征人挂念，不用愁锁眉尖。

　　我代你抚抱文龙，你将敬佛来念。

陆　妻　（念“口鼓”）乳娘可谓先得我心，肺腑尽见。

我就交文龙你抱，你带佢去安眠喇。

［陆妻交斗官乳娘介。

[斗官叫介。

乳 娘 （念“口鼓”）嗳嗳嗳，文龙你切莫声喧。

你爸爸一定打胜番来，无谓苦埋口面。

我相信你都眼瞓，等我抱你入去瞓觉先。（下介）

陆 妻 （唱“滚花下句”）

待奴拈香礼佛，祝君奏凯归旋。

[陆妻拜佛。

陆 登 （内场白）“杀败了！”

（“首板”一句）

我城楼败战——

（“锣边花”上，唱“滚花下句”）

恨恨恨（“三槌”），

杀到我曳兵弃甲，有若残曳哀蝉。

众寡悬殊，我难操胜算。

任教有霸王之勇，也是枉然。

今日战败归来，我愧无颜面。

若投降事敌，岂不是遗臭万年？

誓把忠义保存，我宁愿放子杀妻（“一槌”），

归家挥剑！

[“圆台”，入门窒步介。

陆 妻 （念“口鼓”）但愿佛爷从人愿，庇佑郎君（“一槌”）凯歌旋。

陆 登 （“的的撑”，“斗鸡眼”，白）杀不得呀！

（“水波浪”介，唱“滚花下句”）

看见我妻贤淑，我怎忍心挥剑杀婵娟。

又怕敌军攻破城池，把妻污玷。（“一槌”）

岂不是夫存忠（“一槌”），妻受辱（“一槌”），

搞到瘴气乌烟。

看来忠节难存（“一槌”），我不知如何打算。

（想介，锣鼓关目介，白）有了！

（唱“滚花下句”）

先把娇妻试，试佢是否节义坚。

（抹面入门介，见妻，白）夫人请起！

陆　妻　（起身介，白）原来夫郎回来，受奴一礼。

[礼介。

陆　登　（白）夫人有礼了。夫人上坐。

陆　妻　（白）夫郎请坐。（“掷槌”）请问夫郎，今日出战，胜负如何？

陆　登　（抖大气介）唉！

陆　妻　（白）请问夫郎，为何一言未发，满面愁容，究竟是胜是败，望君言明。

陆　登　（“这个”介，关目“卓竹”介，白）夫人你有所不知，为夫今日挥戈杀敌，谁料敌众我寡，你家丈夫嘛，杀败回来了。

陆　妻　（白）吓！杀败回来了嘛？（“掷槌”）郎呀，军书有云：“胜败兵家常事。”何不再谋良策，与敌人决一死战？这是虽败犹荣罢君呀！

陆　登　（白）妻呀，为夫哪有不知。我想搬取救兵，再谋抗战。怎奈两狼关失去，潞安州孤军无援，危在旦夕。为夫决心殉国，誓不投降。怎奈夫人你年少青春，我倘有不测，怕累了夫人。今日回来，无非想夫人你这个（介），那个（介）。（“三批”介，“水介”，“先锋钹”再执夫人手介。）夫人实不相瞒对你来讲，为夫若有不测，任妻改嫁。（迫前介）

陆　妻　（白）怎样，夫郎倘有不测，为妻改嫁吗？（“水介”，“先锋钹”执陆登。）（白）罢了我地郎君，陆郎呀！细想你妻出于礼义之门，熟娴母训。女子从一而终，此乃女子之德，又岂可琵琶别抱，辱及家门？为妻在陆郎跟前说过一句，纵使夫郎以身殉国，誓存贞节，抚养孩儿，誓不另嫁别人罢君呀。

陆　登　（白）吓，誓存贞节，抚养娇儿，誓死不嫁？（“水介”，“先锋钹”，执妻，白）罢了我地妻呀！

（念“口鼓”）今日已城破家亡，为夫才有出此短见。更不忍夫人作未亡寡妇，把贞节来存。我也知你母训熟娴，心无改变。又恐怕兵临城下，金兵侮辱婵娟。那时贞节何存，你已是被兽兵污玷。为夫决心殉国，不忍你命丧黄泉。嫁死两途，当机立断。妻你勿把陆郎怀念，早日逃出生天罢妻呀！

［内场斗官叫介，“的的撑”，两人照面，“暗双思”介。

陆　妻　（唱“滚花下句”）

又听得孩儿悲叫，使我心内油煎。

我一死视鸿毛，你我孩儿如何打算？（批介）

陆　登　（“水介”，唱“长句滚花”）

我悲难言，痛难言，听闻娇儿二字碎心弦。

佢句句言词如利剑，恨我有心爱子也徒然。

国破家亡宁忍见，儿啼母泪怆痛心田。（介）

我决意父子同殉，将娇儿分两段。（“先锋钹”）

陆　妻　（白）慢！（拦）

（唱“滚花下句”）

你居心残酷，天理何存？

孩儿幼小无知，你不应将他命损。（三批介）

乳　娘　（“冲头”，抱斗官上，入门，念“白榄”）

呢趟搞唔掂。（双）

今日喊到气喘喘，重兼黑埋个口面。

现在你爹爹已回家转，快啲父子来见面（双）。

［乳娘想交文龙介。“先锋钹”，陆妻抢文龙抱回介。

乳　娘　（“卓竹”，见陆夫妇面口不妥介，唱“滚花下句”）

何以夫妻相见，涕泪涟涟？

敢问夫人究为何因，不怕言明点点。

陆　妻　（白）乳娘呀！

（唱“鸟惊喧”）

唉夫君今日为国征战，心凄怨。

唉今宵苦战败了几遍，败退败退将无存。

佢归来归来将我遣，千言千言心绪乱。

惜别要我改嫁往别县，要将儿一命丧黄泉。

（“哭相思”介）

陆　登　（白）唉！

（唱“锦城春”）

妻儿悲啼，仍是我心中乱怀着念。眼前别离在目前。

正是难危就快临，潞安悲嗟一句恨难填。

今宵不想灭子，使妻你泪流满面，

迫妻改嫁，苦睁笑面；迫妻改嫁，心已乱。

叹句叹句不保存，你快逃出生天，快逃出生天！（就此收）

乳　娘　（唱“乙反木鱼”）

惊闻战败，凄惨悲酸。

老爷虽是有心为国，不应将此子丧黄泉。

纵使老爷你为国捐躯，都有后代为你报仇雪怨。

我抱佢他乡抚养，把责任承肩。

你还要修下血书为纪念，

等佢他年长大，我便对佢讲白仇怨。

等佢杀敌持戈将账算。（双）

一来伸冤雪恨，二来可把陆氏后代保存。

陆　登　（“的的撑”，唱“滚花下句”）

乳娘说话，句句金石良言。

陆　妻　（接唱）

待我咬破指头，（开边，咬指介）

陆　登　（接唱）

待我割袍数寸。（开边，三槌割介）

乳　娘　（接唱）

怎样交代，快写备齐全。

［“冲头”，三人埋位写书介。即起“手托第二段”。

［写完，“先锋钹”读介。读血书时分位置扎架，每人读一句。

陆　登　（白）血书示儿儿知见，

陆　妻　（白）金兵侵略进中原。

乳　娘　（白）你父提师来抗战，

陆　登　（白）敌众我寡甲不全。

陆　妻　（白）陆登殉国节不变，

乳　娘　（白）你母存贞苦难言。

陆　登　（白）乳娘抚养儿长大，

众　人　（白）他年为父雪仇冤（双）。

［陆妻将血书藏在斗官身上。

陆　登　（白）好乳娘，你如此大德，我永不能忘。请受我夫妻一个全礼。（开边，跪下）

陆　登　（唱“滚花上句”）

你快带吾儿高飞走远。

陆　妻　（唱“滚花”）

忍见娇儿别母，真令我慈母心酸。

骨肉分离，有如穿心万箭。

乳　娘　（唱“滚花”）

夫人你随夫或随我，请快决断当前。

陆　妻　（唱“滚花”）

我生死随夫，你勿把夫人挂念。

陆　登　（唱“滚花”）

乳娘你由她自便，你快远走天边。

乳　娘　（另场，唱“滚花”）

我暂避一旁，看佢夫妻如何才走远。

［“大冲头”，小军带箭伤痕上介，扑入门。

陆　登　（扶起小军介，念“口鼓”）好战士！何以鲜血满身，鳞伤遍体，军中情况快对我言。

小　军　（念“口鼓”）陆将军，敌人攻破城池，城内鲜红血染。金兵杀人放火，奸淫掳掠，百姓叫苦连天。我来报知军情，已受伤中箭。望将军速谋善法，免至民命惨怨。（痛介）

［陆登为小军拔去箭，小军痛死介。

［内场战鼓声，喊杀声，抢杀声，叫救命声，十分悲切。

陆　登　（“水介”，唱“快滚花”）

宁为玉碎，不作瓦全，咛喇喇来对战！（四指下介）

陆　妻　（唱“滚花下句”）

郎佢一呼振臂与敌周旋。

陆　登　（内场白）杀败了！（冲头入门介）

陆　妻　（扶起，念“口鼓”）君呀！战况如何？快言明点点。

陆　登　（白）妻呀！

（念“口鼓”）我有如螳臂当车，战败归旋。

陆　妻　（白）夫呀！

（念“口鼓”）不若及早弃城，免遭命损。

［“先锋钹”，二人出门唱呵介，火粉介。

陆　登　（念“口鼓”）火光四面，插翅难飞出生天。

陆　妻　（念“ㄇ鼓”）我为守夫郎之言，免被贼兵污玷。快些把奴杀却，共到九泉。

［陆妻跪埋叫登杀介。

［“杀妻锣鼓”，度杀不落手。陆登“大水波浪”，作手关目。

陆　登　（唱“滚花上句”）

我与她恩爱夫妻，怎可一刀两段？

怎奈是这般贤淑，使我悲苦难言。

我左右思量，魂飞魄乱。

［陆登“拉士字腔”，气倒介。

［陆妻见夫气倒，思量若叫醒怕他难过，索性自把身上腰带解下吊颈，雁儿落介。

［陆登醒介，见妻死了，抢背跪下，哭相思。

陆　登　（扶起夫人，念“口鼓”）罢了我地夫人，妻呀！你果贤良淑德，宁死不辱，我俩在九泉会面。

（诗白）正是：人生自古谁无死，留得丹心照汗青。

［起京锣鼓打介，大鼓死介。

兀　术　（食住打介上，“三搭箭”笑介，白）有此众三军，四围搜过！

［众人拉上乳娘见兀术介。

兀　术　（白）呔！

（念“口鼓”）你是何人？是否陆登家眷？

乳　娘　（念“口鼓”）系，我是佢府中婆母，跟随佢数年。

兀　术　（念“口鼓”）手抱者是何人？快些言明一遍。

乳　娘　（念“口鼓”）这是主人幼子，身世寒酸。望你把佢哀怜，放我们去远。

兀　术　（白）吓，佢就是陆登后代吗？

（“掷槌”，“叻叻鼓”推磨，唱“滚花下句”）

我虽未跨凤乘龙谐美眷，

何不收佢为干仔，以当为后代留材。

呔！（指乳娘）

你今后将我追随，带此儿返金国地面。

（锣鼓白）你抚育此儿，日后成人长大，不可提佢身世，违令者斩！

乳　娘　（白）老身知道。

［陆登尸首扑地下介。

兀　术　（白）好呀！

（唱“滚花”）

把陆将军夫妇合坟同葬，再谋良策进犯中原。

［集体架，大鼓一槌。

［幕下，煞科。

剧本第一稿，征求意见本

冼夫人

粤西粤剧团新编五幕历史粤剧

编剧：熊夏武　何锡洪　赵文龙　敖卓柱

前　言

为了尽快听取首长和同志们的指示，我们把这本草稿匆忙付印了。这本草稿，即使在我们创作组内部，也还没有通过；部分地方还未取得一致的意见，部分地方已经讨论了修改方案，但还未动笔。其中主要的问题，也就是需要着重修改的地方，大约是如下几点：

一、冼夫人归化隋朝的思想转变过程，写得过于草率和简单化。拟将第五场改写为两场，以便着重描述。

二、加强冼夫人的对立面——王勇，比如蒲猛力称王是由于王勇的煽动；韦横叛变也是王勇的主谋；并把王勇的一些主要活动，从幕后搬上舞台。

三、重新设计第三场，正面描写冼夫人、蒲猛力、王勇之间的矛盾冲突。

当然，这仅只是我们看到的主要问题。我们看不到的，一定还有很多，希望能够得到首长和同志们的指正。

这本草稿，可以说骨架还未搭好，更遑论语法的通顺、文词的修饰了。这些，也都希望能在首长和同志们的指导下有逐步的改进。

《冼夫人》创作组

一九六二年八月二十一日

人　物

冼　英　陈中郎将，高凉郡太夫人，岭南南道越族首领，俚族人，年七十。

田夫人　冼英的媳妇，冯仆之妻，年约四十五。

冯　素　冼英孙女，田夫人之女，年约二十。

冯　魂　冼英孙儿，田夫人之子，年约十八。

甘将军　追随冼夫人多年的老部属，年约六十。

盘将军　追随冼夫人多年的老部属，年约六十。

廖北龙　罗州一带獽族都老，年约六十。

蒲猛力　陈泷州刺史，俈族都老，年约廿四。

蒲猛风　蒲猛力之弟，年约廿二。

王　勇　陈东衡州刺史，总督交、广、高、罗等廿四州军事，持节光胜将军，年约六十五。

毕　琛　陈东衡州长史。

韦　横　越州刺史，年约四十。

各族都老若干人。

大甲若干人。

州兵若干人。

男女岗丁若干人。

百姓若干人。

卫侍若干人。

探子若干人。

第一场

时　间　公元五八八年，陈后主祯明二年（隋文帝开皇八年）九月中旬某天上午。

地　点　罗州（即今化州一带）郊外。

［“牌子头”，开幕。远望隐约可见正在焚烧的火光。

猛　力　（“慢七槌”，打马上唱“七字清”）

南越山川多丽秀，天空海阔任遨游。

傜族数代为领袖，官拜刺史掌泷州。

年少英雄谁及某？独惜年已三八未赋好逑。

（转唱“滚花”）

今日述职归来，顺访阿素姑娘叙旧。

（骤闻刁斗声、喊杀声，“水波浪”，锣鼓做手，唱“快二流”）

何以四面火光，冒上山头？

喊杀连声，有若龙争虎斗？

（跳上山丘眺望，续唱）

又只见大队人马，追逐一位女流。

待我转过山傍，仔细查究。（卸下）

冯　素　（内场白）杀败了，杀败了！

（“大冲头”上，车身，两边望，唱“滚花”）

敌众我寡，杀到我气喘汗流。

暂避其锋，且战且走。（半圆台）

猛　力　（卸上，一见冯素，“先锋钹”上前，念“口鼓”）原来是冯素姑娘，你究竟与何人战斗？何以单人匹马，杀至罗州？

冯　素　（念“口鼓”）只因越州刺史韦横，以催收赕物为借口，率领大队州兵，无端洗劫罗州。婆婆接报后不忍生灵涂炭，因此差我先行前来抢救。无奈敌众我寡，被他追杀到这荒丘。

猛　力　（念“口鼓”）那些汉人州官经常欺侮我南越各族，教我们如何忍受？阿素姑娘你且一旁站立，待我前去取下这狗汉子人头。（“先锋钹”，欲下）

冯　素　（白）且慢！

（念“口鼓”）他们来势甚凶，我俩兵微势寡不宜硬斗。婆婆不久便到，不若待援兵到达，再作良谋。

猛　力　（白）这个……如此说，我们便下马歇息片时吧。

［二人下马。

猛　力　（白）阿素姑娘，今天为救罗州百姓，受累不少了。

冯　素　蒲都老，蒲刺史好说了。

（唱“三脚凳”）

请问蒲刺史，你欲往哪处应酬？

今日獽族受劫事情，你俍族又知道否？

猛　力　（接唱）

我一概不知道，因我早已作远游。

月前便去建康，有本章向君王面奏。

一去不觉两月，今天才返泷州。

（转唱“滚花”）

正想顺到高凉，把你婆孙问候。

冯　素　（楔白）蒲都老礼重了！（接唱）

不知蒲都老旅京期间，有否与我家严亲聚头？

猛　力　（楔白）也曾见到。（接唱）

他有家书一封，嘱我亲送你婆孙之手。

（取信交与冯素）

冯　素　有劳蒲都老。（站过一旁，读信）阿素姑娘妆次：久别芳姿，旦夕神驰……（“卓竹”，知蒲猛力把信弄错，拟将信交还蒲。但一转念，索性把信读下去）溯自秋前令祖母寿辰，当晚宴罢，我俩并肩后园，谈心月下……

猛　力　（发觉把信弄错，持信上前对冯素白）这这这……这一封才是令尊翁的啊！

冯　素　（忸怩地把信交回蒲，白）比如这一封呢？

猛　力　（尴尬地把冯素的手一推，白）这，这是蒲猛力给阿素姑娘的，信封里还有合浦明珠一颗，请阿素姑娘鉴我一颗痴心……

［冯素从信封里取出珍珠，爱不释手。两人相对无语。忽然喊杀声四起，蒲猛力与冯素转身向两边探望。

冯　素　（唱“滚花”）

料必是韦横逆贼，将我寻求。

猛　力　（接唱）

我们上马执戈，与他战斗。（二人上马）

［“冲头”，吴大庆、李僧明拖枪上，过场。四州兵、甲大甲、乙大甲、韦横随上。

猛　力　（搭住，白）大胆汉官，竟敢欺压我越族百姓，看剑！

［双方开打，若干回合后，甲大甲被冯素杀败退下，冯素追下。蒲猛力迎战韦横与乙大甲。突然蒲马失前蹄跌下马。乙大甲举起银枪正拟向蒲刺下，忽然场内飞来一箭，正中乙大甲要害。乙大甲一声倒地死去，冯素卸上。

韦　横　（“先锋钹”，上前拔出乙大甲身上之箭，细看箭上标志，白）冼英之箭，冼英之箭！

［“四鼓头”。四女兵、旗手持“冼”字大旗，二岗丁抬铜鼓，冯魂，甘、盘将军，冼英先后上，扎架。

韦　横　（一见冼英，白）呵呵呵，你胆敢杀死我一员大将！（“先锋钹”，上前质问冼英，白）人人说冼英光明磊落，谁料你用暗箭伤人！

冼　英　（秃头唱“吴王怨”）

我光明磊落，惟是也嫉恶如仇，

你休要借口！

（即起“梆子慢板短序”，“掩门”，“扎架”，唱“慢板”）

我一生，不射天上小鸟。

但对虎狼鹰隼，却是情面不留。

韦　横　（接唱）

你也该知，俺盖世英雄，

杀人不眨眼，早已名轰宇宙。

冼　英　（接唱）

我们俚族人，从小打猎。

尽管虎狼凶猛，也要低头。

韦　横　（唱“快中板”）

你抗缴赕物可知罪咎？

冼　英　（接唱）

你指鹿为马另有阴谋。

韦　横　（接唱）

今岁加征你知道否？

冼　英　（接唱）

我不信皇上要加抽。

韦　横　（接唱）

大张公文拿在手，睁开狗眼看从头。

（接“滚花”）

你身为中郎将，高凉郡太夫人，

违抗圣命罪该斩首，（“三槌”，交出公文）

冼　英　（“先锋钹”，接过公文细看，唱“滚花”）

何以主上要把赕物加抽？

一定是误听谗言，未加研究。

（念“口鼓”）韦刺史，即使皇上要加抽高罗各州赕物，你身为刺史，也该为民请命据情上奏。难道你不知道晚造已成旱象，忘记了今岁早造各地失收？纵然是你奉命到来催收，也不该焚烧抢杀。试问你这等行为又何异贼寇？现在我劝告于你，立即偃旗息鼓，抚恤伤亡，否则众怒难犯，各族百姓对你决不善罢甘休。

韦　横　（念“口鼓”）嘿，这里是罗州地方，不属高州管辖范围，用不着你冼英到来插手。

冼　英　（念“口鼓”）韦横，你转头一看这是什么？（半句，指铜鼓）

韦　横　（转身一看，白）原来是那个破烂铜鼓。

冼　英　（念“口鼓”）就凭这个铜鼓，我便可管及这儿罗州。我们南越不管某个地方受人欺侮，这铜鼓一到，各族兄弟便驰来抢救。若然铜鼓一响，那时候嘛……你韦横休想把狗命保留。

韦　横　（念“口鼓”）呸！我韦横一生英雄，难道怕你这个烂铜鼓？怕你这些南蛮狗？

［“的的撑”，冼英，蒲猛力，冯素，冯魂，甘、盘二将等怒不可遏。

猛　力　（“先锋钹”，拔剑指向韦横，白）你胆敢侮辱我们神鼓？侮辱我们越族？（对冼英念“口鼓”）太夫人立即传令擂鼓，待我取下这狗汉子人头！

冯　素
冯　魂　（同白）婆婆传令擂鼓也罢！

甘、盘二将　（同白）太夫人传令擂鼓也罢！

冯　英　好吧，吩咐擂鼓！

［冯魂擂鼓，双方开打。只需几个回合，韦横便束手就擒，其余兵将败下。

冼　英　（白）韦横，你已束手被擒，还有何话说？

韦　横　（白）我是奉王勇将军之命而来，是奉皇上之命而来，不信你们胆敢将我韦某难为！

［“冲头”，廖北龙、都老甲扶吴都老上。

吴都老　（跪向冼英，白）太夫人，吴大庆今天疏于防范，被韦横强盗闯了进来。我我我，我对不起我们俚族的父老兄弟！（死去）

冼　英　（悲愤地白）吴都老！（“的的撑”，按剑怒视韦横）

众　人　（白）吴都老！（音乐衬音，跪向吴都老致哀）

冯　魂　（“先锋钹”。拔剑走向韦横，白）杀了这个强盗吧！

北　龙　都老甲　（发现韦横，一人一句白）原来你躲在这里！我找你许久了！（“先锋钹”。拔剑走向韦横）

冼　英　（食住“先锋钹”，趋前制止廖北龙与李僧明，白）廖都老，李都老！我也把这个豺狼恨死，也恨不得将他一刀两段。可是……不不不……（收剑）

猛　力　（白）太夫人，你还不什么？难道是放虎归山，给他继续为非作歹、杀人放火吗？

都老甲　（白）太夫人，难道你忘记了我们各族一家有难，百家相助；一族受辱，各族报仇的歃血盟誓吗？

北　龙　（白）太夫人，难道你不看见吴都老身上的血迹未干，不看见还在着火的民房，一任这强盗逍遥法外、为所欲为吗？

冼　英　（白）各位都老！大家都说得对，但他终归是一个地方州牧，斩杀之权，不在我们手中。

猛　力
北　龙
僧　明　（同白）太夫人，难道你真要把他释放？

冼　英　（白）那又太便宜他了。我要把他送到王都督王勇将军那处，把他残害百姓、焚烧民房、杀死吴都老等事情详细向王都督禀说，请他执行国法，为民申冤。

北　龙　（白）太夫人！难道你不知他是王勇的亲信？你把他送到王勇那里，岂不是放虎归山吗？

冼　英　未必如此。他虽是王勇将军的部将，但国法如山，王都督又岂敢包庇徇私？甘、盘二将军听着，你们立即把韦横押解到王都督那里去吧。

甘
盘　（同白）遵命！（押韦横下）

猛　力　（另场唱“滚花”）

冼英瞻前顾后，老气横秋。

她已远非当年，难膺我南越领袖。

北　龙　（唱“滚花”）

太夫人，你还侈谈什么国法？（半句）

冼　英　（楔白）我们是大陈子民，怎能不守国法？没有国法，天下岂非大乱？

北　龙　（楔白）目前天下还不够大乱吗？

（续唱“滚花”）

这都是朝纲不修——

（转唱“霸腔中板”）

那昏君，只顾娱乐荒淫，终日吟诗饮酒。

他听信奸臣，横征暴敛，任意把赕物加抽。

那官绅，上下贪婪，尤甚于洪水猛兽。

众黎民，如在水深火热，终日为马为牛。

（转唱“滚花”）

如此皇帝，这般朝廷，怎不教人痛心疾首？

冼　英　（白）这些事情，难道我不知道？

北　龙　（白）你知道又怎样？

［“冲头”，数百姓背包袱，扶老携幼地鱼贯上。

百姓甲　（念“口鼓”）各位都老，韦贼烧毁我楼房，杀死我丈夫，教我今后如何维持这一家数口？

百姓乙　（念“口鼓”）韦横贼杀了我女婿，奸杀了我女儿，万望太夫人与各位都老做主，为我申雪冤仇！

冼　英　（唱“沉腔滚花”）

　　唉吔吔，我该怎样接纳大众所求？

猛　力　（“先锋钹”，念“口鼓”）太夫人！众百姓弄到流离失所，家破人亡，难道你仍置若罔闻，见死不救？

北　龙　（“先锋钹”，念“口鼓”）太夫人，目睹此景此情，你为南越首领，应该怎样去替受苦百姓解难分忧？

冼　英　这个——（“大擲锤锣鼓”做手，唱“快中板”）

　　群情汹涌气冲牛斗，

　　诛除奸佞敌忾同仇。

　　遍地哀鸿宁忍袖手？

　　为民请命仔细筹谋。

（转唱“滚花”）

　　罢罢罢，不若写下本章，向君王启奏。

（拉“士腔”收，对冯魂白）魂儿，文房伺候。

冯　魂　（白）知道！（取出纸笔墨递交冯英）

冼　英　（音乐奏“手托”第一段写表。写完表，“叻叻鼓”看表。看完表，“手托”第二段修改补充，唱“煞板”）

　　冼英上述言事，请主深思熟虑国政勤修。

（对冯魂白）魂儿，你拿我这本章，星夜奔驰，赶上你家父亲，叫他到京之后，亲呈皇上，请皇上要“子惠元元，不遗在远”。南越各族，也是大陈子民，不要另眼相看。请皇上不要忘记大陈帝业，是从岭南发家的，不要再派贪婪州吏，凌辱南越各族。请皇上要亲贤人，远小人，勤修国政，体恤民艰。如若不然，民心离析，大陈江山岌岌可危！

冯　魂　（白）婆婆，孙儿去了。（拟下）

冼　英　（白）魂儿，回来！（解下佩剑）魂儿，这是三十八年前，高祖皇帝在赣石送与你家祖父的宝剑。你带去给你哥哥，一并呈给皇上。请皇上勿忘先帝创业艰难，请皇上勿忘当年为了清除侯景叛乱，汉越两族，是怎样同心协力、肝胆相照的——魂儿，宝剑在身，一路之上，须得小心！

冯　魂　（白）孙儿知道！

[大笛衬音，揳锣鼓。冼英授剑，冼魂持剑。

[幕下。

第二场

时　间　公元五八八年，陈后主祯明二年（隋文帝开皇八年）九月十六日。

这天是越王诞。

地　点　高凉（今高州、电白一带）越王岭越王庙。

［启幕时，铜鼓声自远而近，有顷，廖、祝二将抬铜鼓，冯素擂鼓而上，舞鼓毕，放置鼓架上，祭歌起。

［歌声中，四士兵持百足旗前导，高罗四州少数民族都老：廖北龙、都老甲、乙、丙等同上。

［四女兵持祭礼上。田夫人，冼夫人，甘、盘二将随上。

廖北龙　（白）我等恭候太夫人祭鼓。

［祭鼓仪式开始。冼夫人主祭，众人伺候。

冼夫人　（白）列位都老，冼英蒙各族不弃，数十年来，执掌铜鼓，统带各族。今日欣逢越王盛诞，在越王神像之前，容冼英再申前誓。

（唱“括地风”）

俺冼英，为岭表千万黎民乐业安居，

为我汉越各族永敦睦谊，世代相依，

尽我力，捐我躯！

（白）正是地可动来山可移，冼英至死志不渝。倘若冼英背盟誓——

（唱“煞板”）

铜鼓不赦，地灭天诛！（再拜）

廖北龙　（白）祭鼓礼成，人来摆宴。

［士兵摆宴。

都老甲 （白）廖都老，每年九月十六，都要叨扰你的菊花酒——

都老乙 （白）今年也免不了呵，哈哈哈……

内　白 光胜将军王勇王都督到！

众　人 王都督到？

廖北龙 （白）王勇来得好！

（唱“滚花”）

闻说王勇匹夫，私纵韦横贼子。

这分明袒护汉官，视我百越可欺！

若有此事，我就哼喇喇——（介）

都老甲 （接唱）

廖都老你休鲁莽行事。

冼夫人 （唱“滚花”）

此乃道听途说，岂可尽信其词。

且先随我相迎，老身自有主意。

［众随冼夫人迎王勇入座。

冼夫人 （念“口鼓”）王都督大驾光临，不知有何训示？

王　勇 （念“口鼓”）岂敢岂敢。此来特为参加祭鼓盛会，还请恕老夫的祭礼尚在途中，未及赶来啊。

廖北龙 （念“口鼓”）请问王都督，韦横现在何处？

王　勇 （颇为惊异，旁白）何以他知道我私放韦横呢？

冼夫人 （念“口鼓”）王都督，这位是我獽族都老廖北龙，素性耿直，幸勿怪之。

王　勇 （念“口鼓”）哼，好一个廖北龙。

廖北龙 （念“口鼓”）正是廖北龙。廖北龙有问，韦横现在何处？

王　勇 （念“口鼓”）此事不须你过问。

廖北龙 （气极）什么——

冼夫人 （抢接“口鼓”）廖北龙，你与我坐回席上。王都督，请干此杯。

王　勇　（白）呵呵！请……请……请呀！

［饮酒，传来歌圩上对歌之声。

男　声　想要过河没有船，想吃槟榔没有灰。

想吃酒来没有伴，想要交友没有媒。

冼夫人　（夹白）王都督，每逢越王诞，我们的年轻人就蹈歌赏月了。

女　声　哥要过河妹撑船，哥吃槟榔妹送灰。

哥吃酒来妹做伴，哥想交友妹做媒。

众　人　哈哈哈……

冼夫人　（白）王都督，列位都老！

（唱“花鼓芙蓉”）

美酒对欢歌，佳节逢盛会。

列位当尽醉，不醉不准回。

都老甲　（接唱）

到你请饮媒人酒，我定然喝他一个醉。

冼夫人　（夹白）此话从何说起？

都老甲　（续唱）

岂不闻“哥想交友妹做媒”？

众　人　（夹白）李都老，你替谁做媒啊？

都老甲　（续唱）

我们的南海明珠，惹得万人注视。

（冯素畏羞下，复上场窃听）

惹得泷州蒲猛力，托我牵线系明珠。

冼夫人
众　人　（同白）什么？蒲猛力求聘冯素 孙女
侄女 ……

廖北龙　（白）太夫人！

（唱“十字清中板”）

蒲猛力，这小子，少年得志。

早蓄意，在岭表，叱咤风雷。

（转唱“滚花”）

他分明预谋铜鼓图霸业，

借联婚施展他阴谋诡计。

冼夫人　（白）这个嘛……

王　勇　（唱“板眼”）

我说门登户对，正好钟鼓乐之。

既有前车可鉴，列位何用多疑？

当初太夫人，与那冯宝偕连理。

变成越人做汉妇，亦是铜鼓做嫁衣。

俚族冼家可做冯门冼氏，

冯家俚族，何以不可入蒲氏宗祠？

田夫人　（唱“滚花”）

此子未足信赖，婆婆还须三思。

冼夫人　（白）这个……

王　勇　（对观众唱“滚花”）

她若然拒婚，吾计可售矣。

冼夫人　（接唱）

此事容后商议，且先痛饮三杯。

列位请！

［饮酒。冯素忍泪而下。

蒲猛力　（“锣边花”上，唱“滚花”）

祭铜鼓，庆诞辰，又并非发生战事。

因何王勇兵马，在沿途来往奔驰？

观来势，察兵机，似对夫人怀恶意！（圆台）

冯　素　（内白）慢走！（上）蒲都老，你往哪里走？

蒲猛力　呵，素姑娘，我践约来见你家婆婆啊！

冯　素　蒲都老，你，你不要再见我家婆婆了！

蒲猛力　（一怔）何以不要见她？难道——

冯　素　我婆婆她不……不要见她就是了！（掩面而下）

蒲猛力　啊？奇了！（略一思索，随即入庙）参见太夫人！

冼夫人　啊！原来是蒲都老！（下座）怎不通报相迎，快与我入座。（迎入）

蒲猛力　（坐下见王勇，念“口鼓”）原来王都督先我而来——太夫人，猛力伺候祭鼓来迟，望祈恕罪恕罪。

廖北龙　（念“口鼓”）蒲都老，你俚家从不曾参与祭鼓，我看你是别有用心而来！

蒲猛力　廖北龙，你这是什么意思？

王　勇　（念“口鼓”）他是说你此来，乃是为了蒲冯联婚之事啊。

蒲猛力　（念“口鼓”）廖都老，恐怕我蒲猛力高攀不上吧！

王　勇　（抢接“口鼓”）蒲刺史，李都老有负你的委托，令你乘兴而来，扫兴而归了。

蒲猛力　啊！……

冼夫人　（同时白）王都督，你——

［冯素匆匆上。

冯　素　婆婆！（念“白榄”）远望尘土满天飞，登高瞭望见旌旗。不知何处来兵马，还须提防伏杀机！

众　人　（惊异白）啊！（站起）

蒲猛力　（念“白榄”）此乃兵家之常事，列位何用费猜疑。欲知兵马何来，请问都督便尽知。

［全场愕然。

廖北龙　（推开桌子，奔至王勇跟前，唱“恨填胸”）

须知百越不可欺，你今番枉费心机。

（念“白榄”）你兵马入我寨，我就可管你。你带兵来祭鼓，究竟何用意？

（唱“尾腔”）

速与我讲，快讲！快讲！

［廖北龙仗刀，王勇侍卫仗剑架住。

冼夫人　（白）刀剑收起！

（唱“滚花”）

冼英饱经风雪，何惧满天阴霾。

都督休怪他多疑，请教兵马前来为何事？

王　勇　哈哈哈！

（唱“滚花”）

难道夫人已忘记，我说过祭礼随后来。

冼夫人　（接唱）

既是千里送礼来——有此廖、李两位都老！

廖北龙
都老甲　（同白）有！

冼夫人　（续唱）

快去迎接都督的大礼！

［廖、甲二人应命下。

冼夫人　与我拿酒盘上来！

（唱“滚花”）

前嫌冰释当尽解，列位请干此一杯。（众举杯）

愿四海升平，天下一家！

乙、丙都老　（接唱）

祝太夫人吉祥如意！

［众饮酒。

冯　魂　（内白）婆婆，娘亲！

［众停杯趋前，后惊退。

冯　魂　（身穿素服，带泪膝跪上场，白）婆婆……

冼夫人
田夫人　（白）魂儿，你，你，你……

冯　魂　（白）罢了婆婆，罢了娘亲！爹爹不幸……（咽不成声）被主上午门处斩！

［冼夫人、田夫人晕倒，冯家亲人跪倒哀泣。

冼夫人　（醒来，叫头白）罢了孩儿！

田夫人　（叫头白）夫郎！

冯　素　（叫头白）爹爹呵！

冼夫人　（白）魂儿，何以不见你家哥哥同回，难道他——

冯　魂　（白）哥哥侍奉爹爹灵柩，随后就到。

冼夫人　（白）皇上为了什么，要把你爹处斩？

冯　魂　（白）婆婆呀！爹爹第一天朝见皇上，进呈扶南犀杖，请安述职，皇上还很高兴，并且叫爹爹回来之后，问候婆婆金安。爹爹正要递呈婆婆的本章，皇上却牵挂张丽华、孔贵嫔，匆匆退朝回宫而去。第二天爹爹再次朝见，上本面谏，痛斥奸臣江总和孔范。谁料圣上龙心不悦，加以奸人挑唆，因被逐出午门。当天晚上，我和哥哥多次劝谏爹爹赶程回南。谁料第三天一早，爹爹又带高祖御赐宝剑，闯进宫门，定要朝觐。却被奸人江总传下圣旨，绑在午门之外。我和哥哥闻讯，赶到午门，可怜爹爹已经尸首两呀分！

冼夫人　（怒极）就凭这个，杀我孩儿？

（唱“萧萧斑马鸣”）

贞忠报国秉丹心，赢得朝廷杀忠臣。

皇上今番何太狠，我儿何罪——

（转唱“反线二黄”下半句）

竟至惨作冤魂？

哀孩儿，你正当年富力强，

谁料却先我而亡，教人怎能不悲愤？

哀大陈，一任那权奸误国，

唉，教我怎不痛心？（拉长腔）

田夫人　（唱“反线新曲快板”）

不杀谗臣难消恨，誓杀昏君慰亡魂。

叫句孩儿把泪忍，

（转唱“散板”）

擂动铜鼓聚三军！

众　人　（接唱）

擂动铜鼓聚三军！

［冯素欲上鼓台，被冼夫人“一拦”。冯魂接过鼓槌，又被冼夫人“二拦”所挡，田夫人接过鼓槌，躲过冼夫人的“三拦”，踏上鼓台，正欲擂鼓——

冼夫人　（喝止）与我住手！

田夫人　（白）婆婆呵！（跪向冼夫人，冯素、冯魂随着跪下）

冼夫人　（唱“锦城春”）

不能反陈——

我知你难压心中仇与恨，

我知你满怀悲愤血沸腾。

我心中何尝不痛恨谗臣！

惟是我冯家三代辅大陈，

岂可为一己私怨动刀兵，

惹起战祸贻误国运。

须知道，兵戈一动，

千家遭劫万家遭难，

更使汉越各族变仇人。

冯　素　（接唱）

仇比海深，恨比山高，

不报父仇难平愤！

冯　魂　（接唱）

不杀掉那昏君，冤与恨怎得申。

田夫人　（接唱）

请问婆婆，怎慰泉下人？

冼夫人　（白）这个嘛——

［音乐慢奏“哭相思”。田夫人等跪向冼夫人，做手追问介。

冼夫人　（唱“哭相思”尾腔）

罢了，媳妇呵……

田夫人　（接唱）

婆婆——（与冼夫人抱头痛哭）

冯　素
冯　魂　（接唱）

爹爹呵——

蒲猛力　（唱“反线中板”）

太夫人，你既顾念苍生，

更应反陈解民困。

那昏君，对百越加收赕物，

还有什么汉越一家亲？

当此时，天下群雄纷争，

（转唱“滚花”）

还理他汉人作甚？

冼夫人　（白）这个嘛……

王　勇　（唱“滚花”）

太夫人，休忘记，冯家三代受皇恩。

若反陈，是逆臣，逆臣贼子人人恨。

冼夫人　（白）这个嘛……

（唱“滚花”）

想不到冼英今日，

如此欢度越王诞辰。

叫人来——与我罢宴撤锦！

［内场人声鼎沸，廖北龙、都老甲上。

廖北龙 （念“白榄”）惊闻屈斩信都侯，我獠族老少同激愤。歌圩顿时无欢乐，四野但闻哭忠魂。

都老甲 （念“白榄”）丁壮难压心头恨，披坚执锐气如云。纷纷云集岭脚下，请命出战杀昏君。

廖北龙 （念“快白榄”）请夫人，抑悲愤，下战令，遣三军！

冼夫人 （白）要我下令出战嘛……有此魂儿过来！

冯　魂 （白）有！

冼夫人 （白）速到岭下，传我大令——

王　勇 （白）传什么令？

冼夫人 （白）命他们立即回家，卸甲收戈！

众　人 （白）——婆婆——夫人！

冼夫人 （白）素儿、魂儿，你俩过来。

冯　魂
冯　素 （白）婆婆！（跪向冼夫人）

冼夫人 （唱“乙反木鱼”）

我知你俩一片孝心，

你爹虽是屈作冤魂，

也是为挽国家之危，为解万民之困。

你们从今以后，要效法你家父亲。

忠君爱民，虽死无憾。

生为社稷，死为万民。

众　人 夫人——

廖北龙　唏！

（唱“快中板”）

理他君不君来臣不臣，

只知报仇和雪恨，

只知兴兵灭大陈。

（唱“滚花”）

由我越人坐江山，才能为民造福荫。

冼夫人　（唱“滚花”）

隋帝久欲一统南北，我若干戈一动，他便乘机南侵。

休得妄动干戈，擅启兵衅。

（白）速去传令，去、去！

[冯素迫得忍泪下。

[廖北龙等掉头拭泪。

王　勇　（念“口鼓”）夫人忧国忧民，真乃社稷之幸。此番以德报怨，足见一片忠心。

冼夫人　（念“口鼓”）如此说，你那送礼的亲兵，无须再将我围困了吧？

王　勇　这个……

廖北龙　（念“口鼓”）哼！王都督，你休在关公面前耍大刀了。难道你忘记夫人年青之时，也是用送礼为名，平定了李迁仕的叛军吗？

王　勇　（念“口鼓”）哼！幸而太夫人深明大义，否则我只须借词离开庙堂，便将你等一网打尽！

廖北龙　（念“口鼓”）我现在就容你出去试一试——

冼夫人　（念“口鼓”）廖都老，休要尊卑不分！

王　勇　（念“口鼓”）太夫人，请恕老夫身不由己。夫人精忠不渝，我定当报请朝廷厚加封赠。

冼夫人　（念“口鼓”）哼！不除江、孔二贼，老身死不甘心！

[冯素上。

冯　素　（白）婆婆，东衡州毕长史，说有要紧军情要见王都督。

冼夫人　（白）哦，快请。

冯　素　（白）有请毕长史大人。

毕长史　（匆匆上）参见太夫人——启禀王都督，据报隋帝命杨广为帅，命韦光做先行，领兵五十一万，渡江南侵，台城告急！

众　人　（惊白）什么，隋帅渡江，台城告急？

廖北龙　（白）哈哈哈，哈哈哈……

（唱"手托"）

好啊！隋帅南侵，我可以坐看亡陈。

王　勇　（接唱）

你说这种话，是何居心？

廖北龙　（接唱）

我喜欢说，何用你盘问？

你们汉人打汉人，与我百越有什么相干？

冼夫人　（白）廖都老，你休乱说。王都督，蒲都老呵！

（唱"十字清中板"）

我三人，在岭表，统领三军，

那隋军，既渡江，定图南进。

我三人，应提师，保境安民。

（唱"滚花"）

不知两位打算如何肩此重任？

王　勇
蒲猛力　抗御隋兵嘛……

（同时旁唱"长句滚花"）

即使隋灭陈，南有大庾险关拒隋兵，

我岭南有如泰山稳。

我何不静待时变图霸业，

何苦作那鹬蚌之争？（句）

太夫人，此事容我三思。

冼夫人 （白）王都督——

王　勇 （续唱）

老夫告辞，容后再论。（一拱手与毕长史匆匆下）

冼夫人 （白）王都督，（趋前）王都督，唉！

蒲猛力 （白）太夫人，猛力也一起告辞。

冼夫人 （白）且慢！蒲都老且请上座。（硬拉蒲坐）

蒲猛力 （白）太夫人，还有什么说话，请你快说出来！

冼夫人 （白）请听呀！

（唱“爽慢板”）

那隋帝，英明达练，

深得柔然、鲜卑各族民心。

可是我皇上，懦弱昏庸，

国政不修，弄得民心怨愤。

长江天险，又陷于隋，

若不速图拒敌，势必旦夕亡陈。

（转唱“七字清”）

你世代统领泷州郡，

族大人广猛将如云。

（转唱“恋檀二流”）

我求你出兵抗隋军，（高句腔）

我求你并肩作战挽大陈。

蒲猛力 这个嘛……

冯　素 婆婆呵！

（唱“了缘曲”）

那昏君，偏信奸佞，屈斩父亲。

何以尚要为他折腰求他人？

冼夫人　（大怒）阿素，你大胆！（气极）

［田夫人把冯素一推，示意跪。

冯　素　（唱“滚花”）

请婆婆宽恕孙女儿。

［冼夫人不理不顾。

蒲猛力　（接唱）

我说素姑娘之言对得很。

（转唱“中板”）

方今天下争雄，能者便可称霸。我越人岂甘长日称臣？

且看那王都督，身为岭南统兵，尚且不愿提师上阵。

他无非欲保身，进可中原图霸，退可南越称君。

我越人，何尝不可称王？

（唱“滚花”）

又何须为汉人冲锋陷阵？

冼夫人　（唱“阴告”）

正因为乌云密布，天昏地暗，

更需要你我联盟，扫荡牛鬼蛇神。

扑息私争，保社稷，护苍生，

臣子岂可卸责任？

（“相思锣鼓”，“做手”恳请蒲出兵。蒲“做手”表示拒绝）

冼夫人　（白）蒲都老呵！

（续唱）

倘若大陈外遇敌军内起兵衅，

到那时间，千里不见寸草生。

你怎忍惨见万民白骨喂大鹏呵！（尾腔）

请你扑息战火救万民啊！（跪）

蒲猛力　（惊退至座上，白）太夫人！你、你何必如此！

冼夫人　（念“口鼓”）我求你说一声应允！

蒲猛力　（念“口鼓”）我意已决，夫人无须多费唇舌耗精神！（站起）

冯　魂　（忍不住，白）婆婆！

（唱“滚花”）

纵然要为昏君保江山，又何须屈膝向人来求恳？

难道除了他泷州傜族，我高凉各族就无可调之军？

（此处原本缺一“滚花上句”）

冼夫人　（白）大胆！

蒲猛力　（触动心事，借题发挥地与冯同时白）说得好！

（唱“滚花”）

冯家乃高门望族，何虑没人来结盟？

冯家冼族部落有十余万家，

何在乎我小小一个泷州郡？

（白）告辞了！（下）

冼夫人　（白）蒲都老！——（折回）列位都老，纵然王勇、蒲猛力不肯出兵，我还是求各位看在老身面上，看在社稷面上，迅速返回本族，征调兵马，筹集粮草。半月之后，齐集越王庙前，听候老身点兵祭旗，择日出师前往庾关，保境安民。

众　人　（白）这个……

廖北龙　（唱“长句滚花”）

太夫人，太夫人，

我廖冯两家三代亲如一家人。

我獠俚两族几代同患难，

夫人又是我救命大恩人。

夫人历次提师上战阵，

我廖北龙无不追随骥尾共死生。

夫人要出师度岭救陈朝，

我决难追随上战阵。

（或：要我獽族追随，我万难答允。）

冼夫人　（唱“滚花”）

难道我们数十年的交往——

廖北龙　（接唱）

只好他日图报大恩。（下）

冼夫人　（白）廖都老，廖北龙！

（廖已去远，唱“快二流”）

谁人要走请自便，

我不敢勉强各位抗隋军。

我就凭冯、冼两家几个孩儿，

凭老身这一头白发苍鬓，

凭我俚族众丁壮，

也誓要出师救国救万民！

冯家人　（接唱）

婆婆休要伤神！

众　人　（唱“合尺花”）

我等愿听差遣。

（或：愿随夫人上阵。）

冼夫人　（唱高腔“合尺花”）

我为万民为社稷，拜谢列位忠心。（跪下，众同跪）

［幕急落。

第三场

时　间　公元五八九年——隋文帝开皇九年，二月上旬某日。

地　点　罗州越王山下，越王庙前。（庙景配铜鼓、点将台）

人　物　冼太夫人，冯素，冯魂，甘、盘二将，廖北龙，都老甲、乙、丙，蒲猛风，毕长史，侍卫，旗手，女兵

［“五更头”，擂大鼓，“开边”起幕。

［各族都老上，甘、盘两将分边上。

甘将军　（英雄白）冼家孚众望，

盘将军　（英雄白）威名震四方。

甘将军　（英雄白）铜鼓三通响，

盘将军　（英雄白）各族集校场。

（二人同白）有请太夫人！

［“小开门”。女兵引冼夫人上，冯素、冯魂伴随上。旗手托“冼”字帅旗跟上。

冼夫人　（念白）恼恨隋军渡长江，大陈社稷濒危亡。南越同心赴国难，（即起“点绛唇”，上点将台）

（续念）执起干戈保国邦。（白）花名册呈上！

［甘将军呈上花名册。

冼夫人　（白）起鼓听点！

［鼓手擂鼓介。

冼夫人　（按册点名介，白）前营（介），后营（介），左营（介），右营

（介），冯素（介），冯魂（介），甘、盘两将军！

甘、盘　（白）参见太夫人！

冼夫人　（白）两位将军请了。两位将军跟随老身平顽镇暴，三十年有如一日。今日为赴国难，为保黎民，白发皓皓仍要驰骋沙场，亲冒矢石，老身不安。

甘、盘　（同白）末将等愿为前驱，虽死无悔！

冼夫人　（白）好——哇！本部兵将俱齐，两厢候呀差！

［甘、盘分退两旁，众军呐喊。内场同时助威。

冼夫人　（按册点各族都老，白）各族都老听点：俚族大都老李僧明！

都老甲　（白）参见太夫人！

冼夫人　（白）李都老，你不远千里，跋山过海远道而来，一片忠心，令人敬仰。

都老甲　（白）愿听太夫人差驰。（退过一旁）

冼夫人　（白）高州狼族都老张协。

都老乙　（白）参见太夫人！

冼夫人　（白）张都老辛苦了！

都老乙　（白）愿为太夫人效命。（退过一旁）

冼夫人　（白）罗州獽族大都老廖北龙！（无人应答）獽族都老廖北龙，廖北龙！

众　人　（白）廖北龙不到。

冼夫人　（白）廖北龙果真弃我不来嘛……

廖北龙　（内白）来了！（“先锋钹”入门行礼介，白）参见太夫人！

冼夫人　（“的的撑”怒介，白）大胆廖北龙，你不来则罢，既然要来，为何不及时早到？你误了老身点将，该当何罪？

廖北龙　（白）太夫人！你还点什么将，出什么兵呀！

冼夫人　（唱“快中板”）

你口出此言为哪桩？

分明蔑视我点兵将。

执行军法儆荒唐。

（唱“滚花”）

人来，把他重打三十杖。

廖北龙　（白）慢来！

（唱“滚花”）

三十杖，先记账，我有说话要禀端详。

隋师已经攻陷建康，陈朝已亡，你还为谁打仗？

冼夫人　（“的的撑”，重一槌，大惊颤动介，白）廖北龙，此话当真？

廖北龙　（白）当真！

冼夫人　（白）果然？

廖北龙　（白）果然！

冼夫人　（下座“哭相思”）哪呀呀，哪呀呀！唉，高祖皇帝呀！

［奏“哭尸引子”，工六五……工六工尺上尺。

［一些都老、将士伴随冼夫人朝北下跪致哀。

冼夫人　（唱“花下句”）

唉，京城陷落如此快，皇上是否驾崩于建康？

廖北龙呀廖北龙，你知道就快快讲！

廖北龙　（白）什么驾崩不驾崩，陈叔宝已向隋帝投降了。

冼夫人　（“先锋钹”执廖，白）乜话？投降，投降了吗？

（无限悲愤，唱“连环西皮”）

真真心伤，真真心伤，

我地正话出兵抗隋，

他就断送陈朝，一声不响。

（单三槌，抽刀唱“沉花”）

我恨恨恨——（一刀砍下桌案，抛刀）

冼及众人　（唱“沉腔滚花尾腔”）

我把你个陈叔宝，败水皇！

冼夫人　（伤感有顷，继而凝思，若有所悟，唱“滚花”）

廖北龙，皇上在何时何地降隋？你又听谁人所讲？

廖北龙　（唱“滚花”）

若问何时何地，我却不知其详。

这是从北方逃难来的汉人所讲。

众　人　（议论纷纷，白）啊！原来系道听途说，不足为信呀！

冼夫人　（白）哼！廖北龙，你素来仇视汉人，这一次倒听汉人的话了。——甘将军，王都督有无公文到来？

甘将军　（白）回太夫人，王都督并无公文到来！

冼夫人　（白）啊！王都督尚然未知！（“的的撑”，怒指廖北龙“推磨”介，白）你你你——你欺骗于我了。

（唱“长句滚花”）

想皇上，本善良，

书经满腹，擅写好文章。

只因听信奸臣变了样，

以致日夜淫乐醉酒飞觞。

但是纵然贪欢畅，

也断不会自卑屈膝向隋军投降！（句）

（唱“滚花”）

你一定系怪我出兵抗隋，故意到来阻挡！

廖北龙　（唱“滚花”）

我过去何曾骗过你？我难道会对你说谎？

冼夫人　（唱“滚花”）

除非有王都督的公文，否则难以信你讲！

侍　卫　（上，白）东衡州长史毕琛奉都督大令到临！

廖北龙　（白）哈哈哈，王勇的公文可不就到了。

冼夫人　（白）快请！（侍卫下）

冼夫人　（白）众将兵退后两侧待令！

［除冯素、冯魂、冼夫人外，余皆下。

冼夫人　（对素、魂白）随我出迎。

［小开门，侍卫领毕琛进，冼等迎入介。

毕　琛　（白）大令下！都督交广高罗等廿四州兵马持节光胜将军王勇令：令中郎将高凉郡太夫人克日率领高罗新越等四州兵马，俚僚各族洞丁，赶赴东衡州，以便共同北上，抗击隋军。

冼夫人　（白）得令！

毕　琛　（白）参拜太夫人！别来两月，贵体安康。

冼夫人　（白）谢毕长史。

毕　琛　（念“口鼓”）卑职一路而来，喜闻太夫人今日正点兵将，真是大如王都督所愿，亦足见太夫人忠义心肠。

［廖北龙卸上。

冼夫人　（念“口鼓”）王都督有命而来，自当遵依前往。可是老身想问一句，隋帅是否攻陷建康？又闻皇上降隋，是否真情实况？

毕　琛　（“卓竹”，一时语塞，白）这……太夫人听谁说的？

廖北龙　（粗鲁地白）这是……

冼夫人　（怕廖自认，当场顶撞，故抢先回答，念“口鼓”）这是听难民所说，你可知其详？

毕　琛　（白）啊，这个……（瞥见廖，因一时想不出话，只好打招呼，白）廖都老在此！

廖北龙　（白）哼！我就想听听你讲什么话。

冼夫人　（白）廖都老，你下去歇息也罢！去喇去喇！

［廖北龙迫于无奈下去。

毕　琛　（“五槌”，另场唱“滚花”）

王都督再三叮嘱，千万要将这个消息隐藏。

怎奈她反而先知，现在叫我如何施伎俩？

（白）啊！我且编造几句，说得似模似样先。（对冼念“口鼓”）太夫人，要是建康失陷，皇上降隋，王都督一定有军情送上。现在王都督尚然不知，显然系妖言惑众，有意中伤。

廖北龙　（复卸上，白）嘿！你讲得好听呀！照你所说，隋军又在何处？

毕　琛　（白）目下，隋军正被我骠骑将军萧摩诃、中领军鲁广达阻于京口一带。（转向冼）太夫人，建康未失陷，未失陷呀！

冼夫人　（白）京城未失陷，皇上平安，这就好了。

毕　琛　（唱“三脚凳”）

但情势实紧急，京城人心惶惶，

王都督忧心如焚，才急于调兵遣将。

廖北龙　（对冼，唱“三脚凳”）

我看他心怀机诈，你要加意提防。

（转唱“滚花”）

方今天下大乱之时，汉官想乘机把地盘抢。

毕　琛　（“的的撑”，“重一槌”，“怒扎”架，唱“秋江别中板”）

为什么你这样乱讲（双）？（逼廖）

廖北龙　（接唱）

因你蒙蔽我军，暗把坏心藏。

冼夫人　（故意训斥廖北龙，以免毕长史太过狼狈，叱白）大胆廖北龙！

（“先锋钹”，执廖，唱“金莲花”）

你不分尊卑太狂妄，太狂妄，

胆敢如此来顶撞（双）。

廖北龙　（白）太夫人！你听我讲，听我讲呀！

冼夫人　（唱“花下句”）

你出言放肆，快啲滚开一旁。

廖北龙　（白）我唔走，我唔走呀！

冼夫人　（诈怒，唱“滚花”）

人来，先把他关入牢房，待后治其罪状！

［素、魂押廖介。

廖北龙　（白）我还要讲，我还要讲呀！

冯　素　（白）廖都老，你就少讲一句吧！

冯　魂　（白）现在半句也不能讲，走吧！

廖北龙　（顿足，唱“花下句”）

嘿！有朝一日，你就知道我系赤胆忠肝。

［素、魂押廖下。

冼夫人　（唱“滚花”）

廖北龙无礼非为，望长史多多见谅。

毕　琛　（唱“滚花”）

我非小人长戚戚，不会记此小事一桩。

凡事不用疑猜，自然系君子坦荡荡。

冼夫人　（知其有意暗示，也故意叫他头脑清醒，唱“滚花”）

不过心存戒备，才不至伤于虎狼。

毕　琛　（白）你讲得对。

冼夫人　（白）你讲得好呀。

（二人相视而笑。）

毕　琛　王都督之命，太夫人一定……啊，一定能执行的。卑职公务在身，就此告辞。

冼夫人　（白）送毕长史！

毕　琛　（白）不劳远送。（下）

冼夫人　（台口唱“滚花”）

想那天，我把话讲，请求抗隋保国邦。

王都督无动于衷持观望，

竟言三思后再商量。

为何今日他决然抗隋，即命我侄傯北上？

冯　魂　（唱“滚花”）

王都督如此调动，莫非真想把人伤？

冯　素　　（唱"滚花"）

他的命令如此突然，还请婆婆深思细想。

冼夫人　　（白）啊！你们亦有此疑心呀？素儿听着，快到牢房释放廖北龙，若然

他同意抗隋，即来见我。否则，由他走了也罢！

冯　素　　（白）知道了！（下）

冯　魂　　（白）婆婆，真的要抗隋吗？王都督的命令不听也罢！

冼夫人　　（唱"七字清中板"）

邪奸暗算应提防。

但我手下将兵龙虎样，

何惧陷阱半路藏。

保境安民就要把隋军抗，

姑且挥戈北进，效命沙场。

（转唱"三字清"）

存丹心，孚众望；

洒热血，在边防。

（白）魂儿，快亲自擂鼓，待我重新点将！（正欲登上点将台）

冯　素　　（上，白）报！廖都老走了，廖都老走了！

冼夫人　　（白）啊！此番抗隋，为的是保境安民，保境安民呀！他怎么就走了。

不会的，他不会走的呀！

侍　卫　　（上）外边有人自称南越王使者，要见太夫人。

冼夫人　　（白）南越王？何来一个南越王？快把使者带上。

侍　卫　　（白）呔，来使进见。（下）

蒲猛风　　（白）来了！（上）

（唱"快中板"）

宽踏虎步入龙潭，

蒲家英雄谁敢犯？

（入内，白）南越王麾下龙骧将军蒲猛风，奉南越王之命来见太夫人。

冼夫人 蒲猛风？你可是泷州刺史蒲猛力之弟？

蒲猛风 蒲猛力正是我家哥哥，也是我们的南越王。

冼夫人 蒲猛力当了南越王？

（念“口鼓”）蒲猛风，你抬头看看——几百年来，只有这个姓赵名佗的曾经是南越王。你家哥哥，几时受了皇上的封赐呀？

蒲猛风 （念“口鼓”）我哥哥与那陈叔宝，乃是同月同日生，正是天命所归，用不着什么封赐。况且陈朝已是摇摇欲坠，正好由我哥哥代天行运掌江山。

冼夫人 （白）可恼！

（唱“滚花”）

蒲猛力不过是傜族都老，大不了也只是刺史官衔。

胆敢自称南越王，真是肆无忌惮。

冯　魂 （接唱）

分明青蛙开大口，可笑泥鳅学龙行。

我婆婆还不敢妄自称王，你哥哥难道吃了豹子胆？

蒲猛风 你敢侮辱我哥哥？（按剑上前，后转怒为笑）哈哈哈！

（唱“芙蓉中板”）

你可知蜒獠各族，拥立我兄掌江山？

你可知我兄称王，附近各州都来参赞？

可笑你天生狗眼，难怪不识泰山。

［冯魂按剑上前，冯素拦止。

冼夫人 （唱“滚花”）

好个不识泰山，莫非你兄命你来，要我去降服参赞？

蒲猛风 非也。

（接唱“滚花”）

我兄敬你如父母，尤胜夫人亲生男。

故此命我恭请太夫人，当我们南越老国太。（半句）

冼夫人等 老国太？

蒲猛风 对了！

（唱“滚花”）

正是蒲冯合一家，雄霸天下垂手间。

一旦素姑娘做了南越王妃，

（白）太夫人便是老国太，我们的冯魂贤弟便是国舅爷。

（续唱“滚花”）

岂不是同坐江山，亲密无间？

冯　魂 （念“杀嫂白榄”）好大胆！矮子攀丹桂，好不知羞惭。你想称王又攀亲，先问我拳头肯不肯！（介）

蒲猛风 （念“白榄”）我诚意来求亲，你硬要逞强蛮。休怪蒲猛风，拳头不带眼。（介）

冼夫人 蒲猛风，我家冯素孙女，是南海里的一颗夜明珠，是越王岭上一朵金牡丹。我先前也曾想过将她许与你家哥哥，可是现在，我会把她嫁与一个妄自尊大，吞并疆土，不惜各族相残之人吗？难道我孙女儿又做一个逆天行道，为人唾弃的王妃？

蒲猛风 太夫人！

（唱“滚花”）

你是养儿不知儿心事，好比皇母不知织女晓思凡。

素姑娘和我家哥哥，早已誓海盟山，怎能拆散？

冼夫人
冯　魂 （同白）早已誓海盟山？

冯　魂 姐姐，此事当真？

冯　素 这个……

（另场唱“减序恋檀中板”）

瞬息间，心头有如波浪翻。（尺）

难道是誓海盟山，竟变作一场梦幻？（士）

恨句冤家，参与群雄私争，

割据大好江山，弄到南海起波澜。（士）

（对蒲猛风唱）蒲猛风！（工）

我宁与一个都老终身同患难，（合）

我决不、决不做什么越王妃子害岭南！（上）

（下场）

蒲猛风　（唱“滚花”）

蒲冯是否合一家，此事容后再商谈。

且先请问太夫人，是否出师抗隋赴你的国难？

冼夫人
冯　魂　你问这个干什么？

蒲猛风　（念“口鼓”）我们可以各行各素，你抗你的隋，我哥哥当他的南越王，两家互不相犯。

冼夫人　（念“口鼓”）难道我能容忍你哥哥割据大好江山？

蒲猛风　（念“口鼓”）我想特别提醒太夫人，不要因小事而蒙蔽了你的慧眼。须知你大军度岭，必须经我泷州关。

冯　魂　（念“口鼓”）难道你敢挡我冼家军？

蒲猛风　（接念）我早就说过希望互不相犯嘛。太夫人，我们不仅可以让你大军过境，就是今后凡你冼家军饷过境，我们也绝不阻挡。但有一条：要请太夫人台鉴，那就是要把铜鼓做抵押！

冼夫人
冯　魂　什么，要我铜鼓做抵押？

冼夫人　你分明到来要挟！

蒲猛风　（念“口鼓”）请勿误会我们有意留难。有道兵不厌诈，假如你不献上铜鼓，谁能相信你不会来进犯？

冯　魂　（念“口鼓”）倘若我不献鼓？

蒲猛风　（接念）太夫人是明白之人，何必我多谈？

冼夫人　可恼！

（唱“快中板”）

冼家铜鼓非等闲，

岂容逆贼来动弹。

怒气冲冲登将坛！

（上将台唱“滚花”）

蒲猛风，你要铜鼓并不难，

只要岭南各族能允肯！

（白）与我擂鼓聚将！

（冯魂领命擂鼓，众将兵上。）

冼夫人　各族都老，列位将官听了。泷州刺史蒲猛力自称南越王，派他弟弟前来索此铜鼓。他言若不献鼓，不准我大军度岭。列位主意如何？

众　人　杀呀！

甘将军　（唱“快十字清中板”）

蒲猛力，这小子，有何德能，

既称王，又索鼓，如此斗胆！

冯　魂　（接唱）

求婆婆，让孙儿，领兵先行，

扫平他，泷州关，除却后患。

蒲猛风　（接唱）

你不仁，我不义，唯有反颜，

难道是，我泷州，怕你进犯？

众　人　杀呀！

［侍卫引都老丁上。

侍　卫　蜒族马都老求见。

都老丁　（念“口鼓”）启禀太夫人：蒲猛力自主为王，泷州附近有不服者即被他发兵攻陷。我蜒族已被他弄到生灵涂炭。请太夫人立即平乱锄奸。

［众人呐喊。

冼夫人 可恼！（唱“快中板”）

蒲猛力无端肆凶残，

不惜生灵遭涂炭。

不由怒火满心间！

（唱“滚花”）

人来，先把蒲猛风捆了法办！

蒲猛风 且慢！

（唱“滚花”）

小心我哥哥兴师问罪，你未出师度岭便要赴阴山。

众 人 （唱“三字经”）

杀人犯，誓要斩；

欠血债，要偿还。

蒲猛风 （唱“滚花”）

谁敢斩我蒲猛风？

冯 魂 （接唱“滚花”）

我就敢将你处斩！（上前绑蒲）

蒲猛风 你休要耍威风，我俚族人不会放过你这杂种仔！

冯 魂 杂种仔？我把你个俚蛮！（推蒲欲下）

冼夫人 回来！（冯魂止步）俚蛮……出师度岭……把他松绑。

众 人 什么？

蒲猛风 哈哈哈，我早料你不敢动我分毫！

众 人 杀呀！

冯 魂 （唱“快中板”）

狂徒讲话太强顽，

目中无人太傲慢。

若不砍杀有何颜？

众　人　（唱“三字经”）

斩斩斩，斩罪犯！

杀杀杀，杀邪奸！

冼夫人　（唱“滚花”）

真是左右为难，教我如何处办？（思索）

杀他一人无济事，与他松绑，放他回还。

冯魂等　放他回还？

冼夫人　休违将令！

冯　魂　（与蒲松绑）你这傜蛮子，与我滚！（踢蒲下）

众都老　太夫人，难道不打泷州？

冼夫人　我自有主意。——人来，擂鼓号角，重新点将，兵发泷州！

［鼓角声动，幕下。

第四场

时　间　第三场两日之后。

地　点　泷州城内。蒲猛力新设之越王府。

［幕启：甲、乙大将自两边匆匆上，分边擂鼓鸣钟。

［四侍卫执戈上。蒲猛风、蒲猛力上，入座。

蒲猛力　（念“口鼓”）催促孤王临朝，究竟有何禀报？

甲大将　（念“口鼓”）探得冼英大军，已过郎射岭——

乙大将　（念“口鼓”）就快迫近皇都！

蒲猛风　（念“白榄”）

来得好，来得好，

我难忘过营受欺侮。尤恨那冯魂小鬼曹！

我正好带兵拦截她来路，来一个攻其不备以逸待劳。

杀冯魂，劫嫂嫂，

雪耻辱，显英豪！（欲下）

蒲猛力　（念“白榄”）

休鲁莽，勿暴躁。

冼英宝刀仍未老，冯魂冯素武艺高。

你想讨便宜，恐怕讨不到。

且先去巡哨，切勿走险途。

蒲猛风　（念“白榄”）

如此怎能消气恼？

蒲猛力　（念“白榄”）

我自有虎略与龙韬——

（白）去吧，去吧！

蒲猛风　我去，去，去！（下）

蒲猛力　（念“口鼓”）老太婆急于度岭抗隋，我泷州是她必经之路——

甲大将　（念“口鼓”）须防“假途灭虢”。

乙大将　（接念）还须准备刀对刀。

蒲猛力　（念“口鼓”）哼！她敢来“假途灭虢”，我就给她来个“偷行栈道”！附耳过来。（耳语毕）管教她不战自退。

甲大将　（接念）大王果是善变风云，精熟六韬呵！

［三人相视大笑。

内侍臣　（匆匆上）启禀大王，冼太夫人在城门之下，求见大王。

蒲猛力　什么？冼英到来求见？……来了多少人马？

内侍臣　随行人员，只有两员老将。

蒲猛力　她既然先礼后兵，我还须以礼相迎。

甲大将　且慢，如此有失越王体面呵！

蒲猛力　这个……好，请她进来。

内侍臣　领命！（下）

蒲猛力　有此众左右！

（唱“快中板”）

须防平地起波涛，

准备弯弓擒猛虎，

布下金钩钓大鳌。

甲大将
乙大将　领命。随我来！（四侍卫随下）

冼夫人　（内唱“首板”）

为苍生，为万民，何惧刀斧！

［与此同时，甲、乙大将引兵埋伏两旁，并向蒲猛力回报准备就绪。

冼夫人　（与甘、盘二将同上，唱“滚花”）

安危定乱不辞劳。

愿罢干戈成永好。（入）

蒲猛力　太夫人你到了？

冼夫人　（念“口鼓”）老身特地到来，问候蒲刺史安好。

甲大将　（念“口鼓”）呔！何以朝见我王，不参不跪？

乙大将　（接念）难道你想挨一刀？（示威）

［甘、盘二将愤然按剑，冼夫人强抑恼怒。

蒲猛力　（念“口鼓”）休得对夫人无礼——（离座）太夫人，此来有何所图，你就老实相告吧。

冼夫人　（念“口鼓”）蒲刺史，你是聪明人，你说，我此来有何所图呢？

蒲猛力　哼，你听了！

（唱“追信”）

你说问安好，其实来征讨。

妄想迫我城下盟，我岂有不知道。

你暗藏了枪刀，来个先礼后兵。

先来相劝我不做南越王，

劝不来便把那刀枪挥舞。

冼夫人　（接唱）

我前来修好，不用动枪刀。

你想得太近，想得太糊涂。

为何你没想到，远处有虎狼嚎？

蒲猛力　（白）远处有虎狼嚎？你说的是王勇么？——我呸！

（唱“滚花”）

你何须搬出王勇老匹夫？

纵然你俩来夹攻，尚难预料谁胜负。

冼夫人　（唱“滚花”）

何必睁眼说梦话，自欺欺人逞英豪。

我和王勇来夹攻，难道你泷州还能保？

甲大将　（唱“滚花”）

分明来恐吓，

乙大将　（接唱）

先取你头颅！（介）

蒲猛力　（唱“赛龙夺锦”）

收回大杆刀，放她寻归路。（双方收刀介）

在这动武，不算英雄勇武。

冼英你只管去，与那王

（转唱“霸腔慢板”）

勇匹夫来征讨。（批介）

冼夫人　（唱“慢板”）

南北混战数百年，难道战祸尝不够？

我只愿河清海晏，岂愿岭表变荒墓。

我已下令只准守，不准擅自动枪刀。

只要你允我所求，我愿向蒲家献铜鼓。

蒲猛力　（念“杀嫂白榄”）

献鼓？

——莫非把你铜鼓做抵押，想向泷州借条路？

冼夫人　（念“白榄”）

冼英不是来借路，我是恳求你带路。

蒲猛力　（念“白榄”）

你来恳求我带路？

冼夫人　（白）蒲都老呵！

（唱“孔雀开屏尾段”）

你也该知道，我一向也守礼义。

我威镇岭南数十秋，

也从没低首向人求乞恳诉。

我今天求恳蒲都老，我今天求恳蒲都老，

（过序夹白）我只求你，和老身一同出兵度岭，抗御隋师，保境安民。

蒲猛力　什么！你还是要我一同出师抗隋？

冼夫人　你若能答应，我愿在皇上跟前，求他封赠你为南越王；你若能答应，我冼家八百年的铜鼓，愿意呈献给你；你若能答应，我冼英愿意拥你为岭南百族盟主。

（续唱“孔雀开屏尾句”）

在你帐前堂下，当个小都老。

蒲猛力　（愕然）太夫人，你为了大陈江山——

冼夫人　（唱“反线中板”）

正是为了锦江山，不应变成焦土。

为了百姓免受煎熬。

为我们高、泷两州，向来友好，

为俚、傜两族，一向和睦相处，互易有无。

（转唱“滚花”）

如若不然，你也明了，今天难免要动武。

蒲猛力　（白）这个嘛……

内侍臣　（内白）大王不好，蒲猛风千岁中箭！

蒲猛力　什么，猛风中箭？

［内侍臣扶蒲猛风上。

蒲猛风　大哥，给我报仇！（手指冼夫人，昏过去）

蒲猛力　谁人大胆，敢箭射我弟？

内侍臣　蒲千岁在城外和冯魂对骂，这箭就是冯魂所射！

冼夫人　冯魂！

蒲猛力 （同时白）冯魂！——（拔箭，看箭）“冼家毒箭”，“冼家毒箭”！

冼夫人 （取箭）待我一观！（看箭，怒极）

蒲猛力 （白）可恼也！

（唱“滚花”）

你刚才厚礼卑辞要献鼓，却原来安排暗箭这等卑污！

叫人来——（伏兵上）绑起这无耻恶妇！

冼夫人 （唱“滚花”）

蒲都老，你容我说一句。

蒲猛力 还说什么？推出斩了！

冼夫人 （接唱“滚花”）

斩了老身何足惜，可惜你弟死得太无辜。

冼家毒箭唯我能解，既是羊入虎口任诛屠，

何不让我先将你弟来救护？

蒲猛力 呵——先扶二弟下去！（甲、乙大将扶起蒲猛风）

冼夫人 有此甘将军，你即速回营，叫素儿配齐毒箭解药，尽快赶来。

甘将军 领命。（下）

（甲、乙大将同时扶蒲猛风下。）

蒲猛力 哼，我明白你了！

（唱“滚花”）

你故命孙儿放毒箭，又来解毒献功劳。

分明欲卖假人情，故弄玄虚布圈套！

冼夫人 （气极）你说我故意如此吗？

（唱“滚花”）

奴才大胆违军令，弄成事态一团糟！

盘将军，你去去去，

去把冯魂小奴才，迅速押来刺史府。

盘将军 夫人——

冼夫人 快去，去，去！（盘奔下）

蒲猛力 正是知人知面不知心——有此人来！传我口令：冼英来人，人数众多者，城外打死；人数少者，有进无出！

［内侍臣领命下，甲大将同时自内上。

甲大将 大王！

（念“白榄”）

猛风千岁仍昏迷，现由军医来救护。

可恨无道冼家军，暗箭伤人太可恶。

一箭之仇若不报，被人耻笑我俚族是懦夫呀！

四侍卫 （念“白榄”）

心头恨，比天高；杀冼英，难息怒。

请下令，聚武夫；杀出城，把仇报！

蒲猛力 好呀！

（唱“快中板”）

心头怒火似波涛，

俚族威名岂容侮。

传令族丁披战袍！

稍待片时——

（转唱“滚花”）

擂动聚将鼓！

甲大将 领命。（下）

冼夫人 慢走，慢走！……哎哟不好了！

（唱“滚花”）

有道大事化小，小事化无。

我命孙儿谢罪解怨仇，请把将令收回勿动武。

蒲猛力 （唱“滚花”）

休在此出乖露丑，谁与你小事化无？

御林军——

我去照料蒲御弟，冼英来人要看牢（唱“看好”）。

只准他来时有路，不准他寻觅归途。（下）

[盘将军同时带冯魂上。

冯　魂　参见婆婆。（跪）

冼夫人　冯魂你来了？

冯　魂　孙儿奉命来了。

冼夫人　畜生你可知有罪？

冯　魂　婆婆呵！

冼夫人　呸！

（唱“送情郎”）

小奴才，你可知道？今番因你惹波涛。

（转唱“慢板”）

可是你射此毒箭，快将实情来直告！

冯　魂　（唱“快慢板”）

他蒲猛风，骂我俚族，骂得一塌糊涂！

又辱姐姐，骂婆婆，孙儿难抑恼怒。

冼夫人　（接唱）

难道你忘了，我曾下军令，不准妄动枪刀。

违军令，罪难饶，难道也不知道？

冯　魂　（接唱）

他来攻，我难守，才有发箭惩凶徒！

冼夫人　（唱“中板”）

你可知，你这一箭，不是射死一人便算数。

你可知，为你这一箭，会引起战火如荼。

那时间，有多少百姓黎民无端受苦；

那时间，俚、傜两族将会世代成仇！

（白）叫句盘将军——

盘将军　夫人——

冯　魂　（同时白）恕我年少无知罢婆呀婆！

［蒲猛力与乙大将同时自内上。

乙大将　冯魂小子你来得好！（拔刀上前欲砍）

蒲猛力　且慢！

（夺过乙大将之战刀，唱“水仙子”）

冯魂小子你起来，拿起这把战刀，

就在堂上比比低高。

（抛刀，拔剑毕，续唱“水仙子”）

来来来吧，我不斩你三剑，我决不姓蒲！

冯　魂　（拿起战刀，无法忍耐）我难道怕你！（站起）

［盘将军上前三拦。

冼夫人　畜生还不跪下！

［冯魂跪。

冼夫人　（唱“滚花”）

蒲都老，此事不烦你动手。

蒲猛力　（接唱）

且看你怎来作样装模！（铲椅坐下）

冼夫人　唉！

（唱“回龙腔”）

孙儿呵，你休怪婆婆我，置亲情不顾。

（转唱“反线二黄”）

为万家，难惜你，我惟有挥泪舍遗孤。

（催快）

有此盘将军，把冯魂奴才——

盘将军　太夫人！

乙大将　怎么样？

冯　魂　婆婆！

蒲猛力　怎么样？

冼夫人　（唱“滚花”）

　　把他推出斩首！（句）

众　人　（惊）斩首？

冯　魂　婆婆！

盘将军　太夫人——

冼夫人　推出斩首，不得违令！

　　[盘将军无奈，押起冯魂，将下。

田夫人　（内白）刀下留人，刀下留人！（随甘将军上）参见婆婆。

冼夫人　（念“口鼓”）贤媳妇，快些呈上毒箭解药，无须多礼。

田夫人　（念“口鼓”）尚未配齐解药，素儿随后就来。

冼夫人　（念“口鼓”）却又来，你未有我命，私离营房，该当何罪？

甘将军　（念“口鼓”）太夫人，这不关夫人之事，是末将做主，叫她到来。

冼夫人　（念“口鼓”）甘将军，你娇我将令，难道你不怕死？

甘将军　（接念）太夫人，就算处斩一名大盗，也容他的娘亲哭别亲生儿呵！

冯　魂　娘亲！

　　（唱“哭相思”，跪向田夫人）

　　罢了娘亲！

田夫人　（接唱“哭相思”）

　　苦命儿呵！

　　（唱“合尺花”）

　　你身赴阴曹之后，切记要觅遍阴司。

　　寻着你家爹爹，替为娘诉一诉苦处！

冯　魂　娘亲！（抱头痛哭）

冼夫人　（唱“雁落平沙”）

不由我心碎，看她母子流泪，

石狮也落泪。怎忍媳妇长带泪！

[“相思锣鼓”，做手。冼夫人矛盾异常，田夫人、冯魂等求赦，蒲猛力等迫斩。

[战鼓声响，内场人声鼎沸。

冼夫人　（唱“俺六国头段”）

猛听得战鼓惊天动地，岂容我这里左想右思。

为两族，解冤结，岂可徇私弃信义！

（唱“滚花”）

叫句贤媳妇，休怪你婆婆。

为免万家遭战祸，冯家何惜一孩儿。

有此甘、盘将军，与我推出冯魂，立即斩首谢罪！

[田夫人、冯魂同时一晕，甩水发。甘、盘二将剃须。

田夫人　婆婆呵！

（唱“合尺花”）

求你缓刑片刻，让我生祭孩儿。

冼夫人　（接唱）

罢罢罢，容你半个时辰。三通鼓响，立即处死。

冯　素　且慢！（匆匆上，跪下）婆婆，解药已经配齐，猛风定能救治，请恕弟郎死罪。

冼夫人　（接过解药）救人要紧，毋庸多言，推出待刑！（欲下）

冯　魂　（拉住冼夫人战袍一角）婆婆，你饶我这次，孙儿不敢再犯军令！

冼夫人　（白）军令嘛，军令大如山！（拔剑把战袍一角斩断，冯魂倒地）三通鼓响，如不行刑，一律处斩！

[甘、盘二将无奈推冯魂下，田夫人追下。

[冯素欲随下，晕倒。冼夫人上前一扶，见手中解药，毅然随乙大将下。

[蒲猛力欲随冼夫人下，不忍丢下冯素，止步，回头。

蒲猛力　阿素！（扶起冯素）

冯　素　（醒，见是蒲猛力，沉默片刻，愤然推开蒲猛力）你！……（凄然以手按胸，触着怀里明珠）

蒲猛力　……素姑娘！（趋前）

冯　素　（取出明珠，痛苦地白）你与我拿回去！

蒲猛力　（愕然）拿什么？

冯　素　你的合浦明珠！

蒲猛力　我……（呆然不接）

［一通鼓响。

冯　素　哎哟不好了！

（唱“首板”）

一通鼓，动地来，不由人心儿绞碎！

（对蒲唱“十字清中板”）

我弟郎，顷刻间，便受凌迟；

你弟郎，却有我，婆婆救治。

倘若是，救不来，再杀何迟？

蒲猛力　（接唱）

若然是，不洗雪，一箭之耻，

只怕族人，怪责我，有辱宗祠！

冯　素　（唱“七字清”）

你难道不明情和理？

假如你弟救活过来，

我弟郎又免一死，

两族仇怨便可解除。

（唱“滚花”）

为你俍族宗祠，更应替我向婆婆求情，

赦免我魂弟死罪。

蒲猛力　这个……

［乙大将扶蒲猛风上，冼夫人随上。

蒲猛风　哥哥，猛风险些与你永别了！

蒲猛力　呵，猛风！（照料猛风坐下）

冯　素　（同时白）啊，婆婆！（趋前跪下）猛风已救活过来，现在还来得及恕免魂弟死罪。

冼夫人　恕他死罪……（二通鼓响）啊！

（唱“北上小楼引子”）

又听得，二通鼓，不由泪珠暗垂！

甲大将　（上，念“口鼓”）大王，族丁誓雪一箭耻，齐集校场候提师！

蒲猛力　候我提师嘛……猛风你附耳过来！（耳语）

蒲猛风　领命，随我来！（下，甲大将随下）

冼夫人　（衬音乐，念“口鼓”）素儿呵，你爱你家弟郎，难道我做婆婆的，就不疼爱自己的孙子吗？素儿，难道你没有看到，我也是迫不得已，才有挥泪斩孙儿呵！动身之前，我曾千叮万嘱你们，此次兵发泷州，为的是和解，不是为了纷争仇视。事情未决，只准坚守，不准妄动兵车。须知战事一起，俚傜两族，卅年之和睦便会付诸流水。高泷两州百姓，将无安宁之时。若真如此，王勇大军定必乘机而至，那时地方糜烂，满目疮痍。汉越嫌猜，益加深重无疑。那时候更谈不上出师度岭，定乱安危。此乃婆婆三天来日夕焦虑之事。（转“锣鼓白”）谁料冯魂小子，轻轻一箭，意图泄愤，遂误大局。我若不斩他，怎对得起傜俚两族父老，怎对得起高泷两州百姓呵素儿！

［三通鼓响。

冯　素
冼夫人　（“哭相思”）罢了，魂弟
孙儿　呵！（冯素奔下）

蒲猛力　太夫人啊！

（唱“长句滚花”）

刚才我还不信你，现在我已明白你。

你为安危定乱，大义灭孙儿。

蒲猛力虽是蛮傜，也知重信义。

这个南越王位，应属有德者居之。

我愿拥你当南越王，我心悦诚服当臣子。

冼夫人　（唱“滚花”）

我并非来与你争权夺利，我只求你与我一同出师。

蒲猛力　好呀！

（唱“快中板”）

愿遵夫人你训示，冲锋陷阵，万死不辞。

冼夫人　（唱“滚花”）

让我代替万民感激你！

内侍臣　（上）启禀大王！

蒲猛力　什么大王，叫都老！

内侍臣　启禀都老，城西突然来了一支人马，迫城骂战，声言不准伤害太夫人！

冼夫人　谁敢违我军令？

蒲猛力　原来如此，传我大令，请为首者进城。

内侍臣　领命！（下）

蒲猛力　（念“口鼓”）太夫人，我还要请求你答允一件事。

冼夫人　什么事？

蒲猛力　（念“口鼓”）请你赦免冯魂之罪。

冼夫人　（接念）……我魂儿已经与世长辞了。

蒲猛力　（念“口鼓”）冯魂虽死，未得太夫人之宽恕，阴魂难归乐土。故请赦他之罪。

冼夫人　如此，我答允赦免冯魂之罪便了。

蒲猛力　（念“口鼓”）谢过太夫人。有此猛风贤弟，快把冯魂带上来。

蒲猛风　（内白）来了！

［带冯魂，田夫人，冯素，甲大将，甘、盘二将等上。众惊异。

冯　魂　蒲都老——

蒲猛力　快谢过太夫人。

冯　魂　谢过婆婆。（跪）

冼夫人　蒲都老，你……魂儿，你谢过蒲刺史兄弟才是呵。

冯　魂　谢过蒲刺史，蒲将军。

蒲猛风　都怪我骂得过分，迫得太甚，累你受罪了。

内侍臣　（匆匆上）启禀都老！

（念“白榄”）

为首之人来势凶，进城便斩越王旗。

众将阻挡不住，已经放他冲入来。

［众惊异。

廖北龙　（内白）好胆！（带怒冲上）蒲猛力你还我太夫人！（举斧便砍）

冼夫人　廖北龙，你来干什么？

廖北龙　（愕然）呵，太夫人……蒲猛力他——

冼夫人　他与我合师度岭——你拒绝随我出师，为何又来这里？

廖北龙　这个……冯魂，你们与我开口呵！

冯　魂　婆婆……

（唱“三脚凳”）

自从兵发泷州后，他一支兵马一直尾随。

冼夫人　（接唱）

何以一直将我隐瞒？

廖北龙　（接唱）

只为怕你仍生气。

冼夫人　（夹白）我生你什么气？

廖北龙　（续唱）

我被夫人你赶走，难道你记不起来？

冯魂等　（唱“滚花”）

　　请鉴谅他对你一片忠心。

冼夫人　（接唱）

　　难道他不知我脾气？

［众相视大笑。内侍臣匆匆上。

内侍臣　启禀都老，王勇都督亲率大军，离此不远。

蒲猛力　可恼！

（唱“快中板”）

　　王勇匹夫，竟然敢来，

　　待我出城来迎拒。

冼夫人　且慢！

（唱“滚花”）

　　你我已合师出战，他岂敢吃眼前亏？

　　你不再称南越王，他又无借口来打你。

　　待我去说退王勇，明早便兵发大庾。

（白）老身告辞。

蒲猛力　（白）送太夫人！

［幕落。

第五场

时　间　距上一场的半月后。

地　点　大庾岭下驿亭。

［牌子“银台上”一句，开幕。远处刁斗不断，天快亮，月将沉。

冼夫人　（“扭丝”锣鼓，自驿亭上向四周眺望，唱“杨翠喜”）

壮哉大庾岭，真是瑰丽多姿。

是南越以北一座屏障，重要咽喉地。（过门）

四面崇山峭壁多险要，好个军事设施。（过门）

我一别卅二年，今日重临至此。（过门）

但人事已非，帝主两易，陈朝已无望矣。

（食住转“南音短过门”。冯素卸上。冼夫人唱“南音”）

惆怅国事，不胜唏嘘。

昏庸帝主，弄到国祚衰微。

我上奏几番，他忠言逆耳。

今日民心离析，怎御隋师？

堪叹百姓无辜，生逢乱世。

兵连祸结，颠沛流离。

冯　素　（白）婆婆，你又在想什么？

冼夫人　（白）我没有想什么，不过睡不着，出来眺望，看看天象吧。

冯　素　（白）婆婆，请恕孙儿多嘴。昨天行军，婆婆已有点儿劳累。今天过午，我们还要上岭。倘若休息不好，那时候嘛……

冼夫人　（白）素儿，你婆婆数十年来南征北战，登山如履平地，哪有劳累！不过，年纪老了，不免有点儿气喘。怪不得常言说道：一个人老了，就不中用了。

冯　素　（白）婆婆，哪能说是老，你还欠三岁，才到花甲之年哩！

（唱“滚花”）

婆婆定然像我家冼老太婆一样，活到一百二十岁。

（转唱“十字清”）

像那岩石，不畏雨打，不怕风吹。

像那苍松，屹立山腰，终年青翠。

像那骏马，精神矍铄，健步如飞。

冼夫人　（食住转唱“雨打芭蕉”）

乖孙女将婆婆安慰，

战倥偬我尽尝透那甘辛味，

也度过了一世。

对国家、黎民我从来问心确是无愧，

虽死我也目闭。

（断收，长叹一声）唉——

冯　素　（白）婆婆，你已经替国家黎民做了不少事情，

（秃头唱“减字芙蓉”）

正是无愧于国家黎民，又何以叹息不已？

（反复奏过门）

冼夫人　（楔白）素儿，我叹息的是，你看看，（指一带兵营）这里一万多人，今天午后便都过岭北去，可是他日能够回到岭南来吗？

（接唱“前腔”）

能否保存半数，恐怕不少作马革裹尸。

冯　素　（白）婆婆——（欲言又止）

冼夫人　（续唱“前腔”）

何以你闪闪烁烁，欲言又止？

（楔白）莫非又是那句老话？

（续唱“前腔”）

为了这个腐败皇帝，

我们去拼命太没意思。

冯　素　（楔白）孙儿正想说这一句。

（唱“滚花”）

无奈欲言又隐，只怕婆婆生气。

冼夫人　（白）阿素，你是我的孙女儿，我也不瞒你，有时我也这么想，忠君爱民，原是臣子的本分。可是，忠君和爱民，有时候又好像不是同一回事，就像当今皇上弄得民不聊生，国不成国，我们这万多人，犯得着去替他拼命吗？况且隋文帝不是容易对付的呵！但我今天又何以要这样干？素儿，我刚才说过，当国家有事的时候，我们还得尽臣子的职责。此外嘛……倘若给敌方杀了进来，受害的，还是那无辜的百姓。因此我们今天率师北上，更重要的是阻止敌人南下，保护我岭南各地，免使生灵涂炭，惨遭祸呀殃！

冯　素　（白）婆婆，爱民若子，难怪南越各族奉若神明了。

探　子　（冲头上，白）启禀太夫人！

冼夫人　（白）何事？

探　子　（白）大事不好！探得先行官蒲猛风被隋将掳去。

冼夫人　（“的的撑”，白）什么？蒲猛风被隋将掳去？——阿素，立即传令众将官前来商议。人来，升帐！（下，探子卸下）

冯　素　（台口，白）太夫人有命，众将官营前商议！

[蒲猛力，冯魂，廖北龙，甘、盘二将军，都老甲内场白：“来了！”食住擂大鼓，先后上，冼夫人随后上。

冼夫人　（埋位，“先锋钹”两边察看一番，白）各位将官，可曾到齐？

众　人　（同白）都已到齐！

冼夫人　（白）既然到齐，探子哪里？

（探子内场白："来了！"开边上，跪下。）

冼夫人　（白）把军情报来。

探　子　（白）启禀太夫人，蒲猛风将军昨晨过岭，欲兵发黎台，与隋军遭遇，交战失利，全军覆没，蒲将军被擒。

［众将官面面相觑。

冼夫人　（白）探子，我军何以突然遇敌？速速报来。

探　子　（白）探得隋帝命柱国韦洸为行军总管，率兵二万，征剿岭南。马步先行就是前越州刺史韦横。

（"的的撑"，众同白："韦横当了隋军先行？"）

冼夫人　（白）如此说，蒲猛风定是被那韦横捉去无疑。

探　子　（白）正是被韦横捉去。事因韦横在黎台一带，恣意屠杀我越族百姓，蒲将军得报，愤怒异常，率兵攻打，所以众寡不敌，被韦横捉去。

蒲猛力　（白）可怒也！

（唱"滚花"）

　　韦横屡屡与我越人为敌，若然碰上，定将你拆骨煎皮。

　　请太夫人发救兵，末将愿接救前去。

冼夫人　（白）好呀！

（接唱"滚花"）

　　就给你二千人马，火速渡过大庾。

　　前去接救我越族乡亲，接救你猛风弟弟。

蒲猛力　（白）领命！（"四鼓头"，偕探子下）

冼夫人　（白）冯魂、廖都老听命！

（续唱"滚花"）

　　庾关非常重要，你两人速领两千健儿，

　　前往协助程将军，坚守此要塞之地。

冯魂、廖北龙　（白）领命！（冲头下）

冼夫人　（念“口鼓”）众将官，隋军何以突然迫近岭南？难道台城已经失陷？莫非隋军绕过建康，否则他怎会一旦至此？

甘将军　（念“口鼓”）太夫人，倘若隋军还没有席卷江南岭北，怎会攻打这僻处一隅的岭表？隋帝如此英明达练，难道他会这样痴愚？

冼夫人　（“卓竹”，白）如此说，建康当真失陷，陈朝算是亡了！——为何王勇却一直将我瞒着？

侍　卫　（冲头上，白）禀太夫人，王都督王勇将军到！（“一槌”）

冼夫人　（白）吓，王勇到来？他来得正好，与我带上。

侍　卫　（白）遵命！（下）

王　勇　（“双槌”，上，白）调虎离山夺岭表，浑水捉鱼自称王。太夫人有礼！

冼夫人　（不答礼，白）王都督，你到来何事？

王　勇　（白）太夫人请听！

（唱“无锡景”）

我特来奉送太夫人，度岭抗隋兵。

冼夫人　（接唱）

我不需你伴送我到营来。

王　勇　（接唱）

你生气什么事？

莫非为建康失陷的事情，未有及时通知你。

冼夫人　（白）王勇，

（唱“滚花”）

你看冼英是何等样人，何以京城陷落，一直把我蒙住？

何以你擅将韦横释放，容纵部署包庇徇私？

请问你当的是什么都督，你打的是什么主意？

王　勇　（念“口鼓”）太夫人，你是明达之人，事到今天，我才表明我的用意。建康陷落之事，是我事前有意不告诉你知。事关消息一旦宣扬，岭南一带便不知有多少人像蒲猛力一样称王称帝。那时候嘛，这局势如何收拾？所以我不得不轻重权宜。至于越州刺史韦横，我早已把他押解到京城去。是皇上将他释放。他日你一问皇上便可尽释狐疑。

冼夫人　（“卓竹”，白）皇上？皇上不是投降了吗？

王　勇　（念“口鼓”）呸！大胆冼英，竟敢如此放恣，污蔑皇上，语出无稽。目前建康虽失，但皇上幸得龙游别处。

冼夫人　（白）皇上幸得逃脱？

王　勇　（念“口鼓”）我现在特为此事，前来请你一起度岭抗隋。

冼夫人　（白）度岭抗隋吗？

甘将军　（白）太夫人！

（唱“滚花”）

请恕末将多嘴，此事还要三思。（暗示冼英要提防王勇）

冯　素　（白）婆婆，

（接唱“滚花”）

甘将军言之甚为有理。

王　勇　（白）太夫人！

（唱“霸腔芙蓉”）

有道救兵如救火，你不应再犹疑。

你曾说忠君爱民，应该死而后已。

冼夫人　（楔白）对，这是我今年寿辰时对你说的。

王　勇　（续唱“霸腔芙蓉”）

至今言犹在耳，你也并未忘遗。

（转唱“滚花”）

太夫人大义深明，应该责无旁贷。

冼夫人　（白）王都督。

王　勇　（白）什么事？

冼夫人　（念“口鼓”）然则当日我请求你出兵，何以你又不同意？

王　勇　（念“口鼓”）这，因为当时我兵马未有调集，粮草也未有备齐。

冼夫人　（念“口鼓”）那么后两个月呢？何以你不发一兵一卒，原因又在哪里？

王　勇　（语塞）这这这——（念“口鼓”）冼英，你发不发兵度不度岭，请你好自为之。现在龙游别地，新王未立，我这个都督也管不了你。哼，看你言词闪烁，诸多狡辩，怪不得外间盛传你是假意抗隋——（“一槌”）

冼夫人　（白）吓，传我假意抗隋吗？（“擳槌”）

王　勇　（白）说你抗隋为名，伐陈为实，忘不了皇上杀你儿子的大仇。

冼夫人　（唱“沉腔滚花”）

唉吔吔，皇天可鉴。冼英岂有不顾公私？

（转唱“十字清”）

那谣言它虽无真凭实据，

以人口实我难免遭受嫌疑。

（转唱“滚花”）

罢罢罢，传令午时一刻，全军渡岭去。

甘将军（同时白）太夫人！
冯　素　　　　　婆婆！

冼夫人　（白）我主意已诀，不要多言。

王　勇　（唱“滚花”）

太夫人当真是光明磊落，好一个巾帼须眉。

老夫也要告辞，我们分头准备。

（白）记得来！

冼夫人　（白）送王都督。

[冼英送出。王勇关目暗示诡计得逞，欣然而下。

冯　素　（“先锋钹”，念“口鼓”）婆婆，王勇口口声声忠君爱民，苦苦要我们出兵，他实在非怀好意。

甘将军　（念“口鼓”）太夫人，王勇是一个老奸巨猾——（半句）

冼夫人　（念“口鼓”）我只道，他想调虎离山，当冼英是一个黄口小儿。（胸有成竹地冷笑）不过，目前隋军突然进迫大庾，对我们威胁甚大，非常不利。正是前有虎狼，后有蛇蝎，如何进退，确实要三呀思。（慢的的）

探　子　（冲头上，白）启禀太夫人，蒲猛风将军脱险归来，将到营前。

冼夫人　（白）蒲猛风将军脱险归来吗？——立即传他上帐。

探　子　（白）遵令！（下）

蒲猛风　（内场白）来了！（冲头上，白）参见太夫人。

冼夫人　（白）蒲将军，你回来了？

蒲猛风　（白）末将回来了。

冼夫人　（白）蒲将军，听说你被韦横捉去，何以会安全回来？

蒲猛风　（白）太夫人容禀。

（唱“跳花鼓”）

我奉命作先锋，兵发黎台去。

（念“白榄”）

听说韦横贼子，已经降了隋。

并且当了先行，到处杀害越族兄弟。

当时我怒不可遏，立即兴动义师。

无奈众寡悬殊，被他俘虏去。

他正要将我斩杀，刚巧隋军到来。

统帅韦洸将军，将我押过营去。

他亲自来审讯，我估道必死无疑。

谁料他知我是你部将，非常和蔼亲挚，

马上与我松绑，还说了许多道歉言辞。

并敬我酒一杯，我估道他是假仁义，

大骂他们一顿，不该将我越族凌欺。

后来他知道了，这是韦横干的好事。

将他杖打八十，打到他死去活来。

就在这个时候，我心里禁捺不住。

冼夫人　（接念）

你心里禁捺不住，这便又何如？

蒲猛风　（接念）

把酒一饮而尽，喝个痛快淋漓。

冼夫人　（白）你——

甘将军　（抢着白）好啊！

（唱“跳花鼓”）

要是我老甘，必然饮到醉。（过门）

冼夫人　（白）多嘴。

（对猛风唱“跳芙蓉”）

你擅饮敌人之酒，敢把军令抗违。

（过门，白）左右将他推出斩！

蒲猛风　（白）太夫人，

（唱“跳花鼓”）

你听我说清楚，慢来将我处置。（断收）

冼夫人　（白）你有讲！

蒲猛风　（白）你有听！

冼夫人　（白）你有讲！

蒲猛风　（念“白榄”）

刚巧在那个时候，我哥哥闯进营去。

我便将过去情形，告诉与哥哥知。

我兄弟两人，力数韦横之罪。

韦统领震怒，将韦横斩头毫不犹疑。

真是大快人心，我兄弟便把军纪忘记，

大家举杯痛饮，快慰美妙！哈哈哈！

冼夫人　（白）可怒！

（唱“跳花鼓”）

你们兄弟通敌卖国，还想游说我去降隋！

蒲猛风 （念“口鼓”）太夫人，隋军并无把我越族当作仇人，相反是亲如一家。我并非将你游说，劝你降隋的也非我们兄弟，（半句）

冼夫人 （白）谁人好胆？

蒲猛风 （念“口鼓”）那就是王勇，（“一槌”）就是那个糊涂皇帝，王八乌呀龟。（慢的的，“一槌”）

冼夫人 （白）你好胆！

蒲猛风 （念“口鼓”）太夫人，我并非信口开河，全有真凭实据。（“先锋钹”，出台口，白）人来，把东西带上！

某都老 （内场白）来了！（大开门，把韦横首级、王勇通敌信、陈叔宝劝降信、犀杖、宝剑带上）

蒲猛风 （接过以上东西，逐件呈交冼英，念“口鼓”）太夫人，这是韦横首级，这是王勇给韦横递交隋军的通敌信，这是陈叔宝给韦洸转交你的劝降书及高祖皇帝御赐你冯家的犀杖、宝剑，你一看便知呀。（慢的的，“一槌”）

冼夫人 （“先锋钹”，将以上各物接过察看，唱“沉腔滚花”）

唉吔吔，竟有皇帝劝臣子降敌，荒诞如斯！

冯　素 （拿起犀杖、宝剑，“的的撑”，“先锋钹”察看，白）婆婆，这是半年前，婆婆命我家爹爹面谏昏君的宝剑、犀杖，给昏君屈斩午门的遗物。

冼夫人 （的的撑，唱“水仙子”）

睹此旧物，宁不伤悲（双句）。

糊涂皇上，误信那奸相，致落到这般境地。

（“先锋钹”，拿起犀杖、宝剑、王勇的通敌信、陈叔宝劝降书左右察看，白）让高祖皇帝知道大陈亡在哪些人手里。（顺三槌，将各物抛与甘将军）

甘将军　（白）领命。（拿以上各物下）

侍　卫　（上，白）禀太夫人，王勇都督带领三万大军，缓缓而来。

冼夫人　（白）什么？王勇带领三万大军，缓缓而来？

王　勇　（上，“推磨”毕，念“口鼓”）午时已到，军令如山。你大军仍未度岭，究竟是何用意？

冼夫人　（念“口鼓”）只因我俚、傜、獽、狼各族兵马仍未汇集，还要稍候片时。

王　勇　（念“口鼓”）太夫人，隋军逼近门前，大庾岭是隋军必争之地。正是军情危急，岂容你这般儿戏。

冼夫人　（念“口鼓”）既是军情危急，你这三万大军，何以不先行度岭去？

王　勇　（念“口鼓”）这——军机不用你管，我只问你何时度岭抗隋？

冼夫人　（念“口鼓”）哼，我也是军机不用你管。我只问你三万大军不作先行，究竟是何用意？

王　勇　（念“口鼓”）呵呵呵，是你冼英管辖我这个都督，还是我这个都督管辖你冼英？（半句）

冼夫人　（接念）我不认识你什么都督，我不发兵你又何如？

王　勇　（白）你当真不发兵？

冼夫人　（白）不发兵。

王　勇　（白）可恼！

（唱“滚花”）

你可知这里是我管辖之地，可知你现在三面受我包围？

若不度岭抗隋，你这孤军便死无葬身之地。

冼夫人　（白）哈哈哈！

（唱“滚花”）

你休来恐吓，我并非三岁孩儿。

（转唱“中板”）

你不想想，我孙儿冯暄，驻守高凉是何用意？

你不想想，我岂会如斯愚笨，孤军深入你管辖之区？

（唱“滚花”）

知否你四面受我南越各族包围，

你的后路正被我孙儿冯暄挡住？

王　勇　（唱“滚花”）

你是远水难救近火，任你老谋深算，也要吃眼前亏。

叫人来——

[战鼓声起，冲进几员大将及毕琛。

王　勇　（续唱“滚花”）

依计行事！

[冯素紧护冼夫人，猛风、甘将军等拔刀冲前。

冼夫人　（念“杀嫂白榄”）

且住！（蒲、甘等住手，冼英挺身向前）

我冼英戎马数十年，从不曾晓得怕死两个字。

你要绑还是要杀，你便即管来！

王　勇　（念“白榄”）

老夫毫不想杀你，也毫不想与你敌对。

我无非情急意切，求你出师抗隋。

一如在越王诞之时，你求我出兵之举。

冼夫人　（念“白榄”）

住嘴！你凭什么和我比拟？

我在越王诞，恳求你出师。

乃是为国为民，从没想过自己。

你今天求我出兵，到底什么用意？

王　勇　（念“白榄”）

这这这……

冼夫人　（念“白榄”）

无须这个那个，我代你说出来。

（唱“爽慢板”）

你不敢杀害我冼英，故而骗我度岭。

欲借韦洸之手，扑灭我岭表义师。

且待韦洸杀我后，你便独霸岭南。

凭借庾关抗隋，趁机称王称帝。

我受尽雨雪风霜，看尽凶邪奸佞。

你休来骗我，你要杀我尽管来。

（唱“滚花”）

只怕你动我一根毛，你在岭南休想有立足之地。

王　勇　（唱“快滚花”）

竟然在此大放厥词，怒冲冲，先杀你！（拔刀上前）

毕　琛　（上前隔开，白）王都督——太夫人，你未免以小人之心度君子之腹。

冼夫人　（白）呸！谁是小人，谁是君子，我今天一天，看得最清楚。残虐各族百姓，只图个人富贵者，便是小人，为各族百姓和睦相处，为天下统一太平尽心尽力者，便是君子。蒲将军，你刚才说的一番话不错。众将官，素儿，你们听到：我们今天，存亡难卜，只要你们哪一个还能突围而出，就传我命令，从今天起，岭南各族归附隋朝。

众　人　（惊白）归附隋朝？

王　勇　（念“口鼓”）呵呵呵。冼英，你要归附隋朝？想你夫妇身受高祖皇帝知遇隆恩，难道你要忘恩负义吗？

冼夫人　（念“口鼓”）你说高祖皇帝吗？四十年前，高祖皇帝就在这里对我夫妇说过，什么时候才能天下一统，什么时候才能重见汉高祖、汉文帝的太平盛世？今日岭南归附隋主，正是实现高祖皇帝一统天下的愿望之时。说到我冯家三代受陈朝的封赠，我冼英决不忘记。可是我不能为了个人恩怨，阻挡各族百姓二百多年来结束南北混战的愿望。再说，王勇，你看这是什么东西？

王　勇　（念“口鼓”）哼，这是高祖皇帝御赐给你的宝剑，听说你儿子已带上京去——哦，我明白了，你这贱妇，原来早已降隋。

冼夫人　（念“口鼓”）你错了！我要归附隋朝，还是刚才看清楚你的所作所为，才立定这个主意。岭南让你这种人来当皇帝，倒不如归附中原，归附大隋。这把剑是陈叔宝交回给我，还附了一封书函，劝我归附隋主。我没有对不起陈朝，就算后人如此说，只要对汉越各族有利，个人毁誉又何足挂怀？

王　勇　（白）呸！

（唱“滚花”）

没我王勇点头答应，休想岭南归附北隋。

我也老实告你知，我早已写信与韦洸，商议归附之事。

冼夫人　（白）你早已写信给韦洸？呸！

（唱“滚花”）

你个披着人皮的野兽，你还逼我度岭抗隋，

什么你要归附隋朝，分明是假心假意。

王　勇　（白）对了！

（唱“减字芙蓉”）

我降隋是假意，可惜韦洸不知。

（夹白）第一，

（续唱）

你一直扯着抗隋大旗，我王勇从没表示。

（夹白）第二嘛，

（续唱）

我王勇先你，归降隋师。

（夹白）第三，

（续唱）

我和韦洸，同是汉族人氏，

（夹白）第四，

（续唱）

有韦横帮我说好话，韦洸对我深信不疑。

（唱“滚花”）

所以要说归附隋朝，韦洸信我不信你。

我劝你聪明一点，还是与我抗御隋师。

否则老夫先你降隋，那时两面夹攻，你难免一死。

冼夫人 哈哈哈！

（唱“中板”）

你休来迷惑我，我也告与你知。

你的同谋韦横，已给韦洸处死。

你若要真心归附，尚有一线生机。

（唱“滚花”）

若不痛改前非，那时难逃一死者，不是我来却是你。

王 勇 （唱“滚花”）

你生死已权操我手，竟然恐吓起我来。

你如不立即度岭抗隋——

冼夫人 （白）怎么样？

王 勇 （续唱）

我不计利害得失，先要你人头下地。

冼夫人 （白）要我人头下地？

王 勇 （拔刀，白）怎么样？快说！（冯素拔刀相向）

冼夫人 （白）你来来来！

王 勇 （白）人来，动手！

[王勇侍卫上。

侍 卫 （白）禀都督，隋军与冼英军从岭上杀将下来！

王 勇 （白）吓，隋军杀将下来？——先杀退隋兵，随我去。传令抵御！（下）

［侍卫下。

［开打。

［蒲猛力、冯魂等杀入，开打。

冼夫人　多谢列位援救。

蒲猛力　探知太夫人被围，韦洸总管心急异常，特令我率领大军前来抢救。

冼夫人　韦总管现在何处？

蒲猛力　韦总管吩咐解围之后，隋军立即返回隋营。待太夫人同意之后，韦总管才过岭议事。

［廖北龙押王勇上。

冼夫人　王勇老贼你也有今日呀！

（唱“滚花”）

众将官，擂战鼓，随我迎接隋师。

众　人　（同白）领命！

［幕下，煞科。

古典文学名著改编

桃花扇

广东粤剧院二团演出
陈晃宫执笔

剧中人	扮演者	剧中人	扮演者
侯朝宗	卢启光	李贞丽	林丽容
陈定生	陈少棠	官　差	何国耀
吴次尾	孔壮志	马仕英	余海珊
阮大铖	朱少秋	快马	
杨文聪	吴粉超	中军	
柳敬亭	谭志基	兵士甲、乙	
李香君	陈小茶	书生甲、乙、丙、丁	
郑妥娘	卫少芳		
卞玉京	邓梅开		
寇白门	白雪兰		
小　环	陈影芬		
苏昆生	袁汉云		

第一场　惩奸

时　间　明崇祯末年春。

地　点　南京文庙门前。

人　物　侯朝宗、陈定生、吴次尾、阮大铖、杨文聪、柳敬亭、群众若干。

[先奏春祭古乐，表示庙内已开始祭礼。

[起幕。群众围观《防乱揭帖》，极为兴奋。

书生甲　（念“白榄”）

写得好（双句），奸贼阴谋全暴露。

书生乙　（接念）

魏忠贤余党，日暮人穷途。

书生丙　（接念）

还有阮大铖，险恶心腹为狼虎。

书生丁　（接念）

揭帖好比照妖镜，众鬼面目总难逃。（句）

[“撞点”，定生、次尾、朝宗祭礼完，自庙内上介。

定　生　（唱“中板”）

师表千秋同敬慕，孔门子弟仰德高。

次　尾　（接唱）

岁岁春秋同祭告，一望侪侪尽英豪。

朝　宗　（接唱）

夫子当年难行道，今时更叹道全无。

（唱“滚花”）

怎能笔利如锋，把那虎狼尽扫。

定　生　（念“口鼓”）朝宗兄，我辈笔利虽未如锋，但是文章亦堪用武。（指揭帖介）

次　尾　（念“口鼓”）把奸党阴谋揭出，人们便可分清黑白不模糊。

朝　宗　（念“口鼓”）且听大家看后所言，有何表露。（三人一齐上前介）

书生甲　（念“口鼓”）好文章，痛快痛快！攻击到阮大铖奸贼体无完肤！

次　尾　（念“口鼓”）这不是阮大铖？一讲曹操曹操就到。

定　生　（念“口鼓”）好，我们给他一些厉害，等他知道地几厚天几高。（各人散开）

大　铖　（上，见众人，嬉皮笑脸唱“芙蓉中板”）

原来各位在此，恕未一一招呼。（各人不理）

是否祭礼未行，大家来散步？（各人仍不理）

今日群贤毕集，真是兴致高。（各人还是不理）

啊！（插白）这位不是侯朝宗？

（转唱“滚花”）

侯仁兄不见多时，想必近来甚好。（谄笑介）

朝　宗　（白）你是何名何姓（“一槌”）？

大　铖　（白）侯仁兄，你忘记了吗？鄙人姓阮名大铖，号国海。孔子庙每年丁祭，都是鄙人主持。不过……

朝　宗　（白）啊！你就是阮氏匹夫！

（唱“二黄”）

此处至圣地方，非你奴才应到。（收掘）

大　铖　（接唱）

我来参加祭礼……

定　生　（接唱）

就把圣地弄污！

大　铖　（接唱）

何竟出口伤人……

次　尾　（接唱）

你的靠山已倒。

大　铖　（接唱）

你等分明乱党……

朝　宗　（接唱）

还敢说话糊涂！

书生甲　（唱“滚花”）

将他惩戒一番，替我爱国文人将仇报。

众　（白）打打打！（扭住阮大铖痛打介）

大　铖　（大叫白）救命呀！

文　聪　（冲头上，拦开介。念“白榄”）

慢动手（双句），总可讲理由。

定　生　（接念）你是什么人，敢替奸贼来开口？

文　聪　（接念）小弟杨文聪，别字号龙友。

我与侯吴两位世兄，都是好朋友。

我佩服各位，嫉恶如寇仇。

不过孔圣庙前打死人，难免悠悠众人口。

不妨予以自新路，得放手时须放手。

朝　宗　（白）念在龙友兄情面，权且手下把情留。永远不许再来，与我快些爬走！

［阮大铖抱头鼠窜逃出，下。众人大笑介。

文　聪　（唱“滚花”）

一失足成千古恨，他咎由自取怨无由。（转移话头）

近来国事如何，各位听到否？

朝　宗　（念“口鼓”）道路阻塞不通，连家信都未有。

次　尾　（念“口鼓”）龙友兄可有什么消息？你较广交游。

文　聪　（念“口鼓”）据闻进迫京师，都是各方流寇。官兵一连失败，快打进城里头。

定　生　（念“口鼓”）贪污遍地，剥削重重，百姓求生不得，怎能不成流寇？

文　聪　（注意定生介，白）这位……

朝　宗　（白）原来你两位还不认识。这是敝同年陈定生，这是杨兄龙友。

二　人　（白）失敬失敬！

文　聪　（念“口鼓”）定生兄所言十分中肯。不过满洲兵又有进关消息，大局更为堪忧。

朝　宗　（唱“滚花”）

我等几篇文字何用，扪心自问觉惭羞。

挽不了天意人心，诛不了权奸贼寇。

文　聪　（唱“减字芙蓉”）

国事何堪问，不若秦淮河上游。

朝　宗　（白）思绪不宁，何必游玩？

文　聪　（唱“前腔”）

有个歌女叫香君，才貌世罕有。

朝　宗　（白）心仪已久，可惜从未见过。

文　聪　（唱“前腔”）

我来做媒介，佳人才子赋好逑。

次　尾　（白）朝宗脸红了！

定　生　（唱“滚花”）

我看与其寻花，何如问柳？

朝　宗　（白）寻花问柳就是一回事。

定　生　（白）非也。花是秦淮之花，柳是敬亭之柳。

朝　宗　（白）你是指那说书的柳敬亭么？

定　生　（念“口鼓”）就是他！他宁愿说书为生，也不作奸臣走狗，并对阮大铖之辈，视若寇仇。

朝　宗　（念“口鼓”）江湖上竟有这样磊落襟怀，应该拜访登门。龙友兄同去一走。

文　聪　（念“口鼓”）小弟还未丁祭，恕我失陪左右。迟日约你同去媚香楼。（入文庙介）

［朝宗等人正欲举步，忽闻内场渔鼓声。

敬　亭　（朗诵上，白）问余何事栖碧山？笑而不答心自闲。桃花流水杳然去，别有天地非人间。（相见介）原来是陈、吴几位相公，老汉失敬失敬。（指侯）这位何人？

定　生　（白）这是敝友河南侯朝宗，当今名士。久慕清谈，正欲登门领教。

敬　亭　（白）不敢不敢！各位都是读书君子，什么《史记》《通鉴》不曾看熟，倒来听老汉俗谈么？

朝　宗　（白）何必过谦。老先生当日客居阮大铖家，何以又忽然离去呢？

敬　亭　（白）这又何足为奇？（做说书状）当年周宝东迁，鲁道衰微，三家者以雍徹季氏八佾舞于庭，僭窃之罪无以复加。鼓手乐工，霎时散尽。他们走得真有意思啊！（白）正是鲁国团团一座城，中间闷煞几英雄。荆棘丛中难驻凤，沧海波心好变龙。我离去阮胡子家，就是这个道理。

朝　宗　（白）敬佩敬佩！

（唱“滚花”）

敬老不为奸用，可算亮节高风。

敬　亭　（白）过奖过奖！

（唱“滚花”）

我还编了小曲几支，把那些权奸刺讽。

请各位驾临寒舍，听我一唱内容。

朝　宗　（白）打搅，点好意思？

敬　亭　（白）何须客气？各位请。（众人下介）

［幕落。

第二场　定情

时　间　距上场数日后。

地　点　秦淮河畔，媚香楼大厅。

人　物　李贞丽、李香君、郑妥娘、卞玉京、寇白门、小环、秦淮姐妹若干人、侯朝宗、杨文聪、柳敬亭、苏昆生。

贞　丽　（念“白榄”）

秦淮好，秦淮美，媚香楼傍秦淮水。

华灯初上深画眉，夜阑不把红楼闭。

门前杨柳两三株，丝丝牵惹游人骑。

养得爱女李香君，才陪玳瑁筵前侍。

罢职县令杨大爷，为着香君梳拢事。

说道今天贵客来，曾着用人早预备。（双）

（白）小环！

小　环　（上，白）妈妈，叫我什么事？

贞　丽　（白）今天杨大爷来，酒席预备好了吗？

小　环　（白）预备好了。

贞　丽　（白）那么你叫香君姐姐出来罢！

［小环领命下介。

［“撞点”。龙友、朝宗上。边行边看室内陈设介。

文　聪　（唱“中板”）

你看碧玉琉璃灯掩映。

朝　宗　（接唱）

朱栏石砌衬纱窗。

文　聪　（接唱）

你听鸾凤笙箫似在云中响。

朝　宗　（接唱）

金声玉律奏叮当。

文　聪　（接唱）

异品沉檀风飘荡。

朝　宗　（接唱）

香闻十里乱人肠。

文　聪　（唱“滚花”）

烟花地不比会文坛，毋须诸多拘让。（同进门介）

贞　丽　（念“口鼓”）杨大爷真是赏面非常，今日又蒙光降。（招呼坐下介）

文　聪　（念“口鼓”）这位侯朝宗相公，当今才子。这是李贞丽，过去是秦淮魁首，如今是香君养娘。

朝　宗　（念“口鼓”）将门无弱兵，难怪香君名标花榜。

贞　丽　（念“口鼓”）全凭相公赏面。小环快把香茶奉献贵人尝。

[小环奉茶介。

文　聪　（念“口鼓”）只顾嘻哈大笑，却把香君遗忘。侯公子慕名而来，快叫她到来厅上。

贞　丽　（白）我倒忘记了，小环叫姐姐出来吧。

小　环　（下介。复上念“口鼓”）妈妈呀，姐姐独坐楼中哭到泪流襟上。（众问为什么介）因为看书看到风波亭一段，岳飞被害身亡。

[贞丽、妥娘急去看过介，下。

朝　宗　（白）了不起呀！

（唱“滚花”）

有心人难得见，谁知芳草出平康。

她恨秦桧害岳飞，香君眼泪岂是流冤枉。

香 君 （打引上，白）痴心欲进书中去，仗剑锄奸卫岳王。

文 聪 （白）啊！香君来了。

（迎上，唱“三脚凳”）

香君你真系愚蠢，白白哭一场。

秦桧害岳飞，只是古人事干。

与你无关系，何必为他凄凉。

［香君闻言，以冷笑鄙之。

文 聪 （唱“滚花”）

我引你相识一位名人，保你立时欢畅。

［香君背身不理。文聪有些尴尬。

贞 丽 （念“口鼓”）乖女！人家一意一心慕名相访（牵香君，香君不愿上前），你若刁蛮过甚，人家就笑阿妈教养无方。（强牵香君上前介，白）这是我女儿香君。拜见侯朝宗公子罢。

［“重一槌”，二人惊喜交集，相视无言。文聪拉苏、柳，妥娘拉众人静下。少顷二人感觉过分，有些不好意思。起音乐。

香 君 （白）拜见侯公子。

朝 宗 （白）小生失礼。香君冰雪聪明，难怪文聪兄……

［朝宗回头不见了文聪，更不见了众人。二人相对更不好意思，静下来。

香 君 （到底要打开僵局，念“口鼓”）侯公子名重一时，为国家做了许多好事干。估不到秦淮烟水，也得到枉驾增光。（言下有讥讽意）

朝 宗 （闻言有些尴尬，念“口鼓”）为慕娘子才名，才有步到秦淮第一趟。有什么常规惯例，还请指教帮忙。

香 君 （白）侯公子——

（唱“二黄慢板”）

常规惯例等闲事，又怕人言可畏，说你涉足平康。

你本是复社名流，平日素孚众望。

那奸人多诡计，大可流言蜚语，藉以四处传扬。

（唱“二黄”）

那时对复社既可中伤，

（唱“滚花”）

对公子又能毁谤。

朝　宗　（白）这……

（唱“反线中板”）

正是一言惊觉梦黄粱。

香君虽然年未长，

聪明识见世无双。

婀娜迎人如柳样，

肌肤比雪貌端庄。

（催快）

疑是嫦娥从天降，

独惜秦淮错落实堪伤。

（唱“三字经”）

走上前来将话讲，

深蒙指教自提防。

（唱“滚花”）

就此拜别香君，他日有缘再访。

香　君　（白）相公慢行！

朝　宗　（白）还有什么指教？

香　君　（欲言又止，低首含羞，卒鼓起勇气白）相公——

（唱“杨翠喜”）

今天寒舍喜增光，

何幸相公未因我是秦淮女，

有意惠临情无量，令我正遂平时望。

朝　宗　（接唱）

名花倾国远飘香，心中仰望。

更羡才如道蕴吐芬芳。

常愿两相结交日夕同酬唱，以慰我愁肠。

香　君　（接唱）

君你本多才，人仰望，

朝　宗　（接唱）

娇你本聪明，人仰望。

［众人静上偷听。

二　人　（接唱）

此后应常共请教，词赋与文章。

文　聪　（接唱）

唉吔好好好！

（直落唱“二黄慢板”）

我就做媒作伐，等你两人地久天长。

（转唱“滚花”）

侯兄你心意如何？

朝　宗　（唱“滚花”）

正比秀才登金榜。

文　聪　（唱“前腔”）

好啦其他事干慢慢商量，

香君你是否同心？

贞　丽　（接唱“滚花”）

人地女仔人家，又点好意思讲？

文　聪　（白）美目盼兮示意我方，巧笑倩兮喜配才郎。

［“地锦”，妥娘、玉京、白门、昆生、敬亭同上介。

妥　娘　（念“口鼓”）贞姐，我们约齐苏师父、柳师父到来，听香君把《牡丹亭》再唱。

敬　亭　（念“口鼓”）啊！原来侯公子、杨大爷在此。请恕无礼疏狂。

朝　宗　（念“口鼓”）敬老何必过谦。正是何处不相逢，又在此间碰上。

敬　亭　（念“口鼓”）自与苏昆生脱离阮贼，宁愿秦淮教唱，也不为奸党帮忙。

朝　宗　（念“口鼓”）啊！原来这就是苏昆生师父，明辨忠奸，素仰素仰！

昆　生　（念“口鼓”）这位莫不是我们常常说起的侯朝宗公子？不独我等钦佩，香君也仰慕非常。

敬　亭　（白）我来引荐一番。这是风流潇洒下玉京。

朝　宗　（念“口鼓”）果然是玉京仙子临世上。

敬　亭　（白）这是鼎鼎大名寇白门。

朝　宗　（念“口鼓”）好比白门柳色映春光。

敬　亭　（白）这是——

妥　娘　（抢着白）我是无忧无虑郑妥娘。

朝　宗　（念“口鼓”）快活如仙真妥当。

昆　生　（白）不妥，不妥！

妥　娘　（白）我为什么不妥？

昆　生　（白）有些那个。

妥　娘　（念“口鼓”）我不那个，你还不知在什么地方！

［众人大笑。香君更羞介。

敬　亭　（唱“长句滚花”）

到我讲（双），我与昆生来教唱，

碰着今天形势不寻常。

我等宁愿明天走多趟，免至教来教去，

香君会得曲来忘记腔。（众人又笑香君介）

侯公子本爱歌词，但是今天也是无心欣赏。

朝　宗　（白）非也。

（唱“滚花”）

心中所爱，何时何地也不忘。

正要听两位师傅妙手调弦，更欲听香君莺喉低唱。

文　聪　（白）对对对！

（唱“滚花”）

大家陪伴侯兄到香君妆阁，笑谈歌唱共研腔。

两位师傅是媒人，香君未必敢推搪。

贞　丽　（唱“滚花”）

各位毋须客气，大众赏面增光。

［香君、朝宗与众人同下介。

［二道幕。音乐。大铖鬼祟上，文聪由庙内上，相见介。

大　铖　（念“白榄”）真晦气。（双句）

若非你帮忙，险被他们打死。

文　聪　（接念）一班都是年轻人，当然大火气。

大　铖　（接念）倘若魏公还在世，一网打尽通通死。

文　聪　（接念）如今谈不到，只有自己忍下气。

大　铖　（接念）我终归有一日——（顿露凶相）

文　聪　（接念）怎么样？

大　铖　（机警地改口介，接念）与他们成知己，不知复社中谁最有名气？

文　聪　（接念）算来侯朝宗，声望高一切。

大　铖　（接念）我欲托你做疏通，请来帮忙想法子。（双句）

文　聪　（唱“滚花”）

若要疏通，除非李香君这个秦淮名妓。

大　铖　（白）为什么呢？

文　聪　（唱“滚花”）

你可替他出钱，撮合花魁独占，朝宗定感高谊。

大　铖　（唱“滚花”）

不过当面送钱，似乎总不好意思。

除非是陈仓暗渡（附耳介），他就神不觉鬼不知。

那时他受了我钱，总不会与我为难到底！

文　聪　（白）哈哈哈，好计好计！

（唱“滚花”）

阮公固能解结，朝宗总也相宜。

大　铖　（白）拜托拜托！

［大铖跪下叩头，文聪急扶介。

［暗灯。开二幕。

［“一锭金”。众人陪着朝宗、香君出堂，二丫头持龙凤烛引路，二人交拜完，埋位坐下介。

贞　丽　（白）喜逢宾客满华堂，大众饮杯！

敬　亭　（白）才子佳人碧玉装。我们敬新夫妇一杯！

昆　生　（白）香君嫁得风流婿，她应该自己饮。

妥　娘　（白）天台有路羡刘郎。公子也应自己饮。

敬　亭　（白）香君还应敬公子一杯。

［众附和，交酒与香君介。

香　君　（含羞接酒，唱“玉搔头”）

六合上上五生五六工　工尺乙士上尺工六尺

接过葡萄酒，　　　　不禁面含　　　　羞。

工工尺尺工尺　上　尺乙士

低声叫句公子　呀，请领受。

五六上上六六　六六尺上

祝你前程远大，

士工上尺工六尺　五　五尺反　六工尺　上尺反上

如花似　　锦　　不　辜负少　　　年　　　　头。

朝　宗　（白）多谢了。

（唱“中板”）

谢过香君劳玉手，

隆情厚谊怎相酬？

有幸良缘今铸就，

天台刘阮任勾留。

但愿领过此杯葡萄酒，

相亲相爱到白头。

（唱“滚花”）

领过香君盛情，谢过各位赏光，玉液琼浆忙入口。

（一饮而尽）

妥　娘　（白）侯公子已饮完，再敬香君。

玉　京　（白）好好好！

（唱“滚花”）

新人不胜酒力，你等莫缠个不休。

不怕倾倒玉山，错过春宵好时候。

白　门　（唱“滚花”）

玉京姐善体人意，因为曾经吃过我们姐妹苦头。

敬　亭　（唱“滚花”）

侯公子才华盖世，定情诗咏合欢酒。

妥　娘　（念“口鼓”）妙极妙极！我来捧砚，公子挥毫，一定相得益彰，情词并茂。

昆　生　（念“口鼓”）你个面口就够茂了，实在你只合脱鞋脱袜，捧砚还是香君才合理由。

众　人　（白）对了，就香君捧砚罢。

［香君捧砚介。

朝　宗　（念“口鼓”）题诗倒是不难，可是诗笺未有。

香　君　（念“口鼓”）公子就题扇上，好将此扇永远保留。

朝　宗　（白）好极好极！（题诗介）

敬　亭　（念诗介）夹道朱楼一径斜，王孙初御富平车。青溪全是辛夷树，不及东风桃李花。啊，好诗好诗！香君收下罢。

妥　娘　（白）不大好。

敬　亭　（白）为什么不好？

妥　娘　（白）我们不及桃李花罢，怎会就是辛夷树？

朝　宗　（白）辛夷树者，枯木逢春也。

妥　娘　（白）枯木逢春，妙句妙句。（众大笑）

敬　亭　（白）妙绝妙绝！

（唱“滚花”）

正好带此酒兴，我等共送新人进洞房。

［幕落。

第三场　却奁

时　间　上场之翌日。

地　点　媚香楼香君妆阁。

人　物　香君、朝宗、贞丽、文聪、定生、次尾、敬亭。

［起幕。香君对镜梳妆。

香　君　（白）美满无他想，酸甜共一觞。儿女浓情如花酿，枕上余香梦里尝。

（唱“梆子慢板”）

六工士尺乙士合　尺乙士上尺工上　工士仜合上上工尺上乙士合（序）
羞看红　　　鸾　　　　　　　镜，不像从前镜里　　　　　人。

乙六工六工尺乙尺尺合仜合士
杏花烟　　　润秋波，

乙　乙尺士乙尺尺士尺乙士合　仜合　仜合仜合士乙士乙尺士上尺工合上（序）
媚　似搔着了心窝奇　　　　　　　　　　　　　　　　　　痒。

工合乙士尺乙士上士上尺工上　士乙士合仜合士上合（序）
风流雅　　　望　　　　　　　羡　　　侯　　　郎，

仜尺尺乙乙士合士（序）士士仜士伬仜　伬士乙士合仜合士上合
题诗宫扇　　　上，　　款款情　意　　长。

（“春风得意”伴白）

［香君拿出扇欣赏爱护介。效朝宗昨日题诗送自己时的态度介。

［朝宗从后卸上，偷窥介。

香　君　（白）扇呀扇，扇上诗题桃李香，侯郎手泽正芬芳。香君幸不输团扇，独占郎情——

朝　宗　（从后白）万丈长。

［香君畏羞，以扇遮面介。

朝　宗　（唱“花鼓芙蓉”）

且看香君低首不敢仰，

娇羞体态更是美艳无双。

香　君　（接唱）

浅怒轻嗔怨句郎无状，

偷听人家心事太轻狂。

朝　宗　（接唱）

你自痴心，喃喃对扇讲。

我只代它团扇答香娘。

香　君　（接唱）

任你舌灿莲花，也难便饶放。

权且轻轻处罚（“一槌”）——

朝　宗　（白）罚我呀？怎样罚法呀？

香　君　（白）你猜猜罢。

朝　宗　（白）定是罚我吟诗了。

香　君　（白）哪有这样便宜的事？

朝　宗　（白）那就难免有劳双膝了。

香　君　（白）谁要你跪？

朝　宗　（白）那罚我什么呢？

香　君　（续唱）

罚你代我梳妆。

朝 宗　（白）梳妆吗？妙极妙极！

（唱“凤阳花鼓”）

估道罚我何事干，真是令我心花放。

试看我梳髻何等擅长。

云鬟细挽盘龙样，要你称赞合心肠，

朝朝我梳方妥当。（欲梳）

香 君　（白）且慢！

（唱“长句滚花”）

叫句好侯郎，你果然为我梳头，

难道不怕人家窥看？

到那时笑我俩恩情一夕，

便竟尔嬉戏在兰房。

最怕妥娘姐她有尖利词锋，

笑到你难于抵挡。

又怕杨大爷到来撞见，

那时便难过非常。

朝 宗　（白）那又何必怕呢？

（唱“中板”）

为妻画眉有张敞，

风流韵事世传扬。

我为你梳妆同一样，

妥娘讥笑又何妨？

（唱“滚花”）

更不怕文聪到来，

因为你我姻缘全靠他一人力量。

香 君　（闻言觉奇介。唱“木鱼”）

侯郎此话，我尚未明白原因。

何故我们婚事靠他一个人？

朝　宗　（接唱）

文聪和我未惯花丛润，

但是心头爱慕才女香君。

因此常到秦淮与娇来亲近，

媚香楼内他就做媒人。

香　君　（接唱）

看此珠翠罗衣珍贵甚，

是否侯郎自己破费多金？

朝　宗　（接唱）

我身在客中穷且窘，

大约文聪仗义，助我金银。

香　君　（白）他也是作客南京，哪里来这许多钱？

（唱“滚花”）

你与他一向相交，是否有非常情感？

朝　宗　（念“口鼓”）只是文学之交，而且相识于最近。

香　君　（念“口鼓”）此事有些奇怪，待我一问娘亲。（白）小环！

小　环　（上，白）姐姐叫我什么事？

香　君　（白）代我请妈妈上楼来。

小　环　（白）不用请了，妈妈和杨大爷快上来了。妈妈还叫我命人预备酒菜呢。

香　君　（白）那么你去预备罢。

［小环下介。

香　君　（白）杨大爷来得正好，正是要把金铃解——

朝　宗　（白）须找系铃人。

［贞丽、文聪同上。

贞　丽
文　聪　（念“口鼓”）果然起来了，恭喜恭喜！恭喜你俩齐眉举案。

朝　宗　（念“口鼓”）深谢成全厚谊，更谢妙句催妆。

文　聪　（念“口鼓”）只是信手拈来，有无用词不当？

朝　宗　（白）妙是妙极了，只有一件。

文　聪　（白）哪一件呢？

朝　宗　（念“口鼓”）香君虽小，也应藏之金屋，焉能怀中婀娜袖中藏？

［众皆大笑介。

文　聪　（念“口鼓”）夜来定情，必有妙句。好诗可否借来一看？

朝　宗　（念“口鼓”）只是草草塞责，恐怕贻笑大方。

文　聪　（白）诗在哪里？

香　君　（念“口鼓”）侯郎妙笔生花，就题在宫纱扇上。（交扇介）

文　聪　（看介，念“口鼓”）好诗好诗！正是一经品题，声价十倍。美人妙句，相得益彰。

朝　宗　（唱“滚花”）

我俩和谐如水，仁兄大德永难望。

不过礼物妆奁赠我太多，反令小弟更添颜汗。

文　聪　（唱“滚花”）

既成知己，用不着客气非常。

小事何足挂齿，不过礼物轻微不像样。

贞　丽　（白）不算少了！

（念“白榄”）

缠头锦，百宝箱，珠围翠绕流苏帐。

银烛笼纱通宵亮，送来这笔厚妆奁，

胜似亲生和自养。

香　君　（唱“减字芙蓉”）

深感杨大爷过爱，送此珠翠罗裳。

为了图报大恩情，请你言明真相。

朝　宗　（接唱）

香君问得有理，受你礼重心不安。

贞　丽　（接唱）

朋友好交情，礼重又何稀罕？

朝　宗　（接唱）

不过杨兄与小弟，相交日子不长。

文　聪　（白）侯兄！

（唱“滚花”）

香君既是问及原因，我不怕明白讲。

不过讲明之后，你不要怒上胸膛。

我哪有如许多金，所有妆奁都是阮大铖送上。

朝　宗　（“重一槌”，白）吓？是阮大铖的吗？

文　聪　（白）正是。

朝　宗　（白）不好了！

（唱“滚花”）

我为甚糊涂若此，受了阮贼帮忙。

恨我无力偿还，难免被人家毁谤。

洗尽西江之水，也不能表白我心肠。

你你你，文聪你是何居心，陷我于奸人罗网？

文　聪　（唱“木鱼”）

我首先为你地，等你地匹配成双。

若非靠大铖财物，怎能打动贞娘。

其次大铖虽是曾投阉党，

但是如今觉悟经已改变心肝。

不料复社诸生还不谅，真冤枉。

所以力求交结，不外想你鼎力帮忙。

朝　宗　（念“口鼓”）倘若他诚心悔过，我尚可能原谅。朋友面前疏通几句，亦可酌量。至于这笔妆奁，小弟虽穷，定当设法陆续还他款项。

文　聪　（念“口鼓”）这又何必呢？既成朋友，互相帮助好应当。

香　君　（白）公子你错了。

（唱“爽二黄慢板”）

你已被奸人出卖，还说什么帮忙。

阮贼大铖谁不知是奸臣余党。

受尽世人唾骂，大爷何以为他偏帮？

分明圈套布成，欲使相公声名毁丧。

文　聪　（接唱）

一番好意，一个愿打，于我有什么心肠？

今日米已成炊，还有什么可讲。

香　君　（白）笑话！

（唱“快中板”）

你所言未免太荒唐，

相公声名人敬仰。

秦淮一宿事平常。

磊落光明如火样，

断难诬陷说短长。

（唱“滚花”）

还珠翠（介），脱衣裳（介），

用去多少白银，我叫亚妈送回你府上。

贞　丽　（边拾起珠翠边，白）香君，你疯了吗？我哪有这许多银子还人啊？

文　聪　（无可奈何，只好发出掩饰的笑介，唱“滚花”）

香君你只知任性，总不计较公子危安。

不怕惹起祸根，所谓赶狗入穷巷。

香　君　（唱“滚花”）

谢你关怀盛意，请你传言阮贼幸毋忘。

说道侯朝宗未有受恩，

断不掩着良心替他将情讲。

贞　丽　（白）香君，这样做就是看不起人家。

香　君　（白）非这样做，是看不起自己。

文　聪　（白）只怕你后悔莫及。

香　君　（白）只怕我认识不清。

贞　丽　（白）杨老爷，香君小孩子脾气，请你原谅她，对阮大爷讲句好话罢。

［文聪看看朝宗，叹气下介。

［贞丽陪文聪下介。

朝　宗　（唱“滚花”）

香君真令我五体投地，你生来品格确坚强。

自怨我太糊涂，竟上了人家大当。

香　君　（唱“滚花”）

人心难测，以后要谨慎提防。

此事全为我而来，你才有受人欺诳。（饮泣）

朝　宗　（唱“滚花”）

香君莫来自责，免令我不安。

看来巾帼胜须眉，使我敬仰。（安慰介）

小　环　（上，白）姐姐，陈公子来了。

朝　宗　（白）请他上来坐罢。

［小环下介。

［定生、次尾冲头上。

定　生　（“先锋钹”，执朝宗手，唱“滚花”）

是何道理？街上传说纷纭，

说你为奸党帮忙，受了金钱引诱。

次　尾　（唱“滚花”）

复社之内，个个疑雨疑云。

应即辩白原因，以免是非淆混。

朝　宗　（唱“木鱼”）

是我一时蒙昧，黑白不分。

落了奸人圈套，令我心痛如焚。

阮贼大铖心毒狠，知我素来仰慕李香君；

暗使文聪来荐引，愿为撮合做冰人。

助我妆奁成合卺，绮罗珠翠费多金。

刚对文聪来追问——

（唱“二黄慢板”）

才知妆奁费用，出在阮贼一人。

香君大义深明，经已退还礼品。

还把阴谋揭露，痛骂奸人。

恨我自己糊涂，更恨阮胡凶狠。

定　生　（唱“快中板”）

香君高洁确难能，

误中奸谋何要紧？

只求不昧自己良心。

次　尾　（唱“滚花”）

我等代你解释，复社同人更公布大铖阴狠。

朝　宗　（白）多谢两位年兄。

定　生　（念“口鼓”）朝宗兄，最近马仕英在南京拥立福王，竟然妄自封赠，居然身居相位，闻说拉拢阮大铖做他心腹。若果传说无讹，我等今后更应谨慎。因为小人得志，断不会放过好人。

朝　宗　（白）小弟知道。

定　生　（白）我们走了。此后小心为是。（与次尾下）

香　君　（念“口鼓”）难道阮贼做官，就把天下好人杀尽？

朝　宗　（念“口鼓”）这也难说，阮贼为人凶险，比狼虎还厉害几分。

［文聪冲头上，入门有些焦急有些惭愧，竟说不出话介。

朝　宗　（念“口鼓”）何必苦苦纠缠？卖友求荣，岂是读书人本分。

文　聪　（念“口鼓”）非也！只因你等操之过急，不肯听我所云。今已惹下祸根，大铖非常愤恨，向我姐丈马士英说你图谋叛乱，已下令到此拘人。

［朝宗、香君“重一槌”，大惊介。

朝　宗　（唱“滚花”）

阮贼果是衣冠禽兽，丧尽良心。

文　聪　（唱“滚花”）

除非你立即逃亡，否则定遭不幸。

朝　宗　（白）逃亡？

文　聪　（唱“滚花”）

我去把兵丁阻慢，侯兄快走为上。（下）

香　君　（“先锋钹”，白）事到如今怎样应付奸人，脱离危运？

朝　宗　（白）事已至此，我唯有远处逃奔。

香　君　（白）难道一夕夫妻，便抱分离之憾？

朝　宗　（白）舍此并无别法，难道我束手被擒？

（唱“反线中板”）

叫句李香君，从此奈何环境，

真使我心乱如焚。

喜相逢，十里有缘，不菲才见摈。

好春光，花开并蒂，永期共赋白头吟。

不料那奸臣，卖国弄权要把好人杀尽。

莫须有，免成三字，今已老难（反）临身。

（唱“滚花”）

我走亦难，但不走亦难，唯有暂别香君天涯远引。

香 君　（唱“乱弹中板”）

蒙公子，不弃我庸脂俗粉，

媚香楼共结同心，方期相亲相近。

谁知今天结褵未久便教相分，

夫妻惨遭不幸，骂声阮贼不是人。

朝 宗
香 君　（二人合唱）

唉，可恨阮贼心肠太狠。

贞 丽　（冲头上，念“白榄”）

祸临身。（双句）

有一班差人，要拉侯公子，向着我家行。

公子快些走，免牵累我一家人。

朝 宗　（唱“滚花”）

难迟半刻，一发千钧。

我俩立即分离，香君保重身躯为要紧。

香 君　（唱“滚花”）

侯郎此去，寒暑自珍。

切莫为我挂怀，我绝不会辜负你情感。

［朝宗下介。

香 君　（白）侯郎慢走！

［香君急入内取首饰金银，交朝宗介。

香 君　（白）侯郎珍重！

朝 宗　（白）香君保重！

［三拦介，朝宗、贞丽下。香君晕介。

［幕落。

第四场　守楼

时　间　十月天时的一个晚上。

地　点　媚香楼上一个大厅。

人　物　李香君、杨文聪、李贞丽、小环、郑妥娘、卞玉京、寇白门、衙差、四士兵。

香　君　（唱“二黄首板”）

零泪鲛绡。（双句）

（“起幕锣鼓”。上，唱“二黄慢板”）

叶疏萧，花寂寞，人静悄。

斜倚香衾，一片寒绕。

影吊形，形吊影，

幽花憔悴，似我薄命飘摇。

李香君，压愁怀，也不颦不笑。

收拾了箫笛筝琶，不倚陈隋调，

谢却了红脂绿黛（“乙反”），自许素面妖娆。

持长斋，绣佛旁，谁信有钱塘苏小。

闭重关，莫教五陵年少错认蓝桥。

（唱“乙反中板”）

忆侯郎当日避祸匆匆，却像惊弓之鸟。

好一比红并枝头遭天妒，狂风暴雨偏使花落逐萍飘。

恨奸人阮贼大铖，他本是豺狼心窍。

布阴谋冤成三字，使我夫妻分散在一朝。

（唱新曲“乙反线锁南枝”）

侯郎远去天边遥，云乱山高鸿雁杳。

香闺悄悄，绣户萧萧，独自凭栏凝眺。

侯郎呀，你远走天涯谁照料？

添饭加餐应自晓，风寒莫任衣衫少。

免得我挂在心苗，折损宫腰。

（唱“南音”）

满楼霜月夜迢迢，寒风料峭透冰绡。

弱云孤影灯前怯，鸳锦罗衾泪如潮。

人在秦楼心去了，去与侯郎共叙暮和朝。

奴为郎愁郎未晓，但愿侯郎功业——

（唱“二黄”）

高驾云霄。

（唱“二流”）

扶社稷，灭奸邪，再续情缘未了。

倚栏杆徒念想，恨到天明也未消。

［“地锦”，妥娘、玉京、白门同上介。

妥　娘　（念“口鼓”）香君，香君，方才我们在玉京那边，要她唱了一支梵音小调。你为何屡请不到，难道要我请安亲自相邀？

香　君　（白）不敢！

玉　京　（念“口鼓”）你来又怎样？香君静以养真，岂肯随你动而生扰？（做道貌岸然状）

白　门　（念“口鼓”）看啊，玉京姐多听两天禅理，便有些神仙风味，云带飘飘了。

香　君　（念“口鼓”）什么都不是。只是我意懒神痴，似有病魔缠绕。

妥　娘　（念“口鼓”）当然了，侯公子不在，所谓相思病苦有药难疗。

［众取笑香君介。

［内场呼喝声。

贞　丽　（冲头上，唱“秋江别中板”）

乖女呀，祸真不小，

妈因你，痛心似烧。

丞相官差带着锁镣，

要强娶香君，不讲道理半条。（哭介）

［众人大惊，不知所措介。

香　君　（愤怒白）强娶？

（唱“减字芙蓉”）

未必娶得这样容易，我不去奈何条？

妥　娘　（接唱）

不如香君你暂躲藏，我替你来应付了。

贞　丽　（接唱）

官差如狼虎，怎肯便相饶？

香　君　（唱“滚花”）

我不去又不藏，誓言守楼中，拼将几根骨头不要。

贞　丽　（哭介，唱“滚花”）

香君若然硬拼，赚把性命去丢。

倘有不测之时，叫我下半生靠谁照料？

［众人苦劝香君，强将香君推进里面介。

官　差　（与众兵上，喝白）哪个叫李香君？

［众女怒目以视，不作声介。

官　差　（念“口鼓”）你们一个二个，是否通通哑了？（各人仍不答）人来，将她们绑起，看她们还敢不敢这样刁乔。

［众兵欲绑，众女挣扎，文聪“撞点”上。

文　聪　（喝止白）你们来做什么？

官　差　（白）相爷有命下来，无论如何要带李香君回去，送与田漕督受用。杨老爷来最好了，我们不知哪个叫李香君，请你指点指点，好待捉进轿里抬去。

文　聪　（白）好吧，你们出外稍候，我与她们谈谈。

官　差　（白）时候不早，请杨大爷以快为妙。（与众兵下）

文　聪　（白）贞娘，香君在哪里？

香　君　（从内出，白）在这里！

文　聪　（唱“木鱼”）

香君你性情执拗，每每惹出祸端。
当初你不听人劝，定要退却妆奁。
触怒大铖，他未忘旧怨，
今番强娶，亦是他献议在先。
不过我看朝宗，亦不会将你来记念，
远离日久，消息杳然。
我为你倚靠终身来打算，
不如就嫁漕督免生事端。
何况相爷有命，不到你不甘愿。
试问有何本事，与官府周旋。

香　君　（唱“中板”）

大爷说话本胡缠。
当日你为媒成婚眷，
如今又劝我嫁姓田。
莫看秦淮歌女贱，
香君贞节永留存。
定情诗，宫纱扇；
灯前誓，别离言。

（唱“滚花”）

时时刻刻未相忘，一夜夫妻情不变。

贞　丽　（唱“滚花”）

还求杨老爷解救，将我母女哀怜。

一定衔环结草报大恩，买丝绣像为纪念。（哀求介）

文　聪　（唱“滚花下句”）

我亦无能为力，能否免祸只是香君操权。

朝宗远走天涯，假若三年不归——

香　君　（白）我等他三年！

文　聪　（续唱）

十年不归？

香　君　（白）我等他十年！

文　聪　（续唱）

这样你就自己打算。

官　差　（内场白）杨大爷快点吧，夜深了不可走路。

文　聪　（向内白）我有分寸，你们再等一下吧。

（念“口鼓”）香君你心比天高命如纸薄，只怕不由你打算。

香　君　（念“口鼓”）杨老爷，你靠文章食饭还是靠做媒人赚钱？

文　聪　（气怒。唱“快中板”）

胡言乱语似疯癫，

看你如何能幸免？

除非插翼飞上天。

［官差内场又催促介。

香　君　（唱“快中板”）

铁石心肠难改变，

威逼利诱也徒然。

蛇鼠一窝来相劝，

斯文扫地廉耻何存？

（唱“滚花上句”）

香君一死视等闲，不受奸人污玷。

［香君拿剪向头上刺去，各人惊乱。把她剪刀夺去时，她已流血晕倒。血溅扇上，掉在地下。众人扶香君。

贞　丽　（上，白）杨老爷，香君这般情景，不能让她去了。求杨老爷想想法子解救吧！

文　聪　（唱“滚花”）

我已胸有成竹，你不用忧煎。

香君既是无福消受做夫人，代嫁田家你最方便。

贞　丽　（“重一槌”，大惊白）要我去呀？（“哭相思”）

文　聪　（唱“滚花”）

何须痛哭，田家富贵好食好穿。

贞　丽　（接唱）

又怕人家认出庐山——

文　聪　（接唱）

我自会替你来遮掩。

贞　丽　（接唱）

正是无可奈何无可奈——

文　聪　（接唱）

快些打扮莫迟延。

贞　丽　（接唱）

舍不得乖女香君，使我肝肠寸断。

（白）香君我儿！阿妈替你去了！（哭介）

官　差　（上，白）还哭什么？走！（拥贞丽下介）

文　聪　（目送贞丽下，叹一口气，回头见地上宫扇，拾起介，白）香君节烈真堪羡，血溅宫纱扇上鲜。为添枝叶成图画，写就桃花后世传。

（写扇介，唱“滚花”）

燕子楼中人卧病，灯昏被冷有谁怜？

［幕落。

第五场　骂筵

时　间　初春的雪天。

地　点　近郊的赏心亭前。

人　物　马仕英、阮大铖、杨文聪、中军、快马、苏昆生、李香君、郑妥娘、寇白门、四士兵

［甲、乙二兵在打扫地方，准备酒席介。

甲　兵　（念“口鼓”）在家就要围炉、出外就要赏雪嘅大人，真是自己捞来冻。

乙　兵　（念“口鼓”）他像我们吗？他们狐裘皮袄，由头到脚裹上十几重。

甲　兵　（念“口鼓”）实在还有什么闲心去赏雪呢？闻说满洲兵逼近南京，老百姓也人人震动。

乙　兵　（念“口鼓”）这有什么好说。他们做一日大官享一日福，我们唯有做一日和尚撞一日钟。

［中军赶着苏昆生、妥娘、白门、香君及另一歌女上介。

中　军　（念“白榄”）

你个老懵懂（双），是否想命归终？

叫你快些行，你偏要慢慢来走。

分明来斗气，打死你只老龟公！（打苏介）

［昆生挺然任打，怒目以视，不避开也不呼痛。

［中军推苏，行。众随之，一路入亭内介。

［甲兵看看，摇头叹息介。

乙　兵　（白）不要叹气了，他的中军是这样做起来的。快些打扫吧！（二人急

忙陈设介）

［“耍孩儿”牌子，大铖、文聪同上介。

文　聪　（白）风流时世又遭逢，

大　铖　（白）六朝金粉我遍通。

文　聪　（白）光闪皮靴缝底面，

大　铖　（白）簇新绒帽衬袍红。

［二人相对大笑介。

文　聪　（四顾称赞介。唱“长句滚花”）

堪称颂（双），

此地荒凉久无所用，一经布置大不同。

金碧峰峦霜雪拥，琼瑶楼阁抹微红。

几树梅花亭外种，此身如在画图中。

难怪圣上推崇，说道阮兄才华出众。

大　铖　（唱“滚花”）

失礼失礼，

不过我见相爷身居闹市，未识村风野趣乐无穷。

特设薄酒，亭中赏雪看梅，更有秦淮歌女来侍奉。

文　聪　（白）你还准备了秦淮歌女么？真是深得马相爷之心了。

大　铖　（白）这些秦淮歌女，本来是找来扮演《燕子笺》这个戏给皇上看的。不过在未曾入宫演戏之前，叫她们筵前侑酒。正是：赏来瑞雪添肤雪，看罢桃花又野花。岂不更妙？

文　聪　（白）亏阮公想得到，妙极，妙极！

［内叫：“马相爷到！”杨、阮整衣以迎介。

［马士英与众侍卫上介。

大　铖　（念“口鼓”）老相爷屈驾光临，晚生有失远迎，自知罪重。

士　英　（念“口鼓”）今天雅集，只是私情酬应，何须执礼过恭。

大　铖　（白）谢过老师相！

士　英　（念“口鼓”）闻说阮老所写的戏本《燕子笺》，主上非常爱重。

大　铖　（念“口鼓”）都是主上恩德，大约迟几天可以上演宫中。

士　英　（四围浏览介。唱“滚花”）

锦绣河山银作罩，任是挥金如土哪来穷。

此处风景宜人，可惜未有丝竹声为雅颂。

文　聪　（唱“滚花”）

阮老深知相爷雅趣，有陶学士党太尉之风。

早选出色歌女几名，好得筵前侍奉。

士　英　（白）妙极妙极！

大　铖　（唱“滚花”）

扫雪烹茶蒙枉驾，显见师相恩隆。

聊备声色助清谈，以表晚生诚心敬重。

（白）师相请！（三人埋位介）人来，带歌女上来！

［中军领命下，带众歌女及苏昆生上介。

［香君与昆生行最后，中军从旁催促。妥娘轻轻劝说，二人才略行近一些。

［文聪见是香君，愕然，心里有些不安。

大　铖　（见昆生，带着愤恨和讥讽地白）啊，我估道是谁，原来是当日不辞而行的苏昆生。你又怎料到老夫还有今天呢？近来日子过得好吗？

昆　生　（冷笑白）本人总如旧时好，日子却比旧时坏了。

大　铖　（冷笑白）好吧！你们快些上前拜见相爷。

［香君恐昆生危险，昆生也恐香君危险，因此互相示意下跪，但自己却不跪。妥娘等拖他们，无奈与众人一起下跪，叩完起立介。

大　铖　（白）老师相，这是秦淮河上最有名的歌女来了。你们在相爷面前报上名来。

［众女报名，香君不报。

士　英　（白）你叫何名字？为何不讲？

文　聪　（急代白）她叫李贞丽。

士　英　（白）丽而未必贞也。（大笑）

［文聪、大铖同笑。

大　铖　（白）李贞丽，快些清歌一曲，为相爷侑酒。

香　君　（白）我不会唱！

士　英　（白）不会唱曲，怎能演戏？

香　君　（白）我根本不会演这些戏。

大　铖　（白）呸！大胆李贞丽，胆敢违抗相爷。知机者快快唱来，稍有迟延，莫道阮大人手下无情！

香　君　（一听“阮大人”三字，如有感触，白）哦，难道上坐的就是阮大铖大人么？

大　铖　（白）正是！

香　君　（白）好个阮大人。（对马）启禀相爷，小女子满腹含冤，歌唱不能，还求相爷准奴申诉，万代沾恩。

士　英　（白）小小年纪却有什么冤情呀吓？

香　君　（白）相爷容诉呀！

（唱“西皮”）

我夫妻恩深义厚，强被分张；

我娘亲遭凶暴，被人强抢。

文　聪　（白）李贞丽，今天相爷在此行乐，还是清歌一曲，有冤改日再诉吧！

香　君　（白）杨老爷，奴家冤苦你也全知，难道不值得一诉呙？

士　英　（白）光天化日之下，谁人大胆做出此恶霸行为呀吓？

香　君　（白）相爷再听呀！

（唱“西皮”）

那官差奉上命，恶似虎狼，

满朝中偏多是奸臣余党。

［“重一槌”，马、阮、杨大为震动介。众歌女也为之危惧。

士　英　（大怒唱“滚花”）

胡言乱道，竟敢污辱朝堂。

该打嘴巴，惩戒那贱人狂妄。

文　聪　（白）且慢。

（唱“滚花”）

谅她身为歌女，未必胆敢嚣张。

或是出言无心，致有一时冲撞。

大　铖　（唱“滚花”）

闻得贞丽是天如品题之妓，自然放肆荒唐。

应该惩戒一番，以儆东林乱党。

文　聪　（白）且慢。看她小小年纪，未必就是那个李贞丽吧？

香　君　（切齿白）就算是她，又待如何？

（唱“快慢板”）

东林党，人敬重，

忧劳国事终日奔忙。

魏忠贤，为奸佞，

身亡不久，余党又列朝堂。

（唱“中板”）

半壁南朝难有望，

看来不久便全亡。

富贵荣华官坐享，

流离百姓受饥寒。

鞑子兵，来势悍，

如破竹，渡淮黄。

（唱“滚花”）

你们还选色征歌，莫非良心尽丧？

大　铖　（白）唏！

（唱“快中板”）

奴才胆大确非常！

定与东林同一党，

结连复社乱朝纲。

（唱“滚花”）

叫左右，推出亭前斩首报上！

文　聪　（白）且慢！

（唱“滚花”）

歌女不知天高地厚，至有说话荒唐。

东林复社尽文人，未必以歌女为同党。

士　英　（白）对对对！贱妇何难处死，推出斩首太紧张。还是将她绑在雪中，显我相爷度量。

大　铖　（念“口鼓”）对对，还是师相想得周到，任她冷毙雪中更妥当。人来，将贱人绑在树下，我们饮酒赏雪，与师相继续称觞。（白）请酒！（饮介）

［香君被绑雪中，冷至晕厥，众女哭泣介。

探　马　（冲头上，白）报！

士　英　（白）何事？

探　马　（白）满洲兵渡过黄河，直迫南京，相爷定夺！

［众大惊，手足无措介。

士　英　（白）这还了得？

（唱“滚花”）

快些备马，通知合家大小远逃亡！

大　铖　（白）我们怎样呢？

士　英　（白）你们自己打算罢！（急下）

［大铖、文聪也匆匆忙忙下。

［众女解开香君，乘纷乱中逃下。

［幕落。

第六场　重会

时　间　紧接上场，二幕。

地　点　荣真庵。

人　物　卞玉京、李香君、苏昆生、柳敬亭、侯朝宗、小环。

玉　京　（唱“长句滚花”）

（此处缺句）

着起袈裟，难避劫运。

香　君　（打引上，白）人间好比红炉火，可使成灰可炼金。（上前白）卞师父叫我出来，有何见教？

玉　京　（白）香君，你自到此间郁郁不乐，莫非山庵草陋，有所嫌弃不成？

香　君　（白）卞师父故旧情深，此身有寄，于愿已足，何敢有嫌？不过——

玉　京　（白）不过什么？

香　君　（唱“二黄慢板”）

侯郎至今雁杳鱼沉，香君夜夜枕边凝泪印。

鸳鸯惨相分，家国快沉沦，痛难深。

侯郎曾誓挽狂澜，矢志立功勋，成败也少音讯。

玉　京　（唱“三脚凳”）

古道吉人自有天相，灾祸化为尘。

你挂亦挂不来，赚得徒伤感。

香　君　（接唱）

我又曾寄桃花扇，托柳师父一行。

去了已多时，依旧无音问。

玉　京　（接唱）

皇天终有眼，不负好心人。

（唱“滚花”）

将来他大功告成，你一定夫妇重逢欢乐甚。

香　君　（唱“滚花”）

多蒙抚慰，谢你爱护情深。

但愿平外寇靖狼烟，侯郎无恙归来，不负我守楼苦困。

小　环　（大呼入门，白）香姐香姐，你看看门外谁人来了？

［朝宗飘然入内，带着难以言叙的心情。

众　人　（惊喜交集，大出意外，同白）侯公子！（停顿了一瞬）

香　君　（悲声白）侯郎！

朝　宗　（沉痛地白）香君！

［二人哭相思介，众人也为之黯然。

朝　宗　（唱“滚花”）

今日相逢如梦，是悲是喜也难分。

香君呀，你为我挨尽艰难，我自问心惭愧甚。

［香君“撞点锣鼓”衬做手、表情，欲言又不好意思介。

［众人见状，互相示意卸入介。

朝　宗　（白）香君何故欲言又止呢？

香　君　（望过无人，才收锣鼓，唱“反线中板”）

含悲带泪诉前尘。

自是分离牵挂甚，

两字相思绕梦魂。

我誓过万苦千辛宁受忍，

岂容奸贼强迫婚。

（快）

扇上桃花鲜血印，

为郎守节苦犹甘。

别后艰难言不尽，

问关寄扇表奴心。

（唱“滚花”）

今日得再重逢，真是如天之幸。

朝　宗　（唱“长句二黄”）

谢你义厚情深，真使侯郎铭感。

守楼保节，能有几人？

好比冰雪晶莹高洁甚，

好比梅花清秀耐寒侵。

愧我无以相酬，徒有恨寸功未立，空有锦绣才能。

今日有幸相逢，足慰我生离之感。

（唱“小红灯”）

我俩自今情无憾，团圆扇与人。（拿出扇）

香　君　（接唱）

感君恩爱，奴意更深，桃花扇还带身跟。

［众人卸上介。

朝　宗　（接唱）

记得往日情，

香　君　（接唱）

扇里诗深蕴。

香　君
朝　宗　（同唱）海枯石破终不泯。

玉　京　（唱“滚花”）

但愿我佛慈悲常庇护，等你妇随夫唱不相分。

（内场战鼓声）

喊杀连天，真真令人心惊胆震。

[“冲头”，敬亭上。

敬　亭　（白）侯公子，香君！

（唱“长句滚花”）

山河已破，国难方殷，

田园不久化丘坟。

鞑子渡河临已近，虽是重逢久别正欢欣。

但是公子常怀亡国恨，

应知妻离子散尚有好多人。

[香君、朝宗当头一棒，如梦方醒。音乐衬过程。

香　君　（唱新曲“暮鼓晨钟”）

当头一棒如梦方醒，真令我惭愧万分。

说什么恩恩爱爱儿女情深，

鞑子兵将临近，危急存亡顷刻分。

抗鞑子，靖妖氛，千人万人流鲜血，

桃花血扇何足云。（看扇摇头介）

撕却定情诗，（朝宗撕扇）

撕却鲜血痕，（香君撕扇）

愿随铁骑逐征尘。

众　人　（齐唱）

莫负报国心，莫教胡虏侵！

[尾声。

[幕落，煞科。